新潮文庫

ユーロマフィア

上　巻

フリーマントル
新庄哲夫訳

国際犯罪組織は売春、武器密輸、麻薬取引といった在来の領域にとどまらず、いまや国境を越えてその活動をマネーロンダリング、核技術の密輸、臓器売買、不法移民の送り込みなどの新しい領域に至るまで拡大してきた。

——ブトロス・ガリ国際連合事務総長——
（一九九四年十一月二十一日、ナポリで開催された「国際組織犯罪の防止に関する世界閣僚会議」の開会演説より）

ユーロマフィア　上巻　目次

著者まえがき

もともと本書のねらいは、一九九三年十一月一日、ＥＵ（欧州連合）域内の国境規制が撤廃されたのを機に、ＥＵ域内に巣くう犯罪の予期された急増ぶりを検証することにあった。ほとんどスタートから思惑どおりにいかないことがあきらかになった。それも、当時ＥＵを構成する十二か国中の三か国――イギリス、アイルランド、デンマーク――がいわば政治家の論理で、かかる域内の境界線は同時に対外的な国境であり、犯罪を締め出すためには維持せざるをえないと主張して、国境規制をとり払わなかったためではない。三国はもちろんそう称しながら、犯罪締め出しの挙には出なかった。またフランスもおなじくオランダからベルギーを経由して流入する不法移民や麻薬の大洪水の可能性を懸念《けねん》し、一九九五年三月までベルギーとの国境規制を維持しつづけたせいでもない。

新生ＥＵが直面する不安定な現実とは、三億四千万人のヨーロッパ人が法律できびしく規制された「鋼鉄の環《わ》」（俗称「ナンバーツー」）越しに全世界の人々をのほほんと見渡せる「要塞《ようさい》ヨーロッパ」（俗称「ナンバーワン」）構想が、およそ機能しそうもないアイディアであったということなのだ。

世界のあらゆる多国籍企業にさきがけて、犯罪組織はその形成段階からＥＵがもたらすであろう莫大《ばくだい》な利益の可能性を計算しきっていた。世界のギャングたちは――ヨーロッパ人の犯罪者にかぎらず——まっさきに実際すこぶる早い時期から裏ビジネスにとりかかり、多くは出生地、国籍の両面から資格を欠いていたにもかかわらず、本物のヨーロッパ人になりすましたのだった。

コロンビア、ボリビア、ペルーの麻薬マフィアたちはフランスやイタリアのマフィアと合弁事業を結成した。さらにロシアやポーランドのマフィアとも手を結んだ。そして彼らは麻薬供給の原点であるラテンアメリカと独自のコネクションをつくりあげ、その結果として一つの円環ができあがったのである。イングランドに出店をかまえるこの上なく凶暴なジャマイカ系ギャングの「ヤーディー」は、ロシアのギャングどもが送り主のコンテナで輸出されたロシア製カラシニコフ軽機関銃によって支配を強化している。そのおなじギャングどもが——ポーランドやハンガリー出身者もふくめて——例の錆《さ》びついた「鋼鉄の環《スキン・トレード》」を通じヨーロッパのセックス市場に子供や少女たちを密輸しているのである。この人身売買には分割されたユーゴスラビアのセルビア人ギャングとの競争が認められる。オランダやドイツにクロアチアやイスラム系の少女を供給することで、ヨーロッパのセックス欲望をまかなうとともに、民族浄化という大義名分に一段と猥褻《わいせつ》な意味合いを付け加えている。さらに彼らは人身売買でえた資金で購入した東欧圏の武器をバルカン戦争に供給し、利益を倍増させているのである。

アメリカの組織犯罪グループはEUに対するポルノや幼児性愛《ペドファイリア》のビデオ、ブルー・フィルムの主な輸出業者である。ヨーロッパ——とくにドイツ——のポルノ業者は、タイやスリランカでペドフィリア映画をつくるために中国人系の秘密結社、三合会とビジネス上の関係を持っている。三合会の各派はヨーロッパのあらゆる首都に早くから拠点をかまえ、共産中国のギャングと協力しながらパスポートなど精巧な偽造書類で加盟各国への中国人の不法移民をはかっている。三合会はヨーロッパのアジア系住民に麻薬を供給し、またヨーロッパを基地とするアジア系企業からみかじめ料をとり立てるし、時として縄張りを主張するベトナム系暴力団との間に支配権をめぐって血なまぐさい抗争を起こすこともある。双方ともヨーロッパの常用者に向けてヘロインを密輸入しており、トルコやアフリカのギャングどもがこれに加わる。

こうした状況のなかでEUの関係機関は、EUの市民や外部のマフィア組織によって毎年九十億ドルを詐取《さしゅ》されるがままに放置しているのである——一部の推計によれば、この数字は百億ドル以上にのぼるという。加盟各国の政府がおしなべて自国の国益を何よりも最優先させるからだ。EUの強大な農民ロビーをなだめるには、真面目《まじめ》くさった改革の試みよりもいい加減な作り話のほうがいいとされる。スウェーデン、フィンランド、オーストリアが共同体市場に参入しても何の変化も起きないだろう。詐取される金額が年々ふくらんでいくだけの話だ。

したがって私は、話を明確かつ客観的にすべくヨーロッパ内部の犯罪に対する外部勢力の介入を論じる必要があると考えたものの、検証はできるかぎり当初のねらいという枠組みにとどめた。しかしながら、その枠組みについては別の側面から検討する必要があるだろう。

たとえば市民の自由および人権に対する侵害は、どこから見ても組織犯罪におとらず危険である。

ＥＵのどの国の警察であれ司法執行機関であれ、対決すべき犯罪組織の規模を軽視しようとはしていない。と同時に誇張する必要も感じていない。実のところ誇張するのは難しいだろう。しかしながら犯罪組織に対するそうした認識こそ、個人の自由を充分に侵す危険があると認める立法措置や規制への要求をうながすのである。論拠とするところは、正直な市民なら法と秩序を守るために、個人の自由を多少とも犠牲にしなくてはならないというものである。この論拠はきまって「正直な人間なら一体何を恐れなくてはならないのか」という問いかけとワンセットになっているのだ。

この問いに対し、名前を出すのを断わったストラスブールのさる法律家からこんな回答が寄せられた。「犯罪のない国家とは自由のない国家である」

したがって私はヨーロッパを脅《おび》やかしている主な組織犯罪の深部を探ることが重要であると信じる一方、人権侵害のあらゆる可能性についても目を向けるべきだと考える。とはいえ本書は市民の自由の死にいたる運命を予告したものではない。単に警告を発しているにすぎないのである。

本書はまた古きシチリア島の創始者たちとか、一般的な名称で言及されるのがならわしの犯罪組織の子孫などといった〝マフィア〟に関する新たな研究書として執筆されたものでもない。議論の余地なき事実とは――シチリア系やイタリア本土系を筆頭とする――マフィアが、みずから選んだ職業においてエキスパートであり、彼らとその影響力にしばしば触れることなくヨーロッパの暗黒面について記述するのは不可能だということである。

最後に一言すれば、本書はいかなる意味においても反ヨーロッパを意図したものではない。非選挙のＥＵ（欧州）委員会の高級官僚《ユーロクラート》どもの傲慢《ごうまん》な〝帝国づくり〟を非難すべき理由を——あまりにも多くの理由を——見つけるには何も反ヨーロッパの姿勢をとる必要はないのだ、あるいは各国政府がばかげた時代おくれの補助金、助成金、価格維持政策を正すための充分な政治的意思をしめすことなく（この言葉は本書のなかでくり返し使われる）、皮肉にもただただ自国の納税者を収奪されるがままに放置しているという点についても。

いまはただ数知れない犯罪学の専門家による最悪の予測がはずれることを心から望まずにはいられない。二年間もヨーロッパ全土にわたる組織犯罪の広がりと地力を研究した私には、それがむなしい望みに終わることが懸念されるのである。

一九九五年、ウィンチェスターにて

ブライアン・フリーマントル

困難な取材に応じてくれた人々への謝辞

本書のテーマを考えると、私は取材を申し入れたおよそ百件の個人や組織のうち面会を即座に断わった相手がわずか五人にすぎなかったことに驚いている。五人はいずれも政治家であった。

当然のことながら情報提供者の多くは名前の公表を承知してくれたが、あくまで匿名《とくめい》を条件とする者も少なからずいた。半数以上は身元が判明した際の暴力による報復を恐れたのだった。そのほかとくに捜査や情報分析にかかわる者は男女を問わず職務の遂行が危険にさらされることを危惧《きぐ》した。私が匿名という条件に同意したのは、これによって情報源をあかすことが当然できなくなり、ノンフィクションの作品という仕事の上からは残念であるにしても、手に入る情報量は膨大なものになると確信したからである。

十八か月にわたる本書の取材調査の間、私はEU域内を一万六千キロ近くも旅し、多くの都市、首都、国々を再三歴訪した。

最初の訪問先は当然ながら、数万人ものEU官僚《ユーロクラート》にとってヨーロッパ的世界の中心地、ブリュッセルであった。この地で私はEUや、かつて当人が所属していたEU（欧州）議会に関し抜群の知識の持ち主である特派記者、クリストファー・ホワイトから最大限の協力をえた。私はまた同議会予算委員会のメンバーで、イギリスはバーミンガム・ウェスト選出のE

Ｕ議会労働党議員ジョン・トムリンソンやマージサイド・イースト選出のＥＵ議会労働党議員テリー・ウィンから公金詐取《さしゅ》との戦いについて貴重な情報の提供を受けた。両氏の助言を受けたおかげで、私はＥＵの詐欺《さぎ》摘発グループである「不正撲滅統一組織」の責任者に新しく任命されたペール・ヌードセンやアシスタントのフィリップ・カーモードとの面談にそなえることができた。最高行政機関であるＥＵ委員会の「共通農業政策」（ＣＡＰ）こそが公金詐取の主たる発生源であり、私は農業問題の専門家ブライアン・ガードナーときびきびしたアイルランド人スポークスマンのジェラルド・キーリーから得るところが大であった。同僚のアイルランド人ダニエル・マルホールも大いに役立ってくれた。さらにのち、ＥＵの会計検査院（ＣＡ）スポークスマン、ガブリエル・チプリアーニがＣＡＰ公金詐取の広がりをしめす多くの第一次公式レポートを根気よく提供しつづけてくれた。

　私はストラスブール（フランス）になんども足を運ばなければならなかった。一つにはヨーロッパ警察官組合評議会の大会に出席するためであった。この大会で私は評議会事務局長のロジェ・ブーリエと、ヨーロッパ警察の協力体制および予想される立法措置によって起こりかねない人権侵害という二つの問題点を論じ合った。私はまたその際、幸運にもチェコ共和国内務省のイジー・ヴァンダス博士やハンガリー共和国内務省のヤノス・バルトク博士とも面談できた。当時すべり出したばかりのヨーロッパ版ＦＢＩ（連邦捜査局）、すなわち「プロジェクト・ユーロポール（欧州刑事警察機構）」は一九九三年末ハーグに常設されるのに先立ち、ストラスブールの暫定《ざんてい》施設に入っていたのである。私はユーロポールについてドイツ連邦刑事警察庁の警視正ペーター・フォーヴェから多くの予備知識をえた。

以前ストラスブールを訪れた際、私は本書の準備段階を通じて情報提供にずっと協力してくれた欧州会議（CE）の幹部たちにも会った。このような形での謝意をあっけらかんと受け入れてくれたのがクリスティーネ・デネマイヤー夫人とザビーネ・ジンメル女史である。あとの人たちはあくまで匿名を望んだ。ヨーロッパの違法な麻薬問題でインタビューした十余人のうち、最初の相手はポンピドー・グループのクリストファー・ラケットだった。弁護士のハンス・ニルソンはコンピュータ不正利用の問題について教えてくれた。またこれとは別の機会にストラスブールを訪れたとき、私はオランダ労働党のEU議会議員で犯罪問題の専門家であるピーター・ストフェレンから組織犯罪がヨーロッパの混乱した法体系をいかに圧倒しつつあるかという見解を聞かされた。

リヨン（フランス）では「国際刑事警察機構《インターポール》」事務総長レイモンド・ケンダル、その官房長ミゲル・チャモロ、さらに刑事情報部長ルカス・クリストパノスからありとあらゆる便宜を提供された。

私はかのレオルカ・オルランドに面会すべくシチリアの州都パレルモにおもむいた。マフィアの本家、発祥の地である。オルランドは反マフィア党「ラ・レーテ（ネットワーク）」の党首として〝コーサ・ノストラ〟（われらがもの）から標的リストのトップにあげられているため、イタリアでもっとも厳重に警護されている政治家の一人だ。私は時間をさいてくれたことに対しオルランド氏に、またこの面会を根気よく準備してくれた補佐役の一人、アンドレアス・スクロサッティに感謝する。さらにスクロサッティ氏がもう一人、当時ラ・レーテ党議員だったナンド・ダッラ・キエーザとの面談を手配してくれたことに対しても感謝する。キエーザの父親カルロ・アルベルト・ダッラ・キエーザ将軍はマフィアに暗殺されたのだった。ローマにおいても私はリリアーナ・フェラーロ予審判事に会えた。司法省刑事局の局長としてイタリアの反マフィア対策の先頭に立っており、オフィスにはパレルモでマフィアの仕掛けた爆弾で吹き飛ばされた前任者ジョヴァンニ・ファルコーネ判事の遺品が保存され、自分も同じ運命にみまわれかねない警告としている。ローマではまた旧友のジャンルイッジ・(「ジジ」)・メレガの賢明な助言にも大いに助けられた。またロナルド・シングルトン特派記者との旧交も復活させた。本書の執筆を通してつねに貴重な情報提供と支援のよりどころとなった。

数回にわたるパリ訪問での面談は多くが匿名を条件とされ、それらの面談、とくにシャンゼリゼ近くやフォーブル・サントノレはずれの取材から多くの情報をえた。ここで私が氏名をあげて感謝することを許されているのはウイリアム・ラングリーとアン＝エリザベート・ムーテに犯罪学の教授グザヴィエ・ロフェール博士である。私が一九九四年六月、パリ犯罪学研究所の第二十回年次総会で世界のマフィアに関し国際的な権威者のほぼ全員に会うというえがたい機会にめぐまれたのは、ロフェール教授の好意によるものであった。この年次大会では世界経済にあたえる組織犯罪の脅威について討議がかわされた。

私がその際、お世話になった専門家は以下の方々である。モスクワのロシア陸軍士官学校で教鞭《きょうべん》をとる組織犯罪のスペシャリスト、エフゲニー・リヤコフ、ワシントンの国務省麻薬問題担当次官補クリスセンシオ・アルコス、イタリア共和国の予審判事で司法省国家反マフィア取締局長（DIA）兼非合法P2フリーメーソン・ロッジ事件首席捜査官ブルーノ・シクラッリ、暗殺された反マフィア捜査担当予審判事パオロ・ボルセッリーノの後継者ジャンカルロ・カッシーリィ、香港《ホンコン》警察の組織犯罪・三合会対策部長アルバート・クォク・チョ＝クェン警視正、スペイン王国の組織犯罪、麻薬、マネーロンダリング対策担当相バルタザール・ガルゾン、合衆国ニューメキシコ州立大学政治学教授でラテンアメリカの麻薬カルテルに詳しいピーター・ルプスチャー、フランス共和国のマルセイユ捜査担当判事でフランス組織犯罪の最高権威ジャン＝フランソワ・サンピエリ、一九九四年ストラスブールのEU議会議員に選出される前まではフランス司法省マネーロンダリング対策の専門家だった捜査担当判事ティエリ・ジャン・ピエール、ロンドン警視庁組織犯罪部長ロイ・クラーク警視正。

私はその間ボン、ケルン、ヴィースバーデン、ベルリンとドイツ国内を広く旅してまわった。取材先のインタビューは多くが匿名を条件とした。私はボンで協力してくれたジョン・イングランドおよび内務省の高官ミハエル・グリースベック博士に感謝する。またドイツ連邦議会議員で内務省政務次官のエードゥアルト・リントナー、連邦刑事警察庁組織犯罪部長ユルゲン・マウラー警視正、旧ソ連周辺諸国から自国経由の核物質密輸捜査の専従班を率いるペーター・クローマー警視正らから提供された、統一ドイツが直面する暗黒街問題についての考察が非常にありがたかった。私の母国イギリスでは世界最大の小型兵器商人、サム・

カミングスが旧共産帝国からの不気味なアプローチについて興味津々《しんしん》たる話をしてくれた。

オランダのハーグでは犯罪学者で司法省顧問も務めるヤン・ファン・ダイク博士もまた、犯罪は高度に組織化されており、国際的な資金援助も受けているので、犯罪を撲滅すべくＥＵに残された時間には限りがあると述べた。こうした見解はダイク博士やＥＵ議会議員ピーター・ストフェレンだけにかぎられなかった。このほかオランダでの協力に対し感謝したいのは、マーク・フラー特派記者およびおそらくヨーロッパでもっとも風変わりな組合、オランダ・セックス・クラブ・オーナー協会を率いるヘンク・クライン・ビークマンである。

私はダブリンでアイルランド警察官（Garda）組合事務局のジョン・グリーンから典型的なアイルランド式のもてなしと友情を提供された。最初に出会ったのはストラスブールにおいてで、同僚のトニー・フェイガンと一緒だった。その後ジョンを介してアイルランド警察官代表者会議事務局長のジョン・フェリーに会った。当時麻薬部門の責任者だったアンソニー・ヒッキー警視正と「ガルダ・レビュー」誌の副編集長スティーヴン・リーがともどもアイルランド国境南北におけるテロリストの動きについて重要な情報を提供してくれた。

イングランドでは多数の人々から広範囲にわたる協力をえた。

私はマンチェスターで開かれた「データ保護・プライバシー防護コミッショナーズ」の第十五回国際会議に、当時の登録担当だったエリック・ハウから招待を受けた。ハウとアシスタントのパット・メラー夫人に感謝する。この大会のおかげで、私はＥＵ全加盟国における個人のコンピュータ・データや私的資料の保護に責任を持つほぼすべての担当官にインタビューすることができた。私のために惜しみなく時間をさいてくれたのはスウェーデン・データ検査庁長官アニタ・ボンデスタム、イギリス警察本部長協会データ保護作業部会長のエセックス州警察管区本部長ジョン・バロウ警視長、「経済協力開発機構」（ＯＥＣＤ）で法定本部長を兼ねるコンピュータ情報・プライバシー防護委員会委員長のクリスティアン・シュリッケ、フランクフルト大学教授でドイツ連邦ヘッセン州の前データ保護コミッショナーだったシュスピロス・ジーミティス博士らであった。私はまた代表的な国際データ保護情報サービス機関である「プライバシー・ロウ・アンド・ビジネス」理事長のスチュアート・ドレスナーにも会った。のちにドレスナーから同機関の女性調査員でブラジル生まれのデボラ・フィッシュ・ニグリに引き合わされた。コンピュータ犯罪を専攻する法学士、哲学博士の学位をもち、数百万ドルもの大金が動く秘密活動に関する貴重な情報源となった。マンチェスターでも私はアンドリュー・プデファットとの旧交をとりもどした。公権力による人権侵害と戦う団体「リバティ」事務局長としての長い経験にもとづく便宜を提供してくれた。かかる人権侵害について「アムネスティ・インターナショナル」のハルヤ・ゴウワンから、さらなる情報をもらった。またアムネスティがパリ南西のヴェルサイユにあるフランシスコ修道会診療所のジャン・クロード・アルト博士やカナダはモントリオールのロイヤル・ヴィクトリア病院内マクギル臓器移植センター外科医ロン・ガットマン博士に引き合わせてくれたことにも感謝する。二人とも移植手術を目的とした子供や若い成人からの——時として殺人がらみの——臓器の窃盗について長々と語ってくれた。

ストラスブールで会えなかった二人のＥＵ議会議員がイングランドで時間をさいてくれた。そうした配慮に対しイースト・サセックス州選出の保守党議員で麻薬取引に詳しいサー・ジャック・スチュワート＝クラークと、一九九四年の選挙で敗北するまでロンドン南東地区選出の保守党議員だったピーター・プライスに感謝する。プライスはＥＵの、時として奇妙な財政がらみの事件に会計検査のメスをふるった人物である。

勅選法廷弁護士のアンソニー・フーパーはいま提案されているイギリス刑事裁判制度に関する数々の憂慮すべき改正点について法廷弁護士協会の立場を代弁し、同じく勅選法廷弁護士アンソニー・スクリヴナーもさらに専門家としての貴重な見解を披瀝《ひれき》してくれた。

私は麻薬取引と麻薬常用者を題材にした以前のノンフィクション――『ＦＩＸ―世界麻薬コネクション』（新潮選書）――がイギリス内務省の外局、国家刑事情報庁（ＮＣＩＳ）組織犯罪部の参考文献の一つにリストアップされているのを知ってうれしく思った。本書の準備にあたり助言とたえざる協力を惜しまなかった当時の組織犯罪部長グレアム・ソルトマーシュ警部に心からなる感謝をささげたい。当時ソルトマーシュは国家刑事情報庁の財務部門を統括する責任をになっていた。また組織犯罪部における三合会対策の専門家マイクル・ボール、麻薬取引およびマネーロンダリング部門の次席マイケル・ロス両巡査部長、インターポール担当課に所属するイアン・ラングリッシュ巡査部長、さらには当時ペドフィリア部門の次席だったルイス・エリスにも感謝しなくてはならない。

私がインタビューした多くの警察官や捜査官たちは身元を明かさないことを条件とした。

私が取材にあたっていた当時、ロンドン警視庁猥褻出版物取締班の率直かつ仕事一途な責任者だったマイクル・ヘイムズ警視は幸いにも匿名を望むような人物ではなかった。またうれしいことにイングランド＝ウェールズ警察官連合会議長リチャード・コイルズや同連合会巡査部長中央委員会のデイヴ・F・ヘイワードもさほど口がかたくはなかった。さらに前デヴォンおよびコーンウォール警察管区本部長で、一時エクセター大学警察研究センターの特別研究員だったジョン・アルダートンが、はじめのうちいくらか躊躇《ちゅうちょ》しながらもイギリスの法秩序に関して私とおなじ見解と懸念《けねん》を表明してくれたこともうれしかった。

このテーマに関しイギリス内務省の多数のキャリアからも——一人残らず匿名が条件だったが——専門的な情報と貴重な助言を受けた。そしてすぐ近くの大蔵省では、多額の犯罪的収益をふくむ莫大《ばくだい》なカネが日々流れるイギリス金融機関について教わった。

べつに驚くにはあたらないかもしれないが、マフィア、ヨーロッパ大陸型フリーメーソン団とEUの非選挙執行機関であるブリュッセルのEU委員会との癒着《ゆちゃく》関係について——公式であれオフレコであれ——関係者に何とかしかるべき証言をうながすことはすこぶる困難だった。しかし、レオルカ・オルランドはそうした躊躇をまったく見せなかった。EU議会議員ジョン・トムリンソンもストラスブールの元同僚議員ピーター・プライスも例外ではなかった。「イングランド・ユナイテッド・グランド・ロッジ」(イギリス・フリーメーソン総本部)総主事、スポークスマン、歴史家でもあるジョン・ハミルも首を横にふらなかった。

私は秘密結社的な圧力団体フリーメーソンの調査を思いたたせた多言語を操る元情報部員

で、数多い暗殺の企てを生きのびた人物にも感謝を表明したい。彼は本書の随所にその多大な貢献ぶりをおのずと認めることになるだろう。

七十代の裕福な不動産開発業者メルヴィル・マークは一部の警察官や政治家を別にすれば、フランスでマフィアの犠牲になることを拒絶した事実を進んで公表した唯一《ゆいいつ》の人物である。コートダジュール連続暗殺事件のレベルを考えれば——とりわけその一人がマーク氏の緊密な取引相手だっただけに——この拒絶は当人が口にするのをためらったにもかかわらず、勇気ある拒絶だったと思われる。

「盗難美術品登録協会《アート・ロス・レジスター》」の専務理事ジェイムズ・エムソンと元警官でロンドンの美術品競売会社「クリスティーズ」の主任保安員コリン・リーヴは、これまた元刑事で美術品保険金額査定人のジョン・サッターとともに美術品犯罪調査で大いに力になってくれた。

私はまたクロアチアの美術品略奪の実情を話してくれた戦乱の地ザグレブのバンカ・シュルチ夫人をはるばる私に引き合わせたジェイムズ・エムソンにはさらなる感謝をささげなければならない。

おなじく私を信頼し、詳細かつ率直に語ってくれたヨーロッパの美術品、アンティーク、美術品修復の関係者にも感謝する。私にとってとりわけ楽しい思い出は、とある農家での昼食会である。そして本物のアンティークがおかれ、ホストが友人だったある邸宅での深夜におよびすぎたディナー・パーティーである。

こうした特殊な関係者たちが身元の公表をこばんだのは、みずから関与していたせいではなく、(彼らはペテンにかけられるのを避けるためにそうした手口を知る必要があるのだと力説したのだけれど) ごまかしや不正行為の存在を公《おおやけ》に認めることで——肉体的ではなく物質的に——苦痛を味わう羽目になるからであった。仲間内にとどまるか出ていくか二つに一つなのだ。仲間はずれになることは実際に商売ができなくなるということであった。

数多いフランス語による文書の見事な翻訳で貢献してくれたフィラダ・ロジャーズに感謝する。彼女にとって文書に記述された暴力行為、窃盗、腐敗、殺人事件などは彼女が住むドーセットの鬱蒼《うっそう》とした静かな環境からすれば別世界の出来事に思えたにちがいない。

私が会った多くの人々は、本書のテーマである裏ビジネスのプロを自任する人たちであった。犯罪というテーマだ。彼らがあかした身元はおそらくいい加減なものに相違なく、したがって私たちはしばしばファーストネームだけを覚えておけばよかった。私は可能なかぎり——多くの場合がそうだったが——彼らの語る話を独自の、時には公式の情報源によってチェックした。チェックできなかったものや、あまりにもとっぴに思える話は除外した。

以上のみなさんに一人残らず——匿名《とくめい》であろうとなかろうと——心からの謝意をささげる。

ユーロマフィア　上巻

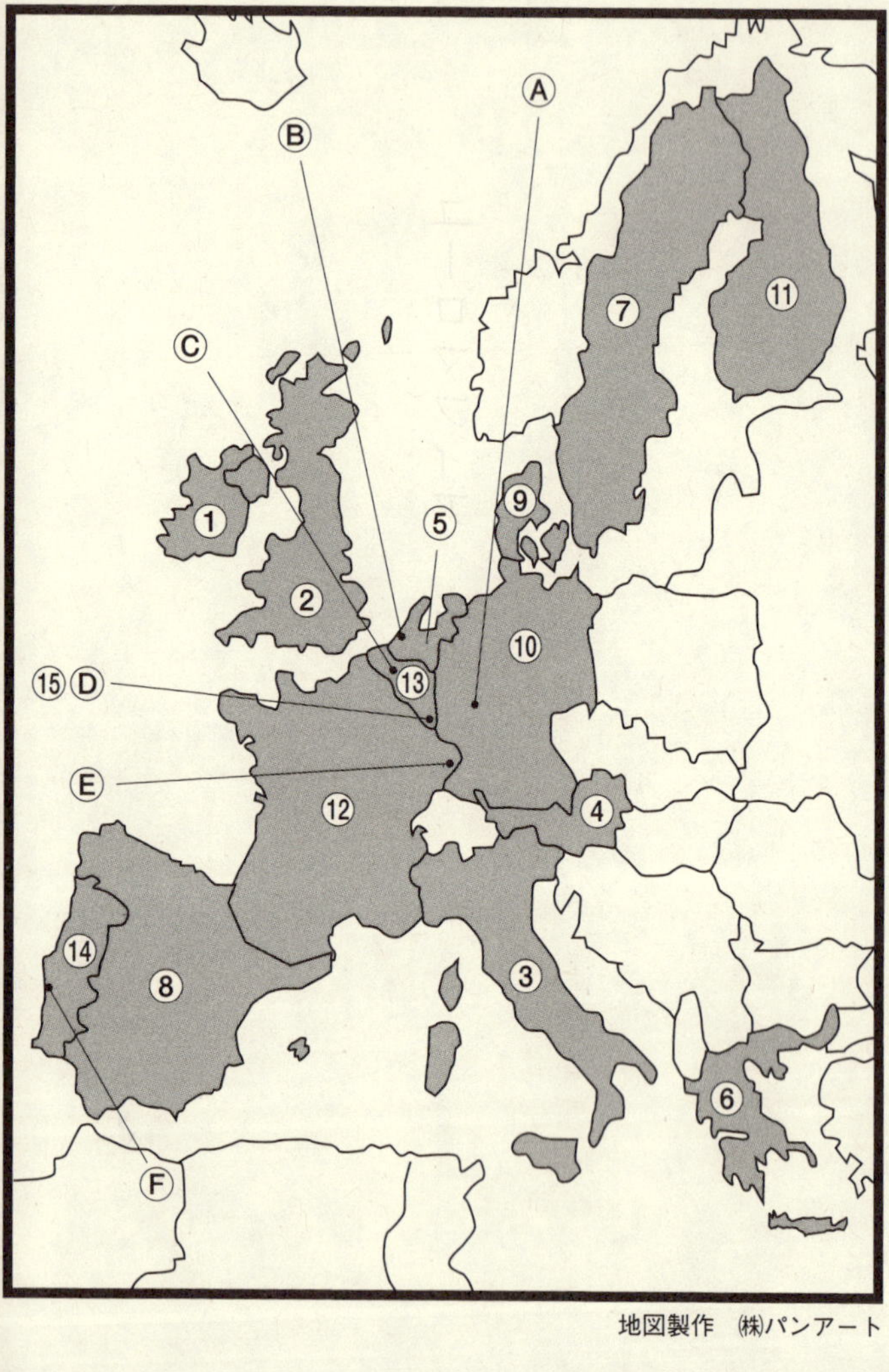

地図製作　㈱パンアート

ＥＵ加盟15か国（2001年５月現在）

① アイルランド
② イギリス
③ イタリア
④ オーストリア
⑤ オランダ
⑥ ギリシャ
⑦ スウェーデン
⑧ スペイン
⑨ デンマーク
⑩ ドイツ
⑪ フィンランド
⑫ フランス
⑬ ベルギー
⑭ ポルトガル
⑮ ルクセンブルク

主な欧州諸機関と設置場所

Ⓐ 欧州通貨機構（フランクフルト）
Ⓑ 欧州刑事警察機構（ハーグ）
Ⓒ 欧州委員会（ブリュッセル）
Ⓓ 欧州司法裁判所（ルクセンブルク）
Ⓔ 欧州議会（ストラスブール）
Ⓕ 欧州麻薬監視機関（リスボン）

第一章　犯罪の報酬

犯罪はペイする。これまでもつねに引き合ってきた。もちろん街頭をうろつく手合いとかアマチュアとかの場合だと、そうはいかない。自分たちが食いものにする犠牲者なみに被害者でもあり、さながら掃き捨てられるごみくずのように片づけられるだけだ。犯罪がペイする人種とはプロフェッショナルたちのことである。ビジネスとして犯罪に手をそめる男や女どもだ。そのビジネスたるや合法的な多国籍企業やコングロマリットによく似た組織、つまり会計士や財務顧問にかしずかれる役員室に似たヒエラルキーを通して行なわれるのである。

ペイする犯罪とは組織化された犯罪であり、本書ではこれを八つの大まかな項目に分けて検証する。すなわち非合法な武器取引、非合法な麻薬取引、マネーロンダリング、コンピュータ犯罪、売春およびポルノグラフィー、不法移民、テロ、そして芸術作品の窃盗および偽造である。いわばタコの八本の足だ。

しかしこれらの犯罪は相互にオーバーラップしている。なぜなら犯罪をビジネスとして組織化するプロたちは、ただ一つの犯罪に限定することはめったになく、同時にいくつかの犯罪にかかわるからである。

世界の各国政府を何より悩ませている旧ソ連圏からの通常兵器、核物質および核技術の密輸は、違法な麻薬取引と密接に結びついているのである。これら二つの地下活動がもたらす莫大《ばくだい》な利益は、黒い不正資金を浄化するためにきわめて高度なマネーロンダリングの技術を必要とする。こうした技術の大半は簡単に国境の壁を超えるコンピュータに依存しており、それがさらに他のあらゆる分野で犯罪を生む下地となっているのである。その一つがコンピュータ・セックスであり、これは古くからの売春やポルノ産業とつながっていく。この産業をささえるために不法移民という悪質な手口で、しばしば強制的に男や女たちが連行される。またラテンアメリカや東ヨーロッパの子供や若者の誘拐、あるいは人身売買によっても現物が供給される。これらの補給地は、かつて国連事務総長のブトロス・ガリ博士が槍玉《やりだま》にあげたもっとも恐るべき犯罪である臓器取引の土壌にもなるのである。麻薬はテロの資金源になっており、核兵器や通常兵器の購入に熱心な中東の宗教支配国家の一部はそれによってヨーロッパの不安定化に狂奔する。これらの諸国はヨーロッパの美術品競売所を通して自国の名品を売り払い、さらなるテロ資金を調達してきた。そのおなじ美術品競売所を介して、旧ソ連帝国から大量に略奪された美術品のほか、EU十五か国から盗んだ莫大な美術品が取り引きされているのである。

以上が本書で私がとりあげるべく選び、また偶然にも同じようにガリ国連事務総長が単にヨーロッパだけでなく世界の民主主義体制を脅《おびや》かすものとして分類したおおざっぱな犯罪項目である。その分類が行なわれたのは一九九四年十一月、百三十九か国の代表が出席し、ナポリで開かれた閣僚会議の席上だった。そうした犯罪ならびに組織化された犯罪者たちは、ガリ事務総長が警告するような危険を呼びよせるものだという結論をくだしたのであった。

しかし残念なことにEU域内の各国取締当局は個別的にも、また全体としても、そのような危険を認めることをこばんでいる。同じように危険に対抗すべく必要な行動をとることもこばんでいるのである。

ヨーロッパ系マフィアやその域外のビジネス・パートナーが享受《きょうじゅ》する利点はそれだけではない。犯罪組織にとってさらなる重要な支援態勢は、特殊なヨーロッパ大陸型の秘密結社フリーメーソン団が提供する犯罪者の隠匿《いんとく》と保護である。各国の組織はその名称に付された「オリエント」(もしくは「オリアン」)という言葉で見分けがつく。

周知のとおり犯罪へのかかわりに加えて、〝兄弟愛〟という金看板の原則をみずから踏みにじっているがために、〝オリエント〟系フリーメーソン団は、世界のフリーメーソン団を統轄《とうかつ》するイギリスの総本部によって破門されている。その秘密性、排他性にもかかわらずオリエント系フリーメーソン団およびそれがはぐくむおなじ秘密組織のマフィア・グループはヨーロッパにぐんぐん勢力を張ってきた。そして冷戦が終結して以降、彼らの触手は旧共産圏諸国にも広くのびていったのだ。

私は軽率に、あるいは証拠もなくしてかかる告発を行なっているのではない。イギリス・フリーメーソン団のしかるべき幹部やEU議会議員、さらには暗殺の脅迫を受けながら、そうした関係を公然と非難するだけの勇気をもった男女とのインタビューに拠《よ》って発言しているのだ。

彼らが手に入れている想像を絶する莫大な利益のために、本書でとりあげた犯罪はヨーロッパのばらばらな取締当局や情報機関によってEU域内におけるもっとも重大な違法行為と判定されたのであった。そして違法であり、かつ監査済みの会計帳簿が公表されていないがために、これらの犯罪が生む無税の利益をつかもうとすれば、きわめておおざっぱに推計するしか手がないのである。とはいえ、経験をつんだ国際的な調査官が計算の基礎とする指標——保険料の精算、逮捕者の自白からえられる確かな収益、麻薬密売買の末端相場など——からすれば、組織犯罪の収益はざっと十億ドル単位にのぼる。違法な核物質、核技術を主体とする武器取引や違法な麻薬取引はすこぶる密接にからみあっているから、いずれかをトップの収益源として切り離すことは実際に不可能である。

世界が幻覚性、向精神作用性の物質にあふれているのはいうまでもない。そしてEU

は地理的、文化的にたえず求心力のはたらく麻薬取引という渦巻の中心部になっているのだ。私にしめされたある総体的な数字によれば、麻薬取引による年間収益は世界全体で四千九百二十億ドルだった。(1)名の知れたイギリスのさる権威筋の見方は数字がもっと高く、七千五百億ドルだ。(2)しかしながら低いほうの数字をとっても、このうちの千九百六十五億ドルは毎年EU域内を収入源としている。(3)違法な武器取引——兵器およびその専門技術——もまたそれ相応の収益をもたらす。ある専門家の試算では麻薬取引よりもずっと多くの利益をあげている。

かかる途方もない、まったく無税の年間収益によって犯罪組織は文字どおり一国の政府を買収できるほどの潜在力をもつ。さらには一国の政府を通して事実上、国家そのものを買収できるのである。かかる現実は、とりわけそれを旧ソビエト連邦内の不安定な新しい共和国にあてはめてみると、一九九四年十一月のナポリ会議でガリ国連事務総長が発した黙示録的な警告の基礎をなすものだ。ほかならぬそのイタリアこそ、そうしたシナリオがすでに現実のものになっている国である。

私がイタリアを第一共和制から第二共和制にみちびく下地になった犯罪行為、暴力、腐敗をくわしく調べたのは、この国が「犯罪は勝利する」という啓示を地で行っているからである。腐敗しきった最初の政権は成立後、わずか八か月で崩壊した。その結果、古くからのマフィア、つまり元祖のイタリア系マフィアが足場をかためたのだった。私はパレルモ市長を兼ねるEU議会のレオルカ・オルランド議員から話を聞いた。オルランド議員は反マフィア党「ラ・レーテ」の創設者で、非合法のフリーメーソン団がからんだ犯罪、武器、麻薬コネクションの存在をつきとめた最初の人物である。おかげで彼はいまや十二人以上の武装したボディーガードにかこまれて暮らさなくてはならない。オルランドはこう主張する。[4]

「新たなフロンティア、世界の新しい地平はもはや共産主義対資本主義の戦いじゃない。合法対非合法の戦いです。問題はこの先、世界の各国政府が合法、非合法いずれの政府になるかを悟ることでしょうね」

おなじく新ロンドン警視庁の前副総監で、百七十九か国からなる国際刑事警察機構《インターポール》の二期目の事務総長を勤める人物は、最大の犯罪ビジネスの一本の柱に対し加えられた取り締まりの努力がすでに水泡に帰したことを認める。「麻薬の密売買は押さえようがない」と私に打ち明けたのであった。

武器や麻薬とならんで、犯罪組織が意のままに操れる巨万の富は――しかも国家を不安定に陥《おとしい》れる持ち前の潜在的な能力は――第三の巧妙かつ高度に技術的な分野の犯罪活動を生み出している。それぞれの犯罪は別の犯罪からえた利益でふとりにふとる。第一の犯罪は第二の犯罪に完全に依存し、第二の犯罪は第一の犯罪からえた利益がないとやっていけない。

マネーロンダリングと呼ばれるやつだ。

犯罪からあがるカネは――本書でとりあげた範囲の不法行為を出所とする間違いなく巨額のカネは――〝ダーティー〟であり、それはあたかも盗賊とその窃盗行為をあきらかに結びつける確かな盗品が〝ホット〟であるのとおなじだ。また盗品をなるべく速やかに売買しなければならないのと同じく――強盗行為を犯罪の物的証拠から切り離すとともに素早い利益を確保するためにも――ダーティー・マネーは早々に洗浄する必要がある。果てしない大量のカネの流れは、まともな金融機関が開く合法的なチャンネルを通すことによって、あきらかな犯罪とのかかわりを払拭《ふっしょく》しなくてはならない。こうしてすっかり疑問の余地がなくなったカネは完全にクリーンだ。次に銀行、カジノないし不動産の開発物件といった現金処理に好都合な施設を買収して何回か資金を流通させる。こうした正常な活動によってカネをさらにごしごし洗い、よごれをすすぎ、消毒するわけである。

マネーロンダリングは組織犯罪の会計および財務担当の仕事である。日本のマフィアであるヤクザは、組織のカネを世界に冠たるロンドンの金融街《シティ》をくぐらせるために、イングランドに特別な名称のついた組織の金融部門をおいていると、イギリスのさる専門の司法機関は信じている。しかしながらこうした策略の舞台となるのは通常、税金回避地《タックス・ヘイヴン》として知られる秘密銀行口座を認める世界の国々である。私は本書で彼らが採用するさまざまな手練手管とともに、この点をあきらかにしていくつもりである。コンピュータがその主たる道具《ツール》であり、何十億ドルものダーティー・マネーを一瞬のうちに消し去る——それもマネーの魔術師たちが魔法の杖《つえ》をふるうことなく、ただキーボードにさわることだけで。合法的な金融機関による最初の処理段階で、カネの出所に疑念をいだかれなければ、ダーティー・マネーは永久に姿を消してしまい、瞬時のうちに国から国へと何千キロも移動してしまう。

その莫大な利益を差し押さえることは、組織犯罪に効果的に立ち向かう数少ない方法の一つである。資金の流れはあらゆるビジネスの血液だ。これを絶たれればビジネスはしぼみ、枯れていく。EU域内でまっとうな政治的意思や犯罪取締の協力態勢が欠落している現状からすれば、加盟十五か国とも犯罪組織の違法な資産がその組織にとってアキレス腱《けん》だという合意に達したのは注目に値する。たぐいまれな先見性や決断にとぼしいながらも、各国はさらにこれら資産を標的とした立法措置の採択にも合意しているのだ。しかし残念なことにここでもまた、十五か国すべてがそれぞれの異なるやり方でEUの法的提案を統合しようと試みるのと同じように、各国がヨーロッパのマネーロンダリング協定や法的規制を個別に採択したやり方はどうみても一貫性がない。このため犯罪取締の努力にはさまざまな欠陥が生じ、およそ成功のチャンスはないのである。

コンピュータはマネーロンダリングに不可欠のサービスを提供する一方、武器取引や違法な麻薬取引からあがる利益とほとんど遜色がないとされる収益の詐取に最高のチャンスをあたえる。こうした犯罪の場合、正確な数字を推計することはもっと難しい。というのもあらゆる代表的な世界の銀行をふくめた金融機関のうち、自社のシステムが破られる可能性があると認める金融機関はほとんどないからである。それを認めることは受け容《い》れがたい事実を認めることにもなるのだ。つまり、どんなコンピュータ・プログラムでもデータベースでも、意を決したハイテク侵入者による不当な盗み取りは防ぎきれないという事実である。(5)そしてこの事実はたとえば正体の知れないハッカーがブリティッシュ・テレコム社の難攻不落とみられていた記録の中からイギリス王室、防衛施設、首相ら政府高官のほか事実上あらゆるイギリス情報機関の秘密電話番号を盗んだ際に公共および一般顧客の信頼をすでに傷つけているのだ。そして一九九五年一月、またしても——「データストリーム」なるニックネームの——十六歳のイギリス少年が九四年の核査察をめぐる危機の際に、合衆国政府の最高機密コンピュータに侵入し、ワシントンと北朝鮮に滞在中のアメリカ出先機関との超極秘交信を読みとったことが判明した。少年は交信を読み、さらに合衆国政府公務員の給与明細や物資調達を詳細に記録した極秘システムのなかに入ったばかりでなく、その発見の成果をブリティッシュ・テレコムの知られざる侵入者がやってのけたように公表したのであった。それも、なんと三千五百万人のユーザーがアクセスできる世界的なコミュニケーション・ネットワークであるインターネット上の掲示板に流したのだ！

金融機関は自分たちのシステムの弱点を認めるよりも、ハッカーが盗んだものの代償をすべて秘密裏に負担したがる。結局のところ、たとえ彼らがハッカーを追跡したとしても、既存の法体系が不充分で公権力の執行が困難であるため、どんな居丈高な告発もほぼ確実に頓挫《とんざ》し、世間の信頼をいっそう失う結果に終わってしまう。

スクリーンの大きさに限界はあるものの、コンピュータの出力情報をブラウン管に表示する装置（ＶＤＵ）は世界一大きい多彩なポルノ映画館であり、おまけに検閲もなければ何の規制もない。ヨーロッパで入手できるポルノは不法に出まわっているため、ここでもその数量を計算することはまったく不可能だ。しかもその出所たるやヨーロッパにさえ限定されない。コンピュータを操作できるヨーロッパのオペレーターにとって――その大多数は統計的には子供だけれど――行き過ぎた性的、暴力的素材をマイアミから呼び出すことは、マドリードから呼び出すのと変わりなく簡単である。当然ながらそのような手軽さは何十万ものスチールおよび映画もどきの画像に組みこまれる。後者が可能なのは画像効果を高める奇跡的な技術によってである。イギリスはこうしたポルノに抗し、抜け穴だらけの法案(6)による立法措置を試みたが、あとであきらかにするように組織犯罪を阻止しようとする他の多くの努力とおなじく、公権力を発動するのは実際に不可能というのが現実である。

ヨーロッパのポルノ映画産業はコンピュータ・スクリーン以外にもはけ口を持っている。フィルムやビデオの取り引きは途方もなく、ＥＵの前身、欧州共同体（ＥＣ）の境界線をはるかに超えてのび、あらゆる嗜好《しこう》に応じる。幼い子供たちが誘拐されたり、売買されて性的虐待《ぎゃくたい》を受けるという非道な犯罪の犠牲となる。なかには生後十四か月の赤ん坊が巻き添えにされることもある。イギリスの警察当局はそのようなフィルムを押収《おうしゅう》したことも、目撃したことさえないと主張するが、スクリーン上で子供だけでなく成人までもが実際に殺される〝スナッフ〟映画はちゃんと存在するのだ。

生身《なまみ》のセックス・マーケットも栄えている。男女の若者、とりわけ十代半ばの若者たちがだまされるか、力ずくで売春に追いやられる。アムステルダムで私は、ミニバンの中につめこまれて下見を待つ東ヨーロッパのおびえた少女の一団を、一人三千ドルでセックス・クラブのオーナーに売りつけるセールスマンの話を耳にした。

本書で考察するスナッフ映画と同じ恐怖の犯罪中でももっとも凶悪なのは、ガリ国連事務総長がナポリ演説において指摘した犯罪である。すなわち生きのびるためならカネに糸目をつけない末期患者の生命を救うため、しばしば相手を死に追いやったり、障害者にしたりしながら臓器を奪いとることを目的とした浮浪者や若者の誘拐ないし人身売買だ。この人さらい産業の規模については医療業界で論議されてはいるが、国連事務総長はその存在自体に何の疑念もいだいていない。ＥＵ議会もそうで、かかる犯罪への立法措置を求める決議さえしている。ところが驚いたことに今日まで一片の法律も制定されていないのである。

不法移民を欧州共同体につれこむことも高度に組織化された犯罪であり、ここから莫大な利益に加えていくつかの重大犯罪も生まれ、深刻な社会不安をまねく場合が多い。移民は偽造書類を使うので、ヨーロッパに密入国した者は個人にせよ家族にせよそんな偽造書類をあたえられたうえ、いつでも密告できるぞと脅しをかける犯罪組織に首根っこを押さえられている。その結果、密航者たちは東ヨーロッパからミニバンで連行される売春用の少女たちと同じく奴隷《どれい》の身となるのである。実は少女たちの大多数もEUの境界を不法に搬出されているのだけれど、それが物理的な脅しをかける売春斡旋《あっせん》業者にさらなる武器をあたえている。不法移民のうち自分や家族のためにEU域内にもぐりこめるだけの費用を前払いできる者はほとんどいない。したがって、彼らは自力で支払えない高額の日歩利息がつく手形の振り出しを承諾する。なかには余儀なく犯罪に手をそめる者もいれば、ただただ負債を支払うためにむりやり犯罪に加担させられる者もいる。いきおい娘や息子たちは売春の世界に入っていく。不法移民はアジアやアフリカの出身者が多く、それらの地域は違法な麻薬密造の本場でもある。麻薬取引や密輸送が彼らのかかわる主要な犯罪である。

当然ながらその結果、合法、非合法を問わずすべての移民は疎外《そがい》され、麻薬を社会構造に対する唯一《ゆいいつ》かつ最大の脅威とみなしているEU市民から暴力的な、多くの場合は殺害をともなう憎悪《ぞうお》攻撃の標的にされる。しかも戦後ヨーロッパの繁栄は――とりわけフランスやドイツの繁栄は――合法的な外国人労働者によってささえられてきたのに、その繁栄にかげりが見え、非情で長期にわたる失業が生じたとなると、外国人労働者は仕事の収奪者とみなされて、そのことがあらたな――より広範囲な――迫害の理由となった。昨今EUのあらゆる国々において、過激派の暴力団は単なる殺人予備軍にとどまらず、EUの精神とは正反対の「外国人追放」という排他的な信条をかかげる人々から支持され、次第にヨーロッパ政治の本流に迎えられつつあるファシスト・グループに触発されて殺意を高めているのだ。

ヨーロッパの取締当局者たちはこれら殺し屋の暴力団を一様に「フットボール・フーリガン」とか「スキンヘッド」と呼んでいる。しかしこの呼称は誤解をまねく。サッカー・チームのスカーフを巻きつけた足もとのあぶないチンピラ集団の酔っ払いか、反抗的ではあるが基本的に無害な頭をまるめた若者を想像しがちだけれど、これら暴力団はそんな性格の集団では決してない。彼らはEU全域に騒乱状態を呼び起こすことをねらった国際的なウルトラ右翼のファシスト運動につらなる高度に組織化された歩兵軍団なのだ。

こうした野望は本書でくわしく検証するもう一つの犯罪、つまり、中東地域を本拠地とするテロリズムの組織が共有する野望でもある。これら中東諸国はEU全加盟国内の無数の暴力行為や殺人事件、時には事実上の虐殺事件にもかかわっている。そうした国の一つであるイランは現在、ヨーロッパのあらゆるテロ組織を資金と武器で支援し、犯罪と持ちつ持たれつの凶悪な活動を抜け目なくささえている。このような国のいくつかは現在、旧ソビエト連邦から流出中の核物質や核技術を熱心に買いつけているのである。

　宗教に名をかりたイランの破壊活動の主たる資金源は違法な麻薬取引、とくにヘロインの密造である。過去におけるもう一つの資金源は、前国王がせっかく収集した美術品や国宝などの信じがたい遺産を真価の何分の一かでたたき売ることで捻出《ねんしゅつ》された。

　犯罪と芸術作品とを結びつけたのはイスラム教の聖職者《アヤトラ》たちが最初ではなかった。テヘランがその可能性を現実のものとするはるか以前に芸術作品の盗み、ペテン、偽造は組織犯罪の主たるビジネスの一つだった。このような見方はロンドンの有力な美術品競売所の一幹部から一笑に付されたのであるが、本書の取材を通して私は、盗難美術品や贋作《がんさく》からあがる収益は世界全体でマフィアの資金づくりランキングのうち武器や麻薬取引の収益に肉薄するものだと確信した。貪欲《どんよく》な「ミスター大物たち」が存在し、彼らの孤独な、密室での悦楽を満たすべく、高価な作品が求めに応じて盗まれている。とくにフランス印象派の画家を偏愛する日本ヤクザの幹部たちがそうなのだ。名画の盗難は世界的な新聞ダネになるが、地方のお屋敷や画廊の壁面から奪いとられる名画に対して何千ものあまり注目を引くことのない、しかし実は莫大《ばくだい》なカネを生む中級クラスとしては最高の価値を持つ代表作が存在する。

旧ソビエト連邦全域にわたる共産主義の崩壊は名画犯罪に多大な影響をもたらした。一部の旧衛星国の高官は〝レイプ〟という言葉を使って自国の貴重な遺産の略奪ぶりを説明してくれた。盗難に遭った芸術作品を追跡すべく結成されたさる国際組織のイギリス人理事は、毎日十分おきに自国の高価な遺産が西ヨーロッパへと姿を消しているというポーランド当局者の発言に少しも驚きをみせなかった。

ヨーロッパを横切る盗難ルートに沿って運ばれる本物の古美術品や名画一点あたりにつき十点以上の贋作が存在する。なかにはその出来ばえが非常に見事なあまり、国際的に認められた専門家の鑑定でも見破られないものもある。時として――後述するイギリスのさる貴族を巻きぞえにした事件のように――ペテンがあまりにも巧みに仕組まれていたため、贋作にオリジナル作品の鑑定書が添えられた場合もある。

ガリ国連事務総長はナポリ演説において、EUばかりでなく世界全体が直面している選択を「ジャングルの掟《おきて》を超える法の支配」として位置づけた。

犯罪組織はその選択をとっくに行なっている。ところがヨーロッパはまだそこまで立ちいたっていない。しかもその気配すらみせていないのである。

ごくたまに――企業の部長なり上級役員に相当する――暗黒街の大物がつかまると、

法と秩序を選挙公約にかかげている政治家はさっそくいくさを戦いぬき、勝利を収めたという記者会見を開く。

まともな取り締まりの専門家たちはめったにそんな勝利宣言を発しないし、経験ある犯罪学者なら決してやらない。しばし空席になった王座にいつでもあがれる犯罪のキングがつねにあとに待機していることを知っているからだ。あたかも最末端で街娼《がいしょう》、ぽん引き、暴力スリ、麻薬の売人《ばいにん》たちが刑務所に入るや入れ代わりに使い捨てにされる滓《かす》の層がきまって水面に浮上するようなものだ。

まともな犯罪エキスパートたちはまた——プライベートにそう認めるだけだから、責任を帰すわけにはいかないが——犯罪は単に引き合うだけにとどまらず、勝利を収めつつあることを知っているのである。犯罪組織はすでに充分な資力をたくわえ、合法社会のなかに深く根を張っており、もうじきどんな法体系のコントロールもとうてい及ばなくなるだろう。

実に恐るべき事態である。さらに恐るべきなのは、ＥＵ内でこうした脅威に対抗すべく有効な法的措置が講じられていないことである。

ＥＵはいまや加盟十五か国の官僚や専門家からなる真の意味で統合された強力なＦＢＩ型組織、すなわち合同警察捜査機関を必要としている。またＥＵ南部でギリシャ市民を、北部でスウェーデン市民を法的に拘束できる適切かつ充分に統合された法体系も必要である。

そのどちらも現時点ではいまだに実現されていないし、近い将来に日の目をみることもないだろう。それが実現したあかつきにはすでに手遅れとなっているかもしれないのだ。

中味のない計画、実施されない合意などといったあの手この手のとりつくろいが行なわれているが、どれ一つとっても実体はなく、まともな裏付けをともなってはいない。各国の司法相、内務相は警察力の協調と統合を約する真摯《しんし》な共同声明を発表しはするが、各国とも国内での権益を守るためにそれぞれに激しい論争や闘争を展開しているのである。どの政府もどんなちょっとした権益すら外部の超国家的な組織に譲ろうとはしないのだ。

むろん、そのような組織体の萌芽《ほうが》はすでに存在しているのである。その名は適切にも「欧州刑事警察機構《ユーロポール》」といい、もっとも強力な提唱国であるドイツの熱烈な支持もあって、表向き私の悲観的な予測には根拠がないようにみえるかもしれない。ところが残念なことにドイツが肩入れをするユーロポールは、ドイツがその主導権を握ろうとしているとはいわないまでも、支配的な影響力の行使をもくろむ全ヨーロッパ的な警察力なのである。そうした状況は両大戦の記憶がまだ消えやらぬ他のEU加盟諸国にすれば面白くないか、まったく受け容《い》れがたいものだ。彼らの反対はインターポールの存在でさらに勢いづく。国際警察連絡機構としてのインターポールは、FBI型組織にとって絶対的な要件である実働機能を欠いているくせに、みずからをヨーロッパが必要とする唯一の国際的な犯罪撲滅機関とみなしているのである。インターポール事務総長レイモンド・ケンダルの見解によれば、ユーロポールはインターポールの一機関としてのみ存在価値があるのだという。

犯罪学の教授であり、当時オランダ内務省防犯局長を務めるヤン・ファン・ダイクはハーグでインタビューしたとき、EU内における法と秩序の統合について画期的な期限を特定することを避けた。しかしながらダイクの確信によれば、加盟国政府にとっていまは情けないまでに欠落している政治的意思をちゃんとしめしたうえ、各国の取締機関がプライドと領土的警戒心を捨てて組織犯罪に対抗する共同戦線を張るための時間は急速に残り少なくなっているのだという。四度も殺しの脅しを受けながら、頑固にボディーガードなしの旅行をつづけるオランダ選出のEU議会議員ピーター・ストフェレンはタイムリミットの特定にそうした躊躇《ちゅうちょ》はまったくみせなかった。EU議会司法委員会においてヨーロッパの犯罪に関し十年以上の経験を有するストフェレンは、これからの二年間が精一杯の猶予《ゆうよ》期間であり、それを過ぎると各派のマフィアは手に負えなくなるだろうと語った。[7] アイルランド警察官代表者会議の事務局長として豊富な実務経験を持つジョン・フェリーも同じ見解であり、[8] またフランスの犯罪学者グザヴィエ・ロフェール博士も同じように悲観的だった。

一九九四年六月、ロフェール教授の呼び掛けに応じて国際的なマフィア対策のトップ専門家が出席したパリ会議では、犯罪組織を相手とした戦争はむろんのこといかなる戦闘においても勝利を収めつつあると考えている専門家に私は一人としてお目にかからなかった。したがって五か月後、ナポリで百三十九か国の代表が出席して開かれた国連主催の会議でガリ事務総長が組織犯罪こそ世界の民主主義体制にとってもっとも深刻な脅威だと発言したことも、さしたる驚きではなかった。

私は本書のなかで暴力組織とそのコングロマリット化を人名や組織名であきらかにしていくが、犯罪組織を総称する用語として――小文字のmで始まる――「マフィア」(mafia)という言葉をしばしば使うことにした。この表現がぴったりあてはまる本来の組織は、シチリア島の「コーサ・ノストラ」(「われらがもの」)を元祖とするイタリアのそれである。あらゆるマフィアにとって絶対の要件は、組織活動の細部をだれにも漏らさないことを血にかけて誓う「オメルタ」、すなわち〝沈黙の掟〟だと規定したのがコーサ・ノストラだった。オリエント系フリーメーソン的な友愛の沈黙という秘儀は、コーサ・ノストラの文字どおり不名誉には死を、という誓いにくらべて象徴的なものにすぎないが、にもかかわらずその秘儀は東西のフリーメーソンによって厳格に守られているのである。その結果、たがいにかばい合う安全な殻《から》のなかの殻を形づくる。

それら組織の内部でフリーメーソン団的な秘密結社は、「影響力の行使」というコーサ・ノストラ系マフィア的なコンセプトを充分に理解しており、精力的にこれを開発しようとする。こうしてフリーメーソン的な秘密結社は――後述するイタリアの実例がしめすように――有効かつ人目につかない集会の場を設ける。この場においてコーサ・ノストラ系マフィアの実力者は実業界や政界の有力者と会うことができるのである。

さらにいえば、私は先に引き合いに出したＥＵ議会議員の話から確信したのだけれど、フリーメーソン団の防壁はしばしば、ＥＵの常設機構内で権限ある好都合なポストを占める「友愛」関係の高級官僚を守るために活用される。この特殊なヨーロッパ大陸型秘密結社フリーメーソン団は政治的に深く根を張り、絶大な影響力を行使している。それらヨーロッパ各支部は特定政府の最高レベルと結びつき、当該政府の利益をはかるべく政治的決定を操作し、皮肉にも――あるいは非合法なまでに――ＥＵが条約で責務を負う民主主義の諸原則を愚弄《ぐろう》しているのである。

第二章　オリエント方式とは

組織犯罪をおおい隠し、ＥＵ加盟の一部国家の特別な利益をはかるべく政治的な影響力を行使するイギリス総本部から非公認の秘密結社フリーメーソン支部《ロッジ》には共通した要素がある。どの支部の名称にも英語でいえば〝オリエント〟（東方）の言葉が冠してあるのだ。なかでも「グラーンド・オリアン・ド・フランス」（フランス大東方社）はヨーロッパ大陸系のうちもっとも活動的かつもっとも強力な組織であるとみなされている。かつて同国を指導した二人の人物の家族には、同本部で高い地位に就《つ》いた者がおり、いまも相変わらず本部との活発なコネを維持している[1]。この組織にはブリュッセル（ベルギー）のＥＵ委員会やストラスブール（フランス）のＥＵ議会内部にも強い影響力を持つ会員がいる。イギリス労働党所属のＥＵ議会議員による、とりわけＥＵの最高行政機関であるＥＵ委員会内におけるフリーメーソン会員名簿の公開要求を巧みにしりぞけた人物は、のちにみずから管理責任を持つ多額の資金をさるロンドン銀行の確定利付き個人口座に預金した議会事務局員の弁護に密接にかかわった。このカネは議会が関知しない七万五千ドルの利息を生んだのである。法律上、ＥＵ議会の公金である七万五千ドルの利息は結局のところ、いまだに回収されていない。
ベルギーには活動が活発な同国のグラーンド・オリアン・ロージュに所属する支部《ロッジ》がいくつかあり、ＥＵ委員会の上層部にも組織のメンバーがいて、任命制の彼らは執行機関の非任命制の高官の意思決定や考え方に影響を及ぼす地位にある。ことのほか著名で、政治的な活動も活発なベルギーのさるファミリーは、同国のグラーンド・オリアン・ロージュと強く結ばれている。私は法律上の見地から、その人たちの氏名をあきらかにするわけにはいかない。

　またイタリアでは一九八一年に「プロパガンダ・ドゥー」（Ｐ２）と称するオリエント・ロッジ一分派の大胆な反政府クーデター計画が明るみに出て、隠れフリーメーソン流の地下工作の一端が表面化した。Ｐ２は秘密の結社であり、一万八千人のメンバーを擁する同国内では公式かつ合法的なフリーメーソン団「イタリア・グランデ・オリエンテ・ロッジア」（イタリア東方社）とのつながりはなかった。指導的な政治家、警察関係者、秘密情報機関員、裁判官らがＰ２のメンバーであることが暴露された結果、時の政権は崩壊した。Ｐ２に対し非合法宣言がなされ、組織は解体したものとみなされていた。ところが現実にはそうではなかった。こんにちにいたるも解体されてはいないのだ。[2] 一九九四年、Ｐ２はいったんは合法組織として認められたのであった。しかしこの一九九四年の決定に対する抗告によって、組織は厳密には依然として非合法のままである。

二千六百人のP2メンバーのうち九百五十人の身元だけが確認された。まだ明るみに出ていない面々は布告された禁制下でも秘密裏に会合をつづけ、組織犯罪や不正の裏工作に隠れ蓑《みの》を提供した。そのほかに秘密のオリエント・ロッジも結成されており、いまなお活動中である。彼らはテロリストたちをかくまい、なかには一九九三年五月フィレンツェのウフィーツィー美術館の爆破事件に関与した者もいた。それ以前にもテロリストによる爆破騒ぎが何件かあり、そのうちの一件ではP2の腰が低い親切そうな総主事《グランド・マスター》リーチョ・ジェッリィが関与しているとされた。一九九三年の春、ジュリアーノ・ディベルナルドは、当時みずからが総主事《グランド・マスター》を務めるイタリア・グランデ・オリエンテ・ロッジア（イギリス総本部からではないにせよ、ともかく国内では合法組織とみなされていたロッジ）の大掃除計画を放棄したほどであった。ロッジの記録を調べたあと、ディベルナルドは「私は怪物をみた」と言い残して辞めてしまったのである。[3]彼は居をローマからミラノに移し、あらたに「イタリア・グランデ・オリエンテ・レゴラッタ・ロッジア」（イタリア大東方社正規社）を結成する。また組織犯罪とフリーメーソンとのつながりを調査する予審判事に全面的に協力すると約束した。そして分離した新ロッジに参加したいと思う者は、いかなる犯罪行為、マフィアとの交際、あるいは政治的汚職にもかかわりがないとする予審判事の証明書を提出しなければならないという布告を発した。

ごわごわの黒髪にたえず死の脅迫にさらされてきた緊張を物語るごま塩が目立つパレルモ市長のレオルカ・オルランドはまだ四十六歳、犯罪組織――イタリアの場合でいえば古くからのマフィア・グループ――が力をつけるのはフリーメーソンと結託することによってであると主張する[4]。その確信によれば、問題の深刻さを正しく認識しているのはドイツだけである。また一人のゴッドファーザーに対するファミリーの忠誠といった古くからの伝統は消えた、とさえ言ってのける。いまや組織犯罪はフリーメーソンによるひそかな庇護《ひご》のもと、ヨーロッパおよびその周辺地域にまでプロの犯罪者集団が受け持っている。オルランドはそうした組織の最高幹部会を新しい「クーポラ」か「星座」という統制機関になぞらえた。

それはたえず拡大しつづける星座なのである。

ソ連型共産主義が崩壊してから一年もたたないうちに、やはりイギリスの総本部から破門中の「イタリア・グランデ・オリエンテ・ロッジア」はチェコとスロバキア共和国に二つ、ポーランドに二つ、ハンガリーに二つ、ロシアに一つのロッジをたくみに結成した。フランスの非公認フリーメーソン団は――このような非公認のメンバーを指すフリーメーソン団の公式用語は「不正規会員」であるが――旧チェコスロバキア、ルーマニア、分割されたユーゴスラビア、ハンガリー、ロシアでロッジの開設をうながした。最初のうち結成されたこれらロッジはすべて根なし草であり、会員はパリで会合した。

フリーメーソンの庇護下で旧共産主義帝国のマフィアは勢力を伸ばし、足場を固めたのであった。オリエントが東西の組織犯罪を結ぶ隠された導管の役割を果たしたわけである。

自分の一命をつけねらうマフィアの親玉をかくまっているフリーメーソンを名指ししたおかげで暗殺をまぬがれた――単に先にのびただけかもしれない――と信じこんでいる大柄なレオルカ・オルランドは次のように警告する。

「マフィアはフリーメーソン組織を通してヨーロッパ中に勢力をのばしてるんです。だから、戦いは一シチリアないしイタリア内部の戦いにとどまりません。問題は国際的なものだ。肝心なのはだれが合法的に、あるいは非合法的に未来を築くことができるかを知ることですよ」

こんにち世界で六百万人の会員を擁するフリーメーソン近代史の起源は一七一七年である。組織の原型であるイギリスのグランド・ロッジが運動の統制母体となり、ヨーロッパ各地におけるフリーメーソン団の発展を見まもってきた。ちょうど五十年間かけて、ヨーロッパ各国に「友愛組織《ブラザーフッズ》」が次つぎと結成された。第二次大戦中ナチスはイタリアのムソリーニと同様にこの運動を禁止し、また共産党政権下の旧ソ連でも非合法化された。またカトリック教徒はフリーメーソン的な儀式を神への冒瀆《ぼうとく》とみなすバチカンの法王庁によってメンバーとなることを禁止された。そのような教会の裁定が緩和されても、オリエント系ロッジのなかに反教権主義をもたらす結果になった。

かかる反教権主義が公然と表面化したのは一八七八年で、フランスの「グランド・オリアン・ロージュ」はその儀式や教義から至高なる者への言及を削った。このため、ロンドンの総本部はフランス・ロッジの承認をとり消した。フリーメーソン組織やフリーメーソン研究家で歴史家のジョン・ハミルによれば、これをきっかけにフランスのフリーメーソン団はさらにルールを破って政治にも関与した。こんにちフランスのロッジは政治的手腕を芸術の域にまで高めている。EU議会議員には、フリーメーソン団の政治的な影響力がEUのあらゆるレベルに浸透しているとこぼす者もいる。

一九七二年にいたってイギリス総本部の最高幹部会はようやくイタリアのグランデ・オリエンテ・ロッジアを正式に承認した。ハミルによれば、それ以前のイタリア・フリーメーソンの歴史には「かなりの紆余曲折《うよきょくせつ》があった」という。イタリア・フリーメーソンは後年、イタリアの母体組織が策謀家リーチョ・ジェッリィの私的な縄張りを間違いなく封鎖したというい い加減な保証によってまんまとP2スキャンダルを切りぬけた。しかし結局は一九九〇年代初頭の政治的スキャンダルやマフィアの残虐《ざんぎゃく》行為に多数のメンバーがかかわっていたことから、ふたたび承認をとり消されたのだった。

イギリスのフリーメーソン会員は一九九〇年に非公認のドイツ・グランド・ロッジ訪問を禁止され、またイギリス総本部は破門したイタリアやフランスの友愛会員《メーソンリー》たちに集会所《ツジ》への出席を認めたかどで、ドイツのフリーメーソン団も除名してしまった。ベルギーのグランド・オリエントもロンドンから承認を拒絶されている。世界フリーメーソン運動の広壮なロンドン総本部でインタビューした際、ジョン・ハミルは地域間の相互訪問禁止は組織内における重大な譴責《けんせき》処分だと言いきった。彼はまた非公認のロッジがブリュッセルやEU議会内で行使する強大な影響力についても歯に衣《きぬ》着せぬ言い方をした。

「ヨーロッパ各国のグランド・オリエント・ロッジはいつの場合でも政治的な関心がすこぶる強く、フリーメーソン会員である個人としてよりもグループとして社会政策に非常な関心を寄せてるんです」

はるか一九八五年にイギリス社会主義政党系のEC／EU議会議員団が統一ヨーロッパ実現のためにフリーメーソンの登録制を提案した。この構想が当時のEC（欧州共同体）に加盟する各国社会主義政党によるマドリード会議の席上で持ち出されるや、フランス社会党の最高幹部であるアンリ・サビーや同じくイタリア社会党の最高幹部、マリオ・ディドはたちまち席を蹴《け》って退出した。

それはP2スキャンダルが表面化した四年後のことであり、法を無視する巨大な〝フリーメーソン氷山〟のごく小さな先端がはじめて顔をのぞかせたにすぎなかったのである。その時にはすでにイタリアのアルナルド・フォルラーニ政権はスキャンダルの重みで崩壊していた。なんと司法相のアドルフォ・サルティ自身がスキャンダルの先頭に立っていて、ロッジとのつながりを通じて政治的スパイ行為およびみずから守ると誓約した国家の安全そのものを危険にさらしたとして告発されたのだった。秘密情報機関の元長官アントニオ・ヴィセル大佐もローマはヴェネット通りにあるエクセルシオール・ホテルのスイートで国家機密をＰ２の首魁《しゅかい》リーチョ・ジェッリィに手渡したとして告発された。イタリア社会民主党の指導者で、ベッティーノ・クラクシ後継内閣の予算相となったピエトロ・ロンゴは、押収《おうしゅう》されたＰ２の秘密会員名簿に自分の名前が載っていたにもかかわらず、非合法ロッジのメンバーではないと否定した。これらの書類には十五人の将軍や提督の氏名があった。一人は軍の最高責任者だった。二人は国家の情報機関を指揮する立場にあった。公職を追われた実力者たちの顔ぶれは結局のところ――政府高官も加えて――国会議員や予審判事が三十八人、国防軍や公安機関の高官が百八十五人に達した。

当惑したイタリア国民は――ＥＣ／ＥＵ議会議員たちも――これ以上の大きな政治的な混乱はもう起こりえないだろうと思った。[5]しかし彼らは間違っていたのである。Ｐ２のメンバーでマフィアのマネーロンダリング係だったロベルト・カルヴィの事件が持ちあがる。一九八二年六月、ロンドンのブラックフライアーズ橋の下で首を吊《つ》っているのがみつかったのだ。その直前、彼が頭取を務めるアンブロシアーノ銀行が十三億ドルの不正な負債をかかえて倒産状態にあった。それから十一年後、カルヴィの死体が発見された当時にはなかった科学的技術を使ってのあらたな独自調査で、その死が他殺だったことがようやく判明する。最初の検死結果では自殺と判定され、二度目の検死では死因不明の有疑評決となった。ロンドン警視庁は捜査に欠陥があったという批判を拒否する。その後、イタリア人の密告者がカルヴィ殺しの真犯人は、マフィア系麻薬密売人のフランコ・ディ・カルロであると告げ、カルロはカルヴィの死後に犯した麻薬犯罪により二十五年の禁固刑に処せられた。ローマではきゃしゃなチェコ人司教パヴェル・フンリカが、ロンドンでカルヴィが所持していたブリーフケースの中身に対し小切手で七百五十万ドル支払ったことを認めた。ブリーフケースの中身を売りつけた二人のイタリア人の一人、フラヴィオ・カルボーニはロンドンでカルヴィと行動を共にしていた。フンリカ宛《あて》の小切手はバチカンの専用銀行である「宗教事業協会《インスティチュート・オヴ・レリジャス・ワークス》」（IOR）から振り出されていた。生前カルヴィはIORの理事長でシカゴ生まれの大司教、ポール・マーチンカスと共に、世界を股《また》にかけたマネー――大半がマフィアの現ナマ[6]――の不正移転に深くかかわっていた。マーチンカスは聖職者というよりも、かつてそうであったように大学のボクシング選手といった感じの大男だった。バチカンとのつながりからカルヴィは〝神の銀行家〟というニックネームを奉《たてまつ》られていたが、細身で、頭のはげかかった濃い口髭《くちひげ》は銀行家というよりも下級官吏の趣があった。カルヴィのブリーフケースにはマネーロンダリングでバチカンが果たした人目をはばかる役割の詳細な資料が入っていたという評判である。それらの資料は当局についに回収されなかった。なにせマーチンカスはバチカンなる主権の聖域に守られた超法規的な存在なのだ。

ジェッリィのもう一人の銀行仲間に対する殺人容疑の評決には十一年も要しなかった。ミケーレ・シンドーナはＰ２のメンバーで、カルヴィの長年の友人だった。一九八〇年ニューヨークはマンハッタンの法廷で詐欺《さぎ》と偽証の有罪判決を受けたのち、嘱託殺人の裁判を受けるべくイタリアに送還され、その罪で終身刑を言い渡された。カルヴィと同様、教会を不安がらせるかもしれない裏情報をごまんと知っていた――ローマ法王パウロ六世とも個人的な知り合いだったし――いくつかのフリーメーソン系ロッジやマフィアともコネがあった。シンドーナは捜査官に何もかも打ちあけることを承諾した。その約束を果たす以前の一九八六年九月、ヴォゲラ刑務所のビデオ・モニター付き独房でコーヒーに青酸カリを混入されて即死した。犯人はいまだにみつかっていない。

この間、一連の込み入った事件の〝黒幕《エミネンス・グリーズ》〟だったいかつい顔のリーチョ・ジェッリィは割り合い泰然自若としていた。右翼テロリストの何件かの残虐行為に関連して裁判にかけられながらも、職業はマットレスの製造業だと言い、かつてローマ法王パウロ六世に純金のベッドを贈って買収しようと画策し、みずからファシストをもって任じるこの人物は服役の経験が少ない。八十六人の死者を出した一九八〇年のボローニャ鉄道駅爆破事件では、テロリストに資金を提供したとして欠席裁判で十年の禁固刑を言い渡された。裁判の途中、ジェッリィはアルゼンチンに逃亡した。当時の同国大統領レオポルド・ガルティエリ将軍を大いに崇拝していたのである。ジェッリィは戦後アルゼンチンに滞在していたことがあり、イタリアに帰国したのは六〇年代に入ってからだった。一九八八年の初頭、スイスにある銀行口座を点検すべく極秘裏にスイス入りしたかどで逮捕されたジェッリィは、イタリアに強制送還されたものの、しかし送還に際しては死亡したロベルト・カルヴィのアンブロシアーノ銀行にからむ倒産事件以外の容疑では訴追も服役も強いられないという条件が付された。手術を要する重い心臓疾患をかかえていると思われていたために――手術はいまだに行なわれていないが――がっしりとした健康そうなジェッリィは、警備厳重な刑務所からトスカーナのアレッゾという町にある自分の別邸「ワンダ荘」のくつろげる環境へと移された。眼鏡をかけた彼が何回となく防弾ガラス付きのフィアットでフィレンツェを訪れるそのつど、イタリア国家から給料を支給されている護衛官が付き添った。要するに――文字どおりほんの形式的に――ジェッリィは自宅軟禁の処分を受けただけだった。P2に関連して下された一九九四年のややこしい拘置決定後も彼の自宅軟禁は今日まで続いており、そんな措置に対してはいちおう上訴が行なわれている。

ジェッリィが〝隠れフリーメーソン〟として発覚後も活発な行動をつづけていたこと――その結果マフィアに直結する秘密のロッジがいくつか派生したこと――を示す徴候

が一九九三年にはじめて表面化する。と同時にフリーメーソンとマフィアとのかかわりがブリュッセルのEU委員会の奥深くまで浸透している事実も確認された。(7)

この事実をつかんだのは第一線で対マフィア捜査にあたっていたイタリアの予審判事の一人、カラブリア州のパルミという町の検察官も務めるアゴスティーノ・コルドヴァ博士だった。カラブリアの養豚業者によるEU委員会の補助金をねらった詐欺事件を捜査していたところ、ジェッリィとロッセラ・イオニカにあるカラブリア・ロッジ支部長との間でかわされた交信記録が明るみに出た。それとほぼ同時にコルドヴァ博士は捜査が全面的な妨害に直面したことを知る。捜査スタッフは半分に減らされ、オフィスはローマの司法省から抜き打ち監察を頻繁に受けた。博士を国家の反マフィア委員会の主任検察官にという至極当然な指名には、社会党出身の前司法相クラウディーオ・マルテッリィから横槍《よこやり》が入った。それならナポリ検察庁の首席検事にという妥当な昇格人事もつぶされてしまった。憤慨したコルドヴァ博士は反マフィア委員会に公然と抗議し、犯罪に汚染されたロッジの警察出身の腐敗分子が妨害をしているのだと主張した。彼はこの非難を裏付けるためにイタリア法曹界の統制機関である司法審議会にフリーメーソンとのつながりを利用して組織犯罪を擁護している予審判事のリストを提出した。また反マフィア委員会に対し同委員会の一委員がいまなおP2の隠れメンバーであると陳述した。

こうした申し立てはレオルカ・オルランドにとって少しも驚くべき話ではなかった。

彼はイタリア全土にまたがる「数百、数千件」にのぼる未解決の殺人事件について語り、それも戦後からこのかたいずれも原因は隠蔽《いんぺい》工作によるものだと述べた。完全犯罪を題材とするアガサ・クリスティーの作品にことよせて、こんな辛辣《しんらつ》な冗談をとばした。

「すべての犯罪が完全犯罪になるとき、問題は、国家が完璧《かんぺき》じゃないってことですよ」(8)

公式機関によるあからさまな妨害にもかかわらず、コルドヴァ博士は一九九二年になってようやくジェッリィと凶暴なカラブリア系マフィアである「ンドランゲッタ」とのつながりをはっきりと確認する。莫大《ばくだい》な量の武器と麻薬取引の謀議にかかわったとされる百二十八人の名前が特定された。博士の側近筋は、対カラブリア捜査の結果、当初のP2瓦解《がかい》に際し嫌疑の対象となったものをはるかに上まわる広範囲な犯罪志向の強いロッジのネットワークがあきらかにされたと述べている。(9) 非合法な細胞組織がローマ、ミラノ、フィレンツェに存在するとされた。ジェッリィはしばしばフィレンツェを訪問する。フリーメーソンとマフィアの関係については、非合法組織グランデ・オリエンテ・ロッジアの上級幹部であるピエトロ・マリア・マスコロが予審判事に対しその存在を認めた。にもかかわらず、多くの他の高位高官に対する犯罪捜査の例にもれず、対カラブリア捜査もまた法律的に行きづまり、未解決のまま幕引きになるだろう。リーチョ・ジェッリィに対してなされた数多くの刑事告発の結末が、すでにそのような結末を物語っているのである。

コルドヴァ博士が一九九二年に行なった申し立ては、犯罪とフリーメーソンとの結託をとりしきった黒幕を名指ししたばかりではない。二つの犯罪活動の関連性をはっきりと指摘したものであり、それがヨーロッパのばらばらで相互に中傷し合う取締機関を圧倒し去るに充分なだけの資金を犯罪組織に提供する便法となったのだ。武器の密売買、麻薬取引と連結したのである。

犯罪組織がアジアやラテンアメリカから麻薬を、そしてEU域内からは向精神薬を無制限に供給されているのとおなじく、武器の供給源についても際限がない。

銃は――大砲でさえも――ロシア、ラトビア、リトアニア、ウクライナ、ポーランド、ハンガリー、チェコ、スロバキア、それにかつて地図上は東ドイツと呼ばれた地域からいくらでも入手できるのである。ドイツこそ――広範囲にまたがるヨーロッパの銀行ネットワーク経由で資金が流通しながら――緊密に連携した組織犯罪グループが大部分の武器取引を行なう拠点なのだ。

大量に取り引きされているのは通常兵器である。しかし同時に原子爆弾用の核物質もある。そして男女を問わず原爆製造に進んで雇われていくのである。

第三章　殺し合うための武器

核テロのそうした取り引きの中心に位置するドイツでは警戒を厳にするため、二つの情報機関——キール港を基地とする「K14」と、ヴィースバーデンの連邦刑事警察庁組織犯罪部内に特別捜査班——が創設された。世界の各国政府が犯罪組織によって実行されるもっとも恐るべき可能性を秘めたビジネスとみなしている核兵器取引の実態を捜査するのが目的だ。ドイツのヘルムート・コール首相は一九九四年七月、イタリアで開かれたG7首脳会議の席上、かかる取り引きへのロシアの関与に対し、みずからロシアのエリツィン大統領に抗議した。しかしそれは偽善の上に偽善が積みかさねられただけにすぎなかった。やっと西側が足並みをそろえてボン政府に圧力を加えた結果、ドイツは九四年の末にいたって、イランのブシェール港に面した二基の原子炉建設請け負い契約を破棄せざるをえない羽目になった。ところが九五年一月、モスクワは七億八千七百五十万ドルの同プロジェクトを完成させようとするテヘランとの間で協力契約に署名していた。同年八月、核兵器に転用可能なプルトニウムの積み荷が四回もドイツ国境で押収《おうしゅう》されるや、コール首相はそうした流出を阻止すべく特使として首相府長官フリードリヒ・ボールらをモスクワに派遣して緊急協議にあたらせる。こうした協議から、旧ソ連全土にわたって核取引を防止しようとする充分な目的意識を持った有効な警察組織がまったく存在しないという驚くべき事実が判明した。

これにはドイツを根拠地とするロシア系マフィアがかかわっていたのである。またドイツ国内につくられたその下部組織を介して在来のイタリア系マフィアも加わっていたし、セルビア系のマフィア・グループが中継基地の役割を果たしていた。そのうえ南アフリカ共和国の起業家《アントレプレナー》たちまでもヨーロッパ全土にまたがる取り引きに加担していたのだ。そして一連の国際会議や拘束力を持つはずの管理協定があるにもかかわらず、外貨の獲得に熱心なロシアや旧衛星各国政府はみてみぬふりをしているのだと指摘する情報機関筋もある。(1)

これら情報筋が核物質買い付けの得意先として名指しするのはリビア、イラク、イラン、アルジェリアの国々である。いささか驚いたことに八月の押収事件後、パキスタンもクライアントであることが判明したのであった。アメリカのCIA（中央情報局）やヨーロッパの三つの対外情報機関は、イランが四個の完全な核兵器を保有していると確信する。(2)リビアやリヒテンシュタインのヘッドハンティング機関から派遣された密使がモスクワや、閉鎖されているいくつかの核施設を持つ各都市の科学者や技術者に気前のいいリビアの雇用契約を提示していたことが確認されている。(3)旧ソ連の専門家が何人もすでに中東へ移住している。一部の名前すら判明しているのだ。[4] 一人はモスクワのカチャトフ原子力研究所上級研究員だったウラディミール・クボフだ。別の一人はナゴルノ・カラバフ核施設に所属していた原子物理学者のフィリップ・グルハニアンである。第三の人物は歴史的にイランとつながりがあるイスラム教共和国カザフスタンの原子力研究所に勤務していたアルセン・ハミジャーデだ。この研究所からは一九九二年三月、三個の核弾頭が紛失したという情報機関筋の報告を権威あるアメリカの刊行物が伝えている。[5] 確認されている第四の科学者はトルクメニスタン出身の物理学者アレクサンドル・アハメジャーである。

一九九四年の年末から九五年の初頭にかけて、英伊仏独四か国の国防相が秘密裏に会談を開き、ヨーロッパを中近東の奇襲核攻撃から防ぐため、三百億ドルの〝戦略防衛構想《スター・ウォーズ》〟（SDI）を討議し合った。

ロシア人科学者の中東流出は、早くも一九九二年にははじまっていた。情報機関の控えめな推計によれば、十二人以内が北アフリカのアルジェリア、四人がリビア、五十人が中近東のイラク——そのうちロシアのアルザマス16核兵器研究所チームをふくむ——、十四人の核科学者、五十人の核技術者、二百人の専門家がイランに在住している。[6]

一九九二年一月のラジオ・インタビューで、当時のドイツ外相ハンス＝ディートリヒ・ゲンシャーは、旧ソ連の核科学者たちについて「大量破壊兵器を建造するという危険な野心を持った無責任な独裁者」に徴募された「さまよえる外国人技術傭兵《ようへい》」と呼んだ。その一か月後、当時のオランダ外相ハンス・ファン・デン・ブルックはリスボンで開かれたＥＣ外相会議で核兵器の製造を指導できるロシア人科学者は四千人にのぼると推定した。そして同年五月、ＥＣとアメリカは職を失ったロシア人核科学者の雇用を計るべく、モスクワに「国際科学技術センター」を創設する基金としてそれぞれ二千百七十五万ドルを拠出することに合意した。日本も寄金を提供した。

核兵器と核物質のヤミ取引にかかわっているロシア系マフィアには主として四つのグループが存在する。旧ソ連邦のドルゴプルドヌイ派、チェチェン派、ウクライナ派、グルジア派である。各グループには多数の除隊者を出した旧ソ連軍や大幅に人員を削減した旧ＫＧＢ出身の兵士がおり、なかには冷戦中、核兵器の配備基地で働いた経験を持つ者もいる。あらゆるロシア系マフィアはモスクワに本拠をおき――ロシア全土の主要都市や旧ソ連邦共和国とも強力な地下パイプを持つが――しかし核密輸の組織活動は常設のドイツ国内基地から行なわれているのだ。ハンブルクやミュンヘン地区を拠点として活動するが、全力を傾注しているところはかつての東ベルリンである。巨大な相互依存型の多国籍コングロマリットの手法にならい、摩擦を最小限におさえつつシチリアのコーサ・ノストラ派、ナポリのカモッラ派、カラブリアのンドランゲッタ派、それから結成されたばかりの本土南端プーリアの「サクレ・コロナ」派（「聖なる花輪」とでも訳そうか）などイタリア系マフィアと協力し合っている。いずれもドイツの広い地域に地盤を確立しており、ライン、マイン両河の流域ルール地方、ライン河の支流ネッカー流域、ミュンヘン、ザールラント、フランケン流域に縄張りを持つといわれる。[7]第三のきわめて重要なグループはセルビア系の「ラヴナ・ゴラ」派である。ロシアとセルビアの間には歴史的に密接なつながりがある。ラヴナ・ゴラ派はベルギーとオランダでとりわけ活発に動いているが、しかし通常兵器、核兵器の取り引きにあたっているのは、旧東ベルリンにある各派のセンターだ。

各派はドイツの東部で仕事をしたがる。旧東ドイツの秘密警察、「国家公安局《シュタージ》」出身者から成る地元ギャングたちの支援がえられるからである。一九九四年七月、シュタージの捜査にあたっていたベルリン警察の特捜班主任、マンフレート・キトラウスはボン政府宛《あて》の公式レポートの中で、一九九〇年のドイツ統合前に東ドイツの情報組織が機密費百六十五億ドル近くを横領したうえ、元部員たちが組織犯罪の資金に流用していると警告した。犯罪組織が旧東ベルリンを拠点に活動したがる一つの理由がドイツ連邦政府内務次官エードゥアルト・リントナーとボンで会見した際にあきらかになった。[8]私たちが会談した当時、西部の警察組織の一部が東部の警察力の補強に充当されつつあったが、それでも全体で一万五千人の警察官が不足していたのだ。同じく東側にあるライプチヒは国際マフィア各派にとって合同作戦会議を開くには好都合な都市である。

「おれたち、あそこでやりたい放題のことができるんだぜ」。私がドイツで会ったロシア系ドルゴプルドヌイ派の一員を名乗る男が打ちあけた。(9)「共産主義者どもが権力を握ってた時分はシュタージがその一帯を押さえてた。それ以来、何もたいして変わっちゃいないよ。安全なものさ」

男はオレグと名乗った。そして連れの金髪で、半分も年下のよく笑う女はオルガだと言ってジョークの種にした。「おいらは双子の妹とやりまくってるんだ。おいらのやることたあみんなヤバイ」。女はくすくす笑った。スラブ訛《なま》りの強い英語で、ウエーターたちには横柄《おうへい》にふるまい、ホテルの携帯電話を使いたいときにはウエーターの注意を喚起するために指をパチンパチンと鳴らした、それも一回や二回ではなかった。ふと巻きの葉巻用ジッポ型ライターはゴールド、同じくダイヤで縁どられた文字盤のロレックス、ダイヤの指輪にダイヤ付きのブレスレットだ。連れの女以上にあれこれと宝石を身につけているようにみえたが、女は女なりに相応の、これもほとんどがダイヤの宝石で飾りたてていた。男はこの私が「悪人」——つまり〝ヤバイ筋〟——ではないのがわかると言った。私がイギリス人だからというのだ。自分は犯罪に興味を持つライターだと自己紹介すると、男は開けっ広げにえらぶった態度をとった。ドルゴプルドヌイ派マフィアについて最初に触れたのは私ではなく、彼のほうだった。「おれたちが最高さ。ブレジネフの時代から頑張ってるんだからな」。彼はうながされたわけでもないのに、モスクワを根城にする他のマフィアの名前を持ち出した。ドイツで活動するチェチェン派（「やつらはリーダーを気どってるが、くそったれよ、まったくの話」）、それからルベルツィー、オスタンキーノの両一家のことも。男は核物質の入手にも個人的にかかわっていた。「ホットなブツよ。ホットの意味がわかるかい？　熱い物に近寄りすぎてさわったりするやつはバカだよ。ほかの連中はそれをやっちまうんだ。自分がやってることがよくわかってないのさ」。男はその気になればもっといろいろ話をしてくれそうだった。ま、その気になってくれるかもしれないぞ。その気になったところで私たちはその晩、再会する約束をした。彼が内情に詳しそうな犯罪に本当に関係していたのか、それとも私たちの会話がわかる程度に英語を話せる笑い上戸《じょうご》の女の子にただ格好をつけてみせただけなのか、私には知るすべもない。男は事実、当時の私にはまだそんな知識がなく、あとで耳にした核密輸についてしゃべった。私がもしその時すでに決まっていた次のアポイントメントを彼に打ちあけ、相手の疑念を事前にとり払っていたならば、状況をもっとはっきりつかめたことだろう。しかし私に尾行がついているかもしれないことなど、私には思いもよらなかった。疑いもなく尾行されたのだった。ホテルに帰ってみると、匿名《とくめい》のメッセージが待ち受けていて、それにはただ「ビーブリヒ区アペラリー45番地」とだけしたためてあった。ヴィースバーデン郊外にあるドイツ連邦警察本部、つまり連邦刑事警察庁組織犯罪部の所在地だ。あの用心深いロシア人はそこまで私を追尾したのであった。オレグと名乗る男と笑い上戸の連れの女はついに約束をまもらなかった。

ヴィースバーデンの連邦刑事警察庁でインタビューした際、核物質密輸捜査班を率いる警視正ペーター・クローマーは、犯罪をとり巻く事実関係と誇張された作り話とを厳密に区分しようとこころみた。たとえば喧伝《けんでん》されていた人類を破滅させる〝ハルマゲドン〟物質、「レッド・マーキュリー」(赤い水銀)に関しては懐疑的であった。

この物質についての証言にはいろいろと矛盾がある。ロシアの政府当局者はその存在を確認しているらしく、一九九三年の総選挙で大躍進をとげたロシアの民族主義的な指導者ウラディミール・ジリノフスキー自由民主党党首は、世界の理解を超えた兵器について語っている。情報機関筋も間違いなく水銀とアンチモン酸化物との化合物、「レッド・マーキュリー」と呼ばれる物質の存在を確認している。(10) 粉末状では化学反応を起こさないが、圧力と放射能を加えて液状化させると爆発性物質に変わるという。理論上レッド・マーキュリーは核爆弾の起爆装置に使われる在来型起爆剤の代用になり、したがってこの水銀化合物を使えば、核兵器を手投げ弾級まで小型化できるとされる。リビアもイラクもそのサンプルを入手するため百五十万ドル以上を支払ったことが確認されている。一九九二年、国連の核査察チームが湾岸戦争後のイラクに科せられた制裁の査察中、バグダッドのさる官庁内でレッド・マーキュリーというネーム入りの書類が発見されている。(11) またその物質が入っていたとみられるコンテナがポーランド、ブルガリア、イタリア、ドイツの警察当局に押収されている。

クローマー警視正の主張によると、ヨーロッパの科学者たちによってテストされたいかなるサンプルによっても核爆弾の起爆剤に使うことはできないという。「かりにその種の物質があったとしても、いまのところ私たちはまだお目にかかっていませんね」

レッド・マーキュリーがさしあたり持つ重要な意味合いは、不案内な買い手から何百万ドルもだましとる詐欺《さぎ》、つまり取り込み詐欺の材料として多少の成功を収めているというのが警視正の考えだった。

政情が不安定な中近東の国家や潤沢な資金を持つテロ・グループが核でヨーロッパを人質にとるかもしれないという深い懸念《けねん》をいだくアメリカ合衆国政府は、しかるべき在外大公使館の科学担当官に核装備の違法な取り引きの監視にあたらせている。私はそうした担当官の一人からレッド・マーキュリーの謎《なぞ》についてレクチャーを受けた。くれぐれも匿名でという条件付きなので、ヨーロッパのどの首都で話をしたかという点すらあかせないが、ロンドンでなかったことだけは断言しておきたい。ちゃんとした物理学者であるこの情報提供者はレッド・マーキュリーについて聞き及んでおり、それに関する研究資料も検討していたが、それがどんな物質になるのか、いかなる作用を持つようになるのかはいまなお理解できなかった。その見解は――クローマー警視正のそれと同じく――過去に類例のない巧みな取り込み詐欺だというのであった。「連中がそれを求める理由が理由だし、また連中があの連中なだけに、まんまと一杯くわせられているとは実に痛快だね。悪党が悪党をだます。大いによろしい！」

もっとも、別のアメリカ情報機関筋の分析によれば、(12)レッド・マーキュリーに起爆性がないという評価にはあえて反論しないものの、この物質にそれとは異なるきわめて実際的な利用価値があることを認める。それらの説明によると、モスクワは共産主義の崩壊につづく西側からの経済援助という圧力のもとで、中東のテロリスト諸国とは軍事協力を削減したと主張しながら、いまは民間のベンチャー・ビジネスを設立し、新旧の情報機関を介してそのような協力関係をつづけているのだ。これらの私企業はついでロシアの犯罪組織と結託し、「民間のベンチャー・ビジネス」という看板でその実、核拡散防止条約で禁止されている核物質を供給できるようになっているのだそうである。するとレッド・マーキュリーの一件だけれど、これは西側の対外情報機関に対し本物の核密輸から監視の目をそらせるための手の込んだ陽動作戦ではないかとみるのである。

ロシアの利用可能な技能労働力や核物質のプール――湖といったほうがより正確だろう――は広大きわまりない。アメリカ情報機関の推定によれば、旧ソ連帝国が解体された当時、エネルギー自体の研究のため特別にやとわれた科学者は一万人にのぼり、ほかに百万人近くが原子力の高度な経験と専門知識を持っていた。冷戦の最高潮期には八十の都市が外部からの接触を遮断され、核の研究と開発が行なわれた。(13)月額三千ドル以上の給与で中近東に誘いだされた月給五十ドルだったロシアの科学者は何百人にものぼる。(14)しかしながら科学分野の監視に目を光らせる私の情報提供者が強調するところによると、人材狩りの規模は危険なレベルまでに達しているものの、情報機関によって確認されている中近東四か国が核爆弾を完成させるには、彼のいう「重要な生産基盤構造《インフラ》」がいまだに充分ではないとされる。それよりもはるかに懸念すべき脅威は、活動中のロシア系マフィアから一五五ミリの弾頭付きロケット完成品を堂々と買い付ける動きだ。なかでも一番の脅威は、湾岸戦争中イラクのサダム・フセイン大統領が保有していながら――同等の報復を恐れて使用できなかった――ロシア製の生物・化学兵器が密輸の当事者の手に渡ることである。ロシアの犯罪組織がこのような〝ハルマゲドン兵器〟を入手するのはアメリカにとって恐怖だということでもあり、したがって一九九四年五月、アメリカの連邦捜査局（ＦＢＩ）がエリツィン大統領からモスクワにオフィス常設の許可を正式にえたのは、そのような背景があった。ＦＢＩ長官ルイス・フリーが「われわれは大規模な核事故が発生する以前に手を打たなければならない」と述べたのも、両国の深刻な懸念を表明したものである。

私が利用したうちたった一つの情報源だけが、レッド・マーキュリーを買わないかと仲介役のさる大陸系マフィアが持ちかけられたことをほのめかしている。(15)私には独自の確証が何一つないのだけれど、犯罪組織がレッド・マーキュリー以外の核物質や核兵器の取り引きによって、麻薬の密売買からえられる莫大《ばくだい》な利益に匹敵するほどの――一部の推定ではそれを優に超える――利益をあげているという圧倒的な証拠がある。たとえばロケットやミサイル用の弾頭一個の値段は二千百万ドルだ。本書の冒頭で触れた犯罪組織との全面戦争では「勝ちみがない」という広く浸透した恐怖をくり返し述べたあるアメリカの調査結果にはぞっとさせられる。[16]

「これらのネットワークはすこぶる広範囲に張りめぐらされているため、兵器や資材といった販売物件の市場が残っているかぎり、警察国家的な手法を欠いたどんな法的強制措置によってもネットワークを寸断できるとはとうてい考えにくい」

私の手もとにはロシアや旧衛星諸国からヨーロッパや中近東向けの違法な兵器密輸にかかわったとされるドイツおよびオーストリアの十五社にのぼる法人企業名リストがある。また莫大な利益の送金を仲介したとされるドイツやオーストリアの銀行名もわかっている。スイスの銀行も関係しているのである。法律上の理由から私はそれらの社名を公表することはできない。EUの新しい加盟国の首都であるウィーンも活気にみちたビジネス都市である。冷戦中、ここは東西を結ぶ超過密な十字路の一つであった。いまはそんなビジネスがかつてないほど過熱している。

アメリカの調査報告には核密輸の個々の事例が記述されている。[17] これらの事例をいちいち詳細にみせてもらった。事実上どの事例においても無警察状態といえる旧ユーゴスラビアが密輸の幹線道路となっている。東側とイラン、イラク、リビア、アルジェリアなどの買い手側諸国とを結ぶもっとも利用頻度の高い取引ルートなのだ。加えて旧ユーゴスラビアは内戦に使うあらゆる通常兵器の大口受け入れ国となっている。クロアチアは取引決済にバーター・システムさえつくりあげた。通常兵器の供給を保証してもらうのと引き替えに、公式の国際的な制止や干渉を受けることもなく中東向け核物質を滞留させているのである。

核物質がヨーロッパを通過しているというもっとも恐るべき証拠は一九九二年末に明るみに出た。ドイツ側の捜査で核物質が五か国を通過していると断定されたのであった。私がインタビューした警察当局者によれば、もっと多くの国々を通過した可能性もあるという。

発端はスイスだった。クシシトフ・アダムスキというポーランド人がチューリヒの病院に治療を求めたとき、重症の放射能宿酔《しゅくすい》と診断された。二百グラムの、それも核分裂によって生じる放射性物質セシウム一三七とストロンチウム九〇を――なんと胸ポケットに入れて――運んだために不治の病に冒されていることが判明したのだ。それらは買ってくれそうな得意先にみせる商品見本だった。

ドイツ連邦刑事警察庁の捜査によると、核爆弾の製造に使われる放射性物質の出どころは旧バルト三国のリトアニアであるらしい。瀕死《ひんし》のアダムスキがもらした情報から、危険な核物質は旧ソ連邦内からルーマニア、ポーランドを経てドイツに至るルートで運ばれたことが明るみに出た。二度にわたって核物質の押収《おうしゅう》が行なわれたが、最初の場合はミュンヘン近くで二キロ以上の核兵器製造が可能な「高度に濃縮された」ウラニウムをドイツ当局が差し押さえている。チェコ人の運び屋がBMW車で、放射能漏れを充分に防ぐ密閉措置を講じない状態で運んでいた。科学的な分析によると、その量は基本的な核爆弾の製造に必要な量のほぼ十パーセントに相当した。フランクフルト近くでの二度目の手入れでは、アダムスキを死に追いやったのと同じ二百グラムのストロンチウム九〇がポーランド・ナンバーのBMWから押収された。この場合も密閉の仕方は充分ではなかった。運転手が手荷物預かり所のロッカー・キーを所持しており、ロッカーのなかからはセシウム一三七とストロンチウム九〇の入った別の積み荷がみつかった。車内には書類もあって、ポーランドとロシアの核マフィアが有望な顧客用として核兵器を製造可能な放射性物質のほか二十キロのウラニウムを保有すると記録してあった。それがどこに秘匿されているかについては充分な手がかりはなく、一部はポーランドにおかれているものと考えられた。ドイツ当局は九キロ以上の核物質がすでにドイツに入っていると断定した。

当局はおとり作戦を手がけることにし、核製造が可能な最低九キロの濃縮ウランを買える代金を用意し、中近東のバイヤーになりすました。ポーランド人のぺてん師ズビグニエフ・フィトフスキが仲介役を演じた。ドイツ側が犯したエラーは、既存の取引地であるクロアチアでなく、フランクフルト——すなわちドイツ連邦の法域内——で行ないたいと主張してやまなかったことだ。おとり捜査の臭《にお》いをかぎとった犯罪組織グループは、やはり取り引きを成立させる指定の時間と場所に姿をあらわさなかった。それは依然として大量の充分に密閉されていない放射性ウラニウムが出まわっていることを意味した。密閉措置がなされていないことは——本書の冒頭で述べたような使い捨てのろくでなしとでもいうべき——二人のBMW運転手が致死量の放射能をあびて苦しんでいるのが発見された際に確認されたようである。二人の運転手とアダムスキは当局の尋問に対し、二十キロ相当のウラニウムはそっくりドイツ国内のどこかにあると申し立てたが、三人ともその場所は知らないと述べた。

ボンからの政府レベル警告を受けて、ポーランドの捜査当局は東ポーランドのテレスポルにある死に瀕した運び屋の片割れの自宅を急襲する。およそ二キロのウラニウムが——他のウラニウムとおなじく放射能漏れを起こしていたのが——浴室でみつかった。ボン政府からこれまた別の圧力を受けてロシア政府保安省の捜査官はウドムルツカヤの軍事防衛施設にほど近い住宅を捜索し、百キロの放射性物質を押収した。

人命にかかわる相当量の危険な核物質が野放し状態で——それ以上に重要なのは密閉されないまま——何万人もの人間が住む都市や町村を移動していることから、一部の専門家はまったくタイプが異なるテロ発生の可能性を懸念している。たとえば都市のあらゆる水道系を毒物で汚染するには、フランクフルトで押収された二百グラム以下の核物質でこと足りるのである。どんな都市の当局者にとっても、かかる物質を貯水池に混入してやるという脅しをかけられた身代金《みのしろきん》の要求に抵抗するのは難しいだろう[18]。

　戦争で荒廃したクロアチアで取り引きを行なっているさまざまなマフィア・グループが当局の干渉を受けないですむ完璧《かんぺき》な抜け道が別の捜査によってつきとめられた――こんどはドイツで活動する最大のマフィア一家を率いる一人が標的だった。アレクサンドル・ヴィクトロヴィッチ・クトジンという名のロシア人で、ロシア系マフィア、ドルゴプルドヌイ派につながる人物といわれる。イタリアやアメリカ系マフィアの首領《ドン》とちがい、一家の統率者をゴッドファーザーとは呼ばない。ロシア系マフィアのファミリーの名称は〝組〟である。したがって正確なロシア式の名称に従えばクトジンは組長だ。ウィーン、ミュンヘン、ワルシャワ、モスクワに用心深く設立した四十以上の会社の迷路にまぎれて行動し、取り引きの痕跡《こんせき》をあとかたもなく消し去って行なうビジネスは実に巧妙に秘匿《ひとく》されるから――実際の密輸取引のさなかに当の本人か――もしくは彼を名指しする覚悟のできた共犯者が逮捕されないかぎり――クトジンを訴追するのは事実上できない。ドイツとロシアに自宅を持ちながら、たえず旅に出ている。その代貸しはポーランド人のウォイチェフ・グラボフスキだ。一九九一年二月、クトジンはクロアチア向けのロシア製通常兵器――弾頭弾薬付きの地対空ミサイルSA7、AK-47ライフル――を受注した。発注先はカナダのパスポートで世界中を自由にかけまわるクロアチア人のアントン・キカスだった。決済はオーストリアのクラーゲンフルトにある銀行を介して行なわれ、百万ドルが旧ユーゴスラビア域外の支持派からクロアチアに献金された。この最初の取り引きがキカスとクトジンの大陸にまたがる錯綜《さくそう》した関係へとつながっていったのである。

その関係はほとんどすぐに拡大していった。クロアチアは旧東欧諸国から必要な武器を調達するのに財政事情が苦しかった。ドイツからその解決策が舞いこんだ。クロアチア側が核物質の同国通過に際しその安全と一時滞留をみてみぬふりをするならば、代償として通常兵器を提供しようというバーター・システムをクトジンが持ちかけたのである。キカスを介してなら、とクロアチア側は承諾した。それればかりか取り引きの条件をもっと有利にあらためさえした。南方に搬送する核物質が国境を越えたら、ただちに危険物の輸出を秘匿するためのニセ書類まで用意しようというのだ。

ロシア人はアントン・キカスと親しくなるにおよんで、たちまちもう一つの利点があるのを発見した。このクロアチア人はすでに、自国民を武装させるべく南アフリカから武器を輸送する一群の貨物機をチャーターしていたのである。アメリカの航空会社からリースした輸送機だが、ウガンダ登記の会社を通じて運営されると登録されていた。本社はケニヤの首都ナイロビにあった。一九九一年に輸送機はエチオピアの首都アジスアベバで給油しながら、南アフリカから武器類をクロアチアの首都ザグレブに運びつづけた。いったんクトジンとキカスとの間につながりができると、あらたな空輸計画が導入された。夜間、チャーター機は旧東欧諸国から「特別の貨物」をザグレブに運んだのだった、核物質の一時滞留秘密協定によって。

このヨーロッパ＝アフリカ枢軸《すうじく》が明るみに出たのはやはり一九九一年のことで、ユーゴスラビア空軍のミグ21戦闘機二機がチャーター機の一つボーイング707（登録証5X－UCM）をベオグラードに強制着陸させたのである。貨物は南アフリカ製の兵器だった。

こんな妨害があっても核取引は中止されなかった。クトジンはクロアチアを中継地点として使いながら、潤沢な資金をもつバイヤーなら相手かまわずに核物質の密輸をつづけた。南アフリカが核のノウハウに対する関心を表明するや、プレトリアの白人政権がそのようなお得意先となった。ザグレブではツジマン大統領の私的な補佐役が仲介の任務をあたえられていた。ザグレブの科学研究所があらゆる核の移送を監督した。

一九九一年十二月、ドイツ南東部のレーゲンスブルクでさらなる押収事件――このときも通常兵器のみ――があった。しかし、捜査官たちがクトジンとキカスの動きについてすこぶる詳細な情報をつかんだのは、押収事件につづく手下の逮捕によってだった。ギャングの一人はユーゴスラビアの市民権を持つアラブ人で、アラファト議長のPLO

ともつながっていた。

クトジン派マフィアのうち一人でも放射能に汚染されていたとする徴候はまだない。しかし私は取材中、アダムスキおよび二人の一味を除く少なくとも十六人の運び屋が、扱っていた核物質との接触が原因で死亡したという確かな情報をつかんだ。ほとんどがポーランド人だったそうである。本書を執筆している時点で、クトジンもキカスも相変わらず活発に活動中である。

クロアチアが提供する「安全な避難所」の便宜を交換条件つきで利用しているもう一人は、知る人ぞ知る女〝死の商人〟である。リタ・ドラックスラーと呼ばれる。一九九〇年代初期の数か月間、彼女はウィーンのさるホテルの四階スイートを拠点に活動していた。私は彼女の顔写真とされるものさえ見たためしがない。「魅力的だけれど、表情がきつい」という評判である。警察の記録によると、マリヤン・ソコロヴィッチというユーゴスラビア人と組んでいるが、一部の情報専門家からは偽名ではないかとみられている。二人についてはそれ以外にまだ何一つわかっていない。

こうした記録――それにドラックスラー・マフィア一家の詳細――は、一九九一年十一月にウィーンで逮捕、尋問したソコロヴィッチの供述からえられた。スイス、イタリア、オーストリアを中心とするヨーロッパ全土にわたる捜査の成果である。ソコロヴィッチは自分がリタ・ドラックスラーのヨーロッパ活動拠点と、ロシアに住んでいる核物質の売り手ヴィタリ・フェドルチュク、オレグ・ペトロフスキとをつなぐ「旅する連絡役《リンク・マン》」であると告白した。二人とも旧ソ連情報組織のメンバーであり、フェドルチュクが廃止されたKGB（国家保安委員会）、ペトロフスキはGRU（国防軍参謀本部情報管理本部）の情報将校だった。その際の尋問で、ソコロヴィッチはロシア側が射程三十から六十キロの戦術核弾頭を入手できるということを打ちあけた。言い値は二千百万ドルだった。その核弾頭はイルクーツク周辺の陸軍倉庫からの盗品であった。ロシアから旧ユーゴスラビアに密輸され、クロアチアの港町シベニークで保管されたあとは、イラクとリビアが買い取り国として名前があげられた。ドラックスラー・ファミリーはバルカン紛争ではいずれの側にも加担していない。仇敵《きゅうてき》同士のクロアチア人ともセルビア人ともビジネスをしているのだ。核部品はクロアチアの偽造書類を隠れ蓑《みの》にしてブルガリア向けにトラックで運ばれ——黒海に面した同国のヴァルナ港は輸送の重要な中継基地で——トルコを経たうえイラクに入る。仄聞《そくぶん》したところによれば、ドラックスラー・ファミリーはイラクのサダム・フセイン大統領に仕えるトップクラスの原子力科学者や技術者から提供された購入リストに従って動いているのだという。そんな科学者のなかにはもちろん、破格の高給につられてバグダッドに移り住んだロシア人もいる。

ドラックスラー一味をつつみ隠す垂れ幕を引きあげた捜査はイタリアではじまった。一九九一年の秋、スイス国境に近いコモ湖畔の町で、放射性のハードウェアが売りに出されているという確かな地下情報が流れた。この地点の地理的な重要性は、スイスでホンジュラスの名誉領事フリードリヒ・レフナーが逮捕された一件からあきらかになった。レフナーは車のトランク内に、密輸犯人たちが外交特権によって守られることを期待したウラニウムを入れて運ぶ途中でつかまったのである。スイス当局の捜査によって、このウラニウムはドラックスラー一味の銀行家カール・フリードリヒ・フェデラーが提供したものと即座に判明した。予備の核物質――三十キロのウラニウムと十キロのプルトニウム――がチューリヒの銀行の貸金庫に保管されていた。

ソコロヴィッチの名前が最初に出たのは、コモでイタリア側が捜査をした際だった。それから三年後の一九九四年五月、核物質の密輸捜査を専門にする同市の次席検事ロマノ・ドルチェ自身が武器および核物質のヤミ取り引きを犯罪組織と共謀した容疑で逮捕されながら、有罪とはならなかった。一九九一年十一月、ウィーンで検挙されたときのソコロヴィッチは、少量のプルトニウムを所持していた。

リタ・ドラックスラーは依然としてファミリーのゴッドマザーであるが、イタリアの警察当局は一九九一年十二月、ウクライナの地下格納庫から盗まれた三十二キロのプルトニウムの延べ棒の積み荷を押収して以後、彼女に対する逮捕状を出している。ウクライナは一九九四年一月に核兵器の全面的なロシア移管に同意はするものの、当時は世界第三位の核大国であり、千六百個の旧ソ連時代の核弾頭を多少心もとない管理下においていた。イタリア側に押収されたプルトニウムの延べ棒は、シベニーク港で保管中に取り引きの決済を終えてからイラクに送られる手はずになっていた。イタリア当局はコモにおける独自の捜査とカール・フェデラーのスイスにおける逮捕との関連から、ウクライナが核物質の発送元であることを知った。

核物質のヤミ取り引きにともなう恐るべきテロの可能性と、世界各国の当局者たちがいだいているあきらかな強い懸念《けねん》を考えれば、各国政府がその抑止力として期待する裁判所の決定は驚くべきものである。たとえばソコロヴィッチはわずか四か月間の服役後、オーストリア当局によって釈放され、相変わらず活動中のドラックスラー・ファミリー内でふたたびもとの地位に復した。

また七千五百万ドル相当のプルトニウムを密輸しようとして、ドイツ北部はフレンスブルクの法廷で有罪となったイギリス人は一九九三年十二月、執行猶予《ゆうよ》付きの懲役十八か月を言い渡されただけである。当のノーマン・ダービーシャーなる人物は、イギリスの元情報機関員から武器商人に鞍替《くらが》えしたルパート・タープにプルトニウム六十キロの密売交渉を持ちかけたのであった。タープはドイツとブルガリアの警察当局に警告を発した。核物質のもう一つの知られた取引地はブルガリアの首都ソフィアで、ダービーシャーとの取り引きが発覚したのも同地だった。ドイツで逮捕されたのち、彼が法廷で行なった弁明によると、自分はボウ・ハートマンというスウェーデン人首謀者の仲介役にすぎないのだと逃げた。

核テロについてレクチャーをしてくれた少なくとも三人の人物は――一人は科学の専門家で――裁判所の寛大さにすこぶる批判的だった。そのアメリカ人は言った。

「証言を聞いたうえ、ほんの数グラムのウラニウムやプルトニウムが引き起こす破滅的な結果をちゃんと理解していながら、裁判所がかかる犯罪を交通違反くらいにしか受け止めていないのは信じがたいことだ」

ドイツ連邦刑事警察庁のクローマー警視正があきらかにしたところによると、国際刑事警察機構《インターポール》はロシア当局に対し通常兵器、核物質のよりきびしい管理をうながすべくモスクワで首脳級の秘密会議を呼びかけた。この要請に対するエリツィン大統領府からまだ回答はとどいていない。ロシア政府の極端な非能率――それと同時に腐敗の蔓延《まんえん》、さらにはロシア司法当局や軍部の違法黙認――を考えると、まだ長い時間がかかりそうである。しかもかりに回答がとどいたとしても、意味のない内容であるかもしれない。

ヨーロッパ各国政府が深く憂慮しているのは、核物質にかぎらずあらゆる種類のハードウェアが一体どのくらいヤミ市場に出まわっているのかという一点である。実のところ情報機関筋の示唆《しさ》によれば、一九九四年の時点で武器の種類によっては、一弾頭あたり数千万ドルでありながら、二年前の提示価格にくらべると半値で持ちこまれているという――つまりヤミ市場は供給過剰になっているわけだ。

全世界を通じて戦争と呼んでいい四十件近い紛争がつづいている昨今――ＥＵにとって最大の関心事であるバルカンのやっかいな流血事件に加えて――ヤミ市場が武器を求める熱心な買い手であふれるのも当然だろう。

フィラデルフィア生まれの億万長者で、世界最大の小型兵器商人であるサム・カミングスはモンテカルロに住みながら、イギリスのマンチェスターを拠点にビジネスを行ないつつ、ライフル商売の哲理を説く。「人を殺すのは銃じゃない。銃を使う人間だ」。カミングスと面談したとき[19]、この風格あるアメリカ人は旧ソ連への買い付け旅行からちょうど帰ってきたところだった。「私は四十年以上もこの商売をしておるが、いまほど武器が出まわったことはかつてない。ヨーロッパで何十年も戦争をつづけられるだけの武器があふれておる。わざわざ銃に弾込めする必要がないくらいだ。ただ次つぎと別の銃を使えばいい」

サム・カミングスはまっとうな免許手続きをしたうえで、合法的な武器取引をしている。しかしモスクワ、イタリア、セルビア、ドイツ系の各マフィアはそうではない。彼らは水門をあけ、ヨーロッパ中をあらゆる種類の殺人凶器であふれ返らせているのだ。「そうした事態になったのも驚くべきことじゃないんだよ」とカミングスは達観したように語る。「殺される人間がまださほどふえていないということだ。が、いずれはふえていく。時間の問題にすぎないね」

カミングスは戦争について語っているのである。

しかしながら旧ソ連から西側に流れこんでいる銃は軍隊に供給されているばかりではない。ヨーロッパのあらゆる都市にたむろする麻薬の密売人やギャングどもをも武装させているのだ。そしてそこでも多くの人々が殺されているのである。

第四章 「武器はわれわれを強力にする[1]」

一九九四年二月、イギリスはリヴァープールの警察がブレックフィールド・ロード・ノースのアパート一階の空き家に踏みこみ、軽機関銃や突撃銃のストックを摘発したとき、新聞には三段抜きの大見出しがおどった。そのなかには七丁のチェコ製口径九ミリ25型軽機関銃や二丁のロシア製カラシニコフAKM突撃銃があった。押収《おうしゅう》された各種の弾薬二百五十発にまじって両方の銃に使える弾薬もあった。またイスラエル製の口径九ミリ軽機関銃ウージー、イタリア製アルミ＝ジャガーAP80ライフル、アメリカ製アーメライトAR－15ライフルもふくまれていた。アーメライトはすこぶる強力なため、弾丸が人体の致命的な個所をそれても犠牲者は激しい衝撃力によって死ぬ場合がある。

ニュースの解説者たちは驚きを表明した。が、警察当局は驚かなかった。たしかにこの街では、これまでにない最大の武器押収量だったが、よそでは前例がいくつもあったばかりでなく、何か月も前にはイギリスに根を張っているマフィア・グループが、旧ソ連邦やヨーロッパから荷造りした武器を運びこんでいるという情報機関筋の警告も出されていた。たとえばマンチェスターではすでに、かつてアメリカの市街地だけの現象とみられていた狂気の行動が移ってきていた。走行中の車の窓から肉を打ちくだく実弾を気まぐれにぶっぱなして楽しむガンマンによるドライブ中の銃撃だ。二月にあったリヴァープール摘発の当日、マンチェスターの救急医療隊は緊急出動に先だって防弾チョッキを着用すると公表した。時として出動したはいいが、交戦中のギャング同士の十字砲火に巻きこまれることもあったからである。

東欧ブロックからイギリスに持ちこまれる武器の取り引きは、ロンドンの豪奢《ごうしゃ》な最高級住宅街を拠点とするロシア系マフィアを中心に行なわれている。スーツケースにキャッシュをぎっしりつめた何人かのロシア人がスント・ジョンズ・ウッドやハンプステッドといった高級地の住宅を四百五十万から六百万ドルで購入しているという話も聞かされた[2]。「やつらはもともと銀行を利用する習慣を身につけていないが、ようやくわれわれの金融システムを通してキャッシュを洗浄する手を覚えてきてるね。目下のところ、やつらが信用するのはキャッシュだけだ。おまけにそのキャッシュをふんだんに持ってるんだ」。グループは四つあると私は教えられた[3]。ドイツでいまや支配的な勢力となっているドルゴプルドヌイ派は確固たる地歩をかためている。チェチェン派ファミリーも同様で、その本拠地はモスクワにおかれており、エリツィン大統領が一九九四年から九五年の初頭にかけて血による壊滅を図った分離国家のチェチェン共和国にはおかれていない。ウクライナ派のギャング一味も存在する。それに旧ソ連軍の元将兵から構成されたグループもいる。

あらゆる組織犯罪の温床となっている違法な麻薬取引が収益をもたらし、それに関連して武器への需要を生む。ロンドン、マンチェスター、リヴァープールといった確固たる取り引きの中心地においては、凶暴さで悪名高い「ヤーディー・ギャング」のジャマイカ人にとって――できれば数丁、うち一丁はぜひとも自動小銃――は欠かすことのできない装備だ。彼らはカリブ海の故国（旧イギリス植民地）から大麻を買い付けており、〝ヤーディー〟という隠語もどきの俗称はジャマイカの別名「ヤード」から転じたもので、〝ジャマイカ野郎〟といったニュアンスがある。しかしながら一番うまみがあり、かつ絶えず伸びつづけている裏ビジネスといえば、〝クラック〟に精製できるラテンアメリカ産のコカインである。それも主としてコロンビア産だ。ボリビアもしくはペルーで生産されたものであろうと、国際的な密売買にたずさわっているのはコロンビア人である――取り引きを行なう主なファミリーはコロンビアのカリを拠点としている。[4] ロンドンにもコロンビア系の組織犯罪グループが定住しており、ジャマイカ人に劣らず凶暴で、武器の熱心な買い手である。バイク族もそうで、「ヘルズ・エンジェルズ」（地獄の天使）や「アウトローズ」（無法者）が悪名高い。一部の警察当局者はバイク族をあらゆる犯罪組織のうちもっとも多く殺人事件に関与する世界最大の〝殺人株式会社〟とみなしている。[5]

ヘルズ・エンジェルズやアウトローズは「チャプターズ」（連合会）と呼ばれるイギリス産のギャング団である。チャプターズに属する名の知れたメンバーは三千人にのぼり、ロンドンの国家刑事情報庁に保管かつたえず更新されるデータベースにプロの犯罪者としてのプロフィールが個人別に登録されている。三千人のうち三百三十人がとくに〝要注意人物〟と指定され、正真正銘のギャング・グループかギャングのリーダー格というわけだ。

しかしロシア人のマフィア・ファミリーやヤーディー、ヘルズ・エンジェルズ、アウトローズがロンドンにおける唯一《ゆいいつ》の犯罪組織グループではない。彼らは銃器による暴力行為をもっとも犯しやすい手合いにすぎないのだ。四派に分かれているやはり悪名高い中国人系の三合会は——ヨーロッパのあらゆる都市に存在するチャイナタウンの縄張りを分け合い——おなじような残虐《ざんぎゃく》さで殺人や傷害事件を犯す——私はそうしたギャング同士の抗争で手足を胴体から切りとられた被害者の写真を何枚かみたことがあり——普通彼らが戦いに用いるのは鉈《なた》のような刃の広い刀剣で、よく中国の伝統的な儀式に使用される。さらにはイタリア・マフィアのコーサ・ノストラ、カモッラ、ンドランゲッタ各派もおり、銃を使うが、しかしできるかぎり当局の目を引くような暴力沙汰《ざた》はさける。ビジネスに支障が生じるからである。こうした考え方はアメリカの犯罪組織から——これもロンドンに出先機関をおいているが——イタリアのパレルモ、カラブリア、ナポリ各派の代替わりしつつある親《おや》ファミリー経由で新しく入ってきたものである。

実のところ、イギリスの組織犯罪がヨーロッパ大陸のそれと異なる唯一の点は、それぞれの行動をつつみ隠してくれるフリーメーソン団の防壁を持っていないことである。もしくは――イタリアのケースでみられるように――実際に何をしても免責される自由な立場で行動できるほど政府、警察ないし司法部内に食いこんでいないということである。

一九九四年の初頭、暴力行為とそれに関連する殺人事件の激増に警戒感をつよめたロンドン警視庁は、武装した麻薬ギャングを目標に全国規模の戦略として国内八警察管区の麻薬捜査班を総動員した。国家刑事情報庁は国内に流入する違法な武器の出所と地理的範囲の実態をつきとめるプログラムに着手した。すでに三千人の組織犯罪者の身元を登録しているデータベースを補足するものである。その一年前には暴力犯罪を取り締まる別の措置として、たとえばイングランド中部のサウス・ヨークシャー州警察本部では武装対応班が――常時ピストル、ドイツのHK社（ヘックラー・ウント・コッホ社）製ライフル、防弾チョッキで州内の車輛《しやりよう》パトロールをつづけているが――警察本部次長の承認をとるという手間のかかる手続きにかえて、当直警部からの無線連絡で武器を使用する許可があたえられた。一九九四年までにイギリスの残り四十二警察管区はほとんどすべてがどんな銃撃戦の現場にも真っ先にかけつけることのできる、よく訓練された武装、防弾チョッキ着用の緊急対応班を備えるにいたった。

ところで一九九四年二月のリヴァープールにおける武器の大量押収が大きなニュースになったのは、捕獲品がそれまでお決まりの押収物だった拳銃《けんじゅう》や散弾銃といったタイプの武器から飛躍的にエスカレートしていたからである。

多くの犯罪取締専門家がいだいている懸念《けねん》は、かくも大量の通常兵器がかくも簡単に入手できるとなれば、次にはロケットをはじめもっと血なまぐさい軍事的装備を入手する動きがはじまるだろうということだ。それには資金だけが必要であり、これは麻薬取引でうるおうマフィアにとってなんら問題ではない。これまでにそんな買い付けが行なわれなかったのは、そうした武器に現実の利用価値がなく、したがって利益にもならなかったからである。もっとも、い、ま、ま、で、の、と、こ、ろ、で、は。

犯罪者にとって――また通常戦争の枠内にとどまることを望む各国にとって――通常兵器のカタログにある武器ならどんなものでも宅配なみにわけもなく入手できる。EU内のいずれの地域においてもそうであるように、ロンドンでも簡単に手に入るのである。

一九九二年、頭髪のうすいずんぐりした体型のルスラン・オウトシェフが細身で色の浅黒い弟のナゼルベクとともにロンドンに移り住んだのは、なにもイギリスでの武器調達が簡単なせいではなかった。しかしながら、この兄弟がメリルボン地区ビッケンホール街にある百五十万ドルのペントハウスで殺害されたのは、イギリスのなまぬるい姿勢が原因であった。当時この殺人事件はロシア系マフィアによる処刑だとされ、ロンドン市内でいまにもギャング同士の抗争が勃発《ぼっぱつ》しそうだという根も葉もない噂《うわさ》が流れた。しかし私がこの目で確かめたその後の警察の捜査によれば、[6]犯罪組織の関与はほんの部分的であったことが明白である。兄弟はチェチェン人ではあったが、それも国籍上の話だけで、人種的な暴力組織のメンバーだったわけではない。ルスランはチェチェン共和国の副首相を自称していたものの、実のところチェチェン共和国大統領評議会の議長代理であった。同国は北部コーカサスに位置する豊かな産油国ながら、ロシアからの独立宣言はイギリス政府の承認もえられず、一九九五年の初頭までにエリツィン大統領によってたたきつぶされてしまった。オウトシェフ兄弟がイギリスの首都に移り住んだのは、ロシアが承認を拒否したためであった。夜になると兄弟は派手な遊興にふけった。兄弟を殺害した犯人二人の一人に対する裁判では、兄弟がレストランで三千ドルのチップをはずんだとか、六人のコールガールを一度に呼んで乱痴気騒ぎをしたなどという証言が飛びだした。それでいて昼間は兄弟とも分離した祖国の国家的基盤の確立に不可欠な要素、すなわち通貨、切手、身分証明書、パスポートづくりに努力していたのだった。

　スターリンによって全住民が故国を追われたチェチェンは、狂信的な原理主義国家ではないが、イスラム教国家の一つである。旧ソ連邦内でより熱烈なイスラム教共和国であるアゼルバイジャンは、飛び地ナゴルノ・カラバフの帰属をめぐってキリスト教の隣国アルメニア共和国と戦争状態にある。そして犯罪組織とのコネクションを通じ、ロンドンを拠点としたマフィアからの武器の入手がいかに容易であるかを熟知する旧ＫＧＢ出身者でかためたアルメニアの情報機関は一九九二年の末、オウトシェフ兄弟が戦局のバランスをアゼルバイジャン側に有利に傾かせかねない二千基のスティンガー地対空ミサイルの購入を交渉中と確信するにいたった。兄が後頭部に三発の銃弾を撃ちこまれて殺されたのは、この武器購入を阻止するためであった。暗殺当時、入院中だった弟も退院したその日、口封じか、もしくは仕返しを防ぐためにまったくおなじやり方で殺害された。殺人犯ムクリッチ・マルチロシャンはロンドン在住のアルメニア情報機関員で、裁判を待つ間に警察の留置場で首を吊《つ》って死んだ。共犯のアルメニア人ガギク・テルオグラニシャンは一九九三年十月、中央刑事裁判所《オールド・ベイリー》の公判で二件の訴因とも終身刑を言い渡された。

　裁判後の分析によると、実際にルスラン・オウトシェフは片や合法的、片やギャングが牛耳るイギリス在住の武器商人双方との接触をこころみていた形跡がみとめられる。マルチロシャンは自殺する前に警察での陳述中、ルスランに買い付けを思いとどまるよう訴えたと主張している。

　もっとも、これはアゼルバイジャン政府がロンドンの武器商人を通して行なった唯一のアプローチではなかった――旧ソ連邦共和国への武器輸出に対しイギリス政府は公式の禁輸措置をとっていたはずである。にもかかわらず、イギリス政府当局は武器の輸出禁止を——正直とはおよそほど遠い——〝不思議の国〟でアリスが出くわした頭のおかしいマッド・ハッターもどきの論法で解釈していたことで知られている。

一九九二年の初頭——オウトシェフ兄弟がロンドンに移り住む以前に——アゼルバイジャン政府の代表団がロシア製の武器を求めてマンチェスターの複合邸宅に武器商人サム・カミングスを非公式に訪れた。独立以来、ほしい銃器をモスクワから正規に入手することができないので、カミングス並みの実力をそなえた売り主を必要としているのだと訴えた。外貨がとぼしいので、支払いは金塊でという条件も提示された。

「私は売ってもいいと答えたよ。われわれはマンチェスターに一個師団分のストックがあったし、何も問題はなかった」とカミングスは述懐する。彼はテロリストご愛用の突撃銃の発明者ミハイル・カラシニコフと親交があった。モナコに定住し——イギリス製以外の武器を売買する——アメリカ人のカミングスにすれば、イギリス政府の禁輸措置などにしばられるいわれはなかったろう。

それでも律義《りちぎ》なカミングスは輸出許可を申請した。カミングスによれば、アメリカ事務所の幹部から合衆国製の武器はふくまれていないという保証をとりつけた国務省の役人は、こう答えたそうである。「オーケー。われわれはイエスともノーともいわないが、あともう少し調査してから多分これこれだと返事をするよ」。この回答をイギリス外務省に伝えたとき——当の外務省は彼がアプローチするまでアゼルバイジャンの武器買い付け代表団が国内にいることにまったく気づいていなかったが——担当官は「いったい何という返事なのか」と反問した。

カミングスにも見当がつかなかった。ワシントンからイエスともノーともはっきりした回答をもらえなかったので、他の新しく独立した旧ソ連邦諸国にも武器を供給していたカミングスは、アゼルバイジャンとの契約には応じなかった。かわってウクライナから通常兵器の大量買い付けで契約にこぎつけたのは、旧ソ連ブロック内の起業家精神に富む——彼はマフィアという言葉をそつなく避けて——武器商人だったとカミングスは信じている。

私の理解するところでは(7)、自国の原理主義をぜひとも別のイスラム国家に広めようとするイランは積極的な武器の輸出国でもあり、アゼルバイジャンには頼まれもしないのに自分のほうから近づいていった。イランが一枚加わることで複雑かつ皮肉なサークルが完成したわけだ。

アゼルバイジャンはモスクワの属国だった過去のいきさつから、すでに所有している部品の互換性がある旧ソ連製の兵器だけを求めていた。一九九一年の末にドイツ当局がレーゲンスブルクで行なった摘発によって正体をあらわしたロシア系マフィアのクトジン一家は、厖大《ぼうだい》な量のロシア製装備の取り引きをドイツ経由で行なっていた。レーゲンスブルクの押収品だけでもAK－47ライフルが三千丁のほか旧ソ連製の弾薬が百五十万発もふくまれていた。押収された数を上まわる武器がドイツを通過していった。一部はおなじみのドルゴプルドヌイ・ルートに沿って南ドイツからクロアチアへと流れた。そこから引きつづき大きなカーブを描いてイランに向かい、東側の国境を越えてふたたび――ロシアが直接に武器を輸出していない――アゼルバイジャン共和国に入り、最後は同国の首都バクーにたどり着く。

このほかリタ・ドラックスラーがとり仕切っているドイツ人マフィアも、イランに武器を供給すべくベルリンを拠点とするロシア系マフィアのドルゴプルドヌイ派と協力してきた。これを受けてイランは隣接するイスラム諸国に原理主義者の影響力を広げる努力の一環として武器取引をつづけた。たとえば一九九一年、ドラックスラー一家はそのちょうど一年後にオウトシェフ兄弟の一命を奪うきっかけとなる五千八百五十万ドル相当のまぎれもないスティンガー地対空ミサイルの注文処理にあたっている。ドラックスラーの取り引きにはミラン対戦車ミサイルもふくまれており、例によってクロアチアの秘密の安全ルートが使われた。

一九九二年にアゼルバイジャン代表団のどうみても期待はずれだったイギリス訪問中に、彼らがロンドンにも拠点をかまえるドルゴプルドヌイ派マフィア相手の買い付けで実は成果をあげたという確たる証拠はない。が、本当に成果をあげていなかったとしたら、私にはむしろ驚きである。

さらに、旧東欧圏の軍需品がテロリストの顧客に渡るルートにはもっと露骨なものもある。一九九三年十一月、武器をつんだコンテナがティーズポートでイギリス税関の検査官とテロリスト捜査も担当する対内情報機関MI5の係官によって差し押さえられた。表向きセラミックの積み荷の下には三百丁以上の銃剣付きAKM突撃銃、ピストル、数千発の弾薬、数百個の手投げ弾、二トン以上の軍用爆薬と起爆用雷管が隠されていた。AKM突撃銃はルーマニアおよびハンガリー製で、アメリカ製のAR－15ライフル並みに一発の銃弾によるショックだけで人を殺せるAK－47を一段と改良した最新型である。AKMは一分間に六百発も速射できる。押収品の価格は五十二万五千ドルと見つもられた。

この押収品はたまたま発見されたわけではなかった。以前からワルシャワで武器を物色していたアイルランド人グループの動きをロンドンに通報したポーランド情報機関とMI5との連携プレーが生んだ成果である。ロンドンからの要請でグループは監視下におかれた。イギリスの対外情報機関であるMI6も追跡活動に投入された。十一月十九日、軍需品入りのコンテナがグディニア港でポーランドの商船イノフロク号に船積みされる様子が監視された。イングランド北部のティーズポートに到着したのは——時として空からの偵察などきびしい監視のなか、バルト海と北海を横切って——五日後のことだった。もしここで押収されていなかったならば、コンテナはイングランドを横断し、アイリッシュ海を船で北アイルランドのベルファストまで運ばれていただろう。

その地ではイギリス本国との分離に反対する北アイルランドのプロテスタント系住民〝ロイヤリスト〟の非合法組織である過激派アルスター義勇軍（ＵＶＦ）がコンテナを受けとるべく待機していたはずだ。

この差し押さえ劇は、イギリス政府が独立を求めるカトリック系住民の武闘集団とアイルランド共和軍（ＩＲＡ）の政治会派シン・フェイン党との話し合いが可能かどうかについて秘密裏の交渉がなされているさなかに起こった。北のプロテスタント系ロイヤリストたちは平等に参加資格があると考える和平工作から除外されてきたという確信をいだくにいたった。北アイルランドの観測筋によると、万が一ティーズポートの積み荷が激高したプロテスタント系の準軍事組織が入手するところとなっていたならば、流血の大惨事になりかねなかっただろう。私がインタビューしたある警察幹部などは大虐殺《カーニッジ》という言葉さえ使ったほどである[8]。

この積み荷はロイヤル・アルスター警察本部長のサー・ヒュー・アニズリーによる数か月前の警告を裏付ける結果となった。ここ三年来、敵対する共和派のそれを上まわる人々を殺害してきた過激派のロイヤリストたちがアイルランド共和軍になお遅れをとっている爆弾製造能力の改善をはかりつつあるとされていた。

積み荷が自分たち向けのものだったとベルファストのアルスター義勇軍（UVF）将校は認め、「兵站《へいたん》作戦の失敗」であるとしながら、「屈服したり、既定方針を変えたりはしない」と付け加えた。UVFの声明は「武器を世界中から調達する」と宣言していた。一九九四年六月までに彼らは武器の一部を入手しており、その武器を使い、八十七歳の老人一人をふくむ六人のカトリック教徒を虐殺《ぎゃくさつ》した。六人はベルファストから三十二キロ離れたロッホニスラント村のパブに腰を下ろしてアイルランド対イタリアのワールドカップ戦をテレビで観戦中だった。UVFの殺し屋たちは笑いながら走り去った。

IRAは武器の調達にかけてUVFよりつねに優位に立っていたが、それはIRAがいつの場合でも、リビアがみずから盟主をもって任じる革命諸国から自由のために戦う革命組織とみなされていたからである。リビアは東欧が共産主義の支配下におかれ、モスクワの許可によって武器、弾薬を入手できた時代には、IRAへの主たる武器供給国であった。かかる状況はその後も維持されているものの、リビアへの武器補給は公的な供給源からロシアならびにヨーロッパ系マフィアの闇《やみ》ルートへと切りかわっただけにすぎない。

数十件にのぼるイギリス本土での暴力事件で使用されたチェコ製セムテックス爆薬のほとんどはリビアから補給された備蓄品であった――一九八四年十月、保守党の党大会中、あやうくマーガレット・サッチャー首相を殺害しそうになったブライトンのグランド・ホテル襲撃事件、八九年ケント州のイギリス海兵隊音楽学校における十一人の軍楽生虐殺事件、九三年ウォリントンのショッピング街で起こった十二歳の子供、三歳の赤ん坊の爆殺事件、同年の被害額七億五千万ドルにのぼるロンドン・シティの爆破事件などがそうである。

しかもアイルランドにはいまなお武器の莫大《ばくだい》なストックがあるのだ。

アイルランドの治安に関する専門家(9)の推計によれば、IRAは二十年間の戦闘に対応できるだけのリビアから補給された軍需物資を所有しているという。高さ百八十センチの表土におおわれたコンクリート製の地下《ちか》壕《ごう》に埋蔵されている。コンクリートの厚さは三十センチで、マンホールの出入口はない。「ただの完全なコンクリート壕にすぎず、連中はこの先何年も中味の武器に手を触れるつもりはない。戦いは長期戦、つまり消耗戦とみているんだな」。この密閉された地下壕にはセムテックス爆薬のほかカラシニコフ突撃銃、ロケット、ロケット発射台、手投げ弾、拳銃《けんじゅう》などが備蓄してある。一九九二年にアイルランドの警察本部《ゴールダ》はサイロ作戦というコード名の捜索に打って出た。捕獲された百五十トンの軍需品はアイルランド国境の両側に備蓄されている分量のわずか二十パーセントにすぎないだろうと推計された。

一九九三年十一月に不信感をいだいて当然のロイヤリストたちが疎外《そがい》されることを懸《け》念《ねん》したイギリス政府の対IRA和平提案は、一か月後の両国政府との共同声明で確認された――ＩＲＡが武装を放棄した段階で――積極的な話し合いに入るという内容だった。こうした和平提案は北アイルランドの共和派活動によって、たちまちはでな宣伝材料にされ、その結果イギリス政府の役まわりははた目にいかにも滑稽《こっけい》に映じた。九四年一月、シン・フェイン党の党首ジェリー・アダムズはあらゆる和平工作に対する断固とした警告のなかで――アダムズはＩＲＡメンバーであることを否認し、そのように主張する者を名誉毀損《きそん》で訴えると息まいているが――ＩＲＡはさらに二十五年間も戦いつづける用意があると述べた。この和平努力を事後承認したいくぶんＰＲべたのロイヤリスト派はＩＲＡと同じ程度の武力をそなえており、万が一この和平努力が失敗した場合には躊躇《ちゅうちょ》なく武力に訴える覚悟である。ＩＲＡによるイングランド本土攻撃がいつも大きな新聞ダネになるため、イギリスではＩＲＡのほうがロイヤリストよりも凶暴であるという誤った見方が広がっていた。現実はそうではない。北アイルランドの内部においても、殺人や爆破事件を仕掛けるケースはカトリック過激派ＩＲＡよりもプロテスタント過激派ロイヤリストのほうが多いのだ。が、いずれにしても現在の停戦が永続しそうだとなれば、双方の持つ破壊能力がこの地域で組織犯罪をたきつけることになるのは確実だろう。テロリスト対策の専門家によれば、ＩＲＡとかロイヤリストのＵＶＦなどのテロ組織やリビアのようなテロ国家が保有する爆発物のなかで、もっとも危険なのはセムテックス爆薬である。一九八九年にスコットランドのロッカビー上空でパンナム航空のボーイング七四七機を爆破し、二百七十人の乗客を殺したのはほかならぬ一キロ弱のセムテックスである。イギリスの法医学者たちはほとんど無臭で、軍事目的以外には使われないこのチェコ製爆薬を探知すべく臭気感知装置の完成にとり組んでいる。いまのところその目的は達成されていないし、セムテックスが今後とも機内に持ちこまれる公算は大きい。九四年一月、イギリスの運輸省はロンドンのヒースロー空港で、荷物チェックの効力テスト訓練の実施を許可した。さまざまな方法で——ある時などはイギリスのテレビで人気者の人形の中に——秘匿《ひとく》されたセムテックスはアメリカン、ユナイテッド、KLM、ヴァージン・アトランティック各航空会社のセキュリティー・システムをうまくぐり抜けたのであった。

イギリス警察当局の情報分析によれば、その関心は組織犯罪グループへの独占的な武器供給源とされる東ヨーロッパに限定されているわけではない。私が目を通した分析資料(10)では、EU域内で税関の壁が緩和されたためヨーロッパ大陸からイギリスへの銃の持ち込みがたいへん容易になったと警告している。イギリスの税関吏によって武器が発見される危険は「ほとんどない」のである。銃砲の所有にかけては世界のリーダーであるフランスやベルギーでは、イギリス市民がパスポートをみせるだけでポンプ速射式散弾銃をわけもなく購入できるのである。

いうまでもなく各国の政府自体もれっきとした〝武器商人〟である。旧ソ連邦の崩壊とともにハンガリー政府はみずからの小型兵器工場をそっくり、文字どおり発射装置《ロック》、銃床《ストック》、銃身にいたるまで、でっぷりとして愛想のいいサム・カミングスに提供すると申し入れた。チェコもこれにならったが、そうなれば同国のセムテックス製法の一部をカミングスに見ぬかれると考えるのが自然だろう。「私はいろんな理由からそんなことは望まなかった。一番の理由は私が年をとりすぎておるということだな。そんな工場をうまく再出発させるのにかかる二十年の歳月なんか私には残されてない。おまけに私は世界の各地で動かしておる自分の工場のことで頭が痛い。私があえて望まなかったのはそのせいだけれど、もし私がエージェンシー（ＣＩＡ）かシックス（ＭＩ６）の人間だったら、製法の秘密を知りたかったかもしれないがね」。かつてＣＩＡの武器専門家だったカミングスは、ロシア製小型兵器を譲渡すると持ちかけられた際にもそれを望まなかった――「ウラジヴォストックからサンクト・ペテルブルグにかけてだよ、何百万、何千万丁ものライフルや拳銃などだ。ところが市場はカラシニコフであふれ返ってるんだな。これ以上いったいだれがそんなものをほしがるだろうか」

　ロシア系マフィアとヨーロッパの犯罪組織がそのだれかである。

　そして公認の製造工場となると、西側の各国政府がほしがるのだ。カミングスはハンガリーとチェコ両国の武器生産施設の大半をフランスの武器輸出企業が取得したことを知っている。パリはまた、アメリカのウインチェスター・ライフル製造会社を所有するベルギー企業に大きな興味を示している。フランス人は実に抜け目のない国民だとカミングスは感服するのである。

イギリス政府とその不正直とはいわないまでも偽善的な武器取引にはほめるべきところはほとんどない。一九九三年の数か月と九四年に入ってからのむしろもっと長い期間、マーガレット・サッチャー前首相はじめ公開査問会での尋問に不安顔の恥知らずな現旧閣僚の列がつづいた。それは、政府がなぜみずからイラクとの通商禁止措置を破ったのかという事実を認めるかわりに、なぜ手をこまぬいて無実な人間を投獄させるがままにしたのかということを説明するために、ジョン・メージャー首相が召集を余儀なくされた査問会であった。

一九八〇年代の末期を通じてイギリスのマトリックス・チャーチル社は湾岸戦争に向けて軍備増強をつづけるイラク大統領サダム・フセインに高度な工作機械を売却していた。イラクが現にイランと交戦中のときも——また湾岸戦争のさなかにあってはマトリックス・チャーチル社の装備がスカッド・ミサイルの改良に使用されたことも——、イギリス政府は——そしてMI6も——同社の活動を百も承知していた。マトリックス・チャーチル社は両者にそれをぬかりなく報告しており、またいずれにしろ同社専務のポール・ヘンダーソンは情報機関のエージェントとなっていたのである。ところが実情を知らないイギリス税関がヘンダーソンと二人の同僚役員を逮捕するや、イギリス政府はその事実を隠蔽《いんぺい》しようとはかった。つまり政府は百万人が死んだと推計される戦争で、イラク、イランの両国にすすんで武器を供給していたわけである。

もしたった一人の人間、貿易担当閣外相、国防軍需担当閣外相を相次いで務めたアラン・クラークの正直な証言がなかったならば——三人が裁かれた法廷で、イギリス政府がみずからの方針を破ったことをはっきりと認めたのだけれど——ヘンダーソンと二人の役員はおそらく投獄され、さらなる犠牲者となったことであろう。そのかわり三人に対する告発はとり下げられたのであった。私は事件そのものとスコット判事が行なったその後の審理内容を検討した結果、マトリックス・チャーチル社の大失態が閣議レベルでくわしく討議されたと確信している。もっともその点はむろん、この嘆かわしい事件に関して多くの点が否定されているのと同じように、当然のことながら否定されているのである。

「政府がみずから課したルールを守ったり、それに従っているといえる点が一体どこにあるだろうか」と、カミングスは皮肉たっぷりに首をかしげたのである。

イギリスの場合は、それがどこにも見あたらないというのが正しい答えのようである。マトリックス・チャーチル社の審問がつづいている間に、政府自身による規制破りの別件が明るみに出た。それが表沙汰《おもてざた》になったのは一九九四年になってからだけれど、サッチャー首相は一九八八年、マレーシア首相マハティール・モハマド博士との間で、二十七億ドル相当のイギリス製兵器をマレーシアに売却する協定に署名していたのである。それと同時にダム建設「ペルガウ・プロジェクト」にイギリスが三億五千百万ドルの資金援助をするというもう一つの合意も成立していた。後年、イギリスの政府高官たちからこれは「援助プログラムの乱用」と指摘された。政府の規定によれば、そうした援助プログラムが〝アメ〟として利用されているという非難をさけるために、援助資金の配分は武器交渉ないし武器のセールスとはまったく切り離すべきものとされている。相互に関連し合った取り決めの詳細が公表されるや、マハティール首相はマーガレット・サッチャーが取り引きの交渉にあたってとくに撤廃を求めた「バイ・ブリティッシュ・ラスト」（イギリス製品購入抑制）運動をマレーシアはふたたび継続すると宣言したのだった。イギリス下院は九四年四月、マハティール首相の七か月にわたる輸入禁止措置によって、イギリスが三十億ドルと四万人の雇用を失ったという説明を受けた。サッチャー男爵《だんしゃく》夫人は下院特別委員会の査問に対する証言を拒否したが、そうした査問の結果、当時の貿易・産業相ヤンガー卿《きょう》が「非難されるべき」行為にかかわったことが判明した。そして同年の十一月、高等法院は当時のヤング国防相がペルガウ・ダム・プロジェクトとの関連で援助資金の配分を定める法律に違反したという裁決をくだしたのである。

うんざりするほどの皮肉にみちたこのような事例は本当に際限がない。

世界の武器取引は——公式であれ非公式であれ——スウェーデンのストックホルム国

際平和調査研究所によって監視されている。その調査によれば、一九八七年から九一年にかけてインドネシアが六番目に大きいイギリス製兵器システムの受け入れ国だった。九三年六月、ブリティッシュ・アエロスペース社はホーク・ジェット練習戦闘機二十四機分の七億五千万ドルにのぼる契約を獲得した。このほかさらに十六機の購入計画がある。インドネシアの国営通信社アンタラが伝えるところによると、九三年六月、同国の空軍中将シブンはこう語ったとされる。「これらの航空機はパイロットの訓練ばかりではなく、緊急事態には空対地攻撃にも使用される。事実、ホーク戦闘機はもともと空対地攻撃用として特別に設計されたのだから」(11)

一年後、イギリスのあるテレビ番組は東ティモールの「集団虐殺《ぎやくさつ》」にイギリスの航空機が使われていると報じた。

組織犯罪を扱う本として、以上のような話題はふさわしくないであろうか。私はふさわしいと思う。

一九九四年六月、ローマ法王庁は準備に八年を費やしたあるレポート(12)を発表し、世界の各国政府に対し武器の製造と供給を制限するよう呼びかけた。

「われわれの地球が武器の拡散にあおられて、かくも多くの武力抗争を経験したことはかつてない」

第五章　スノーほど素敵なビジネスはない

本章のタイトルはミスプリントではない。実はミュージカル『アニーよ、銃をとれ』の中で歌われるヒット曲「ショーほど素敵な商売はない」のもじりであり、全ヨーロッパの――むしろ全世界の――犯罪をささえる違法な麻薬取引を完全に要約したものだ。「国際刑事警察機構《インターポール》」事務総長レイモンド・ケンダルの見解を引用すると――このあともくり返し引用することになるが――違法な麻薬取引は「阻止できない」のである。カネのある常習者なら――もしカネがなければ男女を問わずいつでも盗むことができるし、カネを稼ぐために体を売ることもできるから――麻薬使用を我慢する必要はないのだ。我慢する者などほとんどいないし、この先もいないだろう。だれしも我慢する必要はないのである。

ラテンアメリカではコカイン――〝白い粉《スノー》〟――が産出される。タイ、ミャンマー、ラオスの〝黄金の三角地帯〟やアフガニスタンとパキスタンの〝黄金の三日月地帯〟からはヘロインが産出され、これにトルコ産が大量に加わる。大麻《カンナビス》はほぼいたるところにある。これら三種類の麻薬は量こそ少ないにせよ、アフリカの少なくとも五か国でもとれる。オランダで操業している裏町の密造所では向精神薬の大半が生成されている。阻止できるわけがないのだ。

イタリア語であらゆるものに食らいつくマフィアの同意語は「強欲野郎《ラ・ピオヴラ》」である。タコのことも意味し、その伸びた触手をルートとして大量の麻薬がヨーロッパに持ちこまれるのである。このたとえに一つだけ不都合な点があるとすれば、犯罪組織というタコに一個以上の頭部があり、おまけに法律破りの腕が八本以上あることだ。

そしてほとんど何の抵抗もなくＥＵ全域に根を張った犯罪組織のあらゆる部門と同じく、ロシア系マフィアが率いる東欧ブロックもまた、たえず拡大する取引ルートを提供しつづけている。

コカインとそれを精製してつくられる派生薬の〝クラック〟がいまのところ、新聞の大見出しを独占しているとはいえ、ヨーロッパ全域で乱用麻薬の主役とみなされているのは、相変わらずヘロインである[1]。ヘロインの供給源は黄金の三角地帯のうちタイのチェンマイ地区近くにクン・サーなる肥満した軍閥将軍の手で築かれ、かつてはＣＩＡにも支援されていた巨大なヤミ企業帝国である。黄金の三日月地帯にあってはヘロインを抽出できるモルヒネガムの原料であるケシが、パキスタンの元国会議員アユブ・カン・アフリディの率いる肥大した組織から供給されている。ベトナム戦争中のクン・サーと同じように、この陰気くさいアフリディはアフガン紛争中、首都カブールに国境越しの人脈を擁していたためにCIAの庇護《ひご》を受けた。合衆国の法廷でパキスタン最大の麻薬王と名指しされた彼は、いまやハイバル峠近くの高射砲陣地を配した大邸宅から姿を消している。しかし、ビジネスは主《あるじ》が不在中でも活動をとめていない。ソビエト連邦が健在だった当時、クン・サーもアユブ・アフリディもともどもヘロインをアフガニスタンやイラン経由で西のトルコに、さらにはバルカン・ルートとして知られるルート沿いに旧ユーゴスラビア経由か、もっと迂回《うかい》して──それでも西方を目差して──イタリア系マフィアないし中国人系マフィア、三合会を仲介役として運ばなければならなかった。

旧ユーゴスラビアの内戦はバルカン・ルートを寸断した。このルートは相変わらず使われているものの──一九九三年の激戦中に四トン分のヘロインが押収《おうしゅう》されたものの──ヨーロッパへのはるかに安全な入り口はいまではもっと東側になる。ヘロインはいまや殺し合いを競っているセルビアやクロアチアの暴力組織の助けを借りたり、逆にハンガリー、ロシア、チェコおよびスロバキア共和国のマフィアに横取りされたりしながら、ブルガリアやルーマニアを抜けるかつての共産党専用通路に沿って回り道をしているのだ。

将来アジアのヘロイン密輸業者たちは──バルカン戦争が終結したあとも──ヨーロッパへのルートに関するかぎり、ますます幅広い選択肢を持つようになるだろう。広大なロシア大陸全域に新しく二十か所の国際空港をつくる計画があるからだ。[2] そうした新空港はすでに違法な麻薬密売買の通路になっている既存空港群に新しく加わり——とって代わるわけではなく——しかもチェコ、スロバキア両国、ハンガリー、ポーランド、ルーマニア、ブルガリアおよびかつてはソビエト連邦を形成し、いま新しく独立した十五か国の麻薬の出入り口である空港を補強することになるはずだ。ポンピドー・グループのクリストファー・ラケットによれば、「(密輸業者にとって)機会は途方もなく大きくなる」のである。あるいはレイモンド・ケンダルが言うように「阻止する手がない」のだ。

すべてのヘロインや地域別に栽培される大麻がヨーロッパに運ばれるわけではない。ベトナム戦争中のアメリカと同じく、ロシア人もまたアフガニスタン介入によって麻薬汚染文化を育てあげた。ロシアには現在、推計で二百万人の麻薬常用者《ジャンキーズ》がおり、[3] ロシア系のマフィアが命がけで彼らに麻薬を提供している。ポーランドには三十万人以上の常用者がおり、[4] 麻薬の世界では珍しく未成熟のケシの実をしぼったジュースや「ケシのわら」からつくった液体を注射するが、それはむろんアヘン液汁がまだ抽出されていないものである。[5] チェコ、スロバキア両国の麻薬常用者は数万人にのぼる。イギリスはチェコ、スロバキアとハンガリーに税関のスタッフを派遣し、麻薬流入の阻止法について国境担当官の訓練にあたっている。これなどは各国の取締当局が協力し合っているそれこそまれな、情けないほどにささやかな協調の見本である。

　こうした国内消費にもかかわらず、ＥＵ域内の常用者に供するため東側から流入するヘロインの数量はいまなおトン単位である。常用者は全体で百万人にのぼると推計されている。[6]それでも私は甘い数字だと思う。麻薬の取り引きや常用者の調査で一番大きな問題は、あらゆる数字が推計に頼らざるをえないという点だ。事実、一部の専門的な研究者たちは、実証的な統計数値が欠落しているため、麻薬対策がしばしば感情的な過剰反応に左右されるとこぼしている。[7]ポンピドー・グループのおかげでヨーロッパ全体を展望できる有利な立場にあるクリストファー・ラケットの説明によると、ヨーロッパの四大国――イギリス、フランス、ドイツ、イタリア――それぞれに十五万人、スペインにはやや少ない十万人のアヘン常用者がいるという。[8]コール首相はごく最近、発表されたドイツの麻薬規制プログラムに関する報告書の序文でドイツの数字を七万人としているが、これには旧東ドイツの数字がふくまれていない。パリを本拠地とする犯罪学者グザヴィエ・ロフェールの見方はラケットに近く、フランスの数字を十二万人としている。名前の公表をこばんだイタリアのさる麻薬調査官によると、十五万人という数字が「ほぼ正確だけれど、本当のところはだれにもわからない」という。警鐘派の誇大な見方に流されまいとするせいか、それとも政策の不手際《ふてぎわ》をごまかすためかはともかく、イギリス内務省は九万人という数字を全体として現実的な数字だと非公式に認めながらも、公式には登録されたイギリスの麻薬常用者は二万八千人にすぎないと指摘する。

コーサ・ノストラ、カモッラ、ンドランゲッタらフリーメーソン団に庇護されたイタリア系のマフィア各派は——組織的にまとまりを欠き、意見の食い違う取締当局を尻目《しりめ》にたえず急成長を遂げつつあるが——早くも一九九〇年頃から違法麻薬の消費国として、また輸送ルートとして東欧諸国の持つ可能性に着目したのだった。

東西マフィアによる世間周知の最初の最高首脳会議《サミット》では、麻薬問題——ヘロインにかぎらずあらゆる違法麻薬——が議題の筆頭にかかげられた。(9) そしてうやうやしく手の甲にキスをするのが習わしの闇《やみ》の秘密社会において、東側の組織犯罪ファミリーを表敬したのがドイツ在住のイタリア系マフィアであり——単に自分たちの組織を代表するばかりでなく、ラテンアメリカやアジアのグループの使者としてそうしたのだけれど——表敬の仕方が逆でなかったことは重大な意味を持つ。当時イタリアの下院反マフィア特別調査委員会の委員長だったリーチョ・ヴィオランテは、ロシアこそ「あらゆる主な活動が発動される組織犯罪のいわば戦略的な首都である」と語った。

最初のサミットは一九九一年三月、ワルシャワで開かれた。二度目は九二年十月、プラハにおいて開催された。(10) 両方の会議とも議題は違法麻薬、マネーロンダリング、核物質の密輸問題であった。ワルシャワ、プラハ会議の出席者は各地に散らばるロシア系ドルゴプルドヌイ派、チェチェン派、ラメンキ派、スタンキノ派の最高幹部だったとみられる。ほかにウクライナの代表も出席していた。その後の年次総会については警察も治安、情報当局も確認していないが、一部の専門家は同様の世界マフィア・サミットが毎年、開かれていると信じている。[11] うち一回はどうやら九三年にモスクワで開かれたのではないかという。

ロシアには少なくとも二千六百の組織犯罪グループが存在し、そのうち四十団体は規模といい組織面といいイタリア系やニューヨーク系マフィアに匹敵する。[12] ことわるまでもなく麻薬の密輸にはロシアの地下ルートが使われており――二十か所の新しい空港がつくられたあかつきにはいま以上に使用され――ヘロインとともにコカインがヨーロッパに持ちこまれて、年間千九百六十五億ドルの麻薬収益に寄与することになるだろう。

しかしながらこれを書いている時点で、輸送の大半は相変わらず旧来の迂回ルートに沿って行なわれている。このように迂回するのは税関独特の「特性識別法」を避けるためである。この手法はコロンビア――麻薬の主要供給国――やペルーないしボリビアを発送元とするあらゆる貨物に対し、それがあきらかに合法的なものであっても「ターゲット・ワン」として厳重なチェックを行なう。したがって貨物はたとえばベネズエラが発送元であるかのようにあちこちと迂回させられる。私が知りえたところによると、当初ポーランドに向かい、そこから西ヨーロッパに引き返した六億ドル相当のコカインは一九九四年一月、ベネズエラ最大の貿易港ラ・グアイラで船積みされていた。そのうち一トン半のコカインがバーケンヘッドでイギリス税関によって押収されたのである。このほかエクアドル、ブラジル、パラグアイ、アルゼンチンなどが偽装用の積み出し地として使われている。ジャマイカは——面白半分に銃をぶっぱなしたがるチンピラ集団「パシ」もしくは「ヤーディー」のギャング団はイギリス国内の主な運び屋で——カリブ海に浮かぶ唯一《ゆいいつ》ではないにしても、主要な海上輸送に使われる島である。メキシコは北方への中継地だ。もっと北に進むと、ニューヨークに深く根をおろしたコロンビア人が同市を経由し、大西洋を越えてコカインと大麻をヨーロッパまで運ぶ。

そして最初の出荷国をうまく一歩出たあとも、迂回航海はつづく。アフリカの中継地が——ナイジェリアがお気に入りの地点で——しばしば利用される。この鎖の最後の環《わ》はローマであったり、パレルモであったり、カタニアであったり、待ちかまえているイタリア系マフィアであったりする場合が多い。実のところ大麻やコカインをつんだ母船はコロンビアとイベリア半島の間を定期的に往復し、ポルトガルからの密輸ボートや、ほとんど無警備の深い入江になっているスペインのガリシア海岸を出航した漁船団と落ち合うべく、大事をとってたえず領海水域外に停泊するのである。一九九四年二月、ガリシア出身の船長フランシスコ・ホセ・トレスは九一年に一億五千万ドル相当のコカインをイギリスに密輸したかどで、エジンバラの法廷から三十年の禁固刑を宣告された。二年後の九三年には合計五トンのコカインがスペインで押収されている。しかし専門家の推計によると、この獲物は毎年スペイン・ルートだけからヨーロッパに流入するコカインの五パーセントにもみたない。[13] 確度の高い情報がないと、毎年ベルギーのアントワープやオランダのロッテルダムもしくはアムステルダムに到着する百万余のコンテナのごく一部しかチェックできないのである。ＥＵ加盟国であるイギリスの平均を上まわる税関での摘発率はラテンアメリカの密輸業者もしぶしぶながら認めている。その高い成功率の裏をかくために、イギリス行きのコカインはしばしばイギリスの港や空港経由でいったんヨーロッパ大陸の別の国へ転送される――イギリスからとどく荷物に対してはあまり疑惑を持たれないので――あとはずっと疑惑の少ない新しい発送元からイギリスへ送り返すだけでいい。

　ＥＵのあらゆる国々にギャング組織を設けている〝カルテル〟と呼ばれるコロンビア系の強大なマフィア・ファミリーは、太平洋から百三十キロ入った内陸の町カリを根拠地とする。彼らは一九八〇年代の末期にコロンビア一の商業都市メデジンを根拠地とする、むしろもっと悪名高い一味からカルテルの座を奪ったのだった。カリ派がそのような思いあがった行動に出たのは、メデジン派の「ボスのなかのボス」といわれたパブロ・エスコバルの見境ない暴力沙汰《ざた》が非生産的であり――エスコバルは実際に政府に対し宣戦布告をし、時として勝ったりしたあげくその首に生死を問わず六百万ドルの懸賞金をつけられた人物だが――もちろんこれは年間二千四百十五億ドル相当の世界規模のビジネスと相容《あいい》れないと判断したためであった。[14] もっとも、百パーセント実利的なビジネス判断というわけではなかった。カリ派のギャングは同時に八九年、ボゴタ＝カリ間の定期便アヴィアンカ航空ジェット旅客機を爆破したエスコバルへの報復をもねらっていた。死亡した百七人の乗客中にカリ派の有力幹部が二人もふくまれていたからである。この殺害はカリ派が「ロス・ペペス」（パブロ・エスコバルに迫害された人々）として知られる自警団活動に資金援助する口実をあたえ、ロス・ペペスは九三年十二月、エスコバルが自業自得《じごうじとく》の死に遭遇するや、メデジン派の麻薬ビジネスを乗っとることができた。

カリ派の「ボスのなかのボス」は実のところギルベルト、ミゲル・ロドリゲスのオレフェラ兄弟の二人一役である。兄弟はアメリカから出された麻薬密売の告発状に名前がのっている。私は、二人がロンドンに組織のメンバーを配置していると聞かされた。[15] そのほか地元マフィアとの間に連絡網を持つカリ・カルテルの大幹部にはオヴィド・ロンドノ、ヘルナンド・レストレポ・オチョア、フランシスコ・ヘレラ、ホセ・サンタ・クルスらがいる。カリ派のギャングたちはコカインを買い占めるだけでなく、いまはヘロインの密造も行なっている。目下のところ、ヘロインに関するかぎりアジア系マフィアの対ヨーロッパ密輸に太刀打ちできる状況にはないが、麻薬専門家の予測によればほんの三、四年後に間違いなくその力関係は逆転するだろうという。

カリ派がEU内に持ちこむコカインは莫大《ばくだい》な量にのぼる。合衆国麻薬取締局（DEA）の計算では毎年二百トンが捕捉《ほそく》されないまま域内に流入しているという。麻薬取締局の高官ジョン・リーは一九九三年のロンドン国際警察会議で、「カルテルが麻薬市場を拡大するにつれて、大量のドラッグがヨーロッパに流入しつつある」と警告した。ヨーロッパ各国政府によって無視され、相互に孤立した警察当局から軽視されるいまやお馴染《なじ》みの警告につづいてジョン・リーは「麻薬の密輸業者が突きつけている民主主義への脅威は第三世界にかぎった話ではない」と付け加えた。

それはまたヘロインやコカインにかぎった話でもない。大麻の穂や花からつくられるマリファナに対しもっとも普通に使われる古いスラングは〝ウイード〟（雑草）である。それはまさしく雑草のように、遠く北方のスカンジナビア半島まで実際にいたるところで生育するのだ。

ラテンアメリカの三か国には大麻を栽培する巨大な農場が存在する。大麻は西インド諸島のどこででも生育する。ヤーディーの支配するジャマイカではもっとも重要な農産物であり、EU監視機構(16)によって十三億五千ドル近いと推計される年間収入をもたらしている。アフリカではナイジェリアのギャングがこの栽培を開始し――同時にコカイン用のコカの木やヘロイン用のケシも栽培しているが――いずれも北方のヨーロッパ向けに海上輸送している。大麻産業は北アフリカのあらゆる国々で国内消費用および地中海対岸の顧客用として大繁盛《だいはんじょう》である。大麻は夜間にフランス、ジブラルタル、イタリア、シチリア、マルタ、ギリシャに船で密送し、陸揚げされ、待ち受けているイタリア系やフランス系マフィアに引き渡される。お得意のルートは北アフリカのスペイン保護領セウタ港か、その少し西寄りのタンジールから地中海のせまい海峡を渡る最短コースである。マリファナはトルコのケシと同じように大事な作物としてあつかわれている。栽培はEUや旧ソ連邦のカザフスタンおよびタジキスタン共和国の市場が開拓されたために拡大しつつある。長引くレバノンの内戦も中央部の山脈とシリアにはさまれたベカー平原でのマリファナ生産になんら障害とはならなかった。レバノンの主要都市バールベックを拠点に、PLO（パレスチナ解放機構）は武器購入をまかなうに足る千数百万ドルもの取り引きを行なったものだ。イラン・イラク戦争もまたイランからの大麻流入をさまたげなかった。アフガニスタンにおける大麻の栽培は、ケシ畑におとらぬ規模で行なわれている。オランダでは特殊な農法で栽培される特殊な大麻がチューリップについでこの国の二番目に重要な農産物となっている。

アイルランドはインターポールのケンダル事務総長がとなえる「麻薬は阻止できない」という表現を使ってEUに警告している加盟国の一つだ。(17)アイルランドが懸念《けねん》するのは、ありとあらゆる大量の麻薬がいわゆる「鋼鉄の環」を通過するにあたって自国がそのハイウェーとして利用されることだ。EU委員会の本部からパトロール用高速艇団を購入できるだけの資金の配分がなければ、このルートを封鎖することはできないのである。

アイルランド共和国警察官代表者会議の雄弁な事務局長ジョン・フェリーはアメリカ、ラテンアメリカ、北アフリカの供給業者たちが目につきやすいスペインの陸地をさけて麻薬を輸送する戦略ルートに位置する自国のことを「麻薬の黒幕たちにとってヨーロッパへの開かれた裏木戸[18]」と表現する。フェリーはさらにつづけていう。「悪いことにわれわれはあまりに長く現実から目をそらしていたので、いまさら行動を起こしても遅すぎるかもしれない。この戦いはおそらくわれわれの敗北に終わるだろうと思う」。ＥＵがアイルランドの警察、税関、海軍に裏木戸をきちんと閉められるだけの船舶や要員を装備するのに必要な多額の資金を配分することは政治的に受け容れられないだろう。フェリーはそうした消極性を近視眼的だととらえるのである。「実のところ、われわれはイギリスだけでなく、ヨーロッパを世界的な麻薬汚染から守ろうとしているのだよ。だからこそわれわれがヨーロッパに顔を向けて、彼らが『オーケー。たしかに君たちはわれわれの裏木戸だ。よろこんで閉じてあげよう』と言ってくれるのを期待するのは筋が通ってるのじゃないか」

ダブリンはフェリー事務局長がヨーロッパ全土をおおいつつあるとみる麻薬汚染をじかに経験している。百万近い人口をかかえるこのアイルランドの首都だけで少なくとも七千人のヘロイン常用者がいる。おそらくそれ以上だろう。同地を訪れた際、私は豪華なシェルボーン・ホテルに滞在した。その数か月前にイタリア人の医師と妻は部屋で就寝中、強盗に襲われた。泥棒は抵抗を受けると血液の入った注射器をふりかざし、おれはエイズ・ウィルスの陽性患者だ、貴重品を渡さないなら、女に注射針を突き刺してエイズを移してやると脅しをかけた。二人はむろんいわれたとおりにした。汚染した注射器を突き刺してやるという脅迫はヨーロッパの他の国々、とりわけフランスで麻薬常用の万引き犯や強盗が抵抗されたときによく使う防御手段である。私はそうした警告を目にしたことはないが、フェリーの確かな話によると、ダブリンには麻薬常用者にねらわれたり、かっさらわれたりするおそれのあるカメラや一見してそれとわかる貴重品を持ち歩かないよう旅行者に呼びかける路上看板がかかげてあるそうだ。

一九九四年にイギリスで押収《おうしゅう》された違法麻薬の数字がしめすところによると、麻薬の取り引きや消費がはなはだしく上昇し、その増加ぶりをしめす指標も高くなる一方であることがわかる。押収されたコカインの量は前年のそれを二百二十四パーセントも上まわった。エクセター大学がイギリスの学校を対象に行なった最大規模の詳細な調査結果では、一九九五年までに十六歳の男子生徒のほぼ半数、同じく女子生徒の三分の一が違法麻薬を経験することになるだろうと予測している。

イギリス税関や物品税の専門家によれば、一九九四年に押収された五十一トンの麻薬の総額は末端価格で八億二千五百万ドルと推計されている。ところが、税関当局が説明する麻薬全体の押収率はわずか十パーセントにすぎない。おおまかな合意をえているヨーロッパ全域のいくらか実態に近い押収率はなんと五パーセントだ(19)。しかしながら公式の推計をもとに計算してみても、犯罪組織の手に渡る麻薬代金はEUの一加盟国にすぎないイギリスだけで年間七十五億ドルを超えているのである。

一九九四年一月、当時イギリス税関の主任検査官だったダグラス・トウェドルはこう認めている。

「イギリスにおける麻薬問題は過去のいかなる時期よりも最悪の状況にある。そして麻薬取引にからんだ暴力事犯はあきらかに増加している。都心部での麻薬密売にからむ殺人事件もふえつづけているのだ」

ロンドンだけで首都警察および国家刑事情報庁はクラックがからんだ十二件の殺人事件と二十八件の殺人未遂事件を確認している。一九九三年にイギリスで発生した四百件の殺人事件のうち何件が麻薬に関連したものであるかをしめす分析資料は、ほかの都市からは寄せられていない。

一九九四年中に押収された六百二十キロのヘロインは二億八千万回の注射ができるだけの記録的な分量であった。これらの数字には、麻薬がらみの数字がすべてそうであるように解釈の余地がある。なぜなら麻薬の密売業者が行なう混合の度合いに全面的に左右されるからである。通常ヘロインは白い粉であり——メキシコでつくられるものは「メキシカン・マッド（メキシコの泥）」として知られるもっと茶色っぽい製品だが——これは針で突いたケシの球根からしみ出る液汁のモルヒネを原料として精製される。粉はたいてい水でとかしたあと——時には酸味を効かせるため、レモン・ジュースか酢を加えることもあり——とろ火であたためる。街頭で売られている製品に純正なものは一つもない。欲にかられて利益をふやすべく通常は壁を削ってとった漆喰《しっくい》から化粧用タルカム・パウダー、小麦粉、砂糖、あるいは幸いにもごくまれにではあるが猛毒のストリキニーネまでさまざまな白い粉が——〝カット〟——混入されるのである。麻薬常用者は注射する度毎《たびごと》に、注射液の濃度については大半の常用者がふだんとる三十五から四十パーセント程度のものであろうと推測し——またそう希望しつつ賭《か》けをしているのである。時として密売人が経験不足だったり、水増しの必要がない充分な量をかかえていたりして、純正度がかなり高くなる場合もある。毎年イギリスはじめヨーロッパ全体で純度六十ないし七十パーセントのヘロインを注射した常用者の死亡事故が報告されているのだ。

麻薬取締の情報関係者はイギリスはじめヨーロッパ全域のヘロイン価格を全般にグラムあたり百ドルから百二十ドルと見つもっている。[20] 普通一グラムのヘロインは何等分かにされ、ひと包み——「ダイム・バッグ」(十セント袋)——十五ドルで売られる。ヘロインは原料のアヘンと同じく催眠剤である。使用者は「うとうとした」状態となり、眠気を催してすべての悩みから解放される。

それにくらべるとコカインは興奮剤で、活力を呼びさまし「何でもやってやるぞ」という高揚した気分にさせられる。何世紀も前に麻薬の威力を知ったペルーでは、コカは聖なる木と考えられてきた。いまでは相当な常用者の多くに共有されている宗教的信条でもある。

コカインをつくるにはコカの木の葉を石油、硫酸、アルカリにひたすことによって糊《のり》状の物質を抽出する。科学的には塩分であるコカイン塩酸塩をとり出すべく塩酸が添加される。一九八〇年コロンビアのカルテル——当時はだらしなく肥満し、口髭をたくわえるパブロ・エスコバルが率いていたメデジン派——は加工用の樽《たる》の底からとれる詰まった不純物、酸で汚染された堆積物《たいせきぶつ》をメデジンやカリの路上で売りさばき、自分たちの工場から最後の一セントまでしぼりとっていた。彼らはこれを〝バズーカ〟という絶妙な名で呼んだ。タバコやマリファナとともに吸われ、数週間のうちに喫煙者の頭がおかしくなる。密売がコロンビアだけに限定され、アメリカやヨーロッパの上等な市場では試されることのなかったバズーカは、過激な、しばしば人を死に追いやる暴力行為を生んだ。

それはちょうど五年後にアメリカで、それからさらに三年後ヨーロッパで発生する事態の恐るべき予兆であった。

新しい花形商品を考案したのは予想どおりビジネス気質に富んだカリ派のオレフェラ兄弟だった。[21] 粉末のコカインはいつの場合でも金持ち用の麻薬であり、かたいもの——普通はガラス——の上に四つないし五つにわけた少量のコカインを百ドルまたは五十ポンド札で巻いてつくった管を通して鼻から吸いこむ。カリ派マフィアが求めたのは使いやすく、いったん使ったら永久にその人間をとりこにする大衆向けの新しい麻薬であった。バズーカをもっと純正にしたような代物《しろもの》だ。

合衆国麻薬取締局の記録によると、はじめてそれを入手したのは一九八三年であった。二年後にはアメリカで蔓延《まんえん》したと記述されている。イギリスに入ってきたのは一九九〇年だった。

それは「クラック」と呼ばれた。

その製法は簡単で、中学校で教える化学のレベルである。まずコカインにふくらし粉をまぜる。水を加え、「ケーキ」がかたまるまで煮る。充分にかたまるとふくらし粉が音を立てて割れ——その音がクラック（ひびき）の由来で——純正なコカイン塩酸塩の結晶があらわれる。街頭ではピーナツほどの大きさで大量に売られ、「ロック」とも呼ばれている。

コカインの粉末は溶かして注射される場合もあるが、伝統的な摂取法はチューブを使って鼻の中に吸いこむ方式だ。調査によればクラックも溶かして注射されるといわれるが、タバコのように吸引するのが普通である。鼻の中に吸いこまれたコカインは粘膜を通して吸収され、三十分ものあいだ幻覚症状をもたらす。クラックの一服を吸うと血液の流れや煙の充満した肺を通って一直線に脳へ達し——わずか三十秒で消散する。それが三分ないし四分間もつづくと、陶酔時間としては長いほうである。しかしながらその陶酔はすこぶる強烈であるため、バズーカ使用直後の残存効果とおなじように、服用者の関心はもういちどクラックを手に入れたいという一念にかられる。私は治療の専門医から、中毒症状がわずか二度の使用ではっきりあらわれると聞かされている[22]。全面的な依存症もせいぜい一週間程度で判断がつく。ある情報分析によると、「クラックを使用したいという衝動はすごく強烈であるため、治療不可能な中毒症状だと広く考えられている[23]」という。

一九八九年、合衆国麻薬取締局の担当官ロバート・スタットマンは全英警察本部長会議で、イギリスは三年以内にアメリカが経験しつつある流行病にさらされることになるだろうと警告した。クラックはたしかに流入しはしたが、たちまち予測されるような恐るべき広がりを見せることはなかった。予防策として首都警察が設けていたクラック取締班は解散した。押収量が三年で四百パーセント上昇した九三年になっても警察当局はクラック取締班の解散が過《あやま》ちであったことを認めようとはしなかった。九四年には二・二トンのコカインがイギリスに入ってくる途中で差し押さえられた。

イギリスの麻薬情報専門家によれば、クラックについて「流行病」という言葉を使っている者はまだいないにしても、その乱用がこんご大きな問題になっていくだろうと予測する。(24) 末端価格をみればそれは容易に納得がいく。一グラムの粉末コカインの価格は七十五ドルである。粉末コカインからより多量のクラックをつくることができる。コカインの結晶であるロックの相場は高くて三十七ドル五十セント、普通はわずか十五ドル程度である。

大麻はイギリスの市場で最高の人気を維持している。もっとも四十七トンという一九九四年の押収量は前年の総計である五十一トンをいくぶん下まわった。そのうち十トンあまりはタバコのように刻んで吸う大麻の木の葉の部分であった。三十七トン弱は大麻の乾燥した葉を削り、ブロックに圧縮したヤニの「ハシッシュ」だった。このヤニは食物に加えたり、飲物にまぜたりもするが、喫煙にも供される。ジャマイカのヤーディーはお茶として味わっている。四分の一オンス（七グラム）あたり三十七ドル五十セントから六十ドルの値幅だから、五十一トンなら総価格は少なくとも二億七千三百万ドルとなる。オランダで特殊な方法で栽培される大麻は生育中の強い刺激臭のため、イギリス情報当局によって「スカンク」または「スカンク草」と命名されている(25)（オランダでは

「ニーデルヴァイト」と呼ぶ）。育て方は水栽培である。土壌のない砂地かヒル石の中で強い人工光線をあて、水をたっぷりあたえるのである。普通の大麻のうちもっとも強力な種なしマリファナの幻覚作用を起こす主成分（テトラヒドロカンナビノール＝ＴＨＣ）のレベルは通常六パーセントである。「スカンク草」の場合はそれが三十パーセントにも達することがあり、平均値は十から二十パーセントだ。

一年間の統計で最大の増加を記録したのは、合成薬剤の押収でも向精神薬がトップだった。ヨーロッパの主要生産国としてはオランダの名が衆目の一致するところだ[26]。あらゆる麻薬の使用には周期があり、気まぐれな人気に左右されて上下する。いまは幻覚剤「エクスタシー」に強い人気がある。乱痴気パーティーの席でティーンエイジャーに売られるエクスタシーの持つ危険性は、その製造にどんな化学薬品や製法が使われているかを知る術《すべ》がないことである。

メチレンジオキシアンフェタミン（ＭＤＡ）は純正なエクスタシーだけれど、警察や税関の手入れで押収される量は最低にとどまっている。幻覚剤ＭＤＡの部類には千以上の異なる化学薬品があり、そのすべてが多かれ少なかれ陶酔感をもたらし、幻覚をともなう至福感へと誘う。ＭＤＡには習慣性はないが、ふだんよく使用される場である乱痴気パーティーなどで踊り手が熱射病や脱水症状でぶっ倒れる危険性がある。

ある種の錠剤には、一錠十五ドルから三十ドルで売られている粗悪品で死を招く場合がある。またエクスタシーと思って買ったものが、MDAの基準からは化学的にまったく論外で、実は獣医の治療に使われる動物用麻酔薬ケタミンだったという危険性もある。一九九三年イギリス当局はエクスタシーとして売られていた末端価格八千七百万ドル、五百五十四キロを押収した。翌年にはそれが八十八パーセントふえ、二百三十万錠をつくるのに充分な量となった。

普通は包みに入った白い粉で、エクスタシー以上に〝浮かれ文化〟に油をそそぐアンフェタミンは、イギリスで大麻につぐ二番目に人気のある麻薬である。が、エクスタシーとは違ってアンフェタミンは――一般には「スピード」、あるいは「ウィズ」(猛スピードの擬音)の俗称で通っているが――心理的な依存症を招きかねない。その効用は旺《おう》盛《せい》なエネルギーと機敏さである。価格は通常のひと包みの量である一グラムあたりおよそ十五ドルだ。これだけの量だと二回分として充分に使える。一回分の効果は三時間つづく。一九九三年には末端価格で一億一千二百五十万ドル、五百四十三キロ相当のアンフェタミンがティーンエイジャーの手にとどくのを阻止された。

一九六〇年代に人気を集めたLSDは、九〇年代はじめに周期的な目立った落ち込みをみせた。しかし九〇年代半ばにはふたたび上昇に転じ、いまはオランダの密売業者がその供給を独占している。

一九九三年に摘発された二十七万五千回分のLSDは前年を五パーセント下まわる量

んだった。LSD——リゼルグ酸ジエチルアミド——は普通、紙にしみこませて飲みこんだり、あるいは溶かしたりする。吸い込み用紙は特別あつらえのデザインでつくられる。九三年には三十の新しいモードがあらわれた。LSDはまた錠剤にもなる。激しい幻覚作用を持ち、幻聴も引き起こすほか使用者の時間感覚や現実感覚をゆがめる。使用者に「空を飛べる」気にさせたこともわかっている。CIAがテストした科学者のフランク・オルソンはニューヨークのスタットラー・ホテルの十三階の窓から飛ぶ姿勢で身を投じたのだった。LSDはまた乱痴気パーティーでも人気があり、一回分が三ドル七十五セントから六ドルの低価格で売られている。

ベンゾジアゼピンの総称で知られるトランキライザーも、ヨーロッパの街頭で売られている習慣性の強いドラッグである。

一番よく知られているのはクロルジアゼポキサイド、ジアゼパム、テマゼパムだ。一カプセルあたり平均一ドル五十セントである。トランキライザーは普通飲むものだけれど、時には一度に三ないし四回分を加熱して溶かしてから注射し、嗜眠《しみん》状態を誘発させることがある。

学校の運動場あたりで——EUの加盟国以上にイギリスでは——溶剤が乱用されたりしている。ライター油、エアゾール剤、接着剤トルエン、ペンキ、洗剤などの溶剤である。子供たちはふだん精力をつけるためにプラスチックの袋に顔をつっこんで排気ガスを吸引する。シンナー遊びを指す溶剤の乱用は普通、人命にかかわる危険性があり、現に死亡事故も発生している。

溶剤は店先で簡単に買うことができるのである。

乱用の対象となる三つの主な麻薬――ヘロイン、コカイン、大麻――は街角で、あるいはもぐりのヤク穴場「シューティング・ギャラリー」や「クラック・ハウス」で売られている。

二つの組織犯罪グループがこうした麻薬の密売買を専門にしている。その一つは事実上イギリスだけにみとめられる組織である。いずれの組織も殺しの経験は豊富だ。本書でとりあげるあらゆる組織犯罪グループのうち、この二つがプロ集団であることは衆目の一致するところである。

第六章　「ヤード」はおいらのヤサだ

イギリスにおけるクラックやコカイン密売買の九十パーセントは「ヤーディー」の名で知られるジャマイカ系ギャング組織の手で行なわれている。こうしたギャング組織はほかのEU加盟国には存在しないし、活動もしていない。ヤーディーのメンバーは全員が最低一丁の銃を所持する。速射式のオートマチックかライフルかマシンガンが好まれる。イギリスの首都警察、ロンドン警視総監サー・ポール・コンドンをしてとくに名指しこそさけたものの、このままではイギリスの警察官が二十一世紀までに残念ながら武装の万やむなきにいたるだろうと予測させた[1]のは、ヤーディーの銃器による暴力沙汰《ざた》と残虐《ざんぎゃく》さの度合いだった。

イギリス警察の情報筋によると[2]、ヤーディーの本拠地はマンチェスター――走行中の車からの発砲事件が最初に発生した都市――のモス・サイド地区にあり、一九九四年二月にリヴァープールで発見された突撃銃とマシンガンのストックの買い手はヤーディーにちがいないとみなされている。だれにもわかる理由から私はその担当官の名前をあかせないが、彼が暗に語ってくれたところでは、二〇〇〇年のオリンピックをマンチェスターで開催したいと九三年に国際オリンピック委員会と交渉した際、市側はヤーディーによる暴力の危険性を公然と低く見つもったという。三人のタクシー運転手は私をモス・サイド地区に運ぶことを即座にことわった。うち二人は私の頭がおかしいと言い、三人目は歩いて行くための道順さえ教えてくれなかった。私が車でその地区を通りぬけるだけで特定の場所に車を止めるつもりはないと説明すると、アジア系の運転手がやっとタクシー代を受けとった。私が目にしたのは白人の顔がほとんどみあたらない、朽ちた落書きだらけの居住区だった。高台の貧民街には二階建ての家並みが密集し、すべてが無計画のまま放置されていた。ニューヨークで麻薬が容易に入手できるリトル・イタリー地区で私がみかけたクラック・ハウスのような、入り口を板でうちつけた建物が何軒かあったのだけれど、あたりにこれといった人影はなかった。ティーンエイジャーの黒人グループがわめきたてながらボトルを投げつけ、それが背後の路上で割れた。アジア系の運転手は、おおかた自分の肌の色が気に食わなかったんだろうと言った。ひどい人種差別が存在していたのである。ことによると観光客にみられたくなかったのであろう。人の気配はほとんどなかった。お昼前の時刻だというのに、だれもが戸締まりをしまるで深夜のような按配だったのかもしれない。運転手は私を途中で降ろすのをこばんだ。私は車を止める気はないと約束していた。もし私の身に何かが起これば、彼の責任になる——その可能性は大いにあった。もちろん、ここから私をつれだしてくれる別のタクシーをつかまえることはできないだろう。あえてリスクを冒したいのであれば、この地区のはずれでおろしてもらい、歩いて引き返す手はある。運転手は責任をしょいこみたくはなかった。こんな場所を歩きまわるとは一体どんな了見なのだろうか。ホテルにもどると私は地図でほんの周辺部につれていかれたにすぎないことを知った。たとえ歩いたにしても、まったく安全だったにちがいない。

リヴァープールにもヤーディー・ギャングは存在しており、例の武器の隠し場所がこの地で発見されている。バーミンガムやブリストル、ロンドンにもいる。ロンドンでの縄張りは——麻薬のさらなる入手を求めて互いに殺し合ったり、奪い合ったりするライバル同士のヤーディー以外にいないが——ペカハム、ハックニー、ストーク・ニューイントン、クラパム、ブリクストン地区である。ブリクストンのパトロール警官には一九九四年三月、二人の警官が撃たれたものの、幸いにも一命に別条なかった。事件後に防弾チョッキが支給された。ポール・コンドン警視総監は再度、警察官への銃支給をもっとふやすと約束した。

ヤーディーはクラックやコカインの密売ビジネスを支配しているだけでなく、十三億五千万ドルに達するジャマイカ大麻産業のうちイギリスにふり向けられる分の流通を一手に握っている。その割り合いの規模と金額を見つもることは不可能である。

一九八三年にコロンビアでクラックが精製された直後にヤーディーと関係を結んだの

は――例によってロドリゲス・オレフェラ兄弟の率いる――カリ派カルテルだった。そのあとジャマイカ系ギャングはクラック取引を支配すべくアメリカの犯罪現場に文字どおりなだれこんだ。そして七年後、彼らはイギリスで同じ挙に出ることになるのである。合衆国司法省の推計によれば、九一年当時のアメリカには四万人近いジャマイカ人ギャングがいた。しかも五年間に五千件以上の殺人事件に関与していた。アメリカではこの組織されたギャングは「ヤーディー」ではなく「パシ」（チンピラ）と呼ばれる。もっとも悪名高いグループは「シャワー・パシ」で――ニューヨークで活動するさるコロンビア人の支配下にあると目されるが[3]――その通称の由来は彼らが犠牲者にオートマチック銃の弾丸をシャワーのように浴びせて殺害することからきている。

ロドリゲス・オレフェラ兄弟がコロンビアのコカイン・ビジネスをヨーロッパに持ちこむにあたって、イギリスでの流通をジャマイカ人にゆだねたのはビジネス上当然の帰結であった。独立する一九六二年までジャマイカはイギリス連邦の一員であり、イギリスに定住する二世、三世のジャマイカ人口はかなり高い比率になっていた。共通語は英語だから、ビジネスの面で何かと役立ったが、ヤーディー同士は第三者にはほとんど理解できない独特のお国言葉を使う。イギリスに拠点をおくギャングの名称は、このお国言葉と本国ジャマイカとの密接な関係が由来だ。ジャマイカでは〝ヤード〟はホームを意味する日常語であり――時おり聞かされるような裏庭とか中庭とかの意味はなく――

ギャングどもはみずからのルーツとのつながりを大切にしているわけである。

アメリカのシャワー・パシからイギリスに移ったヤーディー・ギャングの大物クリストファー・〝ダフィー〟・ボーンはいつもうすい口髭《くちひげ》と頭髪、短く刈りこんだあご髭をたくわえていた。髭類は人相を変えるため簡単に剃《そ》ったり、生やしたりできる便利なヤーディー流アクセサリーである。ボーンは、ヤーディーの首領として三度イギリス国外に追放され、別名の偽造パスポート（ヤーディー言葉で〝ブラック・ブック〟）でそのつど再入国していたが、一九九三年五月、ロンドンのギャング同士の抗争で射殺された。九四年三月、ヤーディーのトップの座を争ったレイモンド・〝エンマ〟・グラントがボーン殺しの罪で終身刑を言い渡された。

イギリスで手配されているほかのヤーディー凶悪犯には、九つの殺人事件でアメリカFBIの追及を逃れているとみられるロン、オリヴァーのフランシス兄弟がいる。カナダの警察が麻薬密売、強盗、誘拐がらみで尋問したがっているロベルト・〝ランボ〟・パートもロンドンやマンチェスターで姿をみせたとされている。その所在ははっきりしない。殺しにポンプ連射式ショットガンを使うことからきた〝ポンピー〟なるニックネームがお気に入りのマイケル・モリソンはアメリカのカンザス州におけるクラック密売の起訴をかいくぐってイギリスに逃れた。目下の所在も不明である。ネヴィル・〝スコーチャー〟・グラントもそうで、イギリスからすでに四回も国外追放となり、五度目の

〝ブラック・ブック〟でイギリス人になりすまし、不法入国したあと麻薬取引の嫌疑をかけられているよく知られたヤーディー幹部だ。グラントのニックネームは麻薬取引の合い間を高速のオートバイでふっ飛ばす飛ばし屋《スコーチャー》からきている。

イギリスの移民局は毎月、好ましからざる人物、あるいは明白なヤーディーと目される多数のジャマイカ人を国外に退去させている。またジャマイカからの到着客——とくに休暇目的や肉親訪問のための旅行客——には厳重な取り調べを実施している。一九九三年十二月、クリスマス休暇のチャーター便に乗った百九十名の乗客全員がガトウィック空港で拘束されたとき、ひと騒動が持ちあがった。人権論者による人種差別への抗議中、二十七名が入国を拒否された。

一九九〇年六月、ベルギー、オランダ、フランス、ドイツ、ルクセンブルク五か国との間に調印された国境検問を廃止するシェンゲン協定に関係なく——九三年十一月、EU設立のマーストリヒト条約とともに発効し、EU域外からの外国人入国を決定するコンピューター・ベースの〝要塞《ようさい》ヨーロッパ〟入国管理システムにはイギリスはまだ署名していないが——EU加盟国はすべて九六年までに外国人の入国ビザに関し管理機能を整備することになっている。これはマーストリヒト条約の要求する施策の一つであり、また以前に合意された欧州共同体（EC）条約の条項——第一〇〇条c項——も活性化させた。その結果、イギリス政府は毎年同国を訪れる三十五万人のジャマイカ人に対し政府によるビザ規制はいっさい行なわないという市民的自由の保障を守る一方、ブリュッセルのEU拘束規定を発動することによって、ともかく門戸を閉ざすことが可能になった。これは人種差別主義のレッテルをさけようとするいつもの下手な努力のうち、みずから掘った穴から自力で抜け出すための好都合な一手になるだろう。

黒人系の公民権グループによる執拗《しつよう》なキャンペーンがあったのち、イギリス内務省は疑わしいジャマイカ人の旅行客に対する方針を変更した。入国審査官は入国資格の是非が確定するまでの間、彼らを拘置するかわりに〝入国拒否〟のリストに載せたうえで一時滞在の入国仮許可をあたえるよう指示された。条件としては指定の住所にとどまり、警察にいつも電話連絡することが義務づけられた。その結果はまさに予測どおりとなった。本来の旅行客が規則に従っている間、片や〝ブラック・ブック〟ヤーディーたちや、麻薬取引にはじめて手を染めた新米たちはこの制度をあざ笑いながら(嘲笑《ちようしよう》されるだけのことであり)、イギリス国内のジャマイカ人暗黒街に姿を消していった。クリスマスのチャーター便に対する手入れがあった五か月前、当時のイギリス移民担当閣外相チャールズ・ワードルは下院に対し、現行の制度で前年入国を認められた七百五十人以上のジャマイカ人が行方をくらましていると説明した。一九九五年二月、ワードルは引きつづき就任していた貿易・産業担当閣外相のポストを辞任したので、マーストリヒト条約を再検討する九六年のEU政府間協議の議題に移民規制を加えるべきだと、ジョン・メージャー首相に公然と迫ることができた。ワードルによれば、移民を規制する現行のマーストリヒト条約第七条a項は「条文が書かれている紙ほどの値打ちもない」というのであった。

一九九三年六月、内相のマイクル・ハワードはロンドン警視庁に対し——同庁は以前にクラック捜査班を解散したのにつづいてヤーディー捜査班も解散していたが——ヤーディーの組織犯罪を標的とする専従チームの再編成を命じた。七月になってロンドン警視庁刑事情報担当次席だった警視正ロイ・クラークは、ジャマイカ警察当局とともに犯罪捜査の連絡組織を設けるべくジャマイカの首都キングストンにおもむく。他のイギリス警察幹部はアメリカの取締当局者と英米間の犯罪者犯罪歴の交換について協議した。この取り決めにはジャマイカ人のパシ・グループ全員をリストアップした連邦アルコール・タバコ・銃器局のデータベースをイギリスに利用させる内容もふくまれていた。アメリカとの協力が合意された二か月後、銃器を携行していない地域の警官パトリック・ダンがクラックの密売をしていたヤーディー・ギャング同士のいさかいに巻きこまれ、ロンドン南方のクラパムで射殺された。凶器はヤーディーの殺し屋がもっとも好む九ミリロ径のオートマチック銃だった。

皮肉なことにダン殺害事件の捜査を命じられた捜査官は、ロンドン警視庁がかつて不必要と判断したヤーディー捜査班の元主任で、刑事担当警視正のジョン・ジョンズだった。

ヤーディーの暴力への傾斜ぶりは――というよりむしろひそかな快楽をみいだす――麻薬取引と輸送を活動の柱としたもう一つの組織犯罪グループ、〝バイカー・ギャング〟のそれに匹敵する。ヤーディーとちがってバイカー・ギャングは活動範囲をイギリスに限定せずEU全域に広げており、EU加盟国内には支部（バイカー・グループ）がおかれている。その機動性とかたい身内組織によってヨーロッパ全域にまたがるもっとも団結力の強い、まとまりのある犯罪組織となっている。一部の警察当局によれば、(4)イギリス国内でバイカー族は暴力性や殺人、脅迫事件への関与にかけてヤーディーすらしのぐといわれる。(5)インターポールはバイカー族――「世界でもっとも急速に勢力を広げつつある犯罪組織」(6)――が根をおろしているあらゆる国でその動きを追跡する特別の監視チームを発足させている。イギリスでは国家刑事情報庁（NCIS）がおなじような専従班を設けた。バイカーの犯罪活動に悩まされているという意識が格別に強いカナダは、ヨーロッパ各国の機関に三万人以上をリストアップしたバイカー専門のデータベースを提供しているほどだ。

このデータベースによって、インターポールとNCISとがそれぞれ独自に収集したバイカー集団と伝統的なイタリア系マフィアおよびコロンビア系カルテルとの協力関係をしめす証拠が裏付けられている。コロンビア系カリ派のコカインやクラックをヨーロッパに密輸する主な入り口の一つが——最大ではないにしても——イベリア半島経由にあるという判断のもとに、取締当局はコロンビアとの関係に目をつけている。言葉の共通性というさらなる利点も手伝い——ヤーディーにとってイギリスの魅力もここにあるわけだけれど——麻薬捜査官たちはコロンビア系マフィアにとってEU内最強の拠点がポルトガルとスペインだとみている。

フランス政府がほとんどのEU立法措置を自国に有利に解釈するのと同じく、その警察当局も税関当局もまた、国境検問廃止をうたったシェンゲン協定の解釈を第二次大戦前に制定された法律に照らして修正している。一九三〇年代に議会を通過したこの古い法律は国境の許容範囲を非常に広く拡大解釈しているのだ。純法律的にいえば、フランス国境の範囲は明確に定められた隣国との国境線から六十キロも相手国の内側までと決めているのである。通常、関係当局が国境の監視活動をするのは三十キロの範囲内だけれど、この警戒線《コルドン・サニテエール》まで深く立ち入った者はだれでも取り締まりの対象とされる。フランスはこの一九三〇年代の法律をスペインとの国境ばかりでなく、ベルギーをへだてたオランダとの国境に対しても発動しているのである。

各自が容易に識別できる革ジャン（カラー付き）や、これ見よがしの多くはナチの鉤《かぎ》十字《じゅうじ》入りヘルメットをかぶり、ハーレイ・ダビッドソン社製のオートバイにまたがったバイカー族は、かつては警察にとってもっとも特性をつかみやすい犯罪者グループだった。いまはそうではなくなった。鉤十字もオートバイも所持してはいるが、それは多分に宣伝効果がねらいだ。私がこれまでに出くわしたまさにあらゆる犯罪グループと同様、社会的な認知をえようとする努力を真似《まね》てバイカー族もまた慈善事業や募金活動というロビン・フッド的な善意の衣《ころも》でみずからの犯罪性をかくそうとしている。イギリス捜査機関の情報によると、(7)彼らが当局にみつからないようにヨーロッパ中を動きまわりたいと思ったときは見分けのつくユニホームをぬぎ、オートバイではなくてBMWかメルセデス・ベンツを運転する。ロールスロイスに乗るバイカーまでいると聞く。(8)さらに驚くべきことに法律破りに専念する連中が、皮肉にもその法律を利用しているのである。世にもっとも広く知られたバイカーは――悪名も一番高いのは――「ヘルズ・エンジェルズ」だ。彼らはイギリスで自分たちのそれと識別できるペンダント類の版権登録を行ない、その版権が侵害されないよう法的な警告を発する構えである。(9)彼らは独自の情報機関をつくりあげ、自分たちの身元調査をする捜査官の秘密電話番号や経歴を入手しており、専従班がヘルズ・エンジェルズの体面を傷つけたと思われるような言動をとった場合にはロンドンの国家刑事情報庁に不服の申し立てをすることにしている。

ヘルズ・エンジェルズは一九四七年、カリフォルニア州サン・バーナーディノで結成された。国際的な組織へと成長するのはラルフ・〝ソニー〟・バージャーがサンフランシスコ郊外にオークランド支部を創設してからである。はでに入れ墨をし、いまや気楽な中年男となったバージャーは相変わらずカルト集団のメシア的な指導者とみなされている。

犯罪関係の情報機関は一九八三年、ヘルズ・エンジェルズがどんなたぐいの組織であるかについて最初のヒントをつかんだ。脱会したメンバーが合衆国下院の委員会で入会者は入会許可の条件として殺人――「骨転がし《ローリング・ボーンズ》」――を犯さなければならないと証言したのだった。そうすることでスパイ警察官の潜入を効果的に阻止できたというのである。ずきんで顔をおおった証人は――実をいえばクラレンス・〝アディー〟・クラウチなるクリーヴランド支部の副部長で――新入会員は支部の証人の前で幼い子供や六十五歳すぎの老婦人とのセックスを強要され、最後は屍姦《ネクロフィリア》まで強いられたと証言した[10]そうである。

本家ヘルズ・エンジェルズのイギリス支部は意外に弱小勢力であると認定されているが、アメリカ以外では最大の組織である。支部はわずか十二しかなく、総メンバー数も二百人と推計されているが、それ以外に〝志願者〟、〝予備軍〟などさまざまな隠語で知られる使い走りの下部組織がある。しかも法廷弁護士、医師、会計士など専門職階級からとりこんだ〝名誉〟会員もかかえている。名誉会員は幹部たちのいまやちゃんとしたビジネスマン・イメージに磨きをかける一方、とかくこばかにされがちな〝ナチ・ヘルメット・オートバイ〃イメージを世間に印象づけるよう巧みに手を打っている。

イギリス支部は一九九三年の原則的な国境管理廃止によるヨーロッパ統合を祝うにあたり、大陸支部との団結を密にして、EU加盟国内での活動を調整すべく「ヘルズ・エンジェルズ・ヨーロッパ」という会社を登記した。他の組織犯罪グループの場合と同じく、東ヨーロッパおよびロシアへの大規模な勢力拡大を警察関係の情報筋は予測しており、この両地域に早くも支部が結成されたことが判明している。[11]

イギリスにおける第二勢力のバイカー族は「アウトローズ」である。ヘルズ・エンジェルズよりも人数は多いが、警察当局の見方ではそれほどちゃんとした組織ではなく、他のマフィアとのつながりも弱い。正式なメンバーはおよそ七百人で、六十の組単位からなり、多数の〃志願者〃、〃予備軍〃に〃名誉〃会員を擁している。ヘルズ・エンジェルズと同じく、いまではビジネススーツで働いている。コカインやマリファナのほか大量の向精神薬をヨーロッパの代表的な生産国であるオランダからイギリスに持ちこんでいる。同時にオランダ産〃スカンク草〃の運び屋でもある。

さらに彼らとライバル関係にあるヘルズ・エンジェルズも、ポーランドやハンガリーからイギリスにむけ向精神薬を運ぶ重要な運搬人だという指摘もある。[12] 両国の地元ギャングは、この特殊なドラッグの生産者をふやしつつあるとされる。これら両国の国境取締強化訓練にあたったイギリス警察、税関の担当官たちは、両バイカー族の存在が麻薬取引上の特殊な問題であることを確認しているのだ。

国家刑事情報庁の推計によれば、両グループの年間所得は数億ドルにのぼっており、だからこそ彼らにとってロンドン金融街向きの会計士が非常に重要なのだとみなされている。かくも多額の違法なカネは、ヘルズ・エンジェルズやアウトローズが自分たちもそうみられたいと願っているくらい素性がまともにみえるまで洗浄されるのである。

第七章　マネーは天下の回りもの

組織犯罪からあがる現ナマの収益は莫大《ばくだい》な金額にのぼるので、スーツケースか、場合によってはコンテナに入れて運搬しなくてはならない。ある国際的な規模の摘発が行なわれた際など、一方の当事国イギリスはロンドンだけでおびただしい箱につまった多額の現金がみつかり、それをただ数えるのに何人もの会計士が二十三日もかかってしまった！(1) ヨーロッパだけでそうした黒いカネは千九百六十五億ドルにのぼるというポンピドー・グループの推計もある。あるいは世界全体でこれを下まわる八百四十億ドルという数字が、パリに本部をおく「経済協力開発機構」（ＯＥＣＤ）と世界七大国のもっとも富めるＧ７によって設立された財政行動特別委員会の双方によって確認されている。ちなみにこれには麻薬生産国はふくまれていない。

前にも強調したとおり、これらの数字は情報に基づく推計であるにすぎない。そこで推測にあらざる言い方をするならば、いったん不法に取得した莫大なキャッシュは合法的なカネに換える必要があるということだ。合衆国大統領のニクソンを辞任に追いこんだウォーターゲート事件の際、そうした〝変換処理〟にしかるべき名がつけられた。(2) マネーロンダリングである。犯罪組織はこの技術を完成させた。世界の――そして全ヨーロッパの――各国政府はひとしく麻薬代金の蓄財を追跡し、つきとめ、押収《おうしゅう》することに完璧《かんぺき》を期そうと努めている。目下のところ、それが億万長者の麻薬密売業者と超億万長者のその供給業者を摘発するための、数少ない――事実上たった一つの――効果的な手段である。

ＥＵには「マネー狩り」の法令が三つある。一つは全加盟国に対し各国の法体系内にマネーロンダリング法の組み入れを義務づけた一九九一年の旧ＥＣ指令（ＥＤ）だ。第二は欧州会議（ＣＥ）が可決したマネーロンダリング協定で、イギリス政府は一九九二年九月に率先してこれを批准《ひじゅん》した。いまやＥＵ内の諸国がこれに倣《なら》い、なかには他国以上に断固とした姿勢をみせたケースもある。が、ほかならぬフランスの犯罪学者ロフェール教授は自国の関連法規が「まったく役に立たない」と述べている[3]。第三のマネーロンダリング取締法規は、麻薬と向精神性物質の違法な取り引きを対象とした一九八八年の国連協定、俗にいうウィーン協定である。

麻薬代金の不正利得ないし資産の追跡において大切なのは、洗浄サイクルの第一段階における早期発見である。金融用語でいえば「口座開設《プレイスメント》」と呼ばれる。もし口座開設を見逃してしまうと、マネーあるいはマネーを使って買い入れたいかなる資産の発見も事実上は不可能となる。こうした理由からＥＵの加盟国はすべて、ＥＵ合意のシステムのもとで金融機関に初期の疑わしい投資を発見する義務を——罰則ともどもに——課しているのである。そうした金融機関——銀行、投資会社、証券ブローカー、ゼネコン業界、クレジット・カード会社、両替店——はマネーロンダリングに関する一九八八年の「バーゼル原則宣言」によって、疑わしいと思われるキャッシュや資産の動きの報告を義務づけられている。イギリスの場合、その報告は国家刑事情報庁金融課に行なわなくてはならない。

イギリスは三度の国際会議が開かれる以前にマネーロンダリング法の制定を終えていた。一九八六年の麻薬取引防止法と刑事訴追（国際協力）法がそれである。九四年に発効した新しい刑事訴追法には八六年の麻薬取引防止法の条文の大半が織りこまれ、とくに正規の金融マネージメントや取扱業者が疑わしい取り引きの報告を怠った場合は犯罪として禁固刑を科せるようになった。そうしたマネージメントすべてに対する通告の趣旨は「自分の顧客を知れ」ということである。九三年、国家刑事情報庁には疑わしいと思われる一万二千件の取り引きについて届け出があった。しかし捜査ののち没収された金額はわずか千五百万ドルにすぎず、その結果、一部の情報担当警察官は金融市場における法律遵守《じゅんしゅ》の誓約に関し本気で疑念をいだくにいたった。ある警察官僚は成功した没収件数と疑惑報告件数との比率はお笑い草だと述べた。

本書執筆の時点でとりわけ懸念《けねん》されるのは、犯罪組織によるロンドン商品取引所における先物取引利用の可能性である。現行のEU法規が規定しているのは、そうした取り引きのすべてについて詳細な記録をとり、それを保存することである。没収比率を皮肉っぽく笑った当の担当官は、先物取引に関する記録など封筒の裏にメモした数字程度の信頼性しかないと私に語った。国家刑事情報庁の分析(4)には、イギリス国内にマネーロンダリングに対する罰則規定があるにもかかわらず、国際的なマネーロンダリングが主要な議題となる会議への招待状にイギリス金融統制機関から――世界の銀行システム保全を断固として宣言する監督的な立場のイングランド銀行もふくめて――幹部がだれ一人として応じていないのは興味深いと辛辣《しんらつ》に述べられている。(5)

　口座開設はマネーロンダリング・プロセスが越えるべき最初のハードルである。うまく越えれば、そうした黒いマネーはもともとの汚れがなくなるよう洗浄されたことになる。しかしながらそれでもなお、非合法な出どころとの距離はまだまだ近すぎるにちがいない。そこで洗浄工程は次のサイクルへと進む。金融用語でいえば「転がし《レイヤリング》」だ。それは一連の取り引き、移し換えによるマネーや資産の動きを意味する。その結果、疑惑のマネーや資産は口座開設時の資金源から遠く離れていき、追跡はまったく不可能となる。いったんそれが成功すると、犯罪の黒い利得は「白くなる」――合法化されたあげく捜査や取り締まり、そしてもちろん税務調査の対象からもはずれてしまうのだ。組織犯罪の勝利である、十年一日のごとく。

マフィア各派や麻薬カルテルにとって、足のつくマネーを足のつく根っ子から切り離すためのさまざまな手のうちでもっとも単純な方法は——口座開設の前段階で——ブラック・マネーを箱やスーツケースにつめ、国から国へと人間を使って運ぶやり方である。EU域内の国境管理撤廃によって、この方法は以前にくらべてずっと容易になった。

さらにEUの対外的な〝鋼鉄の環《わ》〟も、ブラック・マネーの運び屋が東側との間を行き来するのをいっときたりとも阻止してはくれない。事実、ロシアと旧衛星諸国はヨーロッパ最大のマネー〝洗浄工場〟となっているのだ。ここ何年間もかかる状況は変わらないだろう。

一九九二年、十人のロシア銀行幹部がヨーロッパに拠点をおくモスクワ派マフィアによって暗殺された。いかさまペーパー・カンパニーから持ちこまれた犯罪利得を銀行経由で合法化するのをこばんだからである。ロシアの首都にある二百六十行のうち四十行は犯罪組織の支配下にある。(6) シチリアのレオルカ・オルランドは私に語った。「東ヨーロッパでマフィアが銀行をつぎつぎと買収している。銀行が弱体だからな(7)」

ドイツ連邦刑事警察庁にいわせれば、ブラック・マネーを洗浄すべくフランクフルトの金融センターを利用することにかけては、とりわけチェチェン派マフィアが他のロシア各派に先んじているという。ある匿名《とくめい》のイギリス人ビジネスマン——間違いなく信頼できる人物——がモスクワからバルト諸国をぬける汽車旅行中の出来事について回想してくれた。(8) 客室内に二人の男がとじこもり――緊急時には内側から開けられる鍵《かぎ》を持っており――ベルリンから東側へ支障なく運び出した「キャッシュがつまった数個のスーツケース」を持っていた。最終目的地はスウェーデンで、洗浄用の銀行口座を首尾よく開設したものとそのビジネスマンは信じた。イギリスの国家刑事情報庁はロシア系のギャングたちが銀行の秘密厳守と税金回避地《タックス・ヘイヴン》の一つとして世界でも知られるチャンネル諸島ジャージー島に口座を開設した事実をつかんでいる。

モスクワでは、犯罪的な収益と支出を合法化する架空取引を行なう目的で、ロシアとその他の国々との合弁企業が二十万社以上も設立されている。(9) さるロシア内務省高官がイギリスの警察当局に語ったところによると、二百四十億ドル以上がこのルートを通じロシア国内から西側の銀行に還流されているという。(10) ロンダリング・システムを機能させるために、これらの企業はただEU域内企業との連携工作をするだけでいいのである。イギリスではこうした企業の大多数はロンドンにあるとされてはいるが、主要都市にも点在しているとみられている。ロンドンの一流社交クラブで、私はインド人起業家から合弁事業とのタイアップを進めてくれそうなモスクワ在住の友人を言い値で紹介してくれないかと持ちかけられた。

「ロシアには勘定しきれないほどの現ナマがうなってるんですよ。ただすくいあげられるのを待っているんです」

国家刑事情報庁のブリーフィングは、こう警告を発している。(11)

「ロシアの上級財務官たちは自国内で合法的なビジネスを行なうことはもはや不可能になったという結論をくだしている。その指摘するところによれば銀行、製造業、合弁企業に対する犯罪グループの支配力は拡大の一途にある……ロンドン、フランクフルト、チューリヒに向かうべきマネーは合法的な企業や不動産の買収に使われている。犯罪組織はかくしていわばベンチャー・キャピタルの資金源として車の販売代理店、レンタル・チェーン店、レストラン、ナイトクラブ、ホテルのほか、もちろんカジノにも出資することになった。犯罪グループおよび警察当局双方の一致した推定では、ロシアの商業銀行の約半数が犯罪グループの支配下にあるとされている。昨年(一九九二年)だけでチェチェンのギャングたちは大がかりな銀行詐欺《さぎ》の手口で五億ドルを吸いあげた。これはルーブルを安定させるべく国際通貨基金(IMF)から供与された総額の三分の一に相当する金額である。つまり、通常は安定している国際金融ビジネスも危険な場に変わってしまったということだ……ロシア経済における犯罪汚染が大きく広がったあまり、ギャング、腐敗した官僚、新しい起業家との間に明確な一線を引けない場合が多い。起業家はロシアでは法律を破るか、ロシア・マフィアとなんらかの接触を持たないで活動するのは事実上不可能だと判断しているのだ。ビジネスについて荒っぽい見方が一つある。議論は銃によってけりがつけられ、法体系は崩壊状態にあるという」

犯罪側とフリーメーソン組織も活動を共にする。レオルカ・オルランドは私とのインタビューで強調した。[12]「東ヨーロッパには非常に強力なフリーメーソン組織と、すこぶる強力なマフィアが存在する。両者が合体するととてつもなく巨大な勢力になる」。オルランドの見解によれば、旧共産圏諸国では莫大なブラック・マネーが洗浄されており、犯罪組織は実のところ銀行を買いとるどころか、さまざまな国家の一部すら買収しつつある。「東ヨーロッパでの投資は人類史上最大のマネーロンダリング工作となるでしょうな」

ブラック・マネーを洗浄したあと、彼らは資産を隠匿する最終段階の総仕上げとして税金回避と銀行の秘密が保証される国々へひんぴんとカネを移動させる。その魅力はあきらかだ。税金はごく低率か無税だし、持ちこまれた財産の出どころを聞かれることも一切ない。税金回避の抜け道を持つ国々は国際協定や法規の署名国ではない。もっともイギリスの大蔵省高官が私に断言したところでは、イギリスと関係あるすべての税金回避国は次第に各国独自のロンダリング規制法を制定しつつあるという。

旧イギリス領のバハマ連邦、イギリス植民地のケイマン諸島もしくはカリブ海のタークス・カイコス諸島、さらには南太平洋にある旧イギリス連邦のバヌアツ共和国、ナウル共和国の諸島などではチェックを受けない預金はまったくの無税扱いである。低課税国のなかには大西洋上のイギリス植民地バミューダ諸島、カリブ海のオランダ領アンテイル諸島、イギリス植民地バージン諸島、そしてモントセラト島、パナマ、リヒテンシュタイン、モナコ、ペルシャ湾内のバーレーン国、香港《ホンコン》などがふくまれる。

これらの国々は低課税ないし非課税に加えて、銀行やビジネスの秘密厳守を約束し、通貨管理を強制することもなく——銀行や保険会社などの企業も——そろえている。それらの企業は洗浄側にやすやすと買収され、合法的な事業を営んでいる。こうした買収可能な会社はたとえば「インターナショナル・ヘラルド・トリビューン」紙などの国際的なメディアにしばしばおおっぴらに広告をかかげる。(13) これらペーパー・カンパニーは——通常、会社定款《ていかん》の名義人には一人の地元住民が入っており——いったん買いとられると、密売業者が操作したいと望むだけのブラック・マネーがその口座経由で動くのを黙認する。たいていいかかるペーパー・カンパニーが数社も存在し、その間を移動させることによって犯罪収益を不正に操作したり、隠匿したりするのである。あらゆる税金回避国のさらなる利点は、電信振替でマネーを瞬時のうちに移動させうる最新のコミュニケーション技術だ。

ペーパー・カンパニーにいつまでもかかずらうのは本質的な問題ではない。マフィア組織はブラック・マネーをそうした税負担や規制のゆるやかな域外銀行《オフショア・バンク》に預託し、レイヤリングをしたあと、引き出したいだけの金額を現に居住かつ活動している国の銀行ではなく、さらに遠く離れた別の銀行に移して浄化を終える。次に居住する国において身元が確認され、認知されている取引先の銀行から融資を受けて、ＥＵ法規に定められた顧客チェックという罠《わな》をさける――最後にやっと外国の銀行に移してある預金額をローンの担保としてあきらかにできるのである。

スイスは銀行の守秘義務がやかましい国だが、犯罪収益を洗浄するには格好の地であるという指摘には激しく反発する。事実、この国には何年も前から麻薬代金をつきとめるための実践要項があり、ＥＵ指令に先立って故意にかかる収益金を処理した金融業者を訴追する制度を整備している。スイスの国内法では、金融マネージメントは未知の顧客と二万五千スイス・フラン以上の取り引きを報告するよう義務づけられている。他のヨーロッパ諸国には嫌疑がかけられる上限額を設けている国もあるが、イギリスの場合は意図的に嫌疑がかけられる誘導値の設定はさけ、上限額は個々の金融機関の裁量にゆだねられている。

自由裁量の金額を一方的に押しつけないというイギリス立法府の決定は、書類上の痕《こん》跡《せき》を残さないというよく知られたマネー洗浄法を打ち破るのがねらいだった。「銭洗《スマーフィ》い《ング》」と呼ばれている手口だ。おそろしく手間と時間がかかるにせよ、効果的な手ではある。その唯一《ゆいいつ》のやり方といえば、どんな取り引きであれ、銀行側の注意を引くに足る上限額をいち早くつかみ、洗浄はそれをわずかに下まわる金額で行なうだけでよい。〝銭洗い〟チームは何十となく小口の口座に限度額以下のダーティー・マネーを預金するのである。

もう一つの手としてはやはり限度額以下を守りつつ——現金で——流通証券、銀行小切手、銀行為替手形、送金為替などを購入する。必要な時にはいつでも現金化できるからである。

一九九三年、〝銭洗い〟のユニークな新手がパリに登場し、これによって偶然にも日本系マフィアである〝ヤクザ〟のヨーロッパにおける存在が認められたのだった。何十人ものアジア人——大半が学生——が高級革製品のブティックに押しかけた。この〝銭洗い〟活動が終わったあと、不審に思った警察当局は三百人にのぼる特殊なバイヤー集団をつきとめた。浮き浮きする革製品ブティック側はいっぺんに十人から成る購入グループの存在を認めた。学生たちはいつも新しい五百フラン札を使って手当たり次第に買いまくった。のちに警察当局がつかんだところによると、これらの紙幣はルクセンブルクの各銀行に連日、訪れた五人のヤクザによって引き出されたのである。革製品は東京の二十社にのぼるペーパー・カンパニーに送られ、パリでの購入価格を下まわる値段で販売された。差損など問題ではなかった。ダーティー・マネーを洗浄する仕掛けなのだから充分に引き合う処置だった。

イギリス国家刑事情報庁の洗浄犯罪班主任で、マネーロンダリングの専門家であるグレアム・ソルトマーシュ警部は、日本系マフィアの特別な部門を担当する「ソウカイヤ」(総会屋)がロンドンの金融街《シティ》でひそかに暗躍しているとにらむ。ドイツ連邦刑事警察庁とインターポールの見方によると、ヤクザの動きはヨーロッパのあらゆる主な金融センターにおいて活発である。神戸に本拠地をかまえる山口組が最大のグループだ。松田組もほぼおなじ勢力である。住吉連合と稲川会は東京に拠点をおく。どのグループもきびしく統制された縦割り組織となっており、当局がひそかに潜入するのは不可能である。いずれの組織犯罪グループにも、それなりの入会儀式があるものの、ヤクザの儀式はまずどこよりも奇想天外だ。伝統的に体じゅうをひどく入り組んだ模様の入れ墨でおおいつくしているから、裸になってもそれが衣類なのかどうか識別しがたいほどである。下っぱ――「コブン」(子分)――が掟《おきて》にそむいたときは儀式的に短刀で小指を第一関節から切り落とすことによってゴッドファーザー――「オヤブン」(親分)――に許しを乞《こ》う。

ヨーロッパ各地で活動しているソウカイヤは主要なヤクザ・ギャングの代理人であり、とりわけ日本とのつながりがある企業や金融機関を食いものにする。このためにその存在が知られ、恐れられている。上級幹部への脅迫は――しばしばセックスを使った罠によって――相手を屈服させるのが得意技である。国家刑事情報庁の見方によれば、ロンドンにある金融機関の支店をマネーロンダリングに利用する点にかけてソウカイヤは世界中のマフィアをリードしている。

日本の警察当局者はいつもEU諸国の首都にある自国の大使館に補佐されている。ロンドンにおける日本の捜査官たちは国家刑事情報庁と仕事の上で良好な協力関係にある。しかしながら、ソルトマーシュ警部はヤクザのようなユニークな組織と戦う困難さを率直に認める。ヤクザが守る沈黙の掟はすこぶるきびしく、「シチリア派マフィアが守る〝沈黙の掟《オメルタ》〟などゴシップの免許証みたいに聞こえる」というのである。しかもそのうえ、脅迫されたロンドンの日本人ビジネスマンやバンカーたちがギャングから圧力を受けていることをあえて認めようとはしないという事情が加わる。にもかかわらずどんな形にせよ、警察当局がヤクザの内部にくさびを打ちこもうとすれば、金融部門を経由する以外に道はない。ソウカイヤはEU域内の各金融センターにある登記済み金融機関と取り引きしているのである。

ヤクザとは異なるアジア系の主たる組織犯罪グループ――中国人系の三合会――は麻薬代金や強奪したみかじめ料をEUやアジアの内から外へ、外から内へ移動させるための地下銀行として知られた組織をしばしば利用する。EU域内で三合会には四派の存在がはっきりと確認されている。「14K」、「和盛和」、「和安楽」、「新義安」だ。各派ともメンバーをロンドンやイギリスの主な地方都市に住まわせている。国家刑事情報庁には香港で訓練を受けたマイクル・ボール巡査部長をキャップとする三合会専従班が特設されており、またイギリス全土の警察本部に対し、香港が一九九七年の中国返還前に三合会系のギャングが大挙してこの国に流入するだろうという警告が出されている。同庁の情報分析(14)によると、一九九七年以前に全体で五十万人の中国人が香港をはなれ、世界各地をめざすものとみられ、また一九九〇年のイギリス国籍(香港)法によって五万人の世帯主が本人および家族、平均して一家族あたり四人がイギリス市民権を申請できるので、さらに二十万人の合法的な流入の発生が見こまれている。

そのような潮流に乗って三合会も計算ずくでヨーロッパの海岸に流れつく必然性は、それだけの話では終わらない。ポルトガルは一九九九年十二月にマカオが中国へ返還される時点で五十万人の〝飛び地〟住民のほとんどに市民権をあたえると告げた。一部の住民は残留を選ぶにしても、四十万人以上が退去するものと予想されている。国家刑事情報庁はこう警告する。「このほか多数の中国人犯罪者がヨーロッパ、そしておそらくはイギリスに不法入国すべく間違いなくマカオ(ポルトガルやECのパスポートを入手するために偽造もしくは不法取得の書類が盛んに密売買されている同地)を利用しようとするだろう」。これらのグループが利用する地下銀行システムは信用や家族的なつながりに依存するところが大きい。したがってそれは兄弟分の誓いとか裏切りに対する死の掟とかで固く結ばれたグループにぴったりの組織となっている。「私は多くの剣による死を受け容れます」というのが三合会への入会にあたり、組織のどんな秘密をもらしても罰を甘んじて受ける誓いの言葉である。

地下銀行の構造は複雑なものではない。犯罪による利得が生じた国で三合会の洗浄係はそのダーティー・マネーを未登録の、つまり非公式な闇《やみ》のバンカー役にあずける。このバンカー役はしばしば二つに切り離された紙幣か符牒《ふちょう》といった異様なレシート、つまり別の半片が海外の共犯者の手にある「チョップ」として知られる領収証の半片を手渡すことによって預金を確認する。そして次に共犯者――クリーン・マネーを引き出せる外国に住むもう一人の非公式なバンカー役――に預託の金額を知らせてやる。洗浄係もしくは所属の組織がチョップの片方を提示すると、手数料を差し引いた相当額がその国の通貨で支払われる。このようにして地下のバンカーたちは利益をあげるのである。

ロシアにおける二十万のいかさま合弁会社によって採用されているシステムも、これに似た単純な仕組みが用いられている。商品やサービスはロシアか東ヨーロッパの組織からEU域内の〝子・孫〟会社に発注される。それら注文に対する請求書の金額はかなり水増しされ、その差額が洗浄される金額になるか、もしくは請求書の中身に実体がなくて、金額そのものが洗浄されるかのいずれかである。いずれにせよ黒い収益は文書もしくは電信振替で西側に合法的に送金され、発注企業の勘定口座に借方として記録される。輸入品の正味の価格などまったく問題ではない。実体のない請求システムが使われている東側その他の地域でよしんば売り上げ損が発生しても、それは許容できるビジネス上の経費であり、まず第一に麻薬代金や武器密売その他の組織犯罪活動でえた利益によって百倍以上のお釣りがくるのである。

為替取引所と証券ブローカー会社は——洗浄屋たちによって大々的に利用されており——いずれもEC全加盟国に国内法での対応を義務づけた一九九一年のEC指令（ED）がとくに標的としている金融機関である。為替取引所は多額の現金取引業務を行なっており——キャッシュで外国為替銀行の為替手形を購入し、海外口座を開設するというのが好んで使われる洗浄の手口だけれど——一九九一年の立法措置がとられる以前は法的な規制が不充分であった。多くの企業はことさら記録をとる場合でも、ソルトマーシュ警部が皮肉る「封筒裏のメモ」程度の記録しかとっていなかった。悪用される危険性——マネーを洗浄する側にとっての魅力——はたった一つの統計数字からみてもあきらかである。ロンドンの外国為替取引所だけで毎日三千三十億ドルもの取り引きが行なわれているのだ！　イギリスの新しい刑事訴訟法、公的秩序法の定めるところによれば、ちゃんとした記帳は会計監査基準に即すべきものとされているが、一部の金融情報専門家には取引業務がこれらの規定に従って厳密に行なわれているかどうか首をかしげる向きもある。法律が強制力を持ち、当局がその執行に断固たる決意であることを当事者に納得させるには刑事訴追が必要だろう、という意見を私は耳にした。

イギリスでは刑事訴訟法が制定されるまで組織犯罪の浸透に対し大きく門戸を開いていた証券ブローカー会社の管理にも、おなじく法的手段をとるという政府の決断がくだされている。何より大事な点といえば、充分な報酬をえていて、積極的に協力してくれる証券ブローカーの支援だけであった。ところがいったんそうした金融実務家が買収されると、ヨーロッパあるいは世界のいたるところへ自由にカネを動かすうえで障害が事実上なくなってしまう。証券ブローカー会社を通じて――EUの加盟国ごとに規制が異なるにせよ――株であれ証券であれ現金で購入することができるのである。しかも所有権は架空名義やペーパー・カンパニー名義で登記が可能だ。無記名債券の場合、登記はほとんどか、あるいはまったく必要ないのである。ここでもまた私は、マネーロンダリング規制法が真剣な意図をもって制定されたのだと証券ブローカーに納得させたければ、罰則をともなう告発が必要であるという説明を聞かされた。多くの犯罪にかかわる多くの事例と同様――効力に程度の差があっても――法律は存在するのである。欠けているのは法を執行する気迫や能力だけなのだ。

〝口座開設〟や〝転がし〟の洗浄プロセスを経たのち、かつてのダーティー・マネーはクリーンな投資と等価の施設や事業に投下されてはじめて最終段階であるクリーン・マネーとなる。それをこんどはセールスによって元がとれるばかりでなく、引きつづき相当額の利益をもたらし、当初の違法な投資の価値を高めるのである。時としてこうした手口はたとえばヤクザによるパリの高級革製品の買い付けとおなじく、常軌を逸したものとなる。カリ派のギルベルト、ミゲル・ロドリゲスのオレフェラ兄弟はある時期、ペーパー・カンパニーのややこしい仕組みを通じて事実上スペインのあらゆるムール貝養殖場の支配権を握って満足していた。この養殖場からこの種の軟体動物が実質的にヨーロッパのダイニング・テーブルに供されたのであった。企業資産は最高に歓迎される獲物である——モナコ公国にうまく浸透したイタリア系マフィアの頭目どもがモスクワ派マフィアを引き合わせた銀行はそう証言するのだ。日本のヤクザはロンドンの不動産市場で資金力にものをいわせて買いまくった。チェックされないキャッシュの流れるカジノはもう一つの穴場だ。ここでもイタリア系マフィアはロシア系マフィアに対し賭博場《とばくじょう》の価値を教え、コーサ・ノストラやカモッラ、ンドランゲッタ各派もモスクワのカジノを利用している。本書を執筆の時点で、ロシアの首都にはラスベガス並みに五十九軒のカジノがあった。どこもマフィアの支配下にあり、実際には為替取引所としての機能を果たしているのである。ホテルもまた金を生むたしかな投資先と考えられている。日本企業の極端に入り組んだ国際融資団がホテルへの建て替え目的でロンドンのど真中にあるもっとも格式の高い、かついっとき物議をかもした不動産物件を所有している。分譲リストには託児所や診療所がのっていたが、私見によれば——もっとも、しかと証拠があるわけではないのだけれど——そのような診療所はナポリのカモッラ派によって、すでに述べた考えるだけで身の毛もよだつ違法な臓器移植目的に悪用されるのではないだろうか。

イタリア系マフィアは現に、いまや規制のなくなった国境を越えて広い範囲にわたってフランス国内に勢力を伸ばしつつある。たまりかねて仏伊両国はマフィア取締の協力態勢に合意したのであった。

私が両国で話をした関係者によれば、もう後の祭だという。事実、世界でもっとも放《ほう》埒《らっ》なマネー天下の国において使われる高度なマネーロンダリング作戦を阻止するにはあきらかに後手にまわっているといえそうだ。

第八章　標的はモナコのカジノ

あらゆるタックス・ヘイヴンや銀行業務の秘密を守る小国は、その国々が生み出す潤沢な富を反映している。なかでもモナコは王冠の中に輝く宝石だ。そうしたほかの国々とはちがい、モナコには宝石を身につけた君主がいる。そして多少は傷がついているにしても、その宝石にマッチした頭飾りをいただく王妃もいる。ヨーロッパ――さらにはその向こう側――のマフィアからすれば、モナコは単なる宝石ではなくて歓迎の標識とみなされたのだった。マフィアは光に群がる蛾《が》のごとくモナコに群がり、けたはずれに便利で、けたはずれに用心深い銀行経営システムによって自分たちのダーティー・マネーを洗浄した。現金専門の運び屋がキャッシュのつまったケースをかかえて堂々と姿をあらわすことも珍しくない(1)。グレース王妃が一九八二年に亡《な》くなる前、マフィアを呼びよせたといういまは実証できない噂《うわさ》も聞かれるのである。

　事実、プリンセスの一人のいまは亡きイタリア生まれの夫君は多くのモナコ貴顕紳士とおなじく、マフィアとビジネス上のつながりを持っていた。名前を秘したゴッドファーザーが運営する不正資金プール用のシェル・カンパニーを設立するために表向きの必要な条件としては、このごく小さな面積一・九五平方キロの公国の住民が一人だけ会社の発起人として名をつらねるだけでよかった――この公国より小さい主権国家といえば、これまた自前の銀行をマフィアや殺されたロベルト・カルヴィにうまく利用されたバチカンだけである。会社のマッチ箱サイズの表示板がラ・コンダミンやフォントヴィーユ街のビルやオフィスの白く色あせた壁面に、まるで犯罪の勝利者に対する記念メダルのようにとりつけられている。この一角は片方はレーニエ公の赤茶けた褐色の宮殿がでんと居座るごつごつした岩肌上のモナコ・タウン、他方はモンテカルロによってきれいに区切られた商業地区である。

当時ハリウッドのプリンセスにしかすぎなかったグレース王妃が、フランク・シナトラらとおなじタイトルの映画をつくったそのはるか以前から、ハイ・ソサエティはこの地に定着していた。公然たる富と快楽、百五十万ドル以上のヨット、ロールスロイスやフェラーリ、そして一平方メートルの地価が一万五千ドルもするのどかな別天地だった。退位したよその国王とその王妃たち、肩書きないし称号で商売をしているプリンセスたち、しかも世界でもっとも名の通ったカジノで知られる土地だ。実際このような環境のなかでは、マネーロンダリングなどといった世俗的な言葉は容易には思い浮かばない――とはいえ、ここでのマネーロンダリングが世俗的なもの以外の何ものでもないことをしかと心にとめていただきたい。

もちろん、モナコはそのような考え方を強くかつ執拗《しつよう》に否定している。公国のどこにおいても、マネーロンダリングやその他の目的で金融機関を利用する犯罪者が存在する可能性を公《おおやけ》にせよひそかにせよ認める者は一人としていなかった。が、こうした否定的な態度は隣国フランスでは通用しない。マフィアの国内浸透の実態調査にあたるフランス国民議会下院調査委員会の委員長は犯罪組織、とりわけナポリのカモッラ派にとってモナコ公国は「あきらかな財政上の基盤」であると主張している。

モナコは中継基地である。表向きの企業を通じて「浄化」されたのち、マフィア・マネーはより多くの収益を生み出すべくコートダジュール沿いに西進する。氏名の公表を拒否したニースのさる不動産業者の推定によれば、リヴィエラ地方における不動産物件購入の六十パーセントは一個人の名義ではなく会社名で行なわれているという。「お前さん、三千万か四千万フランの別荘をキャッシュで買いたがる客を尋問しろと言うのかね！　なぜそんな必要があるんです？　違法でもなんでもないんですよ」。マフィアの活動の隠れ蓑《みの》になっている企業はマンションやホテルを購入し、カジノの買収をくわだてる。かくして合法的な資産と、もう一つ洗浄のサイクルとして金を生むギャンブル台ばかりでなく以後も引きつづき洗浄を行なえる施設とを手に入れようとするのである。

モナコに近い保養地マントンのフランス共和派市長ジャン＝クロード・ギイボールは彼が認可していない会社による市内のカジノ乗っ取りを阻止してきた。そして一九九二年十月以降、事実上イタリアとフランスの国境をなす同市内での投資や建築許可を求めるイタリアの不動産デベロッパーに対し、マフィアと無関係であることを保証するイタリア治安当局の証明書の提出を要求している。これは疑問の残る警戒措置だ。ちょうどマフィアがモナコ公国内で洗浄を目的とする会社の偽装をするためにモナコ市民を「買収する」のとおなじ手を使い、彼らはフランス国内での不動産購入や開発事業へのかかわりを秘匿《ひとく》するためにフランス人の弁護士や会計士を雇い入れているのである。

一九九四年、EU議会議員となる以前に大規模な経済、金融犯罪を監視するフランス政府機関を率いていたティエリー・ジャン＝ピエール判事は、犯罪組織がロシア、アメリカ、イタリアに足場を築いた方法とそれがフランスに浸透した方法との違いを説明してくれた。フランス以外の国々では犯罪組織は犯罪そのものの実行にかかわった。フランスでは犯罪でえた富の投資にのみ関心を寄せたのである。「わが国ではまさにわれわれの面前で洗浄組織が肥大化しつつある……目下のところ、マフィアはフランスを歓迎してくれる地とはみなしているが、ハイレベルの集中的な犯罪を実行できる国とは考えてませんね」(2)

犯罪組織のフランス浸透に関し警告を発したのは、何もフランス国民議会下院委員会だけではなかった。一九九四年三月、フランス南東部の古都エクサン・プロヴァンスでマフィア対策会議が開かれ、これを重要視したイタリアのリリアーナ・フェラーロ予審判事はローマからはるばる出席した。フランス側の相手役はマルセイユ——昔から今にいたるフランス系マフィアの拠点——の元不正捜査担当判事ミシェル・ドバックで、かつて両国間の犯罪取締の連絡役としてイタリアの首都に派遣されていた人物だ。

当初から非公開とされたこの会議は、両国の硬直した関係機関による、例によって例のごとくとうてい実行できそうもない約束をとりかわして終わった。すなわち大規模な情報交換によってそれまでなかった協力関係の改善、犯人身柄引渡し手続きの簡略化、マネーロンダリングを阻止する双方の努力を強化するなどである。この会議が開かれたのは中道右派の「フランス民主連合」（ＵＤＦ）代議士ヤン・ピア夫人の請け負い殺人事件があった四日後、現場から八十キロもはなれていない場所においてだった。ピア夫人は下院マフィア対策委員会の副委員長で、仏伊両国のマフィアやフランス南部の腐敗に対する舌鋒《ぜっぽう》鋭い批判者であった。

委員長はノルマンディのマイエンヌ選出議員フランソワ・ドーベルで、ピア夫人と同じ政党に所属していた。同委員会はエクサン・プロヴァンス会議で採択された組織犯罪摘発の有力な基本計画をすでに練りあげていた。委員会はパリ、リヨンまたはグルノーブル、ドゥエー、カンヌまたはルーアン、エクサンなどフランス全土に捜査担当判事が指揮する特別法廷の創設やマントン市長によって活用された一九六五年のイタリア系マフィア関連法をモデルとする新たな法律の制定を勧告した。さらに麻薬事犯のみに限定して他のあらゆる錬金犯罪を除外するマネーロンダリング法規の適用範囲を拡大するよう提言していた。ロフェール教授によれば、現行法のもとでは一人として訴追の網にかかっていないという。(3)

ロンダリング関連法規が効果的に強化されるかどうかは、その必要条件としてしばしば指摘される政治的意思しだいである。私はフランスでの旅行や取材中、そうした意思のお手本にあまりお目にかからなかった。時として状況はその逆であった。さらには必要とされる国境を越えた協力はもちろん、国内における警察間の連帯も見かけなかった。

太陽がさんさんと照りつけるリヴィエラ地方からまるで何百万キロも離れているかのような雨に打たれたパリのオフィスで、ロフェール教授はのっけから私を驚かせた。教授はフランスの当局者がフランス特有の現実主義から経済への好影響を考えて、イタリアの国境を越えてコートダジュール沿いに動く違法なカネの流れをあえて黙認しているとほのめかしたのだ。フランソワ・ドーベルはもっとあっけらかんと語る。(4)「フランスは通貨がモナコに流れこむのをみてわくわくしてるんですな。キャッシュであるかぎりすこしも気にしない。国際収支のバランスに役立つからね。したがって理論上はモナコ国内にある六十ほどの銀行や金融機関を監察する立場にあるフランス銀行委員会は目をつむり、明白なダーティー・マネーを還流するがままにしているんです。一方モナコ当局は、ロンダリング規制の地域立法を自慢にするが、善意はあるにしても現実に適用されることはありません。フランス当局者の監察がまったくないからなんですよ。しかもダーティー・マネーをいくつものケースにつめて運ぶ人間を目にしたら、根っからの好奇心に打ち勝てないんだ」

モナコにおける経済活動の四十パーセントはこれらの銀行によって生み出されており、そこにはいつでも引き出せる推定九十億ドル相当の預金があるのだ。(5)

すでに強調したように〝マフィアのメッカ〟であるという非難に対しモナコ当局者は当然ながら憤然と反論する。私が電話でコンタクトした政府スポークスマンは名前をあかすことをこばんだうえ――彼はまた、この件では身におよぶ何の危険もなく、とりたてて論議を呼ぶ話をしているわけでもないのに名を伏せる理由さえ説明しなかったが――まず、モナコで登記されている企業の場合だと、株式所有を秘匿することは不可能だと言いたてた。有限責任会社の登記は公開されているからというのだ。有限責任会社の話をしているのではないと私が指摘すると、そのスポークスマンはたしかに個人企業は――個人所有の民事会社《ソシエティ・シヴィル・パルティキュエール》――つまり私的存在ではあるが、株の動きは把握できるのだと私に釘《くぎ》をさした。それにしてもフランスなど世界各地で企業や不動産を買収するモナコ籍、かつモナコ人が経営する企業の活動を当局が探らなければならない格別の理由があるのだろうか。いや、そんな理由などありはしない。するとチェックはどこで行なわれているのか。そのための法律があったはずだし、その法律はどのように執行されてきたのか、モナコ人が満足のいくようにか。しからば、フランスやフランスのこうるさい犯罪委員会の満足についてはどうなのか。目下のところ、公国と良好な関係にあるフランス側との間で討議がつづけられている。モナコは犯罪委員会の結論をそれほど多くは受け容《い》れなかったという。ならば、一体どんな結論をモナコは受け容れたのか。この質問に対し彼は答えられる立場になかった。マネーロンダリングを違法行為とする法律は一九九二年このかた、モナコ公国の法令集の中に入っているとその匿名スポークスマンは言った。私の質問に対するいらだちがつのったあげく、しまいには彼が代表する金融部門の正確な名称を教えることさえこばんでしまった。モナコはフランス当局と充分に協力し合うことを望んでいると彼は付け加えた。モナコが犯罪組織に利用されるのを防ごうとする政治的意思があることはいうまでもない。そんなことを訊《き》くのはぶしつけな質問だ。言葉が通じにくくてこれ以上やりとりをつづけるのは難しいと彼は文句をつけた。では、そちらのオフィスに通訳をつれてうかがってもよろしいか。話し終わらないうちに電話はガチャンと切られてしまった。それから五日間、私は話を再開してくれそうな相手となんどかの接触をこころみたが、いずれも成功しなかった。

フランスの反マフィア委員会報告は確認されたマフィアのメンバーに関する長い記述のなかで、モナコのキャロライン王女の前夫であるステファーノ・カシラギを名指ししており――直接に非難こそしてはいないが――実にぶしつけな内容であった。

この報告書で糾弾されたマフィアの一人にマリオ・コンティーニがいた。カシラギがとりわけモナコ国内の建設業界で広範なビジネス上の利害関係を分かち合う同胞のイタリア人だった。

秘密主義をとるモナコ銀行制度の内側に隠された〝コンティーニ＝カシラギ・プロジェクト〟の詳細はこれまでついぞ公にされたことはない。これからも公開されることはないだろう。フランスの反マフィア委員会は「イタリアで重大犯罪を犯したことが判明しているうえ、マフィアとのコネクション疑惑をかけられている複数の人物の一人」というレッテルをコンティーニにかぶせているのである。

もちろん報告はそうした人脈とともに、万能かつ秘密主義のフリーメーソン活動との関係にもふれている。この場合、秘密主義がもっとも徹底しているのは国家転覆をめざしたＰ２そのものである。

カシラギ、コンティーニ、Ｐ２間の複雑なつながりはパリのオペラ座界隈《かいわい》の一画にあるカウンターが亜鉛張り、ワインをタンブラーで出すスタンド・バーで、フランス政府の一官僚がたどってみせてくれた。[6] 匿名を条件にのみ話をしてくれた数多いフランス政府官僚の最初の人物だった。話の内容はローマで彼と同格の官僚も確認してくれたが、残念ながらこの時も匿名が条件であった。[7] イタリア政府の役人と会った場所はこれまたポポロ広場に近いバーだった。どちらの場所も、よしんば婚姻によってではあれヨーロッパ最古の王朝の一員について語り合う環境としてはあまりにも場違いだったことに私は唖然《あぜん》とさせられた。もっともイタリア人の情報提供者は、カシラギもむしろこんな場所が彼には合っていたはずだといかにも自信ありげであった。

実直そうで色浅黒くハンサムなステファーノ・カシラギは、ほどほどに裕福ではあるが、ごく普通のイタリア人家庭の出である。父親はミラノで暖房や空調機器を製造し、小一代で財を築いた。同市内の大学を卒業後、カシラギは地元で不動産会社を設立し、小売りの輸出会社もつくって成功した。会社の収益を元手に——一家の資産にもささえられて——金融界に乗り出す。そしてマリオ・コンティーニにめぐり合ったのだった。

カシラギより年上でずんぐりしてはいるが、おなじように浅黒くハンサムなコンティーニは、友人以上に事業欲が旺盛《おうせい》であった。ビジネス上の利点から二人の関係を深めるべく懸命につとめたのは一九八三年十二月、カシラギがすでに四か月の身重をきまり悪がっていたモナコの王女キャロラインと結婚したからである。結婚式は宗教儀式によらないで行なうことを余儀なくされた。王女が一九八〇年代、法律的に離婚が成立していたフランス人のプレイボーイ、フィリップ・ジューノとの二十八か月間にわたる結婚生活を無効とすることをバチカンが拒絶したためである。

結婚後、カシラギは表向き自分のビジネス活動を金融業者としてのそれに限定した。その活動たるや、スピード狂のプレイボーイという世間が描いたイメージで周到にカモフラージュされたのであった。キャロライン王女に対する結婚プレゼントは二十二万五千ドルもするフェラーリであった。ビジネス活動のすみずみまで行きわたった慎重さには、モナコ生活が打ってつけだった。国の金融システムの秘密主義によって——王室の一員という立場のおかげで普通以上に申し分なく——マリオ・コンティーニとの関係が発端からその範囲までおおい隠されている。しかし、パリで私と酒席を共にした役人は、二人の関係がはじまったのは一九八四年だったと言い、二つ以上の会社がからんでいるはずだともらした。

一九八四年はカシラギが超高速艇レースで世界ランキング入りした年であった。八五年には北イタリアのコモ湖で所属クラスの世界スピード記録を樹立し、八九年には合衆国ニュージャージー州アトランティック・シティ沖の洋上レースで世界チャンピオンになった。

カシラギは世間の目がとどかない私的な立場で——まさしくすこぶる個人的に——マリオ・コンティーニとの共同事業をすすめた。このイタリア人同胞も、公然とではないにせよ、カシラギにおとらず成功を収めた。イタリアを最初にはなれたのはコンティーニのほうで、起業家的なビジネスの初期段階では、カシラギとおなじく生家から金銭的な援助を受けた。コンティーニの場合はジェノヴァにあった父親の炭化水素工場が出資元であった。

コンティーニはスイスのローザンヌにビジネスの拠点を築く。偽装用の会社を設立することはできたが、モナコでカシラギと設立した会社のように、公《おおやけ》の監査をまぬがれるわけにはいかなかった。ローザンヌに居宅をかまえなければならないのとおなじく、サンジャン＝カプ＝フェラに別邸を購入した。リヴィエラのうち大富豪用の最高級保養地でも超高級地に属し、モナコからフェラーリかメルセデス――カシラギの愛車はホワイト――でのドライブに好都合であった。

ローザンヌの入り組んだ企業系列をたどって、コンティーニはマンデリュ・カジノの株を手に入れる。フランスのゲーム管理当局が資本構成の「公開性が不充分だ」という理由からいみじくもスロット・マシンの使用を許可していないカジノであった。コンティーニの別のスイス企業グループはプロヴァンス、トゥーランヌの最高級ゴルフコースとつながっていた。あまたあるご自慢のタネの一つはヨーロッパ最大のクラブハウスを擁しているということであった。

さらにコンティーニが関係するもう一つのスイス企業はゼニス・ファイナンスで、社長はこれもイタリア人のフロレンゾ・レイ・ラヴェッロだった。スイスに住むレイ・ラヴェッロはマフィアと関係ありとして、イタリア警察の捜査ファイルに記録されている。その名前はまた一九八〇年代に行なわれた捜査の際、リーチョ・ジェッリィが率いるP2ロッジの会員名簿中からもみつかった。一九八〇年三月には、イタリア政府の金融スキャンダルにからんで彼に対する国際手配の逮捕状が出されている。

レイ・ラヴェッロがスイスに滞在し、また頻繁にフランスへ旅行していたにもかかわらず、逮捕状は一度も執行されなかった。レイ・ラヴェッロの行先は、多くの場合サンジャン＝カプ＝フェラにあるコンティーニの別邸だった。

私の知るかぎりステファーノ・カシラギはレイ・ラヴェッロが客として滞在していたとき、少なくとも二回はモナコの共同経営者の別邸を訪ねている。[8] このほかレイ・ラヴェッロは一九九〇年十月三日にも滞在し、カシラギがその前年に獲得した洋上超高速艇レース世界選手権のタイトル戦防衛を見物したこともわかっている。[9] その日――選手権レースの二日目――カシラギの超高速艇「ピノット・ディ・ピノット」号はサンジャン＝カプ＝フェラ沖を時速二百キロで快走中、突然の高波に激突して転覆した。副操縦士のパトリック・イノセンティは運よく海上に投げ出された。カシラギは五トンの双胴艇が水中に突っこんだとき、まともに衝撃を受けて艇もろとも海中に没し、即死した。

八年間のうち、上流人士の事故でモナコがあわただしく喪に服したのはこれが二度目だった。最初は一九八二年九月にあったグレース王妃の死である。この死亡事故では状況が錯綜《さくそう》しており、そのあと何年間もさまざまな憶測が次から次へと燃えさかったので――マフィアによる殺人説まで飛び出したが――一九九三年四月フランスの予審判事ジャック・ビダルーは調査のやり直しをほのめかした。これに対しレーニエ国王は再度の調査は望まないという意向を表明した。

周知の事実は九月十三日の朝、グレース王妃が十七歳の次女ステファニー王女と共に、アルプ＝マリティーム県のラ・チュルビにあるレーニエ家の山荘ロック・アジールからモナコへ帰る途中であった。乗っていた車は十一年目のローヴァー三五〇〇である。国境からおよそ五キロのU字型カーブで車はコントロールがきかなくなり、三十七メートルの渓谷《けいこく》を数回もんどり打って転落し、農家の庭の木立にぶつかって止まった。

ほとんどその直後から食い違う状況説明がはじまったのである。宮殿側の発表ではグレース王妃は足と肋骨《ろっこつ》、鎖骨を折ったものの、生命に別条はないとされた。症状は「安定」していた。次女のほうは脊椎《せきつい》の損傷だった。

その後の宮殿側の発表によれば、事故の原因は古い車のブレーキ故障とされた。モナコ警察当局もブレーキの故障が原因だとした。車の破損状況を調べるべくイギリスから二人のレイランド自動車工場の技術者が派遣された。しかしながらヘアピン道路でローヴァー車の後ろにつけていたフランス人のトラック運転手の証言によると、ローヴァーは事故の直前にジグザグ走行をはじめ、道路の縁を「矢のように」飛び越えたという。ブレーキの信号灯はついていなかった。車が止まった畑の持ち主である農夫のセスト・レキーロはステファニー王女を前部の座席から、グレース王妃を後部座席から救出したと語っている。宮殿側はステファニー王女が運転していたことを強く否定した。もし運転していたとなれば、運転年齢の下限が十八歳であるフランスとモナコではともに違法行為だ。

事故の翌日、グレース王妃の容態が悪化し、午後九時半に死亡した。宮殿の発表による死因は脳内出血であった。ところが二十四時間もたたないうちにニースの名だたる神経外科医ジャン・デュープレ博士が語ったところによれば、グレース王妃は運転中、脳卒中にみまわれ、車が谷に突っこむのを防ぐためステファニー王女が必死でハンドブレーキをかけようとしたのだという。デュープレ博士もステファニー王女が運転していたという説は否定した。宮殿側はグレース王妃が事故以前に脳卒中にみまわれたというデュープレ博士の説明は初耳だと述べた。ステファニー王女がハンドブレーキで車を止めようとした話も初耳だという。調査を終えた二人のイギリス人技術者は、ローヴァーのブレーキは完璧《かんぺき》に作動する状態にあったと断言した。

事故はグレース王妃が車を運転中に脳卒中をおこしたのが原因だとする最終的な公式見解も、公言がはばかられる別の原因があったのではないかという臆測《おくそく》を打ち消す役には立たなかった。

もっとも根強く語りつづけられているストーリーはグレース・ケリーがレーニエ皇太子と結婚後、マフィアの大物幹部に引き合わされたとする説である。当初マフィアの偽装用ペーパー・カンパニーや不動産開発投資に反対しなかった彼女も、やがて彼らに背を向けるようになり、時と場合によっては敵にまわした。マフィアは王妃が影響力を行使してモナコから自分たちを追い出すのではないかと恐れた。彼女の死はそうした事態の発生を食い止めたのだというのである。

マフィアがモナコに大きく食いこんでいると告発した一九九三年のフランス下院調査委員会レポートはかかる推測をよみがえらせ、ビダルー予審判事は一九八二年の悲劇の再調査を提案したものの、拒否されたのであった。

一九九三年のインタビューでモナコ政府の役人、ジャン・パストレッリはグレース王妃とフランク・シナトラ間の親交を介してのマフィアとの関係を憤然として否定した。[10]「まったくばかげた、ありもしない話だ」とかたづけ、さらにこう付け加えている。「大勢のイタリア人がモナコに定住しているという事実から途方もない噂話《うわさばなし》が生まれたのだ」

おなじ質問をフランス下院マフィア対策委員会を率いていたフランソワ・ドーベルにぶつけると、「報告書はそのことなどにまったく触れていない」という、まことに不可解な答えが返ってきた。

レポートにはステファーノ・カシラギとマリオ・コンティーニとのつながりや、流入する何十億ドルもの投資のいかがわしい資金源にモナコ政府は目をつむっているという事実に触れた個所があると指摘されて、ドーベル委員長はこう答えている。「われわれの情報は十二分にチェックされ、確認されたものだ。しかし委員会の活動は極秘とされているので、情報源を公表できないのは当然である。私に言えるのはただ、フランスやイタリアでわれわれに提供された情報は徹底的に分析されたということだけだ」

私は私なりに分析すべき資料を自分で発見した。

パリのポーランド人教会に近い亜鉛張りカウンターのバーからカンヌは映画祭期間中に賑《にぎ》わうカールトン・ホテルのベランダ付きレストランの奢侈《しゃし》逸楽《いつらく》場まで――その途中、何か所か立ちよりながら――私はある動きを追った。それは世界に伸びゆく犯罪組織のタコの足みたいな吸引力を完璧に説明してくれた。

その動きはコロンビアを起点にEU域内の少なくとも五か国に広がっていた。予想どおりスタートは麻薬であった。そしてこれまた予想どおりマネーロンダリングで終わっていた。そのロンダリングは一体どこで行なわれていたのか。ガラス張りの金融システムを声高にとなえるモナコにおいてだった。

ミケーレ・ザザがその中心人物だった。

彼が行動を起こしたのはマルセイユからで、ヘロインの〝フレンチ・コネクション〟とやらはもともと同地が起点である。こんどの麻薬はヘロインではなくてコカインだった。凶悪な性格から〝クレージー・マン〟の異名をもつザザは、偶然にも同名映画でマフィアの殺し屋を演じた役者に驚くほど似ている。いくぶん生え際《ぎわ》が後退しかかった黒髪、浅黒くずんぐりした体軀《たいく》、凶暴そうな顔立ちを損なうどころか逆に引き立てているつぶれた鼻、そして仕上げはいつでも笑顔をつくれる完璧な歯並びだ。パリのバーで出会った私の友人は、彼に二度ほど会っている。仕事の関係でだ。この飲み友だちの話によると、ザザは腰かけるとき、椅子《いす》がさっと用意されるのを望むタイプの男だ。むろん、他のだれよりも先にである。文字どおり、そして比喩《ひゆ》的な意味でもドアを開けてもらいたがるのである。望みはつねにかなえられた。そして彼は自分の属する世界、とりわけマフィア・ファミリーを見るからに誇りにしていた。それは彼みずからが築きあげた世界でもあった。もちろん庇護者《ひごしゃ》のフリーメーソン団に助けられてである。両方の入会儀式が秘密をもらした際は死を誓わせるというやり方が気に入っている様子であった。〝クレージー・マン〟ザザの事件では、彼ならそんな死の判決を科したことであろう。

〝クレージー・マン〟はナポリ派マフィア、カモッラの最高幹部といわれてきた。実は違っていた。彼は一九八〇年にみずから結成した〝ヌエヴァ・ファミッリア〟（ニュー・ファミリー）と呼ばれる分派の〝カポ・ディ・トゥティ・カピ〟――「ボスのなかのボス」――だったのである。彼が心底なりたかったのはまさしく世界を包囲する組織犯罪シンジケートの最高指導者であった。そうした野望からすれば、八〇年代半ばイタリアで逮捕されたことはいらだちのタネ以外の何ものでもなかった。当時は社会民主党が表向き権力の座にあったが、その実、カネづるであるマフィアの指示どおりに動いていた。司法当局もそうだった。いまも現職にある当時の役人がローマで語ってくれたところによると、ザザの態度はいらだちから我慢強いあきらめへと変わり、「やつはわれわれのもとにそう長くいるつもりはないとほざいていた」という。(11)

事実、ムショ暮らしはそう長くはつづかなかった。心臓の衰弱を訴えて――P2のリーチョ・ジェッリィも使った手だが――ザザは相変わらず表向き拘留の身でありながら、刑務所からローマの病院へ移された。そして一週間後、簡単にベッドを抜け出し、看守を酔いつぶしたのち徒歩で立ち去ったのだった。

一か月後、彼は病気の気配を微塵《みじん》もみせず――イタリアでもそうだったが――自分のニュー・ファミリーを幸せなファミリーにする熱意に燃えてフランス領リヴィエラ地方にふたたび姿をあらわした。しかしながらファミリーの独立は、彼を伝統あるカモッラ本家と対立する立場にたたせた。武力抗争は起こらなかった。彼は最初から警戒に警戒をかさねていたからだ。

〝クレージー・マン〟ザザがとった用心深い警戒心とは、カモッラ本家のなかでも一番の実力者である〝カルミーネ〟(猛者《もさ》)・アルフィエッリを自分の新ファミリーにとりこむことであった。

そんな手を打っていた時分、アルフィエッリは十年間にわたって潜伏し、警察の手配ポスターや写真と人相を変えるために形成外科手術を受けていた。銃で武装した四千人の軍団を従えるアルフィエッリはイギリスの旧ヨークシャー州ほどもある広大な地域を完全に支配していた。もはやアルフィエッリの人相がわからなくなった警察は彼を麻薬、不正工事、武器密売買、もぐり富くじ発行で年間十一億二千五百万ドル以上の利益をあげているイタリアでもっとも財力あるマフィアの指導者だとみなしていた。ザザはその彼に対しもっと金持ちにしてやると約束したのである。

それはザザがシチリア派〝コーサ・ノストラ〟の身内であるフィダンザッティ・ファミリーにした約束とおなじ内容であった。この一家と何とか手を結び、シチリア派マフィアとの武力抗争をさけようと躍起になっていたのだ。マフィアの統制機関であるシチリア派最高幹部会議〝クーポラ〟はこの連携を承認した。

偽造パスポートで——警察は依然として彼が旅行中に使う名前や表向きの国籍をつかんでいなかった——ザザは、麻薬の中継基地であるベネズエラからコロンビアのカリに飛んだ。カリ・カルテルのナンバースリーのフランクリン・フラド・ロドリゲスのコカイン製品をヨーロッパで密売する権利の交渉にあたった。フラドはザザがヨーロッパにマネーロンダリング用の安全な仕組みをこしらえることを条件に同意した。ザザはコロンビア人に勘どころはすでに手の内にあるという保証をあたえた。

コカインの密輸は主として抜け穴が多いスペインのガリシア沿岸経由とすることで同

意した。ひげもじゃ、ざんばら髪のベネデット・〝ニット〟・サンターパオラの圧倒的な支配下にあった。シチリア派〝コーサ・ノストラ〟のカタニア・ファミリーのゴッドファーザーであり、フィダンザッティがザザのニュー・ファミリーへの入会を認めた〝クーポラ〟のメンバーである。

その道の新しい一家として足もとがかたまると、ザザはニースに近いヴィレヌーヴ＝ルーベの豪華な邸宅に家族と居をかまえ、子供たちを地元の学校に入れた。マルセイユにオフィスを定め――もちろん彼の名義ではなかったが――それとほぼ同時にもっとも重要なマフィア的な仕事にとりかかった。必要なときに援助の手をさし伸べてくれそうな融通のきく判事の物色である。コロンビアのフラド・ロドリゲスとの約束を守って、彼は「モナコ産業銀行」（ＢＩＭ）に秘密の口座を開設した。そして「ソフェックストゥール」という不動産開発会社に裏から影響力を行使できる持ち株を取得した。同社を通して多額のマネーロンダリングを行なうつもりであった。

法律上の必要からフランスに居を定めてはいたものの、〝クレージー・マン〟ザザはイタリア本国とのつながりは断たなかった。アルフィエッツリをとりこむことでザザは依然モナコとの国境線まで延びているイタリア・リグリア海岸沿いの売春、賭博《とばく》、レストラン帝国を監督しつづけた。収益はモナコの申し分なく秘匿《ひとく》された銀行口座や企業に移された。ザザは多額の利益を生み出す別口の古い密売買ビジネスであるタバコの密輸も手ばなさなかった。この特殊なビジネスを活用したのは安定した利益のためであるとともに、その密輸ルートをテストして、コカインを運ぶ一番安全なルートを選別するねらいもあった。

コカインが流入しはじめると、その一部は遠くベルギーで精製された。モナコにおけると同様にドイツ、フランス、イタリアの銀行や金融機関を通してマネーロンダリングを行なった。

ザザのニュー・ファミリーは信じがたいほど繁栄した。組織が最後に壊滅させられたとき、十五億ドルを——ほとんどキャッシュで——押収《おうしゅう》した警察当局は、これをザザがリヴィエラの「ドンの中のドン」としてえた収益のごく一部にすぎないと推計した。もしカジノの乗っ取りが成功していたならば、この金額はもっとふくらんでいたにちがいない。乗っ取りはもう少しで成功するところであった。

しかも、ザザが拘留されていたにもかかわらずである。彼は一九八九年にふたたび逮捕され、タバコ密輸の罪で起訴された。カジノ買収交渉の全期間中、獄中ですごしたのである。イタリアでやったように実際に脱獄こそできなかったけれど、刑務所にいようと別に問題はなかった。カネで看守たちの協力を買うことができたし、刑務所内からニュー・ファミリーを動かすのも、娑婆《しゃば》の場合と変わらず朝飯前の仕事だった。

ザザ一家はイタリアのちょうど国境を越えたところにあるサン・レモ・カジノの支配

権をすでに事実上握っていた。ニュー・ファミリーの一員セルジョ・コルテスがカジノのゲーム・ディレクターとしてもぐりこんでいたのである。その結果、ニュー・ファミリーには可能なかぎり単純な方法でダーティー・マネーを洗浄する白紙委任状があたえられ、莫大《ばくだい》な収入の一部はギャンブルでえたカネとされた。また税務や金融捜査官らの尋問に対し申し立ての内容を保証するカジノ発行の証明書が添付された。利益があまりにも莫大だったので——残りの一部はリグリア沿岸の不動産開発に投入されたが——ザザは獄中からもう一つ都合のいいカジノを手に入れる必要があるという決定をくだした。ねらいをつけたのは管理会社の会長が詐欺《さぎ》で有罪となったのち、フランス政府の内相ピエール・ジョックスの手で一九八九年四月に閉鎖されたマントンの「カジノ・デュ・ソレイユ」だった。皮肉なことに閉鎖に際してジョックス内相は「ギャンブルは犯罪や麻薬でえたダーティー・マネーを洗浄するのに利用されている」と宣言したのである。

ニュー・ファミリーによる乗っ取りは——カジノが正式に閉鎖される原因となった使用目的をつづけるつもりだったが——ソフェックストゥール社の手で行なわれることになる。同社の一枚看板であると喧伝《けんでん》された会長兼専務のアレクシス・スヴェレフは、実をいえばサン・レモのギャンブル施設を巧みに利用したセルジョ・コルテスと義兄弟だった。ザザはソフェックストゥール社の口座に三百万ドルを振りこませ、当初の入札資金にあてた。このカネは「ローマ銀行」に預金された。

フランスではカジノを運営する会社となれば、商事法廷の承認を受けなくてはならない。ギャンブル管理委員会からソフェックストゥール社に関し、とくにその収益源を問題視する疑問符つきのレポートが出ていたにもかかわらず、ザザには承認の取り付けにさしたる支障はないという自信があった。ニースでは商事法廷の主任判事が気心の知れた友人のジャン・ビガラーニだったのである。はたせるかな彼は期待を裏切らなかった。ソフェックストゥール社の申請は——一九九〇年八月に承認されたわけだが——ビガラーニの法廷によって「営業上かつ社会的に非の打ちどころがない」と裁定されたのであった。

しかしながら、この承認も——ザザやニュー・ファミリーにとって——短命の勝利にすぎなかったのである。

マントンのギャンブル施設をねらって動いたのはソフェックストゥール社だけではなかった。「バリエール・グループ」——フランス最大のカジノ運営コングロマリット——も名乗りをあげていた。ニースで出たソフェックストゥールに有利な決定を知らなかったマントン市長のジャン＝クロード・ギイボールはフランス内務省および大蔵省の承認をえてバリエール・グループとの合意協定に署名し、かくてバリエールは一九九〇年十二月、内務省よりカジノ・デュ・ソレイユの経営権をあたえられたのだった。

上級機関の決定に直面してニースの法廷はソフェックストゥール社に対する認可取り

消しを余儀なくされ、一九九一年二月にその決定をくだしたのである。

ザザの敗北はそれだけで終わらなかった。組織犯罪の取り締まりに熱心な活動家であるマルセイユの治安判事ジャン＝フランソワ・サンピエリは、ソフェックストゥール社の捜査にとりかかった。その結果、同社の会長アレクシス・スヴェレフが、同僚の役員で胴元係《クルピエ》出だったフェリックス・サントーニとともに逮捕される。尋問中――二人は賄《わい》賂《ろ》を受けとったとして商事法廷のビガラーニ判事、ギイボール市長、助役のコレット・ジュールダンを告発したが――とくにスヴェレフは悪名高いカモッラ派のギャング、ジョヴァンニ・タグリアメントを〝隠れパートナー〟として名指しした。当時のタグリアメントはニュー・ファミリーに入っており、ミケーレ・ザザの仲間として知られる人物であった。

ザザにとって頭痛の種はその後もつづく。フランス当局はモンテカルロ登録のモナコ産業銀行（ＢＩＭ）の一枚看板である役員が謎《なぞ》の死をとげたあと同銀行の取り調べを開始した。銀行が清算業務に入り、財務諸表が検査にさらされるや、取調官たちはソフェックストゥール社名義の預金を発見した。またザザのコロンビア人パートナーであるフランクリン・フラド・ロドリゲスの秘密銀行口座もあばき出された。フラド・ロドリゲスのモナコ口座を手はじめに、税関の取調官たちは十五か国および税金回避地《タックス・ヘイヴン》に散らばる九十一件の口座につまれた合計五千四百万ドルの麻薬代金を追及し、その全額を差し押さえた。フランスの銀行法によると、破産した金融機関の預金者には保険基金からの補償を受ける権利がある。倒産したモナコ産業銀行のケースでは補償額は一口座あたりおよそ七万二千ドルの計算になった。預金者は千六百人にのぼり、一部の預金者は口座番号だけで本人確認が行なわれたが、千六百人のうち千人近い預金者は支払い請求のためあえて表に顔を出した。残りの預金者は一切を犠牲にしてあくまでも価値ある匿名を守りきった。

マルセイユではサンピエリ判事が事件とソフェックストゥール問題をしめくくるにあたり、捜査をフランス南部一帯とその域外にも広げていった。他の国々も行動を起こせるよう国際手配の逮捕状発行に踏み切った。いきおいイタリアの特別捜査機関である反マフィア取締局（DIA）もかかわってくる。彼らはサンピエリ判事から告発された一味を追って暗号名〝緑の海〟作戦を展開し、ヨーロッパ全域の捜査に乗り出した。自国の最重要手配リストにある他の犯罪組織の一味とも接点があるとされた。一九九三年五月、〝緑の海〟作戦は潮のようにEU全域を襲った。もっとも重要な逮捕はおそらくイタリア南部、ナポリに近いノーラ市の近郊でつかまった手配写真のできていないカルミーネ・アルフィエッリのそれであったろう。兄弟分の〝クレージー・マン〟ザザはヴィレヌーヴ＝ルーベの別荘で逮捕された。ザザの筆頭補佐役ダンテ・サッカはすでにマントン・カジノの乗っ取り工作中にザザを収監したのとおなじタバコ密輸の欠席裁判で懲役十年の刑を宣告されていた。サッカの後継要員であるアントニオ・サルナターロとジェネロッソ・デル・ガイゾも拘留された。ソフェックストゥール社のキーマンだと、アレクシス・スヴェレフに刺《さ》されたマネーロンダリングのエキスパートであるジョヴァンニ・タグリアメントはドイツでつかまった。サン・レモ・カジノにおけるセルジョ・コルテスの支配は彼の逮捕とともに終止符が打たれた。シチリア島のマザローネに近い農家で、ベネデット・サンターパオラは——コロンビア産コカインのスペイン経由の密輸工作を指揮した人物だが——警官隊に急襲され、妻とベッドで眠りこけているところをたたき起こされた。

〝緑の海〟作戦はいままでのところイタリアの国境を越え、フランスで活動を拡大していたもっとも重要な多国籍組織犯罪グループを廃業に追いこんだ。

しかしリヴィエラ地方にはいまなおいつでも殺しやテロに走り、白昼堂々と無法者の支配を打ち立てようとする土着の組織犯罪シンジケートが存在しているのである。彼らに立ち向かう勇気のある者はほとんどいない。それをこころみたフランス下院議員のヤン・ピア夫人は殺された。別の一人——イギリス人——はそのために迷惑をこうむったとして数百万ドルもの補償を実際に要求している。

第九章　フランス流お家の事情

沿岸開発は完璧《かんぺき》な計画にみえた、だれからみても完璧に。それはまさしくEU加盟の国家間における合弁事業のお手本であるとブリュッセルから注視していたEU委員会本部にとっても完璧だった。旧欧州共同体（EC）はもともと地域開発の援助に多大な資金を投じて、経済活動を育成するために創設されたのである。かつて栄えた造船所が閉鎖されてから衰退の度を早めていたフランス南部のヴァール県で第二の大きな町であるラ・セーヌにとっても完璧だった。失業率が二十パーセントを超え、なおも上昇しつづける地域の再生を願うパリの中央政府にとっても完璧だった。シー・ワールド構想に基づき十年以上も前からおよそ一億八千万ドルを投じて娯楽とビジネスを組み合わせた複合センター、「メアリポリス」を計画したイギリスの国際共同投資団《コンソーシアム》にとっても完璧だった。

しかしなかでも地元のマフィアにとって、それはもっとも申し分ない話だった。連中はそう考えたのであった。

ところが、それが完璧どころの話でなくなったのは、連中が裕福なひと筋縄ではいかないイギリスの起業家に出くわしたときである。起業家は事業から手を引くのを拒否し、計画を支配しようとするマフィアのもくろみに対しまんまと裏をかいたうえに、まったく相手の予想だにしなかったやり方でフランスの法律を利用し、対抗したのである。マフィアはそれが気に入らなかった。

私たちが会ったとき、メルヴィル・マークは七十二歳だった。(1) 場所はマークが詩人もどきの情熱で美しさを語る南フランスではなく、まさに地上の楽園《シャングリラ》から貧民街へと一足飛びのクラパム・コモンという灰色の空をしたロンドンの郊外においてだった。屈服するつもりはない、とマークは言いきった。あるいは、金輪際あきらめるつもりもないと。地元マフィアは判断を誤ってしまった、おそらくはじめてのことだろう。マークは連中の評判や連中に一体何ができるかを百も承知していた。しかし何らかの点で、もしくはどちらかが譲歩しなければならなかったが、自分の率いるコンソーシアムがそうするつもりはさらさらなかった。ある種の人たちはそのことに気づくべきだった。マークはフランス人の友人から、殺されるかもしれないぞと警告されていた。ありうることだと彼も認めた。だからといって、彼が愚かにも勇敢だったということではない。むしろ自分を現実主義者だと考えたかったのである。ローマ法王やアメリカの大統領が狙撃《そげき》されることがあるなら、自分にもその可能性はあるだろう。マフィアがいったんハラを決めたら、かならずやってのけるだろう。もしそうなった場合、警察の捜査をしやすくするために「最後の死力を尽くして」走り書きをするつもりの名前がいくつかあった。マークがラ・セーヌの放置された昔の造船所をたたまみかけ、そこが海洋生物学の教授である息子から提案された革命的なコンセプトに申し分ない場所であるとただちに悟ったのは一九八九年のことである。トゥーロンからちょうど湾内を横切ったところに海洋とビジネスの複合センターを造ろう。「ワールド・シー・センター」社と名づけられた開発会社が組織された。共同出資したパートナーには「チェスターフィールド・プロパティーズ・アンド・アーバン・ウォーターサイド」社という投資会社も入っていた。以前に当時は衰退していたサルフォード埠頭《ふとう》を再生させたイギリスの会社である。またロンドンのイースト・エンド地区の開発と復興に経験を持つ「マーモット・グループ」社も加わった。

数多く行なわれたなかでも最初の調査で、これ以上の立地はみつからないだろうというマーク当初の確信が裏付けられた。現地は——彼の率いるコンソーシアムとおなじく——すべてを兼ねそなえていたからである。あとになってはじめて知ったのは、これから開発しようとする地域の歴史だった。

話はメルヴィル・マークとワールド・シー・センターのコンソーシアムがラ・セーヌにたどりつくより四年前にさかのぼる。一九八五年、その造船所は——百年前にイギリスの技術者によって設計されたのだが——倒産した。四千人が一夜のうちに仕事を失った。六万人の住民ほとんどが多少なりとも造船所に頼っていた町でのことである。倒産の発生を防げなかった共産党主導の市議会は、三十七年ものあいだ途切れることなく政治権力を維持したのちに市政から追われる羽目になった。

そうした万事に重要な役割をもつ市長選挙に楽勝したのがシャルル・スカルジア――フランス民主連合（UDF）の党員――だった。スカルジアが手始めに行なった人事は――最後に行なったそれとはまるでかけ離れていたが――ダニエル・ペランを自分の補佐役に任命してラ・セーヌの市役所へ呼びよせることだった。

ペランは得体の知れない仕事のプロで、変わる風向きのなかで何かの足しになりそうなほんのわずかな手がかりでも、それがカネがらみとなるととりわけ鼻がきいた。

メルヴィル・マークはリヴィエラ周辺に巣食うマフィア各派のそれぞれ異なるヤミ稼《か》業《ぎょう》の優先分野について語った。たとえばマルセイユで暗黒街の圧倒的な活動は麻薬取引だ。ラ・セーヌやトゥーロン、イエールをかかえるヴァール県では黒い手がもっぱら地方政治と建設業に集中する。実際に公共資金が無制限に、それも無制限のあの手この手で搾《しぼ》りとられていたのである。

ダニエル・ペランはそうした方面の辣腕《らつわん》家であり、しかもまさしく不動産仲介会社の重役だった。一方、恩に着るスカルジアを権力の座へとみちびいた選挙運動の会計責任者として活動した。スカルジアはそんなペランを――実は憎しみにみちた人種差別主義者かつ反共主義者を――実質的には市長代理にすえるような地位に就《つ》けた。高速道路の建設やごみ回収の契約と財政計画を監督したのは、ほかでもないペランだった。民間の開発事業に対する建築許可を監督したのも彼だった。市庁舎の新築とその管理契約を承認したのもペランだったのである。身元が知れたら危害が及ぶかもしれないと率直に認めたさる人物は私とのインタビューで、そのような契約の配分から彼が受けとる「特別な恩恵の報酬」額は年間で数百万ドル規模に達すると見つもった。(2)

ペランは傲慢《ごうまん》にも、地元の組織犯罪者や政治的な過激派と行をともにするところを目撃されても意に介さなかった。ラ・セーヌの「レスカル」というレストランを足しげく訪れては、オーナーでラ・セーヌ派マフィアのゴッドファーザー、ルイ・〝ルル〟・レニエとしばしばテーブルをともにした。別の親しい友人クロード・ノブリアは、「新勢力」党という親ファシスト派に所属し、スカルジアが市庁住宅局の行政官にした人物だ。一九八六年八月十七日、ノブリアと三人のファシストが身元確認ができないほど木っ端微塵《こっぱみじん》に吹き飛ばされた。トゥーロンにある移民用の混雑した簡易宿泊所を爆破しようと準備中に爆弾が早まって暴発したのである。スカルジアは葬儀の席で哀悼の意を表した。

事業契約を認可するペランにとってうまい汁がすえる在職期間は、市長職に就くのを助けてくれたことに対するスカルジアの謝意とおなじくらい短かった。市長になると、その椅子《いす》を維持すべくスカルジアはより重要な地方政界の黒幕と親交を深めなければならなかったのである。絶対に欠かすことができない友人はモーリス・アラックスといい、ヴァール県議会の議長であり、後年ヤン・ピア夫人の「わたしの身に万一のことがあった際の」リストに登場する人物だ。アラックスとスカルジアは周知の仲であった。ラ・セーヌ市長に選出されるまで、スカルジアはアラックスが議長を務めるヴァール県議会の事務局長——主として財政とのかかわりが深い地位——にあった。アラックスにはいうまでもなく別の友人たちもいた。その一人は幼馴染《おさななじ》みのジャン＝ルイ・ファルゲェトで、トゥーロン派マフィアのドンである。一九九四年に起きたピア夫人の暗殺は噂《うわさ》によれば——噂以外のなにものでもないのだが——このドンにつながっているのではないかといわれる。

一九八五年のスカルジア市長当選後、アラックスは友人で元行政官補佐だった弁護士のイヴァン・ヴァレンティについて申し分のない力量をほめそやしはじめた。市長職を引きついでから一年もたたないうちに、スカルジアは地方政界のルールに従ってヴァレンティを市役所の部長職に任命した。弁護士がヴァール県の多くの方面において遺憾なく実力を発揮したことのある地位だった。

利害の風向きを敏感にかぎとれるダニエル・ペランは、いまや自分に有利な風が吹いていないということも察知できた。ペランとヴァレンティの間で、時には公《おおやけ》の場においても怒鳴り合いの激論がかわされた。ペランはヴァレンティのマルセイユの友人から出された造船所跡地の開発計画を首尾よく阻止する。またヴァレンティから擁護され、モンペリエ近くのファブルニュに本拠をおく会社が推進した別の造船所計画もはねつける。しかしながら給水業務の民営化と家庭ごみの回収がヴァレンティの選んだ会社にわたるのを阻止できなかった。またファブルニュの会社に新しい建設計画の契約があたえられるのを止められなかった。ラ・セーヌ郊外にある産業複合ビルの建設も阻止できなかった。

世評の的はヴァレンティ一人にとどまらなくなった。ペランは権限と影響力を失ったことをスカルジア市長に直訴する。それが聞き入れられなかったとき、市の業務を行なうためにヴァレンティによって選ばれた外部の会社や企業を批判する文書を書きまくる。皮肉にも(フランス地方行政システムの専門家にすれば)、それに要した経費は市が独自にその仕事を行なった場合にかかったであろう金額をはるかに超えていると申し立てたのである。

一九八六年八月二十九日の金曜日、ペランはラ・セーヌの自宅近くにもどりかけていた——ピア夫人が七年後にそうするのとおなじように——ちょうどそのときオートバイに乗った二人の男が近づいたのだが、これまたピア夫人の場合とおなじだった。四発の銃弾がペランの身に撃ちこまれる。即死だった。警察から事情聴取された大勢の人たちのなかにイヴァン・ヴァレンティもいた。十一時間に及ぶ尋問後、ヴァレンティは罪を問われることなく釈放された。ダニエル・ペランの殺害事件はいまも未解決のままである。

「われわれが話しておるのはボーイスカウトなんかのことじゃないのだよ」。メルヴィル・マークはクラパムで私と会った際にそう断じた。私たちが話し合っていたのはシャルル・スカルジアのこと、現在もラ・セーヌの市長としてマークと市当局との争いの中心にいる人物だ。

リヴィエラ地方で建設業がビジネスを行なう場合に割って入るマフィアのシステムに関しマークがはじめて示唆《しさ》を受けたのは、一九九〇年にロンドンである会話をかわした際だった。相手はフランス建設業界の大手「リヨネーズ・デゾー」の子会社のフランス人代表で、マークのコンソーシアムは同社と合弁事業に入ることを検討中だったのである。

「その男がこう言ったんだ。『もうリトル・マンたちに会いましたか』。『なんだい、そのリトル・マンってのは？　一体なんの話だかわけがわからん』と私は言った。相手は答えた。『この計画はある段階でいろんな困難にぶつかるでしょう。そうなったとき、リトル・マンたちが訪ねてきてあなたのために自分たちは問題を解決できますよと告げるはずです』。私は言ってやったよ。『ばかげておる。フランスじゃそういうことは起こらん。君は自分でそういう経験をしたことがあるのかね、それともただの作り話をしてるだけなのか』。『いや、自分で、そんな経験をしたんです』と言うんだな。私は無視したよ。真《ま》に受けなかった」

ところがマークは後年、それを真に受ける羽目になる。それもいやになるほど真に受けることになった。交渉の初期段階は順調で、すこぶる友好的であった。準備段階の開発契約の四件に深刻な意見の相違は起こらなかったし、そのいずれにもスカルジア市長が一九九二年十月末までに署名した。地方の政財界に絶大な影響力をもつモーリス・アラックスとなんども会合をかさねた。アラックスは湾をまたいだすぐ向こう側のトゥーロン港に本部をおくフランス海軍の巨大戦艦をかつて建造した町に繁栄をとりもどそうとほかの人たちと同じくらい熱心のように見受けられた。近郊の町バンドールの市長で、フランス国民議会では民主連合の下院議員でもあるアルテュ・パエッチ博士もまた無条件で支持を表明した。

ところがやがて、およそ一億八千万ドルのプロジェクトをいよいよ具体化するのにそなえて市議会が不使用の敷地を整地しはじめると、スカルジア市長が爆弾を落とした。計画にはトゥーロンとラ・セーヌを結ぶために湾の一部をまたぐ巨大な多車線の橋を加えるところまで拡大されなければならないと発表したのである。プロジェクト全体をみなおし、再交渉されるべきだ、と主張したのだった。

ロフトのように広がる執務室の壁面いっぱいに張った地図上で、マークはスカルジアが追加してきた提案をたどってくれた。実用性の全面的な欠如を別にすれば――海洋複合センター内をノンストップで通り抜けることによって商業的な利益は完全にそこなわれるわけだけれど――スカルジアの提案する橋はひどく美観をそこねるであろう。たとえば、モナリザの額の真ん中に三つめの目をつけるようなものであった。

スカルジアが開発計画にばかげた橋の建設をごり押ししようとした直後、マークのもとにもの静かな声で電話がかかるようになった。二年前「リトル・マン」について話した際に警告された電話だった。マークはしつこい電話の主《ぬし》に向かって、イギリスの企業グループは「いかなることがあろうと、こんりんざいヤミ取引にかかわるつもりはない」と告げた。

そのかわり、マークは国際的なエンジニアリング・コンサルタント会社「オーヴ・アルプ・アンド・パートナーズ」にスカルジア提案について独自の研究を依頼する。経費は四万五千ドルかかり、橋梁《きょうりょう》はシー・ワールドのコンセプトを完全にそこなうだろうという結論を出してきた。十八回にわたってスカルジア市長から指名された専門の技術者たちとも個別的な会議をかさねた。スカルジア構想は道理にかなっているとマークや共同出資者たちを納得させられる点は一つも出てこなかった。開発計画の総指揮者に任命されていたフランスの経済学者で公僕のパトリック・マルティンヌは――マークから「正真正銘の誠実な人物」と呼ばれていたが――公然とイギリス側の所見を支持したため、ただちにスカルジアから解任された。(3)あれほどに公然と発言したからにはマルティンヌも暗殺される危険があると私は聞かされた。さらに私の理解するところ、後任のジャック・ミカエリアン——モーリス・アラックスの取り巻き——も専門家としてこと橋に関しマルティンヌとまったく同感だそうである。(4) しかしそれほど率直に自分の意見はあきらかにしないことで前任者よりずっと政治的な才知をしめし、みずからの身の安全に対しはるかに現実的な配慮を払っている。

障害の除去を請け合うもの静かな声は電話をかけつづけた。それまでと同様、申し出はにべもなくはねつけられる。マークはいまやマフィアによる建設事業の巧みな操作に関し専門家になっており——おそらくある点では玄人《くろうと》も顔負けなくらいで——橋梁は実のところ真剣な提案ではなかったのだと信じるようになっていた。橋の構想について妥協案が成立していたならば、多分あらたな恐喝まがいの提案がなされたのではないかと思っている、もしかしたら敷地内に運河を通せとか、そうした提案がふたたび解決されるまでは建設作業を阻止するような何かといったように。マークはそれを管につめたゼラチンにたとえた。ゼラチンが圧力を受けて一方の端から出てこなければ、もう一方の端から流れ出てくるというわけだ。

話し合いが暗礁《あんしょう》に乗り上げていくぎりぎりの段階になって、ついに橋の難問を解決するかもしれない金額が電話でのやりとりにのぼる。マークに電話をかけてきた人物は、およそ一億八千万ドルというコンソーシアムの最終予算にフランス側から五億フランの公共資金投入を加えることができるかもしれないとほのめかしたのである。このやりとりが行なわれた時点での適正レートによれば、それはおよそ七千八百万ドルになる。障害をとり除けるその「リトル・マン」とやらは、当然のことながら十パーセントの手数料が必要になると指摘した。「つまりぴんはねは八百万ドル近くになるわけだな」と、マークはふり返る。「われわれはそれがまったくのいかさま、根も葉もない作り話だったと確信しておる——五億フランの公共資金配分なんてありはしなかったとね——要するに、それは賄賂《わいろ》の金額を持ちかける手だったんだ」

そこにいたるまでのアプローチはずっと込み入っていたのではないかとマークは確信する。その推測するところによれば、イギリス企業が巨額の資金を準備に投入したということを検討した結果、マフィアは開発計画のはかり知れない商業的見込みに気づいたのである。つまり、連中は単に八百万ドルの賄賂がほしかったのではない——プロジェクトをまるごとほしかったのである。そして自分たちにはそれをそっくり手に入れる手段があると考えた。マークが八百万ドルを支払うことに同意していたならば、賄賂を目的としたカネだと暴露されていただろう。おまけに、賄賂など一度も要求したためしはないという主張がなされただろう。結局のところ、そんな要求が出された証拠はないし、ただ不確かで記録のない電話のやりとりがあるだけなのだ。しかし賄賂を贈ろうとしたという告発がなされれば、市当局にイギリスのコンソーシアムを締め出す法的な根拠をあたえることになるのだ。

ところが、マフィア一味はいまや賄賂どころか、公に暴露されるしかなさそうだという事態に直面している。なぜならマークが彼らの裏をかいたからである。

マークは賄賂を一セントも払わなかった。しかし——市当局の厚い石壁という現実の妨害行為に直面しているにもかかわらず——開発の断念もしていない。ワールド・シー・センター社はラ・セーヌに事務所と従業員をおいたままである。会社はフランスの法律下で七十五エーカーの敷地開発を法的に拘束するシャルル・スカルジア市長の署名入り契約書を握っているのだ。そればかりかラ・セーヌ市に対し二千万ドル近い損害補償請求書を出している。

かかる措置の効果はことによると、ヴァール派マフィアにとって破滅的なものになるかもしれないし、彼らは旧造船所内に立ち入ることもできない。法的にワールド・シー・センター社が依然として開発の権利を握っているからだ。マフィアに承認されるか支配されている別のコンソーシアムが乗っとることもできない。そしてワールド・シー・センター社による損害賠償の請求は、ラ・セーヌ市当局の財務事情が——秘中の秘としてガードされている中身が——公開され、ニースに本部をおく地方行政裁判所——基本的には公的な会計検査機関——によって調査されるということを意味する。すでに多くの財政上の不正行為が発覚している。私たちがクラパムで会ったどんよりと曇った日、メルヴィル・マークはそうした不正行為によって生じた会計検査機関からの数多い質問事項に対する回答書を使者の手でフランスに送るところだった。マークはそうした質問に答えるために充分な準備ができていた。コンソーシアムがラ・セーヌ市と交渉したり、取り引きしたりした全段階のくわしい記録までとってあった。フランスの法律では、対面審理を行なわないナポレオン法典の書類審査に重きをおいているのである。ラ・セーヌ市長にとって頭が痛いのはメルヴィル・マークの決断ばかりではない。一九九四年三月、信じがたいような事態が発生した。黒幕のモーリス・アラックスが一般には民主連合の〝政治的ゴッドファーザー〟とされ、とりわけシャルル・スカルジアにとってそうであった彼が、ヴァール県議会の議長を選出する郡の選挙でピア夫人が最初に所属していた右派政党の「国民戦線」（FN）候補に敗北を喫したのだった。

現実的に考えれば、かかる政治的変革がラ・セーヌ市の行政に実質的な変化をもたらすほど長くつづくのだろうかとマークは疑問に思う。シャルル・スカルジア市長の立場は弱まったとしてもだ。しかしマークは損害賠償をあくまでも求めていく覚悟だ。それからじっと待つことも。「われわれの姿勢は非常に明快かつきわめて単純だ。われわれはかの地に足場を持つ。われわれはラ・セーヌ市の行政当局とかたい契約を結んでおり、われわれはそれを尊重するつもりだ。そのかわりこちら側の立場も尊重してもらいたい。

交渉をやりなおすつもりはない。交渉しなおすべきことなど何一つない」

その一方、メルヴィル・マークは心配してくれる友人たちの忠告を引きつづき聞き入れるつもりだ。ラ・セーヌ市を頻繁に訪れる際には用心に用心を重ねている。もっとも、マークが言うように「やつらがやるといったん決めたら、自分に対抗できる手立てはありないよ」。

もちろん、ピア夫人が残したような暗殺容疑者リストを用意することはできるのである。

四十四歳のヤン・ピアは身に及ぶさまざまな危険に気づいていた。フランソワ・ドーベルが率いる下院反マフィア調査委員会に貢献したためにつくってしまった敵をもはるかにしのぐ恐ろしい敵がいることに気づいていた。その貢献たるや、おそらく同委員会が受けとった組織犯罪に関するもっとも詳細をきわめた記録だった。地中海に臨むプロヴァンスはヴァール県選出のフランス国民議会下院議員として、ヤン・ピアは数年にわたってトゥーロン、イエール、さらにはマルセイユ周辺における地方政治や策謀にかかわってきた。非常に恐れられていた人々は彼女を逆にこわがらせようとした。ピアは議会の同僚議員が彼女の選挙区である南フランスを訪れるのに反対して警告した。「手投げ弾の雨」が降るかもしれないのだから、と。脅迫は本物であった。非道だった個人的なそれはおそらく小さな柩《ひつぎ》が二つもイエールの自宅にとどけられた一件だろう。側面にはレセシアとアンジェリークという二人の娘の名前が刻みこまれていたのである。しかし一九九三年三月の選挙期間になると、実物の手投げ弾が党支部に投げこまれて窓ガラスを粉々にした。ピアは議員仲間に自分は用心しているからと安心させた。もっとも積極的な警戒心とは「わたしの身に万一のことがあった際の」手紙を書いて弁護士に渡し、敵とみなす人たちの氏名を列記することであった。

一九九四年二月二十五日金曜日の午後八時三十分、ピア夫人は運転手付きのルノー「クリオ」に乗り、モン・デ・オワゾーの私道をル・マ・ブルーの邸宅近くまで来ていた。ちょうどそのとき、二人の男が盗難車のヤマハ・オートバイに乗って背後から近づいた。後部座席の男が運転手のジョルジュ・アルノーめがけて一発を発射する。アルノーは足に銃弾があたったため停車せざるをえなかった。車が止まると同時に、請け負い殺し屋たちはさらに五発を、そのほとんどを後部座席の窓ガラスを通して車内に撃ちこんだ。二発が命中してピア夫人は即死した。

「人騒がせな女だったのだ」(5)と、私は聞かされた。「パリでは尊敬されてた——勇敢であるとさえみられてたよ——が、こちらではある種の連中から毛嫌いされてた。おせっかい焼きだと思われてたんだね。だから、連中は彼女のことを人騒がせな女だと思ってたんだ。しかし決して甘くみちゃいけない相手だとね、もちろん」

ピア夫人のおせっかいとは組織犯罪の暴露だった。ヴァール県の麻薬取引について報告書を書き――ドーベル委員会で活用できるように提出したうえ――地方政治家と組織暴力団との癒着《ゆちやく》ぶりを頻繁に告発した。なかで何よりもやっかいだったのは彼女自身の決意だった――それはおそらく成功をおさめたことだろう――つまりイエール市長になる運動を行なって地元の有力な政治家となり、すでに確立している全国的な地位をさらに高めようとしたのであった。イエールといえば、フランスの各新聞から「南《ミディ》のシカゴ」と暗いレッテルをはられていた土地柄である。

EU全域を通じて市町村の首長は多大な権力と影響力を――イギリスでは主に儀礼的な存在であるのに対しそれよりはるかに大きな力を――行使するが、しかしどの国もフランスの場合には及ばない。もしピア夫人が選ばれていたならば、地方と国家からの交付金ばかりでなく、ブリュッセルのEU委員会から割りあてられる地域分配金まで管理するようになったであろう。また市の職員を雇用、解雇する権限を一手に握ったはずである。建設開発、事業への投資や拡大も彼女の管轄《かんかつ》下に入っただろう。それ以前の記録を調べて、そうした管理が過去どのように行なわれたのかを知ることもできたにちがいない。彼女がすでに承知している以上の多くの名前を知ることになったはずである。反腐敗行為をモットーにするおせっかいな人物の手中にそうしたあらゆる権限――過去への立ち入り検査権――が渡ってしまうのは、組織犯罪のファミリーや市役所やその各部門にいる彼らに協力的な友人たちにとってとうてい歓迎できない見通しだった。「この地域で大規模な建設事業を経験したある人物は、実感のこもった皮肉をこめて私に語った[6]。「ある人物が殺されなければならなかったんだ。それは充分に確立しているシステムを標的にするものではなかった。彼女がやろうとしていたことはあまりにも物議をかもしすぎた」

物議をかもすのはヤン・ピアにとって珍しいことではなかった。

ピアは二度の結婚を経験し、はっとするようなブルーの瞳《ひとみ》とショートにした黒髪のいかつい顔立ちの女性である。ブランド物のあかるい色彩の服を好み、フランス女性だけが真に持ち合わせる生まれながらの小意気なところがあった。実をいえばフランス植民地時代のベトナムで私生児として生まれ、父親は一九五四年にディエンビエンフーの攻防戦で死んだ。母親のルース・ミレーは――フランスの画家ジャン＝フランソワ・ミレーの子孫で――ジャン＝マリ・ルペンの愛人だった。ルペンは数年後、フランスの極右政党、国民戦線（FN）を率いる国際的な人物になる。彼はピアの父親ではなかったが、彼女のほうはある時期、ルペンを実父と信じこんでいた。ふたりがはじめて会ったときピアは五歳だった。ルペンは自分を彼女の名付け親ということにしたのであった。ふたりの仲はルペンが政界入りしたために途切れるが、彼は一九七六年にピアを探し出して自分の極右運動に加わるよう説得した。なぜそんなにも苦労して彼女を探し出したのかまっとうに説明したためしがない。ルペンが成功をおさめた頃には、ピアも二十六歳になっていた。

ピアは政治参加を承諾する。政治は彼女の人生になった。そして命まで奪い去ったのだ。一九七七年、国民戦線のトゥーロンおよびイエール地区の組織者として、またヴァール県の党書記として政治家人生をスタートしたとき、ピアは単に政治ばかりでなくそれよりはるかに多くのことを学んだ。建設契約の許可権限を握る人たちによってどれだけ多額のカネが不正なリベートから生み出されるかを学んだ。人手に渡る金額のそのほとんどが現金であることも知った。再選がつねに自動的であるように思われる地元の終身政治家を知り、そのような人物が握るはかり知れない力——富——を理解するようになった。しかしながらつねにそうした知識は外部からえられたのだった——情報の断片ばかりで、それも決して全部ではなかった——そのことが、地元の有力者たちが彼女を見逃しておくところであった。そんな初期の頃、ヤン・ピアはまだ後年のような脅威とはみなされていなかったのである。有力者たちは彼女を極右政党のために支持をえようとする熱心な極右主義者とみなしたのであった。恐れられるというより大目にみられていたわけである。しかし軽蔑《けいべつ》されることはめったになかった。フランス人はヨーロッパでどこよりも聞こえた外国人嫌いであり、七〇年代後半になってもフランス人のためのフランスを守ろうというヤン・ピアの運動には耳を傾けてくれる人々がたくさんいた。

その後の行動から彼女をおせっかい屋と呼ぶある人物は、初期の政治運動で彼女が多くの敵をつくったとは考えていない。「彼女がやっかいな存在になったのはつねに別件においてだった。鼻をつっこむべきではないところに鼻をつっこんでいたんだ」ヤン・ピアが展開した政治運動の効果は一九八六年に証明された。当時フランスがとっていた比例代表制選挙のもとで党は国民議会へ一挙に三十人の当選者を送りこみ、彼女もその一員であった。ピアの勝利に安心した人間がイエールやトゥーロンには大勢いた。これであの女も八百キロ北方のパリでより多くの時間を過ごすようになるだろう、国政の圧倒されるような雰囲気のなかにいれば、ヴァールあたりで展開される心地よい、知る人ぞ知る暗黙のやり口に関心を失ってしまうだろうと確信したのだ。それは大きな思い違いだった。

しかし選挙制度の改正は国民戦線にとって大きな災難となった。一九八八年五月に行なわれた次の総選挙で、ピア夫人が唯一《ゆいいつ》の議席を確保しただけであった。皮肉にもそれと同時に彼女は実質的に党の援護を失った。彼女が成功をおさめた直後、人種差別主義者のルペン党首は「フール・クレマトワル」――ナチの火葬場を意味するフランス語――というグロテスクなほど攻撃的なしゃれで、行政改革相のミシェル・デュラフールのことを「デュラフール・クレマトワル」と呼んだ。ピア夫人の助言者かつ党の最高指導者であるルペンに向けて世間から激しい非難の声があがり、それを機にふたりの関係は事実上終わる羽目になるが、彼女はそのしゃれを「中学生が寮で使うようなユーモア」と評し、ルペンは「不器用な《マラドロワ》」人間だと付け加えた。

その年の十月、ピア夫人は国民戦線から除名される。公式には投票方針の指示に従うのを拒否したからということであった。無所属にとどまったのはたった一年間である。そのあと、保守派の共和党に入党する。フランス民主連合（UDF）を構成する中間政党グループの一つで、フランスの元大統領ヴァレリー・ジスカールデスタンが議長を務めていた。ピア夫人は九三年三月、トゥーロン周辺を中心とするヴァール県の代表として国民議会に再選された。手投げ弾が党支部へ投じられたのはその選挙運動中であった。手投げ弾は反マフィア、反腐敗行為を選挙スローガンにかかげることで地元の政治家たちを不安がらせた女性に対する何より積極的な攻撃だったが、おなじように言葉による脅迫も多かった。彼女がフランソワ・ドーベルの率いる反マフィア調査委員会のリーダーになることを内諾し、ヴァール県における麻薬取引と不動産の裏操作に関し独自に収集した報告書や情報を委員会が利用できるようにしたあとで脅迫はさらに激化した。噂《うわさ》もまた流れはじめた。情報をえようと熱心になるあまり、ピア夫人は犯罪組織、とりわけマルセイユのさるグループと実際にかかり合うようになったとささやかれた。[7] そんな非難が激しくなったのは、長期にわたってトゥーロン派マフィアのゴッドファーザーだったジャン＝ルイ・ファルゲェトが——ピアが当選したそのおなじ月に——イタリアで請け負い殺し屋に殺されてからであった。

ファルゲェトはフランス当局からトゥーロン地区における犯罪組織のドンであると認定されたのち、一九八〇年代の初頭にイタリアへの逃亡を余儀なくされた。ファルゲェトは逃亡によって妨げられることもなくイタリア領リヴィエラ海岸のボルディゲラ近くの本拠地から犯罪王国を動かしつづけたものの、不在を余儀なくされたおかげで王国は弱体化し、ライバルのマフィア一派に乗っとられてしまった。警察がえた情報によれば(8)、何年かにわたってピア夫人はファルゲェトの犯罪ビジネスの全容をつきとめようとしていたし、そうした情報を入手すべくイタリア当局がファルゲェトを逮捕できるような情報を提供する用意のあるギャングたちと会い、そうすることでファルゲェトが逮捕された後の縄張りを乗っとられるがままにしようとしたのだという。さらに警察には別の情報も入っており(9)、ファルゲェト・ファミリーのなかにはピア夫人が自分たちのドンを裏切って暗殺されるようにお膳立《ぜんだ》てしたのだと信じる者もいるという説もあった。多くのかかる非難は彼女に対する根拠のない中傷作戦の一部であると私は信じている。

一九九三年の総選挙でピア夫人に敗北を喫した相手はヴァール県議会副議長のジョゼフ・セルシア、鉛筆で一本の線を引いたような口髭《くちひげ》と光沢のある素材で仕立てたスーツがお好みのずんぐりした、いつもにやにやしている男である。セルシアの名前はピア夫人が弁護士のシルヴァン・ガランに託した「わたしの身に万一のことがあった際の」疑わしい人物リストにのっている。その手紙のなかで、セルシアが公金を政治運動の資金に流用し、九千ドルのスポーツ補助金を横領したと夫人は告発していた。捜査にあたった刑事たちは、セルシアがファルゲットを知っていたことをつきとめている。また当初は否定していたにもかかわらず、刑事たちはセルシアが実は二人の男――イピファニオ・ペリコロとデニス・ラバディ――を知っていたことも確認した。最初のうちピア夫人殺しの容疑で逮捕された二人だが、のちに釈放された。ペリコロもラバディもファルゲットのために仕事をしていた。おなじくピア夫人の手紙に名前がのっていたのはセルシアの大ボス、七十歳代になるモーリス・アラックスだった。アラックスは当時ヴァール県議会議長で、ヴァール地方を支配する右派政治の〝政治的ゴッドファーザー〟を自任していた。警察の尋問を受けると――警察が訪ねたときアラックスはパジャマ姿だったが――彼もセルシアもピア夫人殺しについては何も知らないと答えた。手紙で三番目に名前をあげられていた政治家、富豪でもあるフランス社会党の下院議員ベルナール・タピもまた似たり寄ったりであった。こんどはセルシアのほうがピア夫人を、カネに困っていたうえ選挙運動で負債をかかえたためにリベートを受けとったと告発した。狙撃《そげき》された近くの邸宅が売りに出されていたことは広く知られていたのである。弁護士のシルヴァン・ガランはそうした告発を否定し、なかなかの論法を用いて指摘したのだった。故人となった自分の依頼人が組織犯罪グループに雇われていたとするならば、経済的な問題などなかったはずではないか、と。

全国的に名を知られたフランス政治家の暗殺で――一九七六年にジャン・ド・ブロッグリィ公が事業をめぐる争いで殺されて以来の事件だが――パリの中央政府は遠くはなれた南部であまりにも都合よく発生した犯罪に対し通例のよそよそしい無関心な態度をやめなければならなかった。警察の増援部隊がパリやマルセイユからトゥーロンへ送りこまれ、内相のシャルル・パスクアはいかなるもみ消しも許さないと公言した。ピア夫人殺しについて私が話し合った人々で内相の約束に感銘を受けた者はほとんどいない。「もみ消す対象は何なのか、だれなのか」[10]と問い返す向きもいた。「何をもみ消さなければならないのか」

あれやこれやと、山ほどあるというのが答えである。

憤激する抜け目ないイギリス人実業家なら、ピア夫人があれほど一心に戦った政治目的の詭弁《きべん》を暴露するのにムッシュ・パスクアよりはるかにうまくやれただろう。ピア夫人は命を賭《と》して戦ったのだ。

第十章　大気も何かキナくさい

十九世紀におけるヨーロッパの第一次産業革命では、この「何か」とは、耳を聾《ろう》せんばかりの機械の轟音《ごうおん》とともに工場の煙突から吐き出される煤煙《ばいえん》だった。人々はそれを目にみることができたし、それが何であるかを理解することもできた。それは形あるものだった。

ところが、第二次産業革命においてはそうではない。それは技術的なものであるとおなじくらい産業的なものであり、ＥＵ域内に住む三億四千万の市民に深刻な影響をあたえてきた――いや、あたえつづけている。人々は何もみることも耳にすることもできないのに、大多数の者はその影響を受けてはいるが――つまりだれも彼もということなのだけれど――ただそれをぼんやりとしか理解していない。実際、これはきわめて実態がつかみにくいため、ヨーロッパの立法者たちはこれによって必然的に引き起こされるマネー・メイキング、すなわち犯罪という結果に対抗しようとしても充分な立法措置を講ずるのに苦労してきたのである。ＥＵ域内のいくつかの国にはまだそのような法律がないし、一九九五年二月にＥＵの最高意思決定機関である欧州閣僚理事会は「指令」（Ｅ

D)の草案に合意したものの、これが最終的に採択されるまでにはまだ一年以上はかかるだろう。しかしながらそれでもなお協調は不充分で、法律上ふさがれたのとおなじくらい多くの抜け穴が残ることだろう。

こうした科学技術の利点を完全に理解してきた唯一《ゆいいつ》の社会分野といえば、たやすく予想できるようにここでもまた組織犯罪なのである。

コンピュータ――そしてそれを作動させるマイクロチップ――は単にヨーロッパばかりではなく世界に革命をもたらし、〝地球村〟という決まり文句を陳腐なものにしてしまった。コンピュータは、一九九三年一月に西ヨーロッパの国境線が形骸化《けいがいか》されるはるか以前から数ミリ秒で境界線を越えていたのである。

社会保障と保険のデータはコンピュータに蓄積される。人口と国勢調査の委細もコンピュータに記録される。通信会社《テレコム》とてコンピュータに依存している。企業や政府、各省庁はコンピュータを通じて連絡をとり合う。科学的研究はコンピュータの助けを借りて行なわれる。大学や図書館はその知識をコンピュータに託す。犯罪――アマチュアもプロもその名前――がコンピュータに登録されている。銀行、保険会社、ローン会社、クレジット・カード会社はコンピュータに依存する。スーパーマーケットや商店はコンピュータで経営されている。車のエンジンはコンピュータで動き、モニターされている。船舶はコンピュータで出航し、運航される。コンピュータは人力のパイロットよりはるかに多く定期航空便の操縦を制御し、しかも空の交通はコンピュータで管制される。コンピュータは人間を月世界につれて行ったし、スペース・シャトルの頭脳でもあり、数十キロ下方の地上から他のコンピュータが中継する指示を受け、それに反応して衛星をきちんと軌道上に乗せておく。

にもかかわらず不法侵入や乱用、改変、あるいは操作から完全に安全であるコンピュータは一つもない[1]。サイバースペース泥棒にとって大有卦《おおうけ》に入った時代なのである。もっとも、彼らはサイバースペース泥棒とは呼ばれていない。ハッカーと呼ばれるのである。

ハッカー――マイクロチップの神秘をまさしく完全に理解しているコンピュータに通じた侵入者――はこれまでアメリカの航空宇宙局(NASA)に侵入したことがあるし、また国防総省《ペンタゴン》(大ヒットした映画にヒントをあたえたりして)、もしくはロスアラモス原子力研究センター、いくつかのEU加盟国の省庁――イギリスでは国防省――に、はたまたハイデルベルクにあるマックス・プランク研究所の欧州宇宙機関の施設、さらには欧米双方のいくつかある北大西洋条約機構(NATO)施設にも侵入している。これらNATO侵入の少なくとも二件は冷戦中、ヨーロッパのハッカーを雇った旧ソ連時代のKGBによって画策されたと信じられている[2]。

顧客の信頼を失うのを恐れて、金融機関はコンピュータ犯罪にともなう損失を告白するのをこばんでおり――また金融機関にそのような公表を求めるEU法規がまったくないために――金銭上の損失は計算できないが、ヨーロッパ全土で数十億ドルにのぼると推計されている。

もっとも、コンピュータへの侵入はいつでも直接カネを盗もうという意図と結びついているわけではない。金銭とおなじくらい――ある場合にはそれよりもはるかに――貴重なのは秘密もしくは最高機密の情報である。それは企業の競争相手に高く転売したり、別のデータバンクをつくったりするために、あるいは個人的に利用したり、所有できないはずのものを所有することに純粋な喜びを見いだしたりするためにアクセスされ、読まれ、コピーされる。恐喝はたやすく、そしてしばしば報告されない犯罪である。私の確信によれば、[3] ヨーロッパのスーパーマーケットのいくつかは、店を人質にとる未知のハッカーが探知不可能なキーボード上でキーをひと押しすることにより、店のコンピュータ・システムを作動不能に陥《おとしい》れる（専門用語では「クラッシング」する）ことがないように相当の金額を支払ってきた。ほとんど完璧《かんぺき》に近い偽造や模造も同様に朝飯前の仕事である。だれでも――子供もふくめて――自分のVDU（ディスプレー）にどんなものであれ、気に入ったポルノグラフィーを呼び出すことも、これまたいともたやすい。

パリに本拠をおく「経済協力開発機構」（OECD）は、コンピュータが生み出す恩恵ばかりでなく危険性も認めた最初の機関の一つである。指針となる文書[4]のなかで、OE

ＣＤはこう警告している。「ビジネスや公益事業、個人をふくめて社会は、いまだ充分に信頼できない科学技術におびただしく依存するようになっている。情報システムのあらゆる利用は……情報システムに対する攻撃やその故障にもろい。情報システムへの不法侵入や不法使用、盗用、変造、破壊から非常な損害をこうむる危険性があり、それは偶発的な、もしくは意図的な行動の結果に由来するかもしれない。公私を問わず特定の情報システム、すなわち軍事ないし防衛施設、原子力発電所、病院、輸送システム、証券取引所などは反社会的な行動もしくはテロリズムに対し豊かな温床を提供するものである」

ハッカーお得意の論議によれば、(5) コンピュータ・システムに侵入して名刺を残すことにより正当な所有者やオペレーターに対し、彼らのシステムが安全ではないと警告することで貴重なサービスを行なっているのだという。かかる筋の通らない論議はしばしば拡大解釈されて、情報の交換には障害や障壁があるべきではないという主張をふくむまでに立ちいたっている。

もちろん、情報はなるべく広く共有され、交換されるべきである。ＥＵが適切な「情報公開法」を早く制定すればするほど民主主義のために役立つ。しかし私にしてみれば、情報の自由と交換は、ある企業が何百万ドルも費やしてきた、もしくは企業の将来がかかっているような研究や開発にまで拡張されるべきだという論議を正当化できるとは思われない。さらには個人的な医療データや経済状況の記録にしてもおなじである。

マイクロチップの奇跡は、百万分の一秒の単位で測られるような時間で作動するその速度にある。それがハッカーの基本的な道具である。あとは簡単である。マイクロチップ入りのコンピュータとモデムで電話システムに接続すると外界とのアクセスができる。そうしたアクセスは、ハッカー自身の番号で行なわれることはめったにない。のぞき屋を演じるべく電子的に地球を一周するコストは天文学的なものであり、おまけにハッカーの身元が探知されやすくなるからだ。したがってどんなハッカーでも本格的な仕事にとりかかる前に、すでにアクセスを果たしている多数の企業や加入者のうちの一つのシステムにまず入りこむので、その結果すべての経費は他者の勘定に付けられる。

いったん公共電話システムを介してつながってしまえば、ロンドンやパリ、ローマ、ベルリンといった大都市の電話帳にのっているすべての番号をスキャンできるような――それは「ナンバー・クランチング」(数値演算)と呼ばれる――プログラムを書くことが可能になる。そしてオンライン・コンピュータと接続しているすべてのテレコム番号を電子的に特定し、あとで探索、もしかしたら侵入すべくディスクに記録しておくことも可能である。接続したシステムにアクセスするためのパスワードは、時として推測されることもあれば、無作為の探査で算出されるか――ここでもまたほんの何分の一秒かで行なわれる――「ブルティン・ボード」(電子掲示板)として知られているものから察知できる。

ブルティン・ボードには、合法なものと非合法なものと二通りある。どちらも四十年前、つまりコンピュータの利用がはじまる前にたいてい緑のラシャにおおわれて役所などの壁に固定され、内線電話番号や会社のニュースなどの情報が掲示される案内板ないし伝言センターのそれに似ている。こんにち唯一の違いといえば、電子掲示板はもはや壁に掛かっているのではなく、サイバースペース内に吊《つ》りさげられているのである。「サイバースペース」（ネットワーク上の仮想空間）とはコンピュータによる無形の産物が保持されたり、移動したりする無形かつ無限の空間についての専門用語だ。コンピュータの掲示板はいまだに情報の受け取りを許可された者だけに読まれる建て前になってはいるが、しかし意を決したハッカーの時代においては、そんな掲示板も実はページを開いた書物みたいなものである。信じがたいことによくある話だけれど、ハッカーが探し求めるパスワードや保安装置解除用の暗号が合法的な掲示板にのっているのである。それはコンピュータ犯罪をあらゆる非合法活動のうち、もっとも容易かつ安全なものの一つにするそのまさに主たる要素こそ、いかに企業やオペレーターによってみずからの財産を守るための予防措置がほとんど講じられていないかということなのだ。

いったん掲示板が開けられてハッカーに精査されると、それはハッカーによりハッカーのために維持され、つねに更新される非合法の掲示板として見境なく利用されるようになる。あらたに発見され、興味を引くコンピュータ・ナンバーやパスワード、防護用の暗号はどんなものであれリストされる。たとえば何百本ものポルノ映画やポルノ雑誌、ポルノ写真を求めてダイヤルすべき番号もまた——そのコールが経由される会社に代金請求すべき番号までも——リストされる。同様に盗品ながら——クレジット・カード会社のシステムに侵入してチェックすることにより——まだ買物の支払いに使っても安全だとわかるクレジット・カードの番号もそうだ。さらに盗まれた、あるいは解読されたＰＩＮ《ピン》ナンバー（顧客の暗証番号）を、盗まれた、あるいは解読された銀行口座やテレホンカード、クレジット・カードのそれと照合するのもわけはない。そしてあらたに発見され、興味を引くコンピュータ・ナンバーやパスワード、防護用の暗号になると、それは通常、最初の侵入が行なわれたあとでは必要ない。経験をつんだハッカーなら、侵入したシステムから退去するときにはかならずや、自分の侵入用に恒久的なパスワードを残して、自分が——そしてしばしばそれ以後の非合法な掲示板の読み手に対し——将来にわたって無制限かつ妨害されずにアクセスできるようにしておくのである。しかもハッカーは自分のパスワードとともにプログラムを植えつけるので、そのシステム本来の利用者は気づきようもなければアクセスする術《すべ》とてないために、情報網の真ん中にクモが恒久的に住みついていることを知らないままにしておける。ハッカーによるこのおなじ秘匿《ひとく》用のプログラムは、ハッカーがいったん接続を断てば、すなわち「ログ・オフ」

すれば、侵入のあらゆる痕跡《こんせき》を消去してしまうのだ。

悪がしこいハッカーなら、正体不明のままで引きつづき利益をえられるシステムのなかに好きなだけ長く探知されずに「生きる」ことができる。たとえば金融ネットワークのなかでそんなハッカーはごくわずかの、したがって容易に気づかれないほどの金額をひねり出せる。つまりほんの数セントから可能性としては百万ドル以上の銀行預金残高をつくり上げることができるのである。それもしばしばそのハッカー——もしくは知らないうちにカネをつくられた金融機関——が活動している以外の国で受けとれるようにする。さもなければ、ハッカーはハイテク企業や技術開発を行なっている企業のなかでいつまでも生きていける。そうした企業における進行中の研究をたえまなく読み、コピーし、そしてそれを何とか手に入れ——こうした行為のスポンサーとなることさえ辞さない——競争相手に高く売りつける。あるいは医療機関や病院になると、その診療記録が恐喝のタネを供給しかねないのである。

また自信満々のハッカーなら時としてクモ（スパイダー）のような存在を堂々と宣言し、おおっぴらに行動することもある。時には脅しとろうとする意図が本気であることを誇示するためであり、またより多くの場合、自分たちのほうが被害者よりも頭がいいのだと意地わるく証明しようとするのだ。彼らは一般に「ウイルス」と呼ばれているものを導入することによって、そうした真似《まね》をやってのけるのである。つまりいったんシステムに侵入するとそれは繰り返し自己増殖をとげ、それが接続されているコミュニケーション・ネットワークを通じて接触するあらゆる他のシステムに感染するプログラムである。「バクテリア」はソフトウェア・プログラムであり、とりわけブロックすることによってコンピュータ・システムを破壊するようにつくられたものである。これは過負荷にいたるまでくり返し自己増殖し、システムの容量いっぱいまでみたしたあげくそのシステムを完全に作動不能にさせてしまう。それから「ワーム」（虫）というのがあり、これはネットワークを通して一つのコンピュータから別のコンピュータへと目にみえないままサイバースペースに〝寄生虫〟のようにもぐりこみ、その途中で間欠的に情報を消去してしまう。そしておしまいに「ロジック・ボム」（論理爆弾）とやらがあり、これはハッカーないし何らかの時限装置によって誘発されたあげく——物理的ではなく電子的に——爆発して、犠牲となったシステムが持つあらゆるファイルを消し去ってしまったあげく休眠するプログラムのことである。

そしてこのあれこれ、そしてすべて——ウイルス、バクテリア、ワーム、ロジック・ボム——が通常「トロイの木馬」に隠されているのである。これは歴史的にぴったりのたとえで、神話によればギリシャ人はかたく守られたトロイに潜入すべく攻撃隊員《コマンド》を木製の馬に隠したという故事にならったのである。システムに侵入したとき、トロイの木馬は最初のうち無害のようにみえる。その真の目的があきらかになるのは——たとえばロジック・ボムのように——組みこまれたプログラムが破壊的なコマンド的コードを解きはなったときにほかならない。

非常に頭は切れるが精神的に不安定な大学卒業生による〝トロイの木馬〟浸透作戦は、一九八九年から九〇年にわたるいくつかのレベルで全世界の法律史上、画期的な事件を引き起こした。

ジョゼフ・ポップ博士は史上これまでになかったほどの大規模な——もし成功していれば最終的には六十億ドルの収益になっていただろうという推計もある——コンピュータ恐喝をくわだて、コンピュータ犯罪に対抗する特別立法で犯罪者の身柄引き渡し処分を受けた最初の人物となった。(6)

一九八九年十二月、ロンドンのケンジントン地区の住所から、ポップ博士は「PCサイボーグ・コーポレーション」という社名で、コンピュータ雑誌に「AIDSインフォメーション・イントロダクトリー・ディスケット」なるプログラムの販売広告を掲載した。これらのディスクがどれくらい医療機関や病院、銀行に販売されたり、配布されたりしたのか正確な数字はわかっていない。ポップ博士がのちに本当に精神的な無能力者となって、捜査官に協力することができなくなったからである。実際の刑事告発は——恐喝罪の十一項目にわたる訴因——一万件に言及しているが、私はそれよりはるかに多かったと思っている。(7)　AIDSプログラムは——とりわけ他の何よりもエイズに感染する場合の経路と危険性をくわしく説明したもので——最初のうちは完全に、しかも啓蒙《けいもう》的に機能した。ポップ博士はアメリカのハーバード大学から人類学の学位を受けており、「世界保健機関」（ＷＨＯ）で働いていた。ポップのトロイの木馬の扉を開く引き金となったのは一〇〇という数字だった。この教育向けディスクが最初の使用で一〇〇という数字になると、ギリシャ神話に出てくるユリシーズの夜間攻撃隊員と同じくウイルスがあらわれはじめる。プログラムはブロックされ、クラッシュしだす。修復は不可能だ。システムがいまにも完全に崩壊しそうになって不安定になると、ディスプレー・スクリーンにはっきりとライセンス契約の知らせがあらわれる。つまりもし代金——二百二十五ポンド相当のドル——がＰＣサイボーグ・コーポレーション宛《あ》てにパナマの指定返信用番号に支払われれば、ウイルス感染を治療し、あらゆるプログラムを回復させる解毒《げどく》剤《ざい》を送る。カネが支払われなければ、システムは死んでしまうというのだ。

この犯罪はイギリス国内で行なわれたので、ロンドン警視庁のコンピュータ犯罪取締班が捜査にあたった。ポップはアメリカ人だったので——住所もオハイオ州ウィロウィックとつきとめられて——ロンドン警視庁はアメリカのＦＢＩ（連邦捜査局）と広範な連絡をとった結果、ＦＢＩは一九九〇年二月にクリーヴランドでポップを逮捕した。予審の段階から——当時ポップはまだ尋問に答えられる精神状態にあると信じられており——このエイズ対策を織りこんだトロイの木馬は、世界保健機関内でこの致命的な病気を扱う部門への転任が却下されたあとで、その恨みを晴らすべく案出されたのだという事実が浮かびあがってきた。一体どれだけの企業や施設が恐喝の要求に応じてPCサイボーグ（これは実際は架空の会社）にカネを払ったのか、あるいはどれだけシステムが完全に失われてしまったのか最後まであきらかにならなかった。

アメリカはイギリスとの犯人身柄引き渡し条約に基づく要求に応じ、ポップはロンドンに送り返されて中央警察裁判所《ボウ・ストリート》の治安判事により恐喝罪で裁かれた。サウスワーク刑事裁判所に姿をあらわした時分には、ポップの精神状態も放射能を防御するためと称して顎髭《あごひげ》にヘア・カーラーを付けるところまで悪化していた。答弁に耐えられないと判断された。事件はついに審理されず、精神科の治療を受けるためアメリカ本国に帰されたのだった。

一九九四年八月十三日、旧東ドイツの最高指導者エーリヒ・ホーネッカーの眼鏡をかけたやせこけた顔の映像が突然――そして招かれもしないのに――ベルリン市内で何百ものコンピュータ・ディスプレーにあらわれたとき、なんら異様なところはなかった。当日はかつてこの街を二分していた〝ベルリンの壁〟をホーネッカーが築造して三十三回目の記念日にあたっており、ある正体不明のコンピュータ・ハッカーが、この出来事を記念してウイルスを植えつけようと決意したのである。いまは存在しない東ドイツの旧国歌と、「ドイツ民主共和国閣僚会議の命令により」コンピュータ・プログラムを破壊するという脅迫のメッセージをともなっていた。第二のメッセージはこう高言していた。「ホニー(ホーネッカー)最後の復讐《ふくしゅう》——私はもどってくる」。このホーネッカー・ウイルスを治療すべきプログラムを書かなければならなかったが、このウイルスは皮肉なことに——ベルリン全市にあらわれたことによって——結果的にはホーネッカーの全盛時代に見事に分断されていた都市を一つに結びつけたのだった。

ところで、ポップ博士への訴追が中途半端《はんぱ》に終わってしまったため、この一件の場合は法的にやむをえなかったにせよ、ロンドン警視庁の人手の足りないコンピュータ犯罪取締班にとってさらにもう一つの挫《ざ》折感《せっかん》が加わった。彼らにとって主たる継続的な挫折は、イギリスの金融機関がコンピュータへの不法侵入や悪用の報告をこばんだり、いやがったりすることに由来している。あとで事件が喧伝《けんでん》されるために生じる迷惑への恐れが主な原因であり、貿易産業省が行なった調査にも、金融機関はコンピュータへの不法侵入を報告しない理由としてそう回答したのだった。[8]このおなじ調査によれば、イギリスの企業はコンピュータ犯罪に対抗するために存在する特別立法措置について驚くほど無知であることも判明した。

私は取材中、ヨーロッパ各国のコンピュータ法はたとえ整備されている国でも、アメリカの多くの州で法制化されている報告義務を課していないと嘆く声をくり返し耳にした。[9]もっとも、コンピュータ犯罪の報告は強制されるべきではないというのがイギリスの法的見解なのである。ごくわずかな例外はあるにせよ、イギリスの法制下では重大犯罪を通報しなければならない法的義務はないし——たとえば殺人や強姦《ごうかん》の場合でも報告する法的義務はなく——おまけにイングランド、スコットランドの常設機関である法律委員会はどちらも、イギリスのコンピュータ立法にそうした義務条項を織りこむのは他の法律との整合性を欠くことになるという意見なのである。

デボラ・フィッシュ・ニグリ博士はブラジル生まれの弁護士で、コンピュータ犯罪を専攻して博士号をとり、世界中のコンピュータ犯罪を研究してきたが、私とのインタビューで彼女はこう語っている。(10)

「報告された事件より報告されない事件のほうがはるかに多いのよ。なぜなら金融機関はみずからの無謬性《むびゅうせい》や評判をあえて傷つけるよりも損害を吸収してしまうほうを好むからだわ。適切にみずからを守れない——あるいは守らない——ということを認めたがらないの。ヨーロッパでも他のどこでも、コンピュータ犯罪が全体でどれだけの規模になるかわれわれは知らないし、だれにもわからないわ。コンピュータ業界内では、それはヤミのなかの数字だという言い方をします。報告された件数を無意味にしてしまうほど未報告の件数が多いというわけね」

フィッシュ・ニグリ博士は三十億ドルにも達するコンピュータ犯罪の事件をいくつか耳にしている。さらにもう一人、ブラッドフォード・L・スミスはコンヴィントン・アンド・バーリング法律事務所に属し、「ビジネス・ソフトウェア連合」内でグループを形成するEU相手のコンピュータ調達会社組合の代理人を務めるが、ヨーロッパではソフトウェアの盗用だけでも年間六十億ドルにのぼると指摘している。[11]「それも控えめな推計なんですよ」

イギリス各警察のコンピュータ犯罪捜査班のなかには、「ウォー・ゲーム」（図上演習）のシナリオを使って実業界にハッカーの危険性について警告を発しようとする向きもある。このシナリオでは、さる全国規模のチェーン・ストアが金曜日夜の閉店の一時間から二時間前、つまりどの支店も買物客でごった返している時間帯に各支店は一万から二万ポンドを要求されたとする。脅迫はぞっとするほど単純である。品目ごとの足し算や現金入り引き出しの開閉を制御するコンピュータが侵入を受け、もはやレジの店員にはコントロールできない。もしスーパーマーケットが要求額をきちんと支払わなければ、ウイルスがレジを動かないようにしてしまい、もうそれ以上の販売業務ができなくなる。経済上の損失は数万ポンドにものぼり——実際には要求額よりも少ないにせよ——そっぽをむいた顧客たちのひいきを失う場合の損失は計算もできないだろう。

このエピソードがきわめてスムースに語られたため、これを私に話してくれた弁護士によれば、警察は実際に発生しながら公表されなかったものの、次には現実に巻きこまれかねない経営陣のだれにとっても有益な訓練となる状況——おそらくいくつかのうちの一つ——を再現していたのではないかという。

「目的は意思決定権のはっきりと認められた命令系統を確立することにより、いかなる遅疑逡巡《しゅんじゅん》も逃げ口上も回避することなんです。ところが、恐喝にくり返し屈伏する危険性をよく認識しながらも、経営陣は競争の激しい市場で顧客のひいきと信頼をつなぎ止めることが最優先の必要性であると論じて、要求額を支払う権利を主張してやまない。これにかかわった警察官が即座にそうなんだとコメントしたので、私は、これは実際にあった状況の再現なんだなといよいよ確信したわけです。警察側のこれに対抗する主張は、警察が即座に事件にかかわるべきであってカネが渡されるまで通報しないままにしておくべきではないというんですな。警察の見解によればかかる特定の状況下だと、恐喝者はコンピュータ・システムに何らかの知識を持っている不平満々の従業員か解雇されたばかりの者である可能性が非常に高く、こうした人物をつきとめるのは通常の捜査手順に従えばさほど難しくはないって……」

　コンピュータ犯罪の問題点は、それがまだすこぶる新種かつ進化しつづけている分野だけに、さまざまな「協定」や「指令」に基づくEU加盟国の制定法に汎《はん》ヨーロッパ法[12]が付け加えられてきたものの、ほとんどはそれでもまだ不充分だということである。

　犯罪の現場から数百キロ、いや数千キロも離れたコンピュータの操作によって窃盗、横領、偽造、模造、恐喝、ポルノグラフィー、幼児ポルノが行なわれ、またカルテや病院の記録を意図的に変造することによって殺人すらもやってのけられるのだ。その結果、いかなる告発も――いったん被害者が訴え出ても――混交した新旧の法規がかかわってくるのであり、おまけにその多くはマイクロチップの発明以前に制定されたものである。充分に考えられる距離そのもの、つまりいくらでも国境を越えられることが、いかなる国際的な法律家にとっても最初から並みでない困難を提供する。ある国にいる犯罪者が別の国でコンピュータ犯罪を犯し、その犯罪結果とか利益とかを第三国で預金したり使ったりしたら、これら三か国のうちどこが起訴する権利を持つのか。それはEU域内の法律家にとって実のところ言いふるされた疑問であるが、しかし権限分散の原則《サブシイジアリ》、すなわちEUの法的な拘束力を持つ議定書《プロトコール》には加盟国それぞれの解釈にしたがって応じればよいという国家主権が尊重されているために、この問題点は未解決のままであるし、未解決のままでありつづけるだろう。

権限分散の原則は――この点に関しイギリス首相のジョン・メージャーはマーストリヒト条約批准《ひじゅん》の間も、もっとも声高な擁護者だったが――実のところ、それは法的調和を達成すべく特設されたEU最新の犯罪対抗組織が意図するそれとはまったく正反対のものを生み出してしまった。まさしく使用されることになっている武器、すなわちコンピュータとは両立しがたいのである。EUの他の多くの案件とおなじように、両立するようになるまでにはまだ何年もかかるだろう。

欧州刑事警察機構《ユーロポール》はもともとドイツで案出された犯罪一掃を目的とする組織だ。ヨーロッパ全体を管轄《かんかつ》する警察組織の創設は、ドイツのヘルムート・コール首相がみずから提唱し、強引に推し進めてきた。創設の法的な根拠となる協定が結ばれるまで、この組織は漠とした不確定の状態にあった——何か月も活動の拠点となるべき恒久的な建物もなく、ストラスブールの平屋の掘っ立て小屋をあてがわれ——その活動たるや、もっぱらヨーロッパの麻薬関連に集中し、情報を収集して配布する作業に限定されていた。ユーロポールは何年間も加盟国の警察、司法機関、情報機関などから激しい反対を受けてきたが、やがてはEU版のFBIに育つだろう。ボン政府の内務省政務次官エードゥアルト・リントナーにインタビューしたとき(13)、彼は何一つつつみ隠すことなく率直に、組織犯罪がヨーロッパを圧倒してしまうという悪夢がいまにも実現しかねないことから、「われわれはこうした手段をとらざるをえなくなるし、何としてもさまざまな制約を打ち破らなければならない」と語った。しかしながら、そのような実動機能を発揮するのはまだ遠い先の話であり、ユーロポールはそれまで単なる情報調整部門にとどまるだろう。

EUを形成する十五か国すべては、欧州会議(CE)が一九八一年に決定したデータ保護協定の法的要求に従ってきたし、コンピュータとその情報の利用、それらへのアクセスを規制する国内的な拘束力のある法律を採択してきた。

しかしこれら十五か国のどの一国においても、完全に他の国のコンピュータ立法と矛盾しないコンピュータ立法は一つもないのである。その結果、いまやハーグにあるユーロポールの新しい恒久的な拠点でこの警察機構を研究してきたロンドン警視庁の上級刑事によれば、[14]「そもそもEUに加盟することに一体どんな意義があったんだといぶかしがらせるような、さらにもう一つの例のとてつもなくばかげたヨーロッパ的状況が生まれてるんだ」という。あらゆる加盟国はハーグにスタッフを派遣しており、この中枢《ちゅうすう》に集中されたデータバンクに蓄積されている情報を受けとったり——各国の情報源から——逆に情報を付け加えたりすることになっている。それ以外の作業は許されていないのだ。もっとも、他の国よりもずっと多くの個人的な情報を確保することを認めている国はある。しかし、その期間たるやまちまちであり、配布先も制限している。もしくは制限していない場合もある。何よりばかばかしいのは、考えられるかぎりの最新手段——コンピュータ——を駆使して戦っているはずの警察官が、そのためにこそハーグへ派遣されてきた任務にいざ従事しようとすれば、自国のデータ保護法のもとでは毎日、犯罪を犯す危険を冒しているということである。これはEU域内の他の多くの問題と同様にまったくたわけた話である。

イギリスの上級刑事がいみじくも嘆いたように、これは一つの〝ユーロナンセンス〟である。しかしこれも早晩、一九九五年二月の閣僚会議合意で意図された国内的もしくは全ヨーロッパ的な拘束力を持つ立法措置への調節によって修正できるだろう。それよりはるかに大きな問題は、警察によるコンピュータ使用そのものである。全ヨーロッパの国内的ないし国際的な司法機関や統治機関——警察、税関、出入国管理、情報機関——はコンピュータを使って仕事をし、たがいに対話をしているのである。

私は本書の準備期間中、これら各機関の——あらゆるケースに関しヨーロッパの二か国以上の——係官たちと話し合った。例外なく各係官は、自分たちのシステムこそ突破は不可能であり、したがって犯罪的な侵入や操作、あるいは破壊の恐れはないと請け合った。

私はコンピュータの抗ウイルスや侵入防護技術を開発している専門家や会社からもおなじような保証を受けとった。どんな攻撃も受けつけないといわれるシステムが、侵入コンピュータのボタンにタッチすると自動的にスイッチが切れるか、ほんの一瞬アクセスしただけでも目の前であきらかに接続が断たれるのを私はこの目でみた。蓄積された情報が数学的に暗号化され——もちろんコンピュータによって——わけのわからない文字や数字、記号に変換されるのを目にして、おなじ暗号化をされたものは二つとなく(情報用語で一回かぎりしか使用しない暗号用無作為数列を意味する「ワン・タイム・パッド」)、したがって許可を受けていない第三者の視認に対してもまったく安全だと保証されたのだった。もしコンピュータ利用者がアメリカの最上級秘密情報機関である

「国家安全保障局」(NSA)が開発した防護システムを採用すれば、ハッカーが結局はいかにして敗北させられるかを詳細に説明してもらった。その「クリッパー・チップ」は暗号化の鍵《かぎ》を持った送り手からの情報を暗号化する集積回路であり、かく暗号化された情報は、受け手が持つ第二の別個に保管された鍵を同時に使うことによってのみ解読されるのだ。

私はその一方で、同じくらい多数の玄人《くろうと》や専門家から絶対保証、百パーセント完全に安全かつ手出し不可能なコンピュータ・プログラムやシステムなるものは存在しないと断言された。コンピュータをつくり出したような素晴らしい技術的才能が、いつの日かそんなプログラムを完成するようになるかもしれない。しかし目下のところ、まだ無理である。私はこんな話すら聞かされた。究極的に絶対安全《フェイルセイフ》なコンピュータ防護パッケージの完成をめざして努力中のさる会社はその研究開発期間中、気づかないうちに休眠中のスパイダー・ウイルスに侵入されるというすこぶる現実的な危険に直面したそうである。[15]このウイルスの性能というのは開発を解読かつ追随しつづけて、それがいざオンラインに接続された瞬間にそうした開発を出しぬき、あるいは失敗させるというのだ。

被害者の側で自分たちが侵入を受けていたという事実にしばしばまったく気づいていないことに加え、実際にいざ侵入の事実がわかったときに困惑してその事実を認めたがらないために、EU加盟十五か国のどこの国を探しても組織犯罪による明確な、もしくは広範囲に及ぶかかわりを確認できる捜査機関や監視機関は一つもない。

にもかかわらず、これらおなじ機関は、あらゆるマフィア・グループが全世界の金融市場やタックス・ヘイヴンのいたるところで、何十億ドルにものぼる黒いカネをロンダリングすべく何分の一秒かの時間で可能なコンピュータによる資金移動を行なっていると完全に確信しているのだ[16]。私は――あのつねに必要な具体的な証拠を提出できないにしても――ロンダリング活動のために現代技術の一つの明確な利点を認識している犯罪組織が、他のあらゆる利点にも気づかずにはすまなかったという確信をえている。つまり、それは単にマネーロンダリングや金儲《かねもう》けの潜在的な可能性ばかりではなく、修正する必要があると感じた記録は――犯罪上のものであれ他のものであれ――消去したり、改変したりする潜在的な能力のことだ。国境を飛び越えられる科学技術の柔軟性と機動性は、追跡されたり探知されたりする可能性が絶対的に少ないだけに、マフィアにとっては甘い夢の素材なのである。

おなじように探知しづらく、阻止が現実的に不可能なほかの甘い夢の素材もまた、ここにある。コンピュータ・ポルノグラフィーである。本書執筆の時点で、EU域内でたった一か国――イギリス――だけが電子的ポルノ技術の、すべてではないにしてもいくつかを非合法化する法的措置をとっている[17]。まるで関心がないか、さもなければそうした法律の執行が現実的に不可能であることを認識してか、こうした法的な手段をとりそうな国はほとんどない。

かかる阻止のしようがない技術とは、簡単に説明すればポルノ映像のデジタル化であり、これはビデオ・ディスクもしくはCD−ROM、つまり光コンパクト・ディスクへと電子的に書きこみ、ついでコンピュータにつながれた電話線を通して送信できるのである。どんなポルノ画像や映像も、デジタル化システムを使ってビデオに録画できるのだ。必要とされるのは、素材となる画像を拾いあげるスキャナーと、ポルノ画家の要求にしたがって映像を変更したり修整したりする古風な画材箱の電子版であるコンピュータ作画プログラムだけである。たとえば子供の顔を別の身体《からだ》につないだりしても、ヨーロッパの現行法ではまったく訴追が不可能である。

一九九四年四月、イングランドのウェスト・ミッドランド警察本部は、インターリンク・コンピュータ・ネットワークを利用した世界規模の幼児ポルノ一味を摘発したと発表した。このネットワークには政府機関や企業、大学などを通して百六十か国で推定二千万人がアクセスしていたのである。

電話回線を使ってハードコア・ポルノをコンピュータ・スクリーンにデジタル送信することは――さすれば法律上は無形物となるが――イギリスの新しい刑事訴訟法には織りこまれていない。九四年に可決される前にそれを織りこむべきだと要求されたにもかかわらずである。この要求は同年の三月、デジタル的に中継されたポルノ映画をみて十三歳の少年が、六つの女の子を強姦《ごうかん》しようとしたとノース・ウェールズはレクサム裁判所に訴えられた事件後になされた。まさにこの事件が世間の注目を集めたのは、電話回線を通して送られるコンピュータ・ポルノがイギリス国内の多くの学校でアクセス――そしてみることが――できるし、寝室にそんなシステムを持つコンピュータの操作ができる子供ならだれでも自由にアクセスできるという事実が明るみに出たからである。

イギリス内務省の電話送信ポルノの専門家は、イギリスの――もしくはEU域内の他のどんな国の――司法機関でも監視機関でも、こうしたものをみるのを阻止するのは実質的に不可能だと私に語った。(18)「たった一つだけ手があります、せいぜい邪魔する程度だけれど。つまり客観的に考えれば最小限の人たちですな。親にその責任を行使してもらうしかありません。父親か母親をのぞけばだれ一人として、子供たちがパソコンで受け、みているものを監視できやしない。だからといって、わが政府にしろ他のどこの政府にしろ責任を放棄しているというわけじゃない。私がさっき言ったとおりなんです――客観的に考えればってことだ。もし親が子供をスパイするということになるとしても、やはり必要なのはそういうことなんです。結局は子供のためになるのだから」

伝統的なポルノ映画や幼児ポルノ映画での実演と実質的な区別がつかないコンピュータ・グラフィック・ポルノをつくり出す技術は、外見的に完全な偽造や模造のために使われる技術とおなじである。技術的には「ドキュメント・イメージ・プロセッシング」

と呼ばれる方式を使って、パスポート、株券、出生・結婚証明書、運転免許証、入国申請書、注文書、処方箋《しょほうせん》、クレジット・カードの領収書、小切手から全ヨーロッパ通貨のあらゆる種類の紙幣にいたるまで光学スキャナーによりデジタル映像へと転換できるし、現実に実行されているのである。この映像からレーザー・プリンターか本職が使う植字機によって、専門家以外にはとうてい識別できないコピーがつくられるのだ。偽造紙幣と本物とのたった一つの違いは、真正紙幣の多くに使用されている特殊なメタル・ストリップ用紙だけである。おなじく、コンピュータに通じた大学生なら――学校の施設を使って――自分の低い点数や落第点すらディスクに記録し、数分で修正用の電子画材箱を使って自分に最高の合格点をあたえ、優等賞などの栄誉にばけさせることだってできる。多くの学生がこんなことをやってのけているのである[19]。

あとで述べるように、これはあまりに探知が不可能なすぐれた技術であるため、アジアや旧東欧圏からEU域内に非合法の移民を密入国させる際にますます多く使われるようになっている。チェコ共和国のイジー・ヴァンダス博士はストラスブールでインタビューしたとき[20]、なんとか阻止しようと思っても、同国には技術的な専門知識もなければ、訓練を受けた国境管理官もいないと訴えた。ハンガリーのヤノス・バルトク博士もおなじような証言をした[21]。そのとき、私は数か月前に西ヨーロッパの犯罪学者たちから犯罪組織との敗北しつつある戦いについて同じような評価を耳にしていたのだけれど、バルトク博士はこう語ったのである。「昨今の犯罪はわれわれの手にあまるほど巧妙だ。われわれの手もとにある武器ではどんなインパクトもあたえられないね」

こうした犯罪の巧妙さの重要な点はコンピュータ時代のいくつかの奇跡の一つ——何千キロもの距離を即時に通信できる容易さ——を利用して、専門的には「ハッカー・ヘイヴン」と呼ばれるところから操作を行なうことである。それはマネーロンダリング操作における「タックス・ヘイヴン」と同じ法的な免責原則によって機能しているのだ。

ヨーロッパではコンピュータ犯罪立法の多くは不充分なものであっても存在することは確かに存在しているのである。アメリカにおいても——強制的な報告義務が付け加わるが——同様である。一方、アジアや東欧圏では制約や法律は現実的に存在しない。まさしく世界のこうした地域から、サイバースペースを操作する連中は、彼らの標的とおなじ街の家に腰をおろしているかのごときたやすさでますますヨーロッパを攻撃しつつあるのだ。

おまけにそれらの標的はディスプレー・スクリーンをそなえたコンピュータにとどまらない。いまやもうひとつの革命的なエレクトロニクスの発展であるファックス器械に——やはり何千キロも越えて——侵入することも技術的に可能なのである。(22) 侵入用の道具はおなじもの、つまりコンピュータかコンピュータ化されたファックス器械である。電話回線とつないだ番号をいったん知ってしまえば、侵入者はファックス・システムに入りこみ、そのメモリーに蓄積されているすべての文書のコピーを――記憶させた顧客リストや受取人の名簿もふくめて――送るよう指示できるし、発信されるすべてのファイルをコピーするよう指示することもできる。侵入者は――ファックスから情報を抜きとりながら――そうした器械がつくる受発信のメッセージを自動的に記録するリストを電子的に無効にすることによって探知を回避しうる。

欧州会議のコンピュータおよびヨーロッパ法の専門家であるハンス・ニルソンは、コンピュータ専門家と多くの時間を費やした結果、コンピュータと電話回線だけでハッカーは世界中いたるところで実質的に何の妨害も受けずに仕事ができると確信した、と語っている。[23]

記録に残っているもっとも有名なハッカー侵入事件はいわゆる「ケイオス・コンピュータ・クラブ」のそれであるが、ボン政府がコンピュータ乱用法を制定するよりいち早く合法的に登録されたその組織構成をしめす文書によれば、かかる名称はコンピュータの防護に関するかぎり全世界を「混沌《ケイオス》が支配する」ことを証明するためにつけられた。一九八七年のほとんど一年を通じて、〝混沌〟のハッカーたちは――全部で九十人くらい、ほとんどがハンブルクはシェンケ通り八十五番地のじめじめして散らかった本部にたむろしながら――電波で世界中をうろつきまわり、アメリカの「デジタル・エクイップメント」社がつくったVAXコンピュータでアクセスしようと選択したものは何でも自由に読みとっていった。その多くは原子力関係の最高機密だった。フランスのコミュニケーション・ネットワーク「トランスペース」かドイツのシステム「デーテックス-P」を通じて五十六か国に――ヨーロッパ各国すべてもふくめて――十万台以上のVAXコンピュータが互いに接続されていた。〝混沌〟グループは入りこもうと思えば、選んだ標的はどこだろうと自由に入りこめた。彼らが選択した標的は広い範囲にわたった。NASAのシステムだけでも世界中で千六百台のコンピュータが宇宙探査や核物理、分子生物学の情報と結びついていた。一つはニューメキシコ州ロスアラモスにある原子力研究施設とつながっていた。ジュネーブにあるもう一つの原子力研究センター、「欧州原子核共同研究機関」（CERN）の科学者たちは、捜査中のフランス警察が到着する前に自分たちのVAXコンピュータにハッカーが存在していることを発見し、ときたまスクリーン上で侵入者たちに「話しかけた」ことを認めた。ほかならぬこれらスイスの科学者たちがドイツから操作する〝混沌〟グループの摘発に道筋をつけたのであったし、インターポールと連絡をとったフランス側は――最初のうちドイツ側によって捜査面の抵抗を受けたが――〝混沌〟グループがヨーロッパ、スカンジナビア、アメリカ、日本などいたるところの施設を襲撃していたことを発見した。国家の安全に対する脅威だとして――おまけにもしハッカーたちの一人がアクセスしている核プログラムのいくつかを変更しようとしたならば国家的な破局の可能性があるとして

――フランスの対内情報機関DST（国土保全局）も投入されたのである。

フランスの警察と情報部員が遅ればせながらドイツ側の協力をえてシェンケ通り八十五番地を襲撃したら、九十万ドル相当のコンピュータ設備が発見された。四百ページにも及ぶアクセス・コード、パスワードのリストがあった。NASAならびに「スター・ウォーズ」（戦略防衛構想）計画から盗んだ百枚分の極秘情報もあった。

ケイオス・コンピュータ・クラブを支配していた首謀者はヴァウ・ホラント、シュテファン・ヴェルナリー、ラインハルト・シュルツキンの三人組だった。

摘発後の居直った強弁で、彼らもまたクラブは防護システムの「信じがたいもろさ」を証明するために侵入したのだという、ハッカーたちの決まり文句を口にせざるをえなかった。[24] コンピュータ・ジャーナリストのヴェルナリーは言ってのけた。

「だれだってダッシュボードにキーをつけたまま車を駐車場におっぽりだしておきはしないだろう。なんで侵入されかねないコンピュータに秘密の情報をほったらかしにしておくのだ？」

第十一章　子供たちはどこに消えるのか

子供たちがまったく文字どおりに消される。この犯罪によって幼児ポルノのうちもっとも唾棄《だき》すべき名称がつけられている。「スナッフ・ムービー」だ。こうした映画で子供たちは――せめてもの救いに麻酔をかけられるが、しかしそれも最小限の量であって子供たちの緊張感をとかせ、大人の出演者からされるどんな真似《まね》もより従順に受け容《い》れさせるためであって、子供たちの肉体的な苦痛をやわらげるためではなく――倒錯的な幼児性愛者《ペドフィル》が想像しうるありとあらゆるタイプのいかがわしい行為にさらされ、そのあとでしまいには殺害《スナッフ》されるのだ。その間じゅう、カメラはずっとまわっているのである。性的倒錯者たちは幼児を好むが、時として撮影された乱痴気は、参加している売春婦の死で終わることもある。こうした映画の第一号は――『スナッフ』という題名がつけられて――一九七〇年代の後半にアルゼンチンで撮影された。

私がインタビューした当時、(1)ロンドン警視庁の猥褻《わいせつ》出版物取締班を率いていたマイクル・ヘイムズ警視は、自分の部署では本物のスナッフ・ムービーを押収《おうしゅう》したこともみたこともないと語ったが――クライマックスの殺害はこれまでつねに技術的な専門家から作りものだと明言されてきたが――イギリスの刑事たちは、何本かの映画がペドフィリア（幼児性愛）・グループの首謀者たちによってイングランドでつくられ、彼らはのちに投獄されたと信じている。

一九九四年に一人のスイス人がアムステルダムからチューリヒに犯人身柄引き渡しの処分を受けたが、その罪状の一つは――みずからが撮影かつ出演した映画で――生後十四か月の女児の裸体に電気ショックを加えて殺人をもくろんだという容疑であった。しかもスイスの自宅付近で九人の子供が行方不明になった件に関し警察の尋問に答えるのをこばんだ。

あるイギリスのセックス・セラピストはアムステルダムで本物のスナッフ・ムービーをみたと語っている。アムステルダムのアハテル運河沿いにあるポルノ・ビデオ・ショップの一軒で、私は「獣姦《じゅうかん》ものもふくめて」あらゆる種類の幼児セックス映画を売っていると言われた。[2]「犬を相手のいいやつがありますぜ。アメリカものだ。アメリカは最高のものをつくる」。スナッフ・ムービーはあるか。多分、だけど高いですぞ。いくらだ？　いくら用意すればいい？　千ポンドか。足りないよ。じゃあそちらから値段を言ってくれ。最低五千ポンドだ、なぜって「こいつは特製だからな。きわめつきの特製よ。あんたやあんたの友人たちは気に入るだろう。長いこと楽しめますぜ」。店の裏の試写室でちょっとだけみられないか。カネのほうはどうするんです？　いまどき五千ポンドもの大金を身につけてアムステルダムの紅灯街をうろついたりするはずがない、この男がそう考えているのは確かだった。あした持ってくる。現ナマをこの目でみたら、多分その映画をみせてやれるだろう。「気に入りますぜ」。次の日、私は現金で三百ポンドと、約束した映画の短い抜粋をみるのに奮発できるのはせいぜい三百ポンドだけだと意気ごんだ駆け引き用のせりふとを用意してアハテル運河にもどると、別の男が店番をしていた。初対面の店員はスナッフ・ムービーについて何も知らなかった。きのうこの店にはほかにだれもいなかった。きょうとおなじように自分がここで働いてた。お客さん、ここで売ってるものに本気で興味を持っているとは思えませんぜ。もし興味があるならなぜ何か買わない？ 興味がないんなら、なんでさっさと出て行かない？ おれを困らせようったってそうはいかない。おれは自分の商品を売る許可をえてるんだ。ちっとも法律には違反してない。ちゃんとした客じゃないあんたみたいな外国人はとんだ邪魔者なんだ。

あきらかにお喋《しゃべ》りがすぎた前日の店員は、しかし専門家にいわせれば、(3)まさしくことアメリカものについては正しかった。アメリカの犯罪組織は――ヨーロッパにおけるそのマフィア系販路と結びついて――EU向け幼児ポルノの主たる供給源なのだ。

この黒いビジネスで何人の子供が買われたりさらわれたりしているのか数字を正確にあげるのは不可能である。かかる数字の広く認知された出所があれば、司法機関や児童福祉団体はそれを追及することができただろう。しかしながら、全世界的な調査に基づいてノルウェーがEU議会に提出した報告[4]によれば、年に百万人という数字が推定されていた。しかもこの計算は、共産圏崩壊後に東欧系のマフィアが台頭する以前の数字であった。こんにちではこの数字も、旧ソ連圏全域における人身売買と誘拐の可能性が考えられるから数千単位で上昇していよう。ストラスブールのヨーロッパ警察官組合評議会を訪ねたとき、[5]チェコ内務省の高官イジー・ヴァンダス博士は、男女を問わず子供と若い女性の性的虐待《ぎゃくたい》はチェコで何より深刻な刑事問題の一つであると語った。「どうも若ければ若いほどいいということらしい。ヨーロッパのセックス行商人がプラハで活動してるんです。よりよい生活があると信じて、自発的に西ヨーロッパへ渡る女性もいます。が、子供たちはそうじゃない。子供はただ消えてしまうだけなんです」。スイスのコンピュータ・ソフトウェア専門家ルネ・オスターヴァルダーに対する殺人未遂容疑に基づく犯人身柄引き渡し請求状に記載された証拠の一部は、スナッフ・ムービー制作用に誘拐したり、買ったりした子供をルーマニアからスイスに連れこもうとする計画であった。殺しの場面を撮影したのち、子供たちの死体を硫酸の容器内で溶かすことになっていた。アルプス山麓《さんろく》の村ザンクト・ウルザンヌに近いオスターヴァルダーの山荘で、警察当局は五十リッター入り硫酸の樽《たる》を二つも発見した。一つの樽で発見された小さな肉片が人間のものであるか動物のものであるかは医学的にも法医学的にも決定できなかった。

ノルウェーの調査は、子供の密売買や虐待からえられる収入は年五十億ドルに達するという「国際児童保護」(DCI)団体の推計を引用している。そのうち十億ドルは、世界最大の幼児ポルノ市場であるアメリカのペドフィリア倒錯者によって支払われた。合衆国に拠点をおくマフィア系ファミリーを通して輸出するばかりでなく、アメリカはまたヨーロッパ系マフィアからも大量に輸入しているのである。ロンドン警視庁のヘイムズ警視が打ち明けてくれた話によると、FBIの覆面捜査官がアメリカの幼児性的虐待者の一味を捜査中、証拠として買おうとしたスナッフ・ムービーを一見するのに六千五百ドルも支払うよう求められたという。

EU域内の主な幼児ポルノ映画制作国はオランダ、ドイツ、ポルトガルである。したがってラテンアメリカと、いまでは旧東欧圏だけが、こうした映画への幼児セックス供給源ではない。市場はアジアにおいてもおなじく広範にわたっている。子供たちは中国人系の三合会各派によってタイ、フィリピン、韓国、スリランカからヨーロッパへ密輸されている。(6) 一九九〇年にこれら四か国はそろって――台湾も加えて――イギリス、スイス、アメリカ、ドイツ、フランスと協定を結び、幼児への性的虐待に対し共同行動をとることになった。ドイツ連邦刑事警察庁の捜査によってドイツの幼児ポルノ映画制作者たちがしばしばアジア――とりわけスリランカ――に出かけ、幼児ポルノ映画のロケーションを行なっているのが判明したのち、ボン政府はいかなる国籍の子供の虐待であれドイツで罰することができるという法律を通過させた。

ヨーロッパのなかで寛大な態度をとるいくつかの国に対するノルウェーの批判は後日、インターポールの幼児ポルノ取締委員会の委員長を務めたこともあるヘイムズ警視から私にはね返ってきた。インターポールのこの部門が最初に設立されたとき、EU域内のいくつかの国は――ヘイムズは国名をこそあげなかったが、私はそれがオランダとデンマークだということを知っており――子供を出演させたセックス映画やビデオをポルノグラフィーと呼ぶことすらしなかったのである。彼らはそれを〝幼児エロチカ〟と呼んだ。かかる事実上の容認もいまでは変化している。幼児ポルノを取り締まる法律はEU加盟十五か国すべてに存在するとはいうものの、それが実際に発動される厳密さには、国によって相当な違いがある。ほんの瞬間的にスナッフ・ムービーなるものを買わないかとほのめかされたアハテル運河ちかくのビデオ・ショップ街では、あきらかに子供を扱ったビデオがおおっぴらに陳列されていた。

幼児への性的虐待は男の子を対象として女の子の場合は珍しいというのは、世界中で押収されたポルノフィルムの物的証拠によって確認されている事実である。この一般的な原則の例外の一つがスイス人のルネ・オスターヴァルダーで、アムステルダムのドークバック十四番地aに借りていたアパートの一階の部屋からは（子供の遊び場も見渡せる)、彼が生後十四か月の女の子と出演したビデオばかりでなく、四歳の少女とも出演しているビデオまで発見された。

ロンドン警視庁は——以前に「ペドフィリア・インフォメーション・エクスチェンジ」という名で知られるポルノ映画や写真の全ヨーロッパ的な配布網を壊滅させたことがあったが——一九九〇年七月、それに先立つ六年間にイングランドで跡形もなく行方不明になったわずか六歳の子供たちもふくめて二十人の児童を捜索中、何本かのスナッフ・ムービー制作に手入れを行なったことを認めた。警視庁は特別の電話番号を設け、情報提供者がどんな打ち明け話をしようと極秘扱いにすると大いにPRした。この呼びかけはとりわけ、スナッフ・ムービーの制作や処理にたずさわったかもしれない者に向けられていた。そうした証人の一人がアンドリューという名前だけでしか知られていない十九歳の若者だった。アンドリューは全国青少年保護協会に対しテープ録音の告白を行なったが、そのなかで、自分は一九八八年にアムステルダムへつれていかれ、倉庫のなかで十二人の男が十二歳の少年を次々と凌辱《りょうじょく》するのを撮影したことを認めている。アンドリューの話によれば、この子はそのあとチェーンで殴られ、オートバイにひかれて殺されたという。死体は運河に投げこまれた。保護協会の職員たちは、アンドリューがロンドンにある職員宅を出たところ二人の男に襲われるまで彼の話を疑っていた。この若者は警察から事情聴取を受けないうちに姿を消してしまった。以後、若者の行方はようとして知れない。

一九八九年五月、ロンドンの中央刑事裁判所《オールド・ベイリー》に収監された「殺されるのを待つ小羊」なる名で知られたペドフィリア・グループ四人のうち二人がジェイソン・スウィフトという十四歳の〝コール・ボーイ〟殺しを供述したあと、暗号名「オーキッド作戦」を冠した捜査が開始された。少年は一九八五年十一月、四人からそれぞれ五ポンドを受けとって、ロンドンのハックニーにある公営アパートで開かれたホモセクシュアルの乱交パーティーに参加した。精神安定剤バリアムを飲ませられて緊張をほどく。男たちが性的行為を加えやすいようにされたわけだが、これ以上ことの細部はくわしく語りたくない。男たちの乱行は十代の少年を絞殺《こうさつ》することでクライマックスを迎えた。少年の裸の死体を雑木林に捨てる前に、四人は法的に彼らを有罪に導くようないかなる証拠も除去すべく遺体をすっかり洗い清めた。警察はこの殺人が撮影されたと信じているが、ビデオそのものはいまだに発見されていない。しかし警察はオーキッド作戦中、ジェイソン殺しのフィルムのコピーがアムステルダムで出まわっていると聞かされた。やはり撮影されたと信じられているもう一本は、六歳になるバリー・ルイス殺しの実写だったが、少年の裸の死体はジェイソン・スウィフトの死体が発見された五日後にみつかっている。そのフィルムもまだ所在がつきとめられていない。

二人のペドフィルが白状したことに基づいて刑事たちは、ギャングたちがセックス用に誘拐したり買ったりした犠牲者とみなしていい百人の――すべて幼い少年の――リストを綿密に調査した。いくつかのケースで、刑事たちはただ漠然と自分たちの探している少年と同一人ではないかと思えただけにすぎない。ギャングどもは名前などに興味はなく、ただ若い身体《からだ》だけが問題であったのだ。警察はリストを二十人にまで絞りこみ、少なくとも六人は殺されるのを撮影されたと考えた。しかしフィルムは一本もみつからず、オーキッド作戦は結局、中止されてしまった。

ジェイソン・スウィフト殺しで投獄された四人のうちの一人は――バリー・ルイスおよび三人目の子供、つまり遺体がまだみつからない七歳のマーク・ティルズリー殺しを認めたあと、それぞれ二つの終身刑の判決を受けた――レスリー・ベイリーと呼ばれる落ち着きのない目をした精神異常者だ。一九九三年十月、ベイリーはケンブリッジシャー州のホワイトムーア刑務所で、幼児虐待者を他の囚人から特別に隔離しておく監房内で首を絞められて殺されているのが見つかった。イギリスの監獄ではペドフィリアはつねに暴力行為の対象とされる。たとえそうであっても実際のところ、刑務所はペドフィル同士が出会う場であり、いったん釈放されるや「ペドフィリア・インフォメーション・エクスチェンジ」といったような児童を食いものにするグループを計画する。

ヘイムズ警視が――地域に拠点を持った刑期終了後の治療とリハビリ用のセンターがあってしかるべきだと信じているのだけれど――私に打ち明けたところによると、友人たちの刑期終了を祝って、時には刑務所の門を出てきたその日に幼児セックスの乱交パーティーを準備する、先に出所した刑期満了者とか有罪とはならなかったペドフィリア仲間がいるという。ヘイムズは一九九四年の「刑事訴訟および公的秩序法」で、有罪となった性犯罪者全員からＤＮＡサンプルを採取し、保管しておくことを定める条項に熱心だった。ＤＮＡデータバンクはあらゆる性犯罪者の記録を補完するだろうし、とりわけ警視庁と国家刑事情報庁の双方に保管されている三千人にのぼる周知のペドフィルの名簿を補強することになるだろう。

「連中はみんな終身観察下におくべきだと確信しますね。どこへ行ってもその所在を警察に報告するように義務づけ、居住先、そしてきわめて重要な要件ですが、一体どうやって生計を立てているのかという記録を中央で整備する。ペドフィルは子供の一生をめちゃくちゃにするのだから、もっとも危険な犯罪者です。子供たちの心身に一生ぬぐえない傷を残す。私は市民の自由を信じてますが、その自由も放縦と同じであるべきではないと信じるし、子供に接しているときにはましてなおのことそうでなくちゃいけない。もし子供とセックスをした者がいれば、そうした無理強いに対し支払うべき代価は警察の記録にのせられ、再発を防ぐためにその所在を警察がたえず知っておくようにする、ということですね」

一九九五年四月に開設される世界最初のＤＮＡ登録システムは世紀末までにおよそ五

百万件を蓄積することになり、創設の経費だけでも二千万ポンドを要する。登録は性犯罪者ばかりでなく重罪犯にいたるまでの遺伝子情報を採集する予定だ。

一九九四年の条項を別にすれば、ヘイムズ警視は、現行の猥褻《わいせつ》とポルノグラフィーの取締法に関しすこぶる辛辣《しんらつ》であり、個々の法令という迷宮を縫って処置しなければならない混乱状態にあるとみる。たとえば子供の姿が映ってさえいなければ、どんなハード・コア・ポルノを所持していようと罪にはならない。しかもそんな場合でも、子供の顔が当人ではない身体に合成してあれば、起訴するのが難しくなるのだけれど、これなど単純かつしばしば使われる映像の処理技術なのである。

昨今のイギリスは、他国のポルノ制作者が進化させて成功したコンセプトのあとを追っている。アメリカやオランダ、ドイツからマスター・ビデオを輸入し――カセットから出してしまえば、普通のフィルム一巻よりわずかに大きいだけで――それを何台ものVCRにつないでコピーすれば、割り合い小規模なポルノ制作者でも年間に数百万ドルもの稼ぎになり、おまけに税金はかからない。ロンドン警視庁の捜査班が猥褻物の制作者ないし配布者と疑われる者を手入れするときにはいつも、国内税徴収と付加価値税の査察官をともなって行く。イギリスの税法によって科せられる罰則のほうが、さまざまな猥褻出版物取締法で科せられる刑罰よりもはるかにきびしく、より効果的なのだ。

ヘイムズと彼の率いる取締班は、これまでにありとあらゆる人間の退廃を扱ったポルノ映画をみてきた。これまで技術的に確認できるスナッフ・ムービーの所在をイギリスの刑事たちがつきとめた例はないとくり返し主張しながらも、警視はこう結論づける。「われわれは子供が縛られたり、猿ぐつわをかまされたり、頭から袋をかぶせられたり、鞭《むち》で打たれたり、殴られたり、凌辱されたりするサンプルを入手してますよ。あきらかに子供たちはこうした行為を受けている最中に殺された、ということは充分に考えられます」。虐待された子供にかかわる照会はすべて捜査されてきた。何よりも重要な点はそんな子供たちをつきとめることであり、しかも彼らはかならず一様に——時として特段に——心理的治療を必要としているのだ。

幼児セックスの専門捜査官にもはかり知れない精神的なストレスが加わる。「われわれはたがいに観察し合い、われわれの目からみて仕事が合わなかったり、とくにこんな仕事はつづけたくないという担当官がいたら、たとえやめたとしても双方の側に気まずさは残さないという暗黙の了解ができていますこれはとてもつらい任務だということはよく理解されてるし、捜査官が他の職場を望んだとしてもやむをえないでしょう。だれだってある程度は影響を受ける。自分の見聞したものに対しいだく感情を実際にどう処理するか、それがまさに重要なんですよ」

もしストレスがあまりに苛酷《かこく》なものとなれば、精神医療や心理療法の専門家による助けもえられる。私たちが会ってから何か月もたたないうちにヘイムズ警視は心臓発作にみまわれ、その年にロンドン警視庁から引退した。いまは児童関連の職務に就こうとする人物の身元調査をおこなう会社の専務である。この年、警視総監サー・ポール・コンドンによる猥褻出版物取締班の解散という決定が議会の抗議を受けたあと、とり消された。

インターポールとのつながりから培《つちか》われて全ヨーロッパにおよぶ総合的な知識を持つヘイムズは、成人向けブルー・フィルムにおいて極端かつグロテスクな肉体的暴力と肉体的損傷へと向かう傾向が顕著なのに気がついている。性器の切断が——シミュレーションと判断されているが——あたり前のように描写される。泣きわめく女性は乳首や身体のあらゆる開口部が突き刺される。獣姦はさして珍しくもない。コプロフィリアは——人間の糞便《ふんべん》にかかわるフェティシズムであり、時として脱糞時にそれをくらうなど——お馴《な》染《じ》みの主題だ。

以上のようなうんざりする話は、男であれ女であれ売春の危険性にあらたな次元を付け加えている。しかし東西ヨーロッパの分裂が終わってからというもの、犠牲者の補給に不足することはないのである。アムステルダムに女たちは——時には誘拐されて——〝貨物〟として到着するのだ。

アンナの物語はかかる人身売買ビジネスの典型である。

第十二章　ラブ、売ります

少なくとも彼女は自分のことをアンナと呼んだ。もっとも、ほかの売られた女の子たちと一緒にバンに乗せられ、アムステルダムにつれてこられたわけではなかった。とはいえ、売られていく女の子たちの話は耳にしていたのである。アンナは乗用車に乗って(「メルセデスよ。あんな車、想像したこともなかったわ」)ワルシャワからやって来たのだけれど、しかしアンナの生家はそこにあったわけではない。ワルシャワにかなり近いブロニーの出であった。働き場所などなく、母親は未亡人で、家族はカネを必要とした。シレナ橋にかなり近いヴィスワ河ぞいのカフェでウエートレスとして働いていた、とアンナは言った(1)。裏に部屋があり、そこで寝起きし、休日には家に帰った。夏にはカフェの前の舗道にテーブルと椅子《いす》を出した。とても素敵な感じで、たくさんの観光客が利用してくれた。こうして彼女は、外国の旅行者から英語を習ったのだった。おまけに、こうしてピーテルにめぐり合ったのである。彼は毎日きまっていつも昼飯どきにやってきて、しかも三日目には、ほかでもない彼女に会うために来ているのだと告げた。「わくわくしたわ。もちろんボーイフレンドはいた。生娘じゃなかった。でも彼、関心をしめしてくれた最初の外国人だったのよ。とてもハンサムだった……いまでも、こんな羽目になったあとでもそう思うの……素敵な服を着てたわ。おなじものを二度と着なかったし、いつもチップをはずんで、これは君だけにだ、ほかの女の子たちと分けるんじゃないって」

その週、つまりアンナの話では私たちが出会う一年半前のことだけれど、彼女はブロニーにいる夫をなくした母親のもとには帰らなかった。「ボート遊びにつれていってくれたの、川へ。スカーフをプレゼントしてくれたわ、ちゃんと箱に入ってた。絹だった。ポーランドにくる途中、ドイツで――箱に書いてあった店の住所はベルリンだった――国にいるガールフレンドのために買ったのだけど、いまじゃあたしにもらってほしいって言うの。あとでとっ返されたけど。その夜、インターコンティネンタル・ホテルで食事をして、そのあとでホテルのナイトクラブへ行ったわ。そのときよ、歌手になりたいわと言ったのは。なぜってそのクラブに歌手がいたから。夜が遅くなると、本当にカフェ裏の部屋に帰りたいのか、それとも一緒に泊まりたいのかと聞かれた。そのときになってはじめて彼がホテルで暮らしてるのだとわかったのよ」

アンナはカフェにもどらなかった。「信じられなかった、まるでおとぎ話みたい。彼は部屋にワインを持ってこさせた、本物のシャンペンよ、そして歌ってくれって頼むの。あたしどぎまぎしちゃったけれど、歌ったわ、ほんのちょっとだけ、そしたらとってもいいって言うじゃない。オランダのショー・ビジネスに、いろんなクラブに友人がいるって言うの、そしてよければ、あたしのことを話してくれるって。彼の言うこと本当に信じたわけじゃないのよ、だけど、実際にはいったい何をしてるのか見当もつかなかった。彼はただあたしにいい印象をあたえようとしているだけだと思ったの。ベッドではとっても素晴らしかった。信じられないくらい。だけどそのときは、彼がしょっちゅうそんなことをしてるなんて知らなかった。彼は西側へつれてきた女の子みんなと寝てたのよ。どれだけファックしたかわかんない、数は忘れたって言うのよ。いまでもあたしとファックするわ、たまに」

二日後にピーテルが去ったとき、おとぎ話は終わったとアンナは思った。もういっぺん会えるとは思ってもみなかった。しかし一か月もたたないうちにまた会ったのだ。

「彼がカフェに入ってきたとき、信じられなかったわ。本当にあたしに興味を持ってるのだと思った、もちろんそうだったのだけれど、あたしを愛してたんだと思ったのとはまったく別の意味だったのね。このときも前とそっくりおなじにインターコンティネンタル・ホテルの部屋で、彼がクラブの人たちと一緒にうつってる写真を何枚かみせてくれた。そのときは、自分の仕事はナイトクラブに品物を納めてるのだと言った。実際にそのとおりだと思うの、もっとも、彼が納品してるとあたしが思ったものとはまったく違う家具をね。その人たちにあたしのことを話したら、一人が、もしあたしのほうで興味があるなら試してみる用意があるって言うの。彼、正直だったと言っていい。最初のうちクラブで客と一緒に座るよう求められるかもしれないって、一人前の歌手として認められるまでは。それまでただ飲んだり、客にたくさん飲ませたりするだけだって、勘定をうんとふくらませるためにね。それ以上のことはしなくていい。給料はいいぞ、カフェでもらってるよりも数千ズロチも多い、ときたまチップとしてもらうドルをヤミ市で交換し、手に入れる金額よりもずっと多いぞって。

もちろん興味はあったわ。そして正直なところ、どうせ結局は歌手じゃなくってホステスどまりだろうなってわかってたの。あたし、声はそんなによくないから。だけど、いまみたいな女になるなんて思ってもみなかった。まったく考えもつかなかったわ。仕事はただクラブにいるだけだと思った。夜はピーテルと一緒だと思った。彼がそう言ったのよ。あたしたち、彼の家に住むことになるって。とっても古くて運河の一つに面した家だって。

やってみたいけれど、あたしは何の書類もパスポートも持ってないって言ったの。ブロニーにはパスポートを持ってる人なんてあんまりいないのよ。それは問題だって言われたけれど、あたしが考えたような問題があるというんじゃなかった。ナイトクラブの友人はほんの短い期間だけしかその働き口をとっておけないだろうって言うの、彼の顔をたてた特別な計らいですって。すぐに行かなきゃせっかくのチャンスを逃がしちゃうだろうって。それから、書類なんて問題じゃないって言ったわ。手があるって。書類なしで出かけよう。簡単だ。西側ではヨーロッパ登録の車を止めたりはしない——もう国境の検問は全然ないからな——それにポーランド国境でも止められたことはなかった。ポーランドにしろ他のどの東側国家にしろ、いまほしいのは西側の通貨だけだ。ナイトクラブのオーナーとの面接時間に間に合うようあたしをつれて行く、パスポートなんかの手続きはそのあとでどうにかできる。〝アーチスト・ビザ〟っていうのを手に入れてくれる友人がいるからって」

そんなわけでアンナは出かけたが、しかし母親は反対した。「かあさんにはお金のことを話したの。天と地の違いがあるって。ピーテルはかあさんにとても親切だった。チョコレートを持っていって、あたしたちが落ち着いたら——そのとおりに言ったのよ、あたしたちが落ち着いたら——かあさんは訪ねてこられる。自分がすべて手続きをするって言ったわ」

二人はポーランド国境で止められなかった。小さくて辺鄙《へんぴ》なところにある国境監視所はさけ、わざわざオーデル河沿いの交通量が多いコストシンで国境を越えた。「彼、あとでこれが手なんだ、仲間はみんなそうやってるんだって言ったわ。小さな監視所は目を光らせるかもしれないけれど、交通量が多くて流れをスムースに心がけなければならないような場所はそうじゃないんですって」

ベルリンでは、すぐに終わるはずのおとぎ話のロマンスがまだつづいていた。二人はクーアフュルシュテンダムに面したケンピンスキー・ホテルに泊まる。ピーテルは新しいドレスを買ってくれ(「赤いやつよ、いまでも持ってるわ」)、その夜、ほかの二人の男と食事をした。「二人ともあたしがとってもきれいだと言ってくれた、そして大成功するだろうって。あたしが歌うのを聞いたこともないのに、どうしてそんなことが言えるのってたずねたら、二人とも笑ったわ。そのとき何がおもしろいのかわからなかった」

アンナは、あくる日アムステルダムまでのドライブが長かったことを覚えている。ピーテルに途中で休憩しないかと言ったら、一刻も早くオランダに帰らなければならない商売上の理由があるからと言われた。到着したときにはすっかり夜がふけていた。中央駅にごく近い運河沿いに家は確かにあった。アンナの印象では、それはまったく住宅のようにはみえなかった。写真や記念品など個人的なものはほとんどなかった。壁には絵すらほとんどかかっていなかった。アンナは、いろいろ手を加えて人が住んでいるような家にするのは楽しいだろうなと思った。昼食をとってからというもの、食事のためにいっぺんも停車をしなかったが、しかし冷蔵庫のなかはからっぽだった。おなかはすいていたが、不平はもらさなかった。何事も素晴らしいままにしておきたかったし、彼の家に入って数分しかたっていないのに決して不平たらたらの女だとか満足していないとか思われたくはないと考えた。ドライブ中、二人が結婚するものと空想をたくましくしていたとアンナは認める。もっとも、たとえ彼がその件を言いださなくても問題にしなかったろう。アンナは二人で一緒に住めるということだけで充分に幸せだった。しかしその晩、これまで夜な夜なずっとそうだったようには彼が親切にしてくれないことに気づく。彼女をだこうともしなかった。長いドライブのあとでつかれているのだと思うことにした。アンナもたしかにつかれていた。あすになれば万事うまくいくだろう。

が、そうはいかなかった。「まるであたしたち、赤の他人みたいだった。あたしを知らないというのではなく、あたしをきらってるみたいだったわ」。その日ほとんど、この人が住んでいるとは思えないような家にアンナを一人置き去りにした。おなかがすいてすいて、冷蔵庫のなかばかりでなく戸棚のなかも探してみたが、食べものは何ひとつみつからなかったのを覚えている。

「ピーテルぬきで外に出るのはこわかった。どうしていいかわからなかった。お金は全然持ってなかった。ピーテルが何もかも支払いをしてたの。あたしお金が必要なかった。お金のことなんか考えてもみなかった。夜もずいぶんとふけてから彼が帰ってくると、何か手違いがあったのかとたずねてみた。どうして何もかも調子が変わってしまったの？　彼、変わらなくちゃいけないんだって言った。どういうことなんだかわからなかったわ。とてもおなかがすいて胃が痛くなった。何か食べものがほしいと言ったら、あたしたちにはまずやらなくちゃいけないことがあるって言うの。あたしたち、ずいぶん車でぐるぐる走りまわったみたいだった。すっかり途方にくれて、こわくなった、だって彼、もうやさしくはなかったんだもの。大きな教会のそば、ダム広場で車をとめ、女の子たちがいたり、クラブがあったりするところに歩いていった。彼の友人が経営してるクラブへいくんだと思ったけど、そうじゃなかった。ただ歩きまわって飾り窓の女の子やクラブをみたきりで、どこにも入って行くわけじゃなく、ただ見物しただけ。ピーテルがどう思うかってたずねたのは覚えてるけど、あたしがなんて答えたかもう忘れたわ。頭にあったのはただ、どんなにおなかがすいてるかってことだけ。ほとんど真夜中に近かったのじゃないかしら。前の日のお昼から何も食べてなかったし、それもたいして量は多くなかった。彼は帰りをとてもいそいでたから、路上でちょっと立ちどまっただけ。あたし、いまにも泣きだしそうになった。本当にちょっぴり泣いたわ、お願いだから何か食べるものをちょうだいって言いながら。これからあたしをつれていくところがあると言うの。車にもどって、運河近くの別の家にいったんだけれど、どの家だかわからないわ。そこには三人の女の子がいた。一人はあたしより若く、ほかの二人は同じくらいの年頃。いちばん若い子は顔の横に殴られた跡があった。そしてジグのやつがそこにいた。あたしが彼について知ってるのはジグって呼び名だけ。なんでそう呼ばれてるのか知らない。浅黒いインドネシア人だった。ほかの女たちはやつを恐れてるみたいだった。あたしもこわかった、そのときは彼じゃなくて何もかもがこわかった。ピーテルが言ったようなことは何一つなかった。いまにして思えば、そのとき何が起こってるのかわかってはいたんだけれど、そんなこと考えたくもなかったのね。これ現実じゃない、そう思いこみたかったんだわ」

おとぎ話という見せかけはおしまいだった。ピーテルはアンナに対し、あの女たちとおなじように飾り窓で働くんだと告げた。アムステルダムばかりではなくロッテルダムでも。どこだろうと彼が命令したその場所で。アンナは、いやだと言った。そのとき、はじめてジグが彼女を殴った。「やつは思いっきり、あたしの顔に平手打ちをくれた。ほかの女の子に殴られた跡があったのはこういうわけだったんだな。そのときは顔を殴られても問題じゃなかった。それがやつらのやり方なのよ、最初が肝心といわんばかりにね。どんな仕打ちをされるか、思い知らせるために傷をつけるのよ。だけど、働きだしたら顔にはこんりんざい手を出さない。どんな客だって殴られた女の子を選んだりはしないでしょ。だから顔を殴るのは、自分たちの商品を傷つけることになるわけね」

最初の晩は、それでもこばんだとアンナは語る。するとジグが平手で彼女の顔や身体《からだ》をあちこち殴りつづけた。「しまいには息をするのもつらくなった。おっぱいは痣《あざ》で黒くなった、殴られた個所が。そこは平手じゃなくて、こぶしで殴ったのよ」

アンナはやっとパンにいくらかの肉をあたえられ、ビールも飲ませてもらった。そのタイミングときたら、心理的に心にくいばかりであった。ピーテルは女たちに、もし食べたければ自分のいうとおりに働けと言った。お前たちをちゃんととり扱ってやる、女の子を稼がせてゼニをそっくり巻きあげる連中とはわけが違うんだ、とも言った。ゼニは充分に残してやる。おれは奴隷《どれい》商人なんかじゃねえ。だけど、もしごまかしたりしようものなら、ジグに殴られるぞ、やつは殴るのが好きなんだ。いままでよりもはるかにこっぴどく殴られるぞ。そしてもういっぺんごまかしたら、ここから放り出してやる。お前らは一人として書類を持ってない、だから当局に逮捕される。売春婦だという汚名を着せられて国外追放になるぞ。

こうしてアンナは〝飾り窓〟の女になった。

私はアムステルダムのニュー・マルクト広場に近いモンシュトラートはずれの路地で、五人の女の子が並ぶ列のなかに彼女をみつけたのであった。男心をそそるようにとガーター・ベルトにスキャンティを身につけ、小さなブラジャーをしていたが、一人としてそんなに魅力的にはみえなかった。彼女たちはまさにズバリそのもの、陳列された肉塊のようにみえた。私は二度モンシュトラートへ出かけていってアンナの話を聞いた。(2) それはとりとめもなく、ここに記したように時間的な経過を追っていなかったが、言葉は彼女が口にしたとおりである。私は二度とも決まりの時間三十分に対し九十ドルを支払った。ジグ——もしくは彼のために働いている用心棒の一人——が稼がせている女たちをつねに監視すべく近くのバーやカフェから私がアンナの小部屋へ入っていくのを確認していたかもしれないし、アンナはどんな客からも勘定をとらなければならなかった。私を相手にした分のカネがなければ、アンナはぶん殴られただろう。どちらの場合も、三十分が私のいられる目一杯の限度であった。「ファックするのにそんなに時間はかからないだろうって。お客さん、何だかおどおどしてるみたいだったからと言い訳ができるわ」。アンナは二十八歳だといったが、それより十歳も年上だろうと思った。彼女は、ピーテルが美人だと言ったときにそれを真《ま》に受けた。そう信じたかったからである。アンナは感じのいい丸顔の女で、たった一つの本当の魅力は、自然なブロンドにみえる頭髪であったが、せっかくのそれを女学生のように三つ編みにしていた。えらく太り肉《じし》で、胸もとはたれさがり、ふとももはいかにも不恰好《ぶかっこう》で脂肪がたるんでいた。仕事をする簡易ベッドのシーツは、私が訪ねたふた晩ともすでに前に使われていたせいか皺《しわ》が寄っていたものの、清潔だった。臭気は換気されたことのない部屋に——とてもせま苦しくて——しめっぽくよどんでおり、かすかにバラの薫りのする香水がただよっていた。いわばセックス市場のビジネスライクな口調でアンナは料金を告げた。普通のセックスは三十分で九十ドル。フェラチオは百十ドル、クンニリングス百二十ドル。彼女はいつでも客にコンドームの装着を求める——フェラチオの場合も——たとえ客の多くがコンドームを使わないのならもっと払うと言っても。彼女のような東側から来た女たちはしばしばコンドームなど気にしないが、それが客たちから好まれる理由である。最初のうち彼女は、それで私がわざわざ外国人の女を求めたのかと思ったという。彼女は毎日のように働き、一日に二十人から三十人の男にサービスしているとか。これまでに三本のブルー・フィルムに出演しているが、そのうち一本は全編レズビアン物だった。レズビアン物では、最初の晩にみた、顔を殴られて痣《あざ》のある女の子がアンナの相手であった。その子もポーランド人だということがわかった。どこかレシノ近辺の出身だろうとアンナは思う。いまではその子とも長いあいだ会っていなくて、それが悲しい。アンナはその子が好きだった。「人は来て、去って行く」。彼女は「悪い映画」に出ることに同意すべきではなかったという。「知ってるでしょ、本当に変態のやつ」。あるいはサド・マゾ物。ジグは出演したことがあると思う。あいつは人を痛めつけるのが好きだから。痛めつけられることも。

アンナには悲しい宿命論があった。いわば結局は成り行きまかせになる前に、やってくる運命は無気力に受け容《い》れてしまう。私に打ち明け話をしたのも成り行きまかせで、彼女がえらくさらりと語ったような暴力にさらされながら、話をしてくれたのには驚いた。セックスではなくて話を聞かせてもらうためにカネを払うと言って接触をしたほかの五人の女たちは、カネを払う前に、実は東側から来た女たちについて話をしたいのだと明かすと、英語が話せないようなふりをして逃げてしまった。

一瞬ためらったあとのアンナの反応は、肩をすくめていいわと言ってのけた。二日目に最後のインタビューをしたとき、肩をすくめるのがきわめて頻繁になった。生活は決して悪くないわ。ピーテルは約束をちゃんと守ってくれた。彼女は週におよそ百五十ドル相当をもらっているが、そんな女はほかにほとんどいない。おまけにウースター・ドック近くに借りた一室の部屋代を払う必要もない。あたしは本当にラッキーだったわ。ブロニーの母親にはきちんきちんと仕送りをしている、もっとも、母親がアムステルダムに来ることは結局、決してなかったのはあきらかだ。ジグにはもう長いこと殴られていない、最初のころは何でもないことでもときどき殴りつけたけれど。しかしジグのやつ、あたしと寝るときは荒っぽいわ。ときたまあたしと寝るけど、最近はすっかりご無沙汰《ぶさた》ね。ピーテルは相変わらず床上手《とこじょうず》よ。彼はファックするとき、いつもコカインをくれる。それにコーヒー・ハウスには、いつだって「ニーデルヴァイト」があるわ。たいていはそれをうんとたくさんやるの。

アンナがどれだけ嘘《うそ》をついたのか私にはわからない。それは何の裏付けもない話だった。ことによったらより同情をそそるように、ちょっと誇張したところもあったかもしれない。アンナだったら、ロマンチックっぽく話したと言うだろう。結局は売春をする羽目になって驚いたという話は信じられないが、しかしおそらく彼女も、飾り窓でそれをやらされるとは思っていなかったのではないか。彼女がぽん引きから百五十ドルももらっているという話も信じられない。しかし彼女がそれだけの報酬を手にしているのだと主張するのであれば、それほど間抜けな女にはみえなくなる。一日に三十人もの客をとるという数字だって――たとえ三十分というのが最長時間だとしても――おそらくこれも誇張であり、飾り窓の流れ作業工場で働くほかの女たちとくらべて、自分を実際以上に魅力的な女にみせようとしていたのかもしれない。もしこれが実際に、彼女があれこれのセックスをしている男たちの実数だとしたら、一週間に百五十ドルというカネは、なんと貴重でわずかな報酬だろうか。たった一度だけ彼女は生き生きとした反応をみせたが、それは怒りだった。どこでピーテルを探せばみつかるかはもちろん言えなかった、ジグのことも。彼女は知らなかったのである、それ以上なんにも――やつらはいつでも彼女が欲しいときに、あるいは集金するときにやってくる。が、たとえ居どころを知っていたとしても彼女は口を割らなかったろう。彼女を通じてでなければ、どうやって私はやつらをみつけられるだろう。彼らはほかの女たちにも稼がせているとアンナは語っていた。彼女が知っているそんな女は少なくとも十人ぐらい、だとしたら、私が接触を試みたとしても彼女までは足がつかないだろう。「ばかなこと言わないで！　あんたが入っていくのをちゃんとみてるのよ！　さっきそう言ったでしょ！」罠《わな》にかけられて――本当のところは誘拐されて――セックスの奴隷に身を落とされたというアンナの話は、私がヨーロッパ中の情報源から、それも間接的に聞かされたほかの話の典型でもある。実のところ、他のいくつかの話のほうがずっと劇的である。そしてオランダは、決してこのビジネスの中心地ではないのである。オランダを私がEU域内のどの国よりもくわしく調査しようと選択したのはほかでもない。ヨーロッパにおける〝セックスのメッカ〟という評判につられたからだ――完全にそのキャッチフレーズどおりだというわけでは決してないにしても。

ドイツ連邦政府の内務省政務次官エードゥアルト・リントナーは、売春が自国にとって最大問題の一つであると認めている。[3] そして私も、ドイツ連邦刑事警察庁がイギリスの国家刑事情報庁に対しドイツだけで一万人の女性が――なかには十六歳以下の者も――旧ソ連から人身売買市場で働くべく誘拐されたりだまされたりしてつれてこられている、と伝えたのを知っている。ドイツ連邦刑事警察庁の組織犯罪部を率いるユルゲン・マウラー警視正は、人身売買がドイツに拠点をおくロシア系、西側系のマフィアによって組織されていると語り、[4] マウラーとリントナーはともども、ポーランドやチェコからドイツの国境監視所へとつづく道路に西側からの引受先を待ち、希望をいだいて並んでいる売春婦たちのことを口にした。

が、人身売買は旧ソ連圏である北方の国々からだけ行なわれているわけではない。確かにこれらの国々が中心ではあるが、しかし決して唯一《ゆいいつ》の供給地ではないのである。解体された旧ユーゴスラビアの武器密売マフィア、なかでも主としてラヴナ・ゴラ派は婦女子の誘拐——男女を問わず——を大規模に扱っている。セルビア人系のラヴナ・ゴラ派は、イスラムとクロアチア双方の婦女子をさらってEU域内で売りさばく[5]。ハンガリー内務省の高官ヤノス・バルトク博士は私に対し、ハンガリーはオーストリアやイタリア経由よりも好まれる——チェコを通ってさらに北に迂回《うかい》する——密輸ルートだと自国のブダペスト当局は信じていると打ちあけた[6]。「これまで何人かは逮捕したが、これではお話になりません。密輸業者はわが国やチェコを経由すれば、ドイツにやすやすともぐりこめる公算が高いと考えてるんですよ」。チェコ内務省のイジー・ヴァンダス博士も同意する[7]。同国には解決しなければならない問題が山ほどあり、国境外から発する問題と戦うのは困難だとしても、婦女子をセックスの奴隷とすべく誘拐するのはそら恐ろしい犯罪で、チェコ側はあきらかにそれを阻止するために最善を尽くしてきた。両国の当局者は、それぞれの自国がもう一つのセックス供給国であるルーマニアからの密輸ルートにもなっていると認めた。一九八九年にルーマニアで共産主義体制が崩壊したあと、戦慄《せんりつ》すべき〝ベビー・ファーム〟の恐怖が明るみに出た。何百人もの赤ん坊や子供が——大多数が知能障害児で——汚い孤児院に遺棄されているのが発見された。直接のインタビュー[8]や通信のなかで、アムネスティ・インターナショナルのジャン・クロード・アルト博士は、ルーマニアの非公式の里親協会を、ヨーロッパにおける主要な関心の一つである臓器密売の出所として特定した。共産主義から解放された当初、こと幼児に関して実質的に何の制約も規制も加えられていなかったルーマニアでは、捨てられた子供たちがヨーロッパの男色家《ペダラスト》の餌食《えじき》となった。ルネ・オスターヴァルダーを訴追したスイスの検察官によれば、オスターヴァルダーはまさにルーマニアからスナッフ・ムービーのスターを輸入すべく意図しており、死体はあとで硫酸入り容器か、ペットのピラニアに食わせて処理する段取りになっていた。

ヘンク・クライン・ベークマンは、アムステルダムの南西八十キロにあるオランダの都市アーペルドールンでセックス・クラブ「フラミンゴ」を経営しており、またオランダのセックス・クラブの利益を守るために、そして議会で娼家《しょうか》規制法を改正させるよう働きかけるロビイスト・グループとして一九九二年に創設されたVERの議長でもある。オランダでは矛盾した法律のもと、売春は合法的でありながら、娼家の経営は許されていない。娼家を合法化する改正法案は九三年に議会で否決されたが、その条項にはEU域外の女性がオランダで働くのを禁止するという一項目があった。

二百人のセックス・クラブ・オーナーたちがVERに加入している。クライン・ベークマンは、VERメンバーのクラブの玄関先に、東欧からの女たちを満載したバンが横づけにされるという話をいくつも打ちあけた。(9)バンの運転手と見張り役はマフィアである。ロシア人や、ポーランド人らしい連中が、拉致《らち》や移送を担当する地元ギャングとともに命ぜられたとおりのことをやっているのだ。「われわれは女を選ぶように車内に招じ入れられるんです。何人でも好きなだけ選んでいい。文字どおりの人肉市場ですよ。女たちはただそこに座って待ってるだけです」。引き合いに出された値段は、女一人について三千ドル相当だった。ときたまバンは満杯ではなく女が一人か二人しかいないこともあった。正式な入国書類を持っている女は一人もおらず、それが強みだと運び屋たちは言う。女たちは罠にかけられて——アンナが罠にかけられたように——逃げ出したり、ごたごたを起こしたりすることはできない、というわけだ。「女を買うのをこばだものはだれだろうと、この商売をつづけたいのかとおどされる。これは大変お得な申し出ですぞ、いつでも補給できるのだから必要なだけ何回でもくり返しがきくし、こんなうまい話を断わるべきじゃない、とくる。だれにしろ〝ノー〟なんて答えるのは間抜けだ、とやつらはうそぶくんです」

VER団体はメンバーに対し、東側からの人身売買にかかわらないようにと警告している。クライン・ベークマンの確信によれば、東側のマフィアはオランダにかぎらずドイツ、スペイン、フランスなど全ヨーロッパのセックス・クラブ産業に浸透し、支配しようとしているのだという。マフィアの戦略は、地元の女が締め出されるまで東ヨーロッパ系の女をクラブに押しつけることなのである。さすれば、クラブは全面的に東ヨーロッパからの新しい女の補給に依存するようになり（「客はおなじ顔ぶれおなじ身体ではなく、変化を好む。バラエティーが繁盛《はんじょう》のコツだ」）、そうなったら最後、犯罪組織は全産業を乗っとれるし、乗っとるだろう。一九九二年、ロシア系マフィアの一派が——この犯行は迷宮入りになったが、犯人はチェチェン派だと信じられており——南オランダのハーレンにある「パラディソ・クラブ」に焼夷弾《しょういだん》をぶちこんだ。オーナーのフーブ・ベーメルマンスが彼らの売ろうとした女に三千ドル支払うのをこばんだからである。最初の買い付けをしたあとでロシア人が提案した継続的な取り引きは、ベーメルマンスが女たちの稼ぎの半分をとり、残りの半分は彼らに支払うというものだった。女に支払う報酬については何の話し合いもなかった。クライン・ベークマンによると、VERメンバーはセックス奴隷の受け容れをこばむと、とりわけロシア系やポーランド系のマフィアから暴力によるおどしを受けると語った。そうした圧力に直面して屈伏し、女性を買い入れた業者がいたとしても驚くにはあたらない。唯一の被害者は結局のところ、おびえかつしばしば完全にうろたえる女たちなのだ。

クライン・ベークマンは主張する、女性たちは自由意志によってのみVER加盟店で働くべきであり、また成立しなかった娼家規制法案が規定しているように、女性はEU域内に住む者に限るべきであると。「女性が暴力でおどされて仕事につかされるのは、だれにとってもすこぶるいいことだとは思われません」。娼家の経営が非合法である国で、次のような発言をするのが道理に合わないとは思っていないようにみえるベークマンは、警察との関係は「とても良好ですよ」と主張した。「私はこれまで最上層部に対し抗議を行なってきたし、あちらも私やうちのメンバーの抗議をたいへん真面目《まじめ》に受けとめていますよ」

オランダにおけるセックス法規があきらかに不合理なのを補償するかのごとく売春婦たちは――合法的にビジネスはできるものの、大多数は非合法の娼家で働いているが――定期的に医学的な検診を受けさせられており、なかでもエイズへの懸念《けねん》は――若ければ若いほど感染していない性的パートナーが求められる一つの理由でもあり――他の性病に対する心配を圧倒している。売春婦にはまた彼女たちなりの労働組合がある。ヤン・ファン・ダイク教授は言っている。(10)「オランダではアングロサクソン諸国にくらべると、売春は特段によく地方行政機関の管理下におかれてますよ」

しかしながら博士も、EUのセックス市場に東欧系マフィアが参入していることは――他のあらゆる犯罪への参入とおなじく――在来からの法施行に大いなる負担を強いているのだと認める。旧ユーゴスラビアのギャングどもはとりわけ凶悪であり、まさに国境を越えてセックス・クラブやナイトクラブにテロを加えている。オランダ犯罪情報部(CRI)の情報に基づいて特派記者のマーク・フラーは、ロッテルダムの「ミリャルデール・クラブ」が、ヨーロッパにおける東欧女性密輸ネットワークの中核であることをつきとめた。(11)ミリャルデール・ネットワークは、全ヨーロッパのいたるところに――ヨーロッパ以外の国々にも――広がっており、とくにオランダ、ベルギー、スペインでいくつものクラブを経営している。一九九一年にミリャルデールで女性に売春を強要する仕事をとり仕切っていた三人組――ロベルト・ファン・エンゲラント、マルク・フェルベセルト、フェリー・ファン・アッカー――への告発が不発に終わったのは、多くのアジア人女性が弁護士に尋問される前にオランダからフィリピンに帰ってしまったからである。三人組は容疑を否認した。

ミリャルデール・ネットワークは売春捜査班の刑事たちにより、六年間にわたって三千人の若い女性を売春婦になるよう強要してきたとして名前をあげられていた。オランダ犯罪情報部は、同国の三万人にのぼる売春婦のうち一万一千人以上が東欧からつれてこられたと推計している。いったん娼家やセックス・クラブに入れられたり、飾り窓で働くようになると、その収入は――ぽん引きの収入となり、自分のものとはならないカネは――一日七百五十ドルにも達する場合がある。

イギリスの国家刑事情報庁によると、一九九三年半ばまでに若い女たちが――強要されてではなくみずから進んで――ロンドンのセックス市場で働くべくロシア系マフィアによって東欧からつれてこられたと信じられている。(12) 一味はまだはっきりと正体がつきとめられてはいないが、チェチェン・コネクションだとされる。

東欧からつれてこられた男の子や若者の収入もまた、一日に七百五十ドルに達する場合もあるが、アムステルダムのホモセクシュアル産業は女性のセックス産業ほど効率的には組織されていないように思われた。アムステルダムのホモセクシュアル・センターはパールデンシュトラート――セックスの中心街やアンナのいた飾り窓から歩いてほど近い一画――にあり、ルーマニアからつれてきた少年たちのストックがふえつつある。アムステルダム市議会が基金を提供して設けた「街角労働協会」で若いゲイたちのカウンセリングを受け持つヘルト・テツィングによれば、ルーマニア少年の数は、他のどんなヨーロッパ諸国からつれてこられた少年の数をも上まわっているという。(13)とはいえ、少年の場合でもチェコやスロバキア、ポーランドなどから相当数が密輸されているのである。

ストラスブールでインタビューしたときにチェコのヴァンダス博士は、いまやかつて分割されていたヨーロッパ諸国の国境を自由に越えられるようになったので、ゲイたちは西側からタイやスリランカに出かけたように組織的なセックス・ツアーでチェコにやってくることにプラハはますます憂慮を深めるようになっていると語った。(14)プラハにおける少年セックス産業はズブロフスカやペトリンカといった地区の周辺に集中している。ドイツだけで千人以上の少年が――たった十三歳の者もおり――毎年、組織犯罪グループによって西側に拉致《らち》されたうえ男娼にさせられているとドイツ連邦刑事警察庁は推測する。(15)

相当数の男の子が最後には映画に出演し、時としてそんな映画をみせるのは犯罪だと定義するのが難しく、上映をやめさせることはさらに難しい。これらの映画は衛星を使って放映されているし、ほんの数秒で世界のセックスや暴力番組をスキャンできるコンピュータに通じた思春期のティーンエイジャーの寝室にあるビデオ画面に映ることもありうるのだ。

一九九二年、だらしなく太って脳天気に笑うマーク・ガーナーなる破綻者《はたんしゃ》がハード・コアのレズビアンおよびホモセクシュアルのポルノをイギリスに送信したとき、本国はほとんど文字どおり虚をつかれてしまった。ガーナーは典型的な戯言《ざれごと》にすぎない、万人を喜ばせかつだれも怒らせないブリュッセル（旧EC委員会）作成の「指令」を研究し、それで金儲《かねもう》けができると解した。担当官庁であると目される国家遺産局に配属されていた政府の法律家もまた指令を研究したが、ポルノグラフィーの可能性をすっかり見落としていた。一九八九年三月に全加盟国によって署名されたこの指令は、旧ECの一加盟国でつくられた番組は――内容のいかんにかかわらず――妨害も干渉もなしに他の加盟国にも衛星中継で送信できると規定していた。一九九一年、この国際放送に関するEC／EU指令がイギリスで共同体法となり、国内の猥褻物《わいせつぶつ》出版取締法を無効とし、イギリスのテレビ検閲機関である「放送基準審議会」からのいかなる反対も骨ぬきにしてしまった。

妻がポルノグラフィーをマンチェスターの家に入れることを許そうとしなかったと認めるガーナーは、ビジネスの店開きにとりかかった。すでに「コンティネンタル・テレビジョン」という名の会社をつくっていた。オランダの国有テレコミュニケーション・ネットワークであるPTTに申請し、ヨーロッパ全域を放送範囲とする「ユーテルサット11-F1」で放映する免許を取得していたが、これは三十一か国からなるテレコミュニケーション組織によって共同所有されている八つの通信衛星の一つである。しかしオランダからは、この衛星に接続することができなかった。コンティネンタル・テレビジョンはオランダで登録された会社ではなかったからである。放送はデンマークから中継されたのだった。一年たらずのうちに、ガーナーは二万五千人の契約視聴者がいると主張できるようになって、料金は四半期ごとに七十ドル八十七セント、ポルノ映画を視《み》るために妨害波《スクランブル》を解除するのに必要なデコーダーの代金であった。また視聴者は衛星用アンテナのパラボラを買わなければならなかったし、ユーテルサット11-F1の番組を受信できるよう調整するためにも百五十ドル支払わなければならなかった。

ガーナーの放送局は、「レッド・ホット・ダッチ（オランダ）」と呼ばれた。

イギリス議会においてばかりではなく、ヨーロッパ中でも——ユーテルサットを共有する三十一の主権国家の一つであるバチカン法王庁からの抗議など——大騒動になった。ある新聞(16)が、曖昧《あいまい》な言葉遣いながら法的には拘束力のあるEU委員会の議定書にガーナーが便乗していることや、イギリス議会の法律家がガーナーのような人物にあざとい好機をつくり出す可能性がある点を理解できなかった無能ぶりをスッパ抜いたからだ。

ガーナーは、この番組はデコーダーを持っている者だけが視られるのだから、ほかならぬ成人しか視られないものだと主張した。

国家遺産局による四か月間の言い逃がれがあったのち、このデコーダーこそ政府がコンティネンタル・テレビジョンに対し使える武器になることが判明した。公序良俗に反するテレビ・チャンネルはいかなるものであれ禁止措置を認めるという一九九〇年制定の放送法の曖昧な条項を盾《たて》にとって、政府は変換用のデコーダーを販売禁止にしたのだった。高等法院と控訴裁判所に対する上訴でもこの政府決定が支持されたのち、コンティネンタル・テレビジョンはヨーロッパ各裁判所の判断を求めると宣言した。

視るにはデコーダーが必要だから子供たちは彼のポルノを視られないというガーナーの議論は、テレビ放送の番組を規制する点に関し国中で行なわれた全般的な議論のなかで、激怒した多数の識者から無視された。論争は一九九三年に二歳のまだよちよち歩きのジェイミー・バルガーが無残にも殺されたあとで巻き起こったのである。ジェイミーを鉄道線路におびきだし、殴り殺した二人の十一歳の子供の裁判で、二人とも『チャイルド・プレイ3』というホラー映画の場面から影響を受けたと弁護側が示唆《しさ》したのであった。かかる映画は、イギリスでは〝ビデオ有害物〟として知られるようになったが、これらの映画はセックスよりも、どんな種類であれ恐怖と暴力にその中心と内容がおかれているのだ。

イギリス保守党政権のマイクル・ハワード内相は的はずれな対応をしめし、最初は一九九四年四月、議会から提出された検閲法の強化要求をこばんだ。与党議員八十人のおおっぴらな反乱に直面すると、ハワードはお得意のUターン戦術をとった。与党議員が反ポルノ活動家である自由民主党議員ディヴィッド・オルトンの修正案に賛成するとおどしたからだけれど、この修正案は当時、下院で審議されていたハワードの一枚看板である法と秩序維持の中核となる新しい刑事訴訟法案に新しい措置を導入しようとするものであり、もし法案がそのまま下院で審議されるようになれば、おそらく葬《ほうむ》り去られていただろう。結局ハワードがしかるべき措置をとると請け合うことで、オルトンは修正案を撤回するよう説得された。内相は懲役刑を導入したのだから自分の措置はよりきびしいものになったなどと（犯罪に対し「きびしい」とか「断固たる処置」とかいうのはハワードお気に入りの決まり文句であり）、どうにかこうにかそんな主張ができたのであった。刑罰はオルトンの修正案には織りこまれていなかったのである。

一九九四年の秋、新刑事訴訟法は政府修正の形で成立し、十五歳から十八歳向けビデオをそれ以下の年齢層に貸したビデオ店主に最高六か月の実刑を科せるようになった。まただれであれ禁止されたビデオを子供に提供した者には、実刑が二年まで引きあげられた。法的な措置に加えて内相は認可権をもつイギリス映画倫理規定委員会（BBFC）に対し、現行の十五歳から十八歳までの規定をきびしくするように指示した。BBFCはまた、子供たちに心理的な害悪をあたえそうなビデオや、「子供たちに不適切なモデル」を提示しているようなビデオを視させないために設けられた法的ガイドラインを厳密に守るようにと命じられた。

内相が刑事訴訟法に修正を加えた三か月後、議会の内政委員会は全会一致でバルガー殺害事件後の論争中に命じられた報告書を提出する。[17] それによれば、『チャイルド・プレイ3』は間違ってこの事件と結びつけられたとしつつも、すでにイギリスでリリースされている暴力ビデオ――推定二万五千本――を再審査し、いくつかの作品を禁止すべきだとした。

委員会は映像化されたホラーや残虐《ざんぎやく》行為は若者を堕落させ、犯罪に導きかねないと結論した。委員会に召致された証人が一人として、有害ビデオをみた直接の結果として犯罪を犯した者の実例をあげることができなかったと認めたにもかかわらず、かかる結論をくだしたのである。委員会はさらに、いかなる相互関係の学術的な調査も決定的な要素とはならないとも認めた。「ビデオの暴力は暴力犯罪を誘発する数多い原因の一つにすぎないからといってそれを無視すべきだとは考えない。ビデオは若者に対し実際に有害な影響をあたえ、それによって影響を受けやすい子供たちのうち犯罪を犯す者もいるという常識的な見解を支持すべき証拠があると信じており、したがってこの問題を処理するためにとられるべき手段は支持する」

ビデオ論争に一般の参加を呼びかけたうえ報告書は、映像の検閲者がすでに流通している二万五千本の映画に関し一般の苦情を集めるために六か月の猶予《ゆうよ》期間を設けるよう勧告した。注目すべき重要な意味ある批判はどんな内容であれ、BBFCによって再調査され、再評価されるべきだと委員会は考えた。

委員会の議長であるサー・アイヴァン・ロレンスは、報告書を公表したあとの発言で、このような議論には市民の自由、個人の選択の自由にかかわる要素があることを認めた。にもかかわらず委員会は、政府がすでに出まわっているビデオについてあまりに「弱腰だ」と感じたわけである。

委員会は暴力とホラー物のビデオを対象としていたのであるが、幼い年齢層がテレビの画面で視るものの有害な影響に関するそうした懸念は、おなじようにあらゆる種類の性的ポルノにもあてはまるのだ。ペドフィルはしばしばその幼い犠牲者に大人が子供とセックスをしている映画や写真をみせるが、これはしばしば混乱状態にある子供に対し、それは受容できる慣行なのだと説得するためであり、またあらたな暴行を行なう前にみずからを刺激するためでもある。

この刑事訴訟法にはすでに――有害ビデオに関する追加条項とはまったく別個に――

こうしたペドフィリア・ポルノ映画を対象とする条項も織りこまれており、かかるセックス映画をつくるのに使われる映像やコンピュータ技術に対し猥褻出版物取締法を拡大かつ強化することや、その制作者たちが技術的な抜け穴によって訴追を逃れるのを阻止することも意図していた。またこれらの条項には、ある子供の顔が他の子供——もしくは身体《からだ》が子供のようにみえるかもしれない自発的な出演者——の身体にすげ替えられる映画に対する罰則、さらには疑似もしくは類似ビデオとして知られている産物に対する罰則も織りこまれている。こうした映画は、実際には生身の人間や児童を扱っていない。フィルム・グラフィック技術はこんにちでは非常に進歩しており——コンピュータ・ドローイングを使って——アニメ映画がつくられ、それはあたかも生身の人間を出演させているかのようにみえるのだ。

こうした映画制作者たちには、ヨーロッパ中でコンピュータ雑誌に広告を出している者もいる。刑事訴訟法では、そのような映画配給者がイギリス国内で活動すればイギリスの警察がしかるべき処置をとれるようになっている。いまやはじめて即座に逮捕する権限があたえられており、このことは泳ぎまわるポルノ制作者が他のポルノ制作者——もしくはペドフィリア映画の顧客——に警告を発し、有罪となる物的証拠をあらかじめ破棄するのを防止できるようになるだろう。もちろん警察は、配布先がイギリスの国外であったり、国外であるようにみえる場合には無力である。イギリスのポルノ販売業者がよく使う手は、オランダやデンマークといった国々に設けられた受取人が身元を知られたくない便宜的な宛先や広告返信用番号を使うことである。[18] この両国はハード・コア物のなかでも何よりもハードなものを供給しているという評判があるだけに、購買意欲への付加的な誘因にもなると考えられている。注文は購入代金とともに中継され、イギリス人の供給者のもとに送り返される。イギリス本国でポルノグラフィーを用意して待っているわけだが、ヨーロッパ本土の仲介人を経由することで発覚しないようわが身を守っているのである。

こうした手を使われると、イギリスの警察が有効な訴追に持ちこむべく販売ルートの筋道を追うのはきわめて困難になる。

これに加えてまだ思春期に達していない、もしくは十代にもなっていない児童が視る可能性のあるポルノを販売するもう一つの方法があるのだ。

標的にされる子供はコンピュータを操れる能力さえあればよく、いまではEU域内の児童は大多数がそうである。通常パソコンをおく自分だけの寝室からこっそりと、世界中どこへでも電子掲示板に——ハッカーが契約目的のために獲得かつ提供するダイレクトリーとアクセス・ナンバーの案内に——ダイヤルし、あらゆる種類のポルノ映画を視たりコピーしたりすることができる。コピーされたフロッピー・ディスクはしばしば、通常のコンピュータの授業で教師たちが必要な技術を教えてきた学校のコンピュータで視られている。ある推計によると、イギリスでは三校に一校でそうした産物がわけもなく手に入り、視聴されているのだという[19]。かかる問題について内務省のさる専門家は、「実質的に阻止するのは不可能だ」と認めている[20]。

あたかもたいていの臓器移植犯罪を阻止するのが不可能であるかのように。

第十三章　盗みとられる臓器

診療所や総合病院はヨーロッパの組織犯罪グループにとって利点がいくつかある。かかる集団はなんら疑点もなく正しく選任された役員によって経営される何層にもなった偽装会社に正体を隠しており、そうした医療施設をフランス――とりわけ南部――およびイタリアに所有している。ドイツにも存在すると私は教えられた[1]。

表面上は何もかも完璧《かんぺき》に経営かつ最高水準で運営され、保健、衛生、医療の各面からみてもあらゆる基準に適合しており、裏で行なっている所業に当局から好ましからざる関心を向けられるのをさける仕掛けになっている。しかも適切に経営されている施設としてこれらの病院や診療所は、最初にそれら施設を獲得したマネーロンダリング用の投資を通じ、組織犯罪グループに多額で継続的かつ合法的な収入をもたらしているのである。

これが犯罪組織にとって第一の利点である。

それから、必然的に麻薬がからんでくる。薬物が日常、しかも善意で使われているこれら施設以上に麻薬を隠蔽《いんぺい》かつ流すのに好都合なチャンネルがあるだろうか。そのうえ病院や診療所には実験室があって麻薬の精製もできなくはないが、しかしこれも摘発される危険性があるので限度というものがある。たとえば、ヘロインの製造はそれとわかる臭気を発する。病院や診療所はまた麻薬精製に使われる一部の化学薬品を合法的に購入できるが、こうした購入にもやはり限度がある。ＥＵ域内で司法当局が麻薬精製を探知する数少ない実際的な方法の一つは、受注記録を保管する製薬会社と緊密かつ協力的な連絡をとることである。（2）

しかしそれでもなお、犯罪組織にとってさらなる利点がある。医療施設が恐るべき目的のために悪用されかねないのである。時には誘拐され、時には現金で買われた子供や若者から臓器をとり出し、そのおなじ診療所や病院内で、しばしば臓器提供者《ドナー》の身元も知らない重病人や危篤《きとく》患者にそれを移植する。こうした患者たちは、巨額の代価を払ってえた臓器を供給するために時としてドナーが死ぬことがあるということも知らない。

かかる裏ビジネスの存在はよく知られている。ＥＵ議会でもなんどか暴露されてきたし、最近ではみずから医師でもある現職のＥＵ議会議員によって明るみに出された。（3）その結果、公《おおやけ》に名指しされた二つの国――ブラジルとイタリア――で大騒動を引き起こしたのである。

一般に強く求められているにもかかわらず、身体の強奪や殺人を非合法化する調和のとれた全ヨーロッパ的な立法措置や禁止令、あるいは実際的な規則はいっさい制定されていないし、この先何年にもわたって制定されそうにもないのだ、たとえそのような可能性があるにしても。われわれは万事に不調和が支配するEU域内で、調和がとれているはずのEUについて論じているのだという決して忘れてはならぬ事実がなかったとすれば、こうした犯罪に対しEUがそのような現状にあるというのは信じられないだろう。

共同体として何の対策もとられてこなかったことへの驚きは、フランスの移植外科医である元EC議会議員レオン・シュワルツェンベルク博士の発言にあきらかにみてとれる。EU議会が採択したシュワルツェンベルク報告は、一九九四年のナポリ国際犯罪対策会議でも国連事務総長が一項目としてとりあげた全世界的な窃盗および殺人による臓器密売買をあきらかにしたのである。「奇っ怪な話ですよ、何の手も打ってないとは。いや、その気もないのは、まったくもって奇っ怪千万です」。シュワルツェンベルク博士は私に、ガリ事務総長がかかる密売買に世界の注目を集める四か月前にそう語ったのだ。

私の判断では、ストラスブールのEU議会当局者やブリュッセルのEU委員会の専門家が何も手を打たないことについて行なった釈明もまた奇っ怪である。彼らはだれ一人として——そのユーロ官僚《クラート》的な言葉遣いをすれば——十五の加盟国が採択しなければならなくなるような「指令」をつくる「権能」を持っているとは感じていないのである。

ストラスブールのさるオランダ人当局者は、このユーロクラート答弁的な言い訳を解説してくれた。つまり、しばしば精神的に発達の遅れている犠牲者の臓器を求めて（マフィアにとってさらに都合のいい点は精神障害者はより人を信じやすく、あまり質問を発しないものだけれど）、四肢を切りとったり臓器を摘出したり、あるいは殺害したりすることをどう分類していいのかブリュッセルは決定できないという意味なのだ。

オランダ人は、それは倫理的な問題なのかと反問した。あるいは社会的な問題なのか。さもなければ保健上の問題か。「権能」はつねにことほどさように難しい問題であり、解決がきわめて困難な問題だったわけである。そしてさらには、EU委員会への権限集中を制限する（つまり加盟国の意思決定権を尊重する）権限分散《サブシディアリティ》の原則という躓《つまず》きの石もある。幻滅したシュワルツェンベルク博士には、ブリュッセルのEU委員会が対応できない理由として権限分散の議論を持ち出したのだった。博士は納得しなかった。

博士は納得できるはずがなかった。以前に二度――早くも一九七九年五月に、そしてふたたび八三年四月に――旧EC議会は旧EC委員会に対し共同体全体の臓器移植システムについて法的な拘束力ある指令を作成するように求めた。ブリュッセルのEC委員会は何もしなかった。そしてシュワルツェンベルク報告が九三年九月にストラスブールのEC議会で論議されたとき、閣僚級であるアイルランドのEC委員会社会・雇用・法律問題担当委員パドリグ・フリンは議会に対し、ブリュッセルの執行力は非常に限られており、委員会には立法措置を提案する権限がまったくないと警告した。またもやすべての責任（もしくはユーロクラート的な用語を使いつづければ「権能」）をみずから放棄した委員会は、議会にとって最善の――あるいは唯一の――望みは人権の番人である欧州会議（CE）内の人権委員会が臓器提供に関し修正協定をつくることであり、さすればEC加盟国はやむなく採択せざるをえなくなるだろうと考えた。EC議会はそれでもブリュッセルに対し〝臓器泥棒《ボディー・スナッチャー》〟に対処する規則をつくるよう求めた。しかしこの要求に応《こた》えて、ブリュッセルはまたもやまったく何の措置もとらなかったのだ。

このとき以来、ボディー・スナッチャーたちは何の妨害も受けずに、貧困化した第三世界や東欧圏から子供たちを誘拐したり、買い入れたりしつづけている。もしくはこれらの国々で精神病院の経営者を買収し、人を信じて何の疑いも持たない入院患者といつでも接触したり、彼らを手に入れたりできるようにしつづけている。それはそら恐ろしくも必然的な結論として四肢を切りとったり、臓器を摘出したり、殺害したりすることが何の妨害も受けずに継続しているということである。これは生きている者に限定されてさえいない。移植ビジネスは何の疑いも持たなかったり、ひどくカネに困って買収されたりした母親の子宮からも奪い去る、まだこの世に生まれていない胎児にまで拡大されているのだ。[4]

シュワルツェンベルク博士はその報告で、ナチス・ドイツとの対比を持ち出している。

「かかる密売買は、売れば利益になるからと臓器をとり出すために人を殺害することがふくまれているという点で実に極悪非道である。こうした密売買の存在を否定するのは、前大戦中の焼却炉やガス室の存在を否定するようなものだといってよい」

このことからさらなる疑問がわきあがってくる。ヨーロッパ諸国はほとんどがナチズムを打ち破るために戦った。これらの国々は当然おなじような決意をもって、今日の問題というよりは昨日のアウシュヴィッツ、ベルゼン、ブーヘンヴァルトを実に彷彿《ほうふつ》とさせるような奴隷《どれい》制度並みの憎むべき医学的な蛮行を根絶するために行動を起こすべきではないだろうか。

もちろんそうすべきである。これらの国々がここでもまた結局のところ、共同体は旧態依然の貿易を行なう特恵関税グループ以上の何ものにもなれない、ということを世界にしめさないためにもそうすべきだ。

臓器の密売買が存在するのは、末期患者の一命を何年にもわたって延ばしたり、活気づけたりする移植用の臓器が不足しているからである。こうした手術のうちもっとも成功しているケースの一つである腎臓《じんぞう》移植では、とくに臓器の不足が深刻である。ドナーは一つの腎臓を提供しても、人間の体内にあるもう一つの腎臓でかなり普通に生きていける。医学的に脳死が宣告されたら即座に提供したいと生前に同意している人から両方の腎臓が受益者に移植もできる、もしくは親族が同意した場合にも。生きている人は片目の角膜を提供し、もう一方の目で視力をたもつことができる。あるいは死亡した直後に両方の角膜を提供できるのである。健康な心臓や肝臓、肺臓は死亡したばかりの人から提供されなければならない。もしそんな心臓や肝臓、肺臓が移植に適しているとすれば、そうした臓器は通常、急死をとげた、つまり普通は事故で死んだ健康体から提供されたものでなければならない。

　シュワルツェンベルク博士は一九九三年にストラスブールのEC議会に報告書を提出したのち、何か国かの保健担当閣僚から痛烈な攻撃を――また同僚の専門家たちからも方法論上の質問を――あびせられた[5]。イタリアとブラジルがかかる攻撃の先頭に立った。私たちが話し合ったとき、シュワルツェンベルク博士は、こうした国々による否定をものともせず、そのような慣行が実際に存在するという報告書の挑戦について語った。

「私はローマに対し、私が誇張していたり、真実でないことを語っていたりするかどうか裁判所が決定をくだせるよう、よろこんで出廷しようじゃないかと言ってやりましたよ。いままでのところ、文書名誉毀損《きそん》だとか口頭名誉毀損だとかいったような訴訟はまったく起こされていません。しかもブラジルはブラジルで、子供たちをより保護するために養子手続きの一部を改正しましたよ[6]」

両国はシュワルツェンベルク報告書にあげられたいくつかのエピソードの一つで結びつけられていた。

博士は幼児密売買業者としてルーカス・デ・ヌゾーの名前をあげ、この男は一九八九年から九二年の間に総計四千人の子供を表向き里子としてブラジルからイタリアへ送りこんだという。四千人のうちイタリアへ到着してからの消息が追跡できたのはたったの一千人だったという。

博士はさらに、ナポリ系マフィアのカモッラ派がメキシコ、タイ、ヨーロッパの子供たちを臓器摘出のために秘密の診療所や病院に送りこむ組織犯罪グループの一つだときめつけている。

博士はまた、一九九二年七月にグアテマラ警察のスポークスマン、ボディリオ・ヒチョス・ロペスが行なった発言を引用し、子供たちは臓器の提供者として二万ドルでアメリカに売られていると述べていた。

博士はついで、コロンビアのバランキーヤにある医科大学の講堂で十人の路上生活者――そのうち一人は十五歳の少女――の死体が発見されたことも引き合いに出している。ほかに四十体の残骸《ざんがい》もあった。「大学の警備員が乞食《こじき》を野球バットで殴り倒したのである。犠牲者たちは失神状態に陥《おとし》いれられ、その臓器、つまりヤミ市で売られてもっとも利益のあがるものを摘出されてから最終的に殺されたのだ」

博士によると、ペルーから二年半の期間にわたって三千人の子供がアメリカとイタリアに送られたという。「ホンジュラスでは障害を持った子供が、まるでスペア・パーツのように子供を売り飛ばす人々によって養子にされている。ヴィリヴァッキムというインドの村には五体満足の者はほとんどいない。腎臓の一つを二万八千ルピー（八百七十ドル）で売ったり、片目を売るためにボンベイに行くのだ」

そして博士は、一九九二年二月にアルゼンチンの保健相フリオ・セサル・アラオスが、ブエノスアイレス近郊の精神病院コロニア・モンテス・デ・オカンの患者から血液や臓器、角膜が摘出されているのを発見したことに注意を喚起している。当局は入院患者として何年にもわたって登録されていた千三百九十五人の所在や消息をつかむことができなかった。

ブエノスアイレスの事件はイギリスのテレビ・ドキュメンタリー[7]で調査されたが、このなかには両眼を抜きとられた精神薄弱の若者がうつっていた。眼球は角膜をとるために、医療スタッフがティー・スプーンでえぐりとったと番組は申し立てていた。この若者は、地下水路に投棄されて死ぬがままにされていたところを家族によって救出されたのだった。犠牲者たちは普通は殺害され、死体は地下水路や下水溝に遺棄される。番組はまた、疑わしい状況で入手された臓器を売買するモスクワの医師の名前をあげていた。医師はオランダのライデン大学付属病院に設けられた非営利組織の「ヨーロッパ臓器移植財団」とのつながりを主張した。同財団はベルギー、オランダ、ルクセンブルク、ドイツ、オーストリアにわたる一億一千万の人口を擁する地域で臓器移植を推進し、提供される臓器の国際的な交換を調整している。英仏両国でも連絡と臓器の交換が行なわれている。二十七年間の歴史において財団は、全ヨーロッパで推計五万人の命を救ってきたとされる。

この財団を訪ねて、(8)ロシア人医師の主張について職員と論議したあと、私は彼の主張するつながりは職業的な誠実さという印象をつくり出すべくみずから操作したものだと確信した。医師と財団との間に連絡はあったが、財団はいかなる臓器交換ともかかわったことがなかった。財団はいまやこの医師との関係をいっさい断っている。私がインタビューしたスポークスウーマンは、財団が臓器交換を行なうのは医学的に認められた臓器移植機関や病院だけであり、個人の医師とは交換を行なったためしはないと強調した。

しかしながら彼女は、犯罪組織が経営する個人病院や診療所で、盗まれた臓器が密売買されているという話は聞いたことがあった。血液型や組織適合性の問題は、犯罪組織が支配する病院や診療所で、移植を受ける人に適合するかどうかを確認すべく誘拐されたり、買われたりした提供者からの臓器を摘出する前にサンプルが採取されているならば解決する。

「そういう裏ビジネスが存在しないとはいえません。人さまとおなじように、わたしたちも噂《うわさ》は聞いてますよ。危険なのは臓器不足がつづいているために、これは急成長しかねない犯罪だということですね。わたしたちはこの件について論議したくありません。

純正なドナーを躊躇《ちゅうちょ》させてしまうからです。たとえば、わたしたちはインドで臓器売買の商売があることを知ってますが、インドでは犯罪じゃないんですよ。腎臓の片方、あるいは片眼を売って手にしたカネで、十年は家族を養えるんです。買い手は自転車に乗って村をまわり、勧誘しています。そういうことがラテンアメリカでも行なわれているとわたしたちは信じてます。しかし、わたしたちはそういった行為といっさい関係を持つのを拒否しています。倫理に反しますからね」

もちろん倫理などは、シュワルツェンベルク報告につづいて行なわれたEU議会の論議中であきらかにされたような組織犯罪の眼中にはない。事実、博士が次のように宣言したとき、万雷の拍手で迎えられたのである。

「かかる行為は殺人とみなされなければならず、有罪となった医師は医師免許を永久に剝奪《はくだつ》されなくてはなりません。われわれはこの絶対的な犯罪とみなしうるもの、つまり無力だったり、障害者という理由だけで一人の人間が金持ちや権力者の祭壇に犠牲《いけにえ》としてささげられる現実と戦わなければならないのです」

この論議中にフランス選出のEU議会議員ジャミーヌ・カイエ女史から、マフィアは精神障害者を食いものにしており、臓器が必要となるまで〝ボディー・ファーム〟とでもいうべき場所で〝養成〟されているという指摘すらあった。

この示唆《しさ》は、アムネスティ・インターナショナルのパリ支局で臓器移植犯罪を調査してきた麻酔医ジャン・クロード・アルト博士の経験に基づく。一九九三年八月にアルト博士は、ロシアのサンクト・ペテルブルグ（旧レーニングラード）の孤児院に勤める医師から、アメリカの名称を伏せた組織から三十人の里子を受け容《い》れたいという申し出があったと打ちあけられた。「どんな子供でも精神障害のダウン症候群を持つ子供であってもかまわない、心臓に問題がありさえしなければ」（傍点筆者）

あきらかに察せられるのは、子供たちは彼らに適合する患者が新しい臓器を求めるまで生かしておき、あらかじめ組織を調べられるだろうということである。

ベルサイユのフランシスコ会診療所に勤務し、頻繁にロシアを訪れるアルト博士と、私は先の件についてじかに話し合った[9]。博士はサンクト・ペテルブルグの小児医科長ナタリア・ニキフォロワをまったく誠実で、どんな形でもロシアからヨーロッパへの臓器密売買に関係するような人ではないとほめた。彼女の所属する孤児院では一人の子供も――いうまでもなく一人のダウン症候群児も――アメリカからの引き合いの犠牲にはなっていなかった。「わたしは臓器密売買がつづいていると信じてます。難しいのは物的証拠を手に入れることですね。サンクト・ペテルブルグも――臓器用に子供を奪うことも――マフィアに支配されています」。アルトはそうニキフォロワ博士から告げられていた。彼女はまた、もしこの裏ビジネスにかかわっている者、あるいはそれについて知識のある者が――アムネスティ・インターナショナルの代表としての――アルト博士やサンクト・ペテルブルグの当局者に話したとすれば、その人は殺されるだろう、とも語っていた。子供をロシアの孤児院からつれ出せる里子証明書は、代金がドルで支払われるならば買うことができる。アルトは現在の値段については知らなかった。しかしこれはすでに確立され、広く行なわれている裏ビジネスであり、それに対処できる法律はロシアにはなさそうである。「多くの孤児院はあまりうまく運営されていません」

　サンクト・ペテルブルグのエピソードは一九九三年の旧ＥＣ議会で行なわれた論議中、カイエ議員によって提出された唯一《ゆいいつ》の例ではない。女史はまた、「この唾棄《だき》すべき密売買」と呼ぶものをあばくいくつかの新聞や通信社の報告[10]を引用している。ギリシャの保健相は、自国内の臓器密売買疑惑を調査するよう命じていた。ホンジュラスの議会では子供の行方不明事件を調査する委員会が活動を開始したが、子供たちのなかには、あとで発見されたときには身体《からだ》の一部を切除されている者がいた。スイス西部のヴォー州内にある診療所では身体の一部を買うという新聞広告を出したところ、臓器を提供しようというポーランドの組織から接触を受けた。

　もう一人のフランス選出ＥＣ議会議員シルヴィー・メイヤーは、一九九一年度のヨーロッパにおける臓器の値段表を引用したあるドイツの研究に言及した。眼球は五千ドル、腎臓は千五百ドル、二センチ平方の皮膚が二十ドルだった。女史は激怒した。

「人間の身体は売りものじゃありません。この根本原則に則《のっと》って、人の臓器を密売買することは禁止されるべきです」

国連のある実態調査委員会は、ラテンアメリカで臓器移植のためにファーム送りの里子とされたり、誘拐されたりした子供たちの実例を調査している。

被害にあった母親たちは――報告によれば[11]、なかには出産したばかりの赤ん坊を盗まれた母親もいるが――国連の調査官に対し「カサ・デ・エンゴルデ」――翻訳すれば「太らせる家」――の所在を告げた。それはエルサルバドル、ホンジュラス、グアテマラに散在する小屋で、買われたり盗まれたりした子供や赤ん坊がつれてこられ、秘密の手術室へ送られる前にまず太らされたうえ、しらみや病原菌の感染を除去され、将来の買い手にとってより魅力的に飼育されるのである。ある信頼すべき報告は、エルサルバドルの首都サンサルバドルで児童保護を推進する責任者ヴィクトリア・デ・アヴィレスの発言を引き合いに出して、臓器を盗むために子供の「大規模な密売買」が行なわれていることに気づいており、そんな子供の出国用に偽造書類がいともたやすく買えることを嘆いている[12]。エルサルバドルの「児童保護協会」理事長マリア・テレサ・デルガド女史は、「カサ・デ・エンゴルデ」の存在を率直に認めた。一九九二年まで終わらなかった十二年に及ぶ内戦の間、子供をかっさらい売り払う商売で、どこよりもうまく運営されていた組織はエルサルバドルの軍部だった。一九九二年に国連が行なった調査では九千件の残虐行為が記録されており、軍と政府に支援された〝殺人部隊〟にその責任があると考えられている。ホンジュラスでは子供たちがまだ子宮にいるうちに買われ、生まれるとすぐにつれ去られた。警察のスポークスマン、フレディ・ガルシア・アヴァロスは、ボカ・デル・モンテ村が、幼児飼育場《ベビー・ファーミング》としてもっとも有名だと名指しした。ファームは幼児一人を太らせて外国人に売ったり、里子に出したりする準備費として月二十七ドルの料金をとっていた。

ロシアからヨーロッパへの臓器や子供の密売買に気づいてはいるものの、アルト博士はラテンアメリカが犠牲者の主要な供給源であると考えた。バランキーヤの医科大学で五十人の遺体が発見されたことを臓器密売買が存在するあきらかな証拠だとしてとりあげ、ブエノスアイレス近郊の精神病院コロニア・モンテス・デ・オカンから「四組から六組」の眼球を売りたいという申し出を受けた外科医とじかに話したことがあると、博士は私に打ちあけた。「小さい者にとってはなんの法もなんの安全もありません」

シュワルツェンベルク博士はその報告書をめぐって論議が行なわれた十か月後に私とのインタビューに応じるが、まだEC議会の強烈な雰囲気を反響させながら、臓器密売買についてくり返し「まったく見さげ果てた所業」という言い回しを使った。子供や若者が毎週、ラテンアメリカや東欧圏からヨーロッパにつれてこられ、臓器が求められるまで生かしておかれる。必要となったときに臓器がとり出される。そしてそのあと——あるいは麻酔中に——ドナーは殺される。医師や捜査当局者は、正式な資格を持った医師が倫理的、道徳的もしくは職業的な嫌悪《けんお》感《かん》からこのような犯罪にかかわることはないだろうと信じているとすれば、無邪気というほかはない。角膜は子供から大人にも移植できる。大人の機能しなくなった腎臓《じんぞう》一つの代わりに、子供の腎臓二つを移植することだって可能だ。大人に移植される心臓や肝臓はおなじくらいの年齢、体重のあるドナーからとられなければならない。注文どおりに犯罪組織がお膳立《ぜんだ》てしてくれるのである。第三世界や東欧圏からつれてこられたドナーの臓器が病原菌に感染していて、移植を受ける患者の一命を危険にさらす可能性も高い。ＥＵの全加盟国が調印国とならなければならない禁止協定や指令を即座に承認するかわりに、ＥＵが加盟国それぞれの国内法に――権限分散の原理に従って――ただ依存することで満足しているのは博士にとって承服しがたいのだ。

ロン・ガットマン博士はカナダのモントリオールにあるロイヤル・ヴィクトリア病院マクギル臓器移植センターの外科医であり、ラテンアメリカのドナー虐待《ぎゃくたい》に関するバランスのとれた見解のために、アムネスティ・インターナショナルからも敬意を払われている専門家である。ガットマン博士は臓器強奪がどの程度まで広がっているのかという点については懐疑的だった。[13] 博士は重要器官――心臓、肝臓、腎臓――と呼ぶものと、角膜、心弁、骨、組織といったほかの提供臓器とを区別すべきだと主張する。重要器官の移植は「すこぶる複雑な仕事」であり、大規模な医療チームを必要とする。非常に多くの専門家がかかわることが必要なそうした非合法手術を数多く行なうのは困難だろうと博士は考える。少なくともチーム内の一人は抗議したり、当局に通報したりするにちがいない。こうした問題に関するメディアのセンセーショナリズムを批判し、ライデンのヨーロッパ臓器移植財団のスタッフとおなじく、そうしたセンセーショナリズムが真のドナーを尻込《しりご》みさせてしまう効果を懸念《けねん》した。一九九三年九月のEU議会における論議で、カイエ女史が引用した新聞記事(14)によると、前年の三月、臓器窃盗の公式捜査を発表するにあたり、メキシコのサン・ルイス・ポトシ州政府総務長官リブラド＝リカヴァルはサン・ルイス郊外で子供たちがしばらく行方不明になり、いざ家族のもとに帰されたときには一方の腎臓がとり去られているのが判明した事実をあきらかにしている。ガットマン博士は、実際にみんなこんなエピソードを耳にしてきたのではないかと考える。

「私はなんどこんな話をとことん追跡して犠牲者をつきとめようとしたかわからない。私はまだ一人もみつけていないんですよ。たったの一人もね。私は重要器官の密売買が相当に行なわれているとはまだ確信していません。死体置場で遺体から組織や骨や角膜が奪われるということはあった。死後しばらくしてから移植するのは可能です。しかし重要器官の場合はそうはいきません」

シュワルツェンベルク博士はガットマン博士によって表明されたような疑念をよく承知している。毎年、毎月、週ごとに姿を消す何千人もの子供たちの身の上に一体何が起こっているのだろうか。この子供たちは単に虚空《こくう》に消え失《う》せているのだろうか。

かかる疑問に対し、シュワルツェンベルク博士が一九九四年までメンバーだったフォーラムによって証明された解答を充《あ》てることができよう。

ラテンアメリカや東欧圏、アジア、あるいはヨーロッパの自宅からすらさらわれる子供たちが一人残らず臓器泥棒の標的になっているわけではない。

これらまだ生きている者たちは、それでも身体を目当てに誘拐される。ヨーロッパの犯罪組織にしてみれば幼児セックスのほうが——あらゆる形態と販路で——臓器のために子供を誘拐するよりもはるかにカネになるのだ。要するに、医学上の利用に供された子供はいちどしか商業的な価値を持たない。しかしポルノグラフィーやペドフィリアに供される子供は——男であれ女であれ——なかには生まれて数か月しかたっていない子もいるが、数年間にわたってカネを稼げる可能性があるのだ。

第十四章　密入国はカネのなる木

フランスはアメリカに対し世界中の家もなく国を追われた人々を歓迎するシンボルを贈っており、それにはすこぶる有名な勧誘の言葉が刻みこまれていて、いまだにアメリカに到着する新しい人たちを出迎えている。しかしそうした愛他主義は「自由の女神」そのものとおなじく、いまでは歳月によって風化してしまい、政治的姿勢の変化によって浸食されつつある。アメリカにはいまや追い立てられた人々が充分すぎるほどいるのだ。片やヨーロッパはそうした人々の入国を決して望んだりはしなかった。いまでもそうである。フランスは自由の女神像を送りはしたが、その台座に書かれている詩を贈りはしなかった。そのエマ・ラザルスのソネットには同情にみちた詩句がある。「みじめなる見捨てられし人々[1]」もそうである。しかし第二の至福千年を迎えようとするEUには、そのような同情の意味合いはひとかけらもない。

EUを圧倒している組織犯罪に対しまったく役に立たない「要塞《ようさい》ヨーロッパ」とか「鋼鉄の環《わ》」とかいう錆《さ》びついた決まり文句は、むしろ移民や難民に対しずっとよくあてはまる。そして——このパラドックスを完成させるべく——ほかならぬ彼らこそ多くは高度に組織化され、血なまぐさい犯罪の温床となっているのである。

ＥＵの加盟十五か国にはそれぞれ外国人嫌い《クセノフォビア》、人種的な偏見をもつ過激派組織や政党があり、いずれも自分たちの国は「純粋」にしておこう、外国人を排除しようという決意をいだいているのだ。(2) まったく胸が悪くなるほどきまりきったこの純粋化は——焼夷《しょうい》弾《だん》や銃弾、棍棒《こんぼう》、ナイフを武器に——人々を肌の色で選別するばかりか、反ユダヤ主義をはらむまでに立ちいたっている。おまけにこれまた一般的に反イスラムでもある。

そのどれをとってみても、ネオ・ナチのような身ぶりでのし歩く、孤立した熱狂者の集団として軽蔑《けいべつ》しさえすればすむものではない。それぞれが秘密のサブカルチャーで——ある種の音楽、ワーグナーではなくてポップ・ミュージックによってすら——結ばれており、それもＥＵ域内ばかりに限定されておらず、国際的にも結びついているのだ。アメリカのクー・クラックス・クラン（ＫＫＫ団）とつながりのある向きも多い。ほとんどがアメリカのネオ・ナチ運動の出版物を定期購読しているのである。

ドイツはもっとも悪質だという点でオーストリアと張り合っている。この両国とフランスをへだてるものはほとんどない。(3) ＥＵ域内でも、とりわけ移民に対し自国をこのうえなく堅固な要塞国家とする法律をもつイギリスはむしろスキンヘッド運動を進展させており、それはいまや全ヨーロッパに——そしてさらに東欧圏にさえも——広まっていて、つねにいかなる人種的攻撃においても第一線の「兵士」どもを輩出している。スキンヘッドは——実のところサッカーのフーリガンと区別がつかないが——国際的な友愛会という独自のサブカルチャーをもつ一方、それに加えてしばしば人種的な偏見をもつ過激派集団のメンバーともなる。(4)

一九九二年までEUの前身、EC委員会は「権能がない」という都合のよい言い訳にことよせて、人種差別を監視するためにさえ積極的な手を打つことをいっさい回避してきた。この年に人種的な暴力騒動がいくつかの国で噴出した。最悪だったのはドイツで、死者のなかには移民の宿舎で焼き殺された子供たちもふくまれていたが、町の住民は静かに見まもるばかりで阻止しようともしなかった。あくる年になると暴力沙汰《ざた》はさらに激しくなった。その段階になってようやく、以前に二度も外国人敵視を警告する報告(5)を提出していたものの、ほとんど無視されていたEU議会の要求に応《こた》えて、EU委員会の首相格に再選されたジャック・デロール委員長は結局のところ——効果はなかったにせよ——委員会が扱う事項のなかに人種関係を付け加える。そして移民——さらに虐待《ぎゃくたい》されたその被害者——を社会・雇用・法律問題担当委員パドリグ・フリンの担当にした。EU議会で暴露された臓器密売買に関しEU委員会がいかなる措置もとれない理由として「権能」がないという理由をあげた張本人である。実をいえば、デロール委員長は閣僚格のフリン委員にあまり絶対的な権限を配分しなかったのである。なぜならEUの行政機関においては、もしあとで何か失態が生じた場合に困惑してしまうほどの明確な責任は決してあたえられなかったからだ。ＥＵ委員会の介入を求めたイギリス労働党選出のＥＵ議会議員メル・リードに宛《あ》てた書簡のなかで、デロールはユーロクラート的な答弁による責任回避の見事な手本を提出している。「ＥＵ委員会が特定された作業の分野内で行なう多くのことは多かれ少なかれ、人種差別と外国人排斥に対する戦いに直接的な影響を及ぼします。委員会のさまざまなメンバーはこれら分野に責任を負っており、したがってこの点に関しＥＵ委員会内では共同責任があるというわけです」

ＥＵ域内にはおよそ二千万人の合法的移民がおり、そのうち集団としてトップの約六百万人はドイツに住む。フランスとイギリスには二百万人以上がいる。ある推計によれば、すでにＥＵ域内に入りこんでいる非合法移民の数は五百万人にものぼるとされており、おまけにこの数字は「ほとんど一時間ごとに」上昇しつつあるというのだ。(6)非合法に入国しようとする者たちのうち、自力でそうしようとする者はあわれなほどわずかしかいないし、国境で阻止され、送還される者たちのなかでもっとも高い比率を占める。大多数は偽造されたパスポート類をもって入国するのである——アジア系の三合会組織や東西ヨーロッパ系のマフィアによってコンピュータ立法のない極東の国々でつくられ、最新の技術を駆使したほとんど完璧《かんぺき》に近いニセ入国書類だ。

四つのおもな三合会系の組織がヨーロッパ中の非合法移民ビジネスを支配している。(7)その稼ぎは「推計すらできないほどで、年に何億ドルにものぼる」と私は教えられた。(8)

このビジネスはヨーロッパのあらゆる首都、大都市にある——「支部」と呼ばれる——無数の細胞を通じて組織されており、オランダのアムステルダムに本部がある。ゴッドファーザーの李《り》公穆《こうぼく》が同地からもっともよく組織された三合会系「14Ｋ」派のヨーロッパにおける総元締として指令を発している。それ以外の派閥には「和盛和」「和安楽」「新義安」などがある。第五のグループ「大圏仔《だいけんし》」は——旧紅軍の突撃部隊出身者からなり——一九九〇年代の初頭に14Ｋのボディーガード任務から別れた新興勢力である。大規模な人身売買で四大派閥と張り合ってきた。

アジア人を非合法にＥＵ域内に密入国させるための経費は、出身国によってそれぞれ違うが、平均して一人につき一万二千ドルから一万五千ドルである。大多数の者にとって、それこそ天文学的な、現実には支払い不可能な数字だ。普通は、これに加えて家族の分も支払わなければならない。三合会の解決策は単純である。不法移民を希望する者が支払えるだけのカネを受けとり、残りは借金としてヨーロッパに着いたら稼ぎのなかから支払うととり決められるのである。この稼ぎは話し合いによって、あとにつづく家族の分も支払うのに充分な金額だろうといわれる。

もちろん、そんなことは絶対にありえない。未払い分の利子は週ごとの、あるいは日ごとの複利であってもともとの金額の何百倍にもなり、とどまるところを知らなくなる仕掛けである。抑圧もまたやむことがない。おびえる非合法移民は、そんな苦境を当局に訴え出ることもできない。あとに残された家族も本人とおなじくいわば人質であり、おなじく攻撃にさらされる。ほかの者への見せしめとして人殺しは日常茶飯事であり、無関心な警察はめったに本腰を入れた捜査はしない——たとえばフランスの武装警官《ジャンダルム》などはぞっとするくらいの高い割り合いで極右政党に所属している。こうした殺人は通常〝三合会戦争〟と呼ばれ、アジア人犯罪組織同士の明け暮れる内部抗争という解決法にまかされてしまう。

窮地に追いこまれた非合法移民がたった一つとれる手段といえば、犯罪に走る場合が多い。もっとも、みながみな犯罪に追いこまれるというわけではない。なかにはみずから進んで犯罪者になる者もいるが、しかしつねに何よりも借金は返さなくてはならないという必要があるのだ。

大多数は自発的にではなく、まったくどうしようもなくて道徳や理性もあらばこそ、とりわけ逃げ道がないことに絶望したあげく犯罪に走るのである。妻は「無料で」夫のもとにおもむくことができる——故郷に残された家族のもとになんどか帰国をしいられ——そのつど麻薬の運び屋を務めるという条件がつく。また妻とその夫がクン・サーの〝黄金の三角地帯〟かアユブ・カン・アフリディの〝黄金の三日月地帯〟からのヘロインを他の者にとどけたり、密入国した先の国でみずから販売したりしさえすればよい。おまけにいつでも子供たちには——男女を問わず、それも幼ければ幼いほどよく——需要のあるポルノ産業から収益の源泉としての優待切符が待ち受ける。

ある三合会の専門家は私に言った。(9)「いったんこの渦巻きに巻きこまれたら最後、下に向かってどん底まで降りていくしかありません。そしてそこで永久にとどまる羽目になる、なぜって出口はないのだから。それはもう完全な奴隷状態ですよ」

西欧の犯罪組織からすると、アジア人の不法移民を――途切れることなく何万人とあとが保証されている人々を――食いものにするのは抵抗しがたい魅力である。私の理解するところによれば、(10)かかる裏ビジネスはロシアおよびヨーロッパ系のマフィアによってもおなじ手口で行なわれており、ヨーロッパ系の犯罪組織と協力関係が結ばれていると思われる。つまり、偽造書類で東側を離れた移民たちは、定住を助けてくれると告げられていたEU域内のギャングによって、カネを支払うか、さもなければという形で支配下におかれるようになるのである。

ドイツにおける一九九二年末の残虐行為後――それはオーストリア、フランス、イギリスなど他のいくつかのEU諸国においても模倣され、九三年いっぱいつづくのだけれど――それと認められる人種差別的な諸政党が九四年には各国議会やEU議会の選挙で相当数の議席を占めるだろうという見こみが広まった。

この予想は結局のところ、オーストリアをのぞけば誤りであることが判明した。他のヨーロッパ諸国の投票結果では、極右勢力は一様にさんざんな結末に終わった。しかし私は、外国人排斥派が選挙に敗れたことは、EU域内の人種差別主義をささえる中核勢力の熱意が減じたということをいささかもしめしていないと考える。それ以上に憂慮されるのは人種差別主義の支持者が増大していること――すなわち長期にわたる失業がより広範な基盤を持つようになった怒りに油をそそいでいること――としか思えないのである。

目下のところ、長期にわたる高い失業率は減少しそうもない。ヨーロッパ諸国の政権はどこも有権者に受けのよくないようなことは何一つ決して認めようとしないが、むしろその逆がより現実的な姿である。つまり、失業は増大するというほうがはるかにありそうなことなのだ。しかもどんどん増大しつづけていくのではないか。

本書を書いている時点で、ヨーロッパ全体で二千万人が失業しており、これはまさしく移民の数とぴったり釣り合うために不幸な数字である。少なくとも失業者の四分の一は――イギリスでは失業者の三分の一、イタリアでは半数が――十八歳から二十五歳で、経済的・社会的問題に対するいけにえの羊を求める極右勢力の甘言にいちばん乗りやすい年代である。たとえヨーロッパが不況からぬけ出すことに成功できたとしても、ドイツ、フランス、イギリス、イタリアの経済成長率は一パーセントを大きく超えないだろうと予想される。二パーセントの成長率を達成できたら驚異だろう。ただ単に失業者を二千万人のレベルにとどめおくためならば、少なくとも持続的に二・五パーセントの成長が必要とされるだろう。ＥＵ委員会の雇用問題上級諮問《しもん》委員デイヴィッド・オサリヴァンが行なった発言によると、(11)三から四パーセントの成長率があっても――彼はそれを「極端に楽観的」な数字だと称しているが――ＥＵ域内の失業者総数を低下させるうえで何の役割も果たさないだろうとみる。パリに本部をおく経済協力開発機構が、この問題はヨーロッパ自身が生み出したものだと警告を発しても(12)注目されなかった。二十年間にわたってヨーロッパ各国すべてが社会保障の網により深く、かつより広くとらわれてしまい、ますます高い科学技術の主導下で変わりつつある世界経済の根本的な変化を気づかずにきた。この技術的変化のおかげで失業が容赦なく増大する一方、より高い条件をみたすべく給料と社会保障費も増大したのだった。その結果、ヨーロッパのビジネスは世界的な規模でいよいよ競争力を失い、それが引き金となって今度はさらなる失業へと向かう下降サイクルを加速させられ、いやでも社会的サポートの増加が求められるにいたったのである。アメリカの経済ジャーナリストでコンサルタントのアラン・フリードマンが行なった比較研究(13)によれば、一九七〇年から九〇年までの間にアメリカの経済が三万八千の雇用を生み出したのに対し、このおなじ時期にヨーロッパでは一万の新しい雇用しか生み出せなかったとされる。

いきおい競争力を回復しようとすれば、ヨーロッパの産業やビジネスはリストラを必要とする。どんなリストラも短期間――四年から五年間もつづきかねない「短い」期間のあいだ——雇用を生み出すのではなくて削減するものなのである。そのうえ民間企業が出血オーバーホールをしても、それだけでは不充分だろう。この十年間、たった一つ持続的に雇用が増加しているのは国営の企業や施設である。例外なしにヨーロッパの国営企業はすべて人員過剰である。いかなる政府にしろ、国家による雇用の大幅削減は選挙における自殺行為となるだろう。それはいかなる政権にとっても、国家による補助金の削減が自殺行為であるのとおなじである。だからどこの国もやらない。やろうとはしないのだ。

それは〝犯罪友愛会〟にとって莫大《ばくだい》な利益を生む状況なのだけれど、といって人種的テロリズムへの引き金となる雇用不安の可能性は、ヨーロッパ各国の政府や私企業の雇用者が世界の経済的、技術的現実に適合する能力を基本的に欠いているということだけで片付く話ではない。一九九二年二月、EC加盟国によるマーストリヒト条約の調印から「単一ヨーロッパ（EU）法」のなかに秘められたもう一つの別問題が生じているのだ。すなわち、EU域内で国境を越えて自由に移動できるという労働者の権利である。

この自由はEU加盟十五か国によって——とりわけイギリスとフランスによって——厳密に加盟国の国民にかぎるとし、非EU加盟国の労働者には適用されないと解釈された。この解釈に従ってフランス政府は、フランス国内で建物の取り壊し契約を勝ちとったベルギーの会社に雇われているモロッコ人労働者に対し——あきらかに彼らを拒否するというふくみで——労働許可は別であるという立場に固執した。ベルギーの会社はこの裁定に抗議してルクセンブルクのEU司法裁判所に訴え、一九九四年八月、もしこれらの労働者が正当な移民であって合法的に雇用されたのであれば、ヨーロッパ法のもとではかかる裁定は違法だという判決がくだされた。EUの法律は加盟各国の法律に優先する。その結果、ルクセンブルクの判決によってヨーロッパの企業は北アフリカやトルコからの安い非熟練労働者を雇い入れ、企業が自国民に支払う高い給料を引きさげることができるようになったのだ。

しかしあきらかに、こうした事態が大規模に発生する可能性はなさそうである。とはいえかりにそういう事態が起こったとすれば、EU域内のすでに仕事を失っている二千万労働者の憤激を減少させることにはならないだろう。

組織されたスキンヘッドの犯罪が人心を引きつける威力は非常に強力なものであり、そのため一九九二年と九三年にモルンとゾーリンゲンの市民は、火炎がトルコ人一家を飲みこむのをただ拱手《きょうしゅ》傍観していたほどである。八人——男と女と子供——が焼け死んだ。このうち五人はゾーリンゲンで死んだ。九三年にはさらに十二人の〝外国人労働者〟がドイツで惨殺《ざんさつ》され、その年の移民殺しは十七人にのぼった。これによってドイツは、人種差別殺人の番付で最上位にランクされたのである。ヒトラーの犯罪を意識しつつ疲れ果てた貧しい人々に避難所の門戸を開いてきた四十年後、ドイツ人はついにしっかりと門戸の錠をロックしてしまったのである。ネオ・ナチがスキンヘッドを手本としたように、ボン政府はその法的な模範をロンドンから学んだ。

しかしドイツは、イギリスの政治亡命者に対する「是非を争わぬ」保護立法をコピーするに際し、単に法律を制定する以上のところまで踏みこんだ。ドイツは戦後の一九四九年に制定された連邦基本法を実際に改正して、政治亡命への保護を求める者たちが政治的、宗教的、民族的な迫害にさらされていないと判断した場合には彼らを国境で追い返せるようにしたのである。内務省政務次官のエードゥアルト・リントナーはかかる改正が不可欠だったと語る。(14)「われわれは途方に暮れていましたからね、旧東ドイツからドイツ人の移動も加わったりして。そんな圧力に耐えていくのは不可能だった」

さらにボン政府は一九九四年、もっとも暴力的なネオ・ナチ運動のいくつかを――すべてではないが――禁止することによって暴力沙汰《ざた》を食い止めようとした。

ドイツでもっとも成功している極右集団は共和党（REP）で、フランツ・シェーンフーバーに率いられてきた。一九八九年一月、当時の西ベルリン市議会選挙で十一議席を獲得する。二か月とたたないうちに、共和党とネオ・ファシストのライバル関係にあったドイツ国家民主党（NPD）がフランクフルト市議選で七議席を獲得した。八九年六月、共和党は二百万票も得票し、ストラスブールの旧EC議会選挙には六議席を獲得する。地方選挙で共和党はケルン、デュッセルドルフ、ガイレンキルヒェン、シュトゥッツガルト、マンハイム、カールスルーエでも存在を確立した。合法的な選挙政党として認知された共和党は、国庫から九百万ドル以上の補助金を受けられるようになった。共和党はまた、EC議会の「ヨーロッパ人の権利グループ」の一員として、さらなる補助金を引き出すことができた。その形成期に関するある分析は[15]、彼らのまさしく巧妙なドイツ人のためのドイツという国粋的なプロパガンダに対し、ねたましげな賛辞を呈している。このおなじ分析によると、ドイツにおける極右の再出現は単に急進分子のとるに足りぬ小さな出来事にすぎないといったような示唆《しさ》は一切しりぞけられており、共和党に対する警察の強い支持を発見した調査が引き合いに出されている[16]。「たとえばバイエルン地方では、警察官の五十パーセント以上が共和党支持を宣言しているし、ヘスでは警察官の六十パーセント以上がおなじように共和党への忠誠を表明している。それに加えて共和党はいまや（当時の）連邦共和国軍内部にゆゆしきまでの支持をえており、千人以上の現役将兵が党員になっている。〝強いドイツ〟への要求はあきらかに相応の利益配当をえつつある[17]」

かつてテレビ・ジャーナリストだった共和党の指導者フランツ・シェーンフーバーは、ナチ武装親衛隊（SS）の志願兵であり、党が選挙で成功を収めはじめるとドイツはいまだに占領軍の支配下にあると宣言した。しかも戦争中の連合軍――アメリカ、ソ連、フランス、イギリス――のほかに「ドイツ系ユダヤ人中央協議会」の存在もつけ加えたのである。また党の幹部たちはすこぶる伝統的なヒトラー・イデオロギーを信奉するばかりでなく、エイズを発症させるHIVウイルスの感染者は生殖器に入れ墨をされるべきだとか、ワッケルスドルフの廃棄された原子力発電所は共和党の政敵をぶちこむ強制収容所に転用されるべきだという提案すら行なった。

EC議会の調査(18)は、共和党がゲアハルト・フライ博士を指導者とするもう一つの極右政党「ドイツ国民連合」（DVU）を犠牲にして急成長したのだと判断した。フライが出版帝国を擁していただけに一九八九年の第三回EC議会選挙中、二千四百万世帯にダイレクト・メイルを送ることができたにもかかわらずである。この選挙でドイツ国民連合は、また別のネオ・ナチ組織と合体して「リストD」（Dはドイツをあらわす）なる選挙向けの団体を結成した。リストD宣言の出発点は、実のところ共和党のそれをそのままおうむ返しにしたものであった。すなわち、あらゆる外国人の追放である。スローガンをいくつかあげれば「ドイツ人のためのドイツ」、「ドイツ第一、ヨーロッパ第二」、「ドイツ人たることを誇れ」などだった。

フライは、ナチス・ドイツの歴史を修正かつ「訂正」すべく自分の出版帝国（その代表的な出版物は「ナツィオナール・ツァイトゥング紙」）を露骨に使ったし――いまも使っている。ナチスの歴史の書き替えは、ホロコーストの存在すら否定するというばかげたところにまで立ちいたっている。これまた積極的にナチの過去を弁護するイギリスの作家デイヴィッド・アーヴィングはフライの出版物を通じてつねに敬意をもって喧伝《けんでん》され、互恵的な感謝をこめてアーヴィングはドイツ国民連合主催の演壇に立つのである。共和党とドイツ国民連合は——犬猿の仲ながらどちらも——一九九二年と九三年のテロ暴動のあと結社を禁止された「自由ドイツ労働者党」（FAP）や「国民戦線」（NF）などのネオ・ナチ過激派グループとの結びつきをきっぱり否定している。しかしながら旧EC議会の調査[19]によると、禁止されたグループ双方の暴力集団がこれら公認された政党の集会で世話役を務めているのだという。

ドイツが一九九五年の二月下旬、自由ドイツ労働者党やリストDの解散を命じた際——それは八九年以降、十の過激派極右団体を非合法化することになったが——、ドイツ連邦刑事警察庁の監視担当官はかかる団体の支持者たちがテロの地下組織を結成する危険を冒すきっかけになるのではないかと予測した。

ドイツの憲法ともいうべき連邦基本法は明確かつ称賛すべき反人種差別の条項を織りこんでいる[20]。しかしながらこの十年間に及ぶ同国の外国人排斥記録に照らして判断すれば、これらの条項は同法の執行に責任ある者ばかりか、あらゆる州当局によっても実質的に無視されているのである。そしてなんとも皮肉なことに、ドイツで人種的暴力の標的となっているのは、まさに同国のいまや大いに逼迫《ひっぱく》してしまったのが明白な、戦後の経済的な成功にだれよりも貢献してきた外国人、つまりトルコからの〝出稼ぎ労働者《ガスタルバイター》〟なのだ。ドイツには二百万人ちかい外国人労働者がおり、そのなかには二世や三世になっている者すらおり、絶え間ない攻撃を受けているにもかかわらず、自分たちをトルコ人というよりはドイツ人だと考えている。ドイツ語を話し、ドイツ的な考え方をし、彼らはまさしくドイツ人なのである。といって、彼らがドイツ人になることは金輪際できない、たとえ何世代になろうとも。民族的な起源がドイツ市民権の基準となっているからである。調査報道ジャーナリストのギュンター・ヴォルラフは外国人労働者となるべく二年間にわたって「アリ」なる人物に身をやつした。ドイツにおいて「トルコ人」労働者であることが何を意味するのかという冷徹な現実を『下層のなかの最下層』と題された著作とそれにともなう映画で暴露し、批評家からの喝采《かっさい》と称賛をえた。しかしより持続的に彼がえたものは数多い名誉毀《き》損《そん》の訴訟であり、殺すぞという脅迫であり、当局による電話の盗聴だった。ヴォルラフに対する圧力があまりに執拗《しつよう》だったため、ご当人みずから難民となってドイツからオランダへと移り住んでしまった。

　ＥＵ域内の人種差別に関する二件の旧ＥＣ議会調査の二つ目は、英仏両国の〝国民戦線〟間に強い国際的な絆《きずな》が存在するということを発見した。[21] 両国のうちフランスのほうがより大衆むけの——ほほ笑みさえする——顔をしている。イギリスのファシストたちは大衆にみえないところで、全世界的なネオ・ナチのイデオロギーを国際的な犯罪運動へと統合するのにもっともっといそがしい。

EU域内でもっともよく知られた人種差別主義の指導者は、フランスのジャン＝マリ・ルペンで、彼はかつて殺害されたフランス下院議員ヤン・ピア夫人の相談相手だった。肥満型の訴訟好き、目立ちたがり屋で、ボクシングに熱中している（ナチ型の人種差別という主張に対してはすぐに訴訟を起こすし、ボクサーもどきにグラブまでつけてポーズをとるのが好きな）ルペンは、単にフランスの「国民戦線」（ＦＮ）を指導しているばかりではない。彼はまた、民主的に選ばれた制度内に偏狭なファシストが存在することを懸念《けねん》するストラスブールの旧ＥＣ議会内で「ヨーロッパ人の権利グループ」を率いてもいるのだ。このグループを代表してルペンはルクセンブルクの旧ＥＣ司法裁判所から、共同体におけるファシストの人種差別と外国人排斥を調査するという旧ＥＣ議会の決定を無効にする判決を引き出そうとした。彼は敗北した。裁判所は彼の訴えが認められないという判決をくだした。そのうえ一九九三年六月アヴィニヨンにあるフランスの地方裁判所は、ある出版物が彼を「ヒトラーの精神的息子」と書いたのは名誉毀損にあたらないという判決をくだした。これらの――そして他の――法的な挫折《ざせつ》があっても、自分は不公正にもメディアによって笑い物にされてきたのだという裁判所の判断を引き出そうとするルペンの熱意は、いまなおいささかもおとろえていない。

国民戦線が一九九四年の総選挙で予想された議席を獲得するのに失敗したにもかかわらず、この運動はフランスで、ヨーロッパの他のどんな過激派グループよりも大きな有権者の支持をえている。八八年のフランス大統領選挙でフランソワ・ミッテランを相手に、ルペンは投票数の十四・四パーセントを獲得してまさにフランスを震撼させた。

ルペンが阻止しようとしたヨーロッパのファシズムに関する調査の一つは、こう結論している。(22)「人種差別主義はさまざまな反人種差別主義運動の努力にもかかわらず、フランスにおいては多くの人々を誘惑しており、はびこっている」

ルペンとその党がかかげる憎悪《ぞうお》の教義は標的のユダヤ人とアラブ人とに等《ひと》しく別れており、フランス全土でくまなくそれを受け容《い》れがちな聴衆をみいだしているが、どこよりも歓迎されているのは南部においてである。一九九〇年五月、フランス系ユダヤ教が誕生したアヴィニヨンにほど近いカルペントラスの墓地で三十四の墓石が破壊され、二週間前に埋葬された男の死体が墓から掘り出されて手足を切りとられた。第二次大戦以来はじめてフランスの大統領フランソワ・ミッテランは、こうした極悪非道に対しパリで行なわれた二十万人強の無言の抗議デモに参加した。おなじようなデモ行進がフランスの他の十か所にのぼる地方都市で行なわれた。もちろん九〇年五月十七日にEC議会で可決されたカルペントラスの冒瀆《ぼうとく》を遺憾とする決議に反対する議員は一人もいなかった。

フランスで失業が増大していくにつれて——一九九三年三月、ルペンの過激さにはははるかに及ばないものの、内相シャルル・パスクアが〝フランス人のためのフランス〟という政策をとなえるド・ゴール主義の政府が成立したことによって――九〇年代半ばには外国人排斥は北アフリカ諸国からの移民に集中した。そしてこれら移民のなかでも、しばしば革命的な原理主義から逃亡してきたアルジェリア人はとりわけ絶え間ない警察当局の監視と、国民戦線支持者による人種差別的な攻撃と虐待の双方にさらされた。事実、この対立関係にあると思われる二つの側のどちらがいじめをやっているのかしばしば見分けがつかないほどだった。しかし、ある公式な対応にコメントを加えるのにさしたる困難はなかった。九四年九月、パリの外務省はアルジェリア人に対し新たにナントで集中的なビザの発給体制を確立すると宣言した。アルジェリアからのビザ申し込み者はすべて同地で厳重な審査を受けなければならなかった。しかるべき「推薦を受けた」アルジェリア人だけが入国資格があるとされたのだった。

この措置は、パスクア内相自身の言葉によれば「ゼロ移民」を達成させるという意図から彼が一九九三年六月に提出した新移民法の条項によって合法的とされた――少なくともそれを実施した者たちの目からみれば。この新立法は移民がフランスの市民権を取得することをさらに困難にするもう一つの法改正と、隣接国家間における移動の自由を保障した九五年三月発効のシェンゲン協定の撤廃条項を守れないため隣国との国境管理を継続するというフランスの決断とにかぶされたものだった――フランスはベルギー経由でオランダから麻薬が流入するのを懸念しているという口実で。パスクアの反移民法案――警察による監督の強化、フランス国民との結婚をより困難にし、政治的亡命者の保護措置に対する規制強化、正式な居住証明書を持たない者への社会的・医療的給付金の差し止めなど――が閣僚会議に提出されたとき、移民管理庁の長官ピエール＝ルイ・レミーはそれに抗議して辞任した。

レミーがたった一人の反対者だったわけではない。あらゆる新立法が憲法に違反していないかどうかをチェックするフランスの憲法会議は、新法の五十一条項のうち八条項を修正した。一つは、もしその婚姻が便宜的かつ単に居住権の獲得が目的だという疑いがあれば、外国人がフランス国民と結婚することを拒否できる権限を市町村の首長にあたえるという条項だった。それが否定されたのはパスクアにとって唯一《ゆいいつ》の挫折ではなかった。それより一か月前に憲法会議は、フランスは結局のところ国境管理を緩和させるシェンゲン協定に調印しながら超然とかまえていることはできないと裁定していた。憲法によれば、国際条約は国内法に優先すると述べていたのである。

私は取材中に五回ほどフランスの大いに異なる心的態度や文化的な展望を持つさまざまな地域を訪れたが、フランス人が一般的にいかにやすやすと、自国の不都合の責めをアラブ系移民や外国人労働者に負わせているかを知って驚いた。ドイツにおけるトルコ人の場合とおなじく外国人労働者は一九七〇年代にフランスの経済成長に貢献するとして歓迎され、フランスは彼らの受け容れ国になるだろうと暗黙のうちに約束されたのであった。私は九四年六月、パリで開かれたさるディナー・パーティーに——社交的な催しで、したがってどんなパーティーだとは特定はしないが——ゲストとして招かれたのであるが、ほかのあらゆる会話においてはその知的な高さを賛嘆してやまなかった二人の大学教授がなんと「ゼロ移民」の達成ばかりでなく、合法的に居住している移民すら、たとえ永年にわたってこの国に住んできたとしても本国に送還するのも不可欠だと主張して、それに反対するどんな説得にも耳を貸そうとはしなかった。フランスが一九七〇年代に彼らから利益をえたように、彼らもまたフランスから利益をえてきたのだ。これは公平な入れ替えであって、いまや彼らは「彼らの属する」自国に帰るべきである。しかも北アフリカのアラブ人がフランスの若者を麻薬で蝕《むしば》んでいるではないか、あらゆる重大犯罪の陰に北アフリカのアラブ人がいるではないか、というのである。

このおなじパリ訪問中の別の会合で、[23]犯罪学の教授であるグザヴィエ・ロフェールは私に対し、フランス全土に百か所のアラブ人居住区《ゲットー》があり、大部分は工業都市や工業地区の近くに集中しているが、そこではいかなるフランスの警察もはっきりと「立ち入り」を拒否していると言明した。九か月後に、やはりパリで開かれた世界のマフィア専門家の会議で、フランス警察のオブザーバーはこの数字に疑問を呈した。彼は五百か所にはるかに近い数字をあげた。

公式にはイングランドにもスコットランド、ウェールズでも「立ち入り」拒否の地域などというのは存在しない建て前になっている。そのような言い方は、ただ市当局が真実を直視したがらないということをしめしているにすぎない。現実にはそうした地域や地区がイギリスのいたるところにあるのだけれど、しかしその数はフランスのもっとも控えめな数字ほどは多くない。ある推定によれば、(24)イギリスにおける数はおよそ四十か所としており、そのうち十四か所はロンドン市内にある。実際にはことごとくが人種的少数者のゲットーであり、麻薬を共通の通貨とし、いつも人種的緊張という電流の鉄条網にかこまれている。なかにはイギリス医師会の要注意リストにのっているものもあって、医師向け安全ガイドラインはこうした地域内に往診する場合、かならず警察の護衛を求め、薬品や注射器入りの医療鞄《かばん》は持参しないように勧めている。緊急通報でマンチェスター市のモス・サイドに出動する場合の消防士や救急車の乗員はまず防弾チョッキを着用する。もし警察がグラスゴー市のゴヴァン地区でワイン・アレイにあえて入りこむ際は、パトカーには二名乗車が義務づけられており、万が一に襲撃されたときにそなえて先頭のパトカーを救出できるよう第二のパトカーを追尾させる。スコットランドはペイズリー市近郊のファーガスリー・パークでは十二か月間に十一件の殺人があった。警察はナイフを通さないチョッキをテストする。北部の港町サンダーランドのペニウェル・エステートでは、あえて入ってきた警察官に石を投げつける、「お巡りに煉瓦《れんが》かませろ」という名で知られた遊びがある。

こうした地区の地理的な拡大が人種的暴力の肥沃《ひよく》かつ全国的な温床を提供しており、その背後で組織犯罪が栄えている。一九九四年三月、イギリスの労働党は——選挙で票を集めやすい法と秩序という看板を保守党から奪いとるに熱心なあまり——四十三の警察管区のうち四十二管区から集めた公式な数字を発表し、人種的虐待《ぎゃくたい》や攻撃が五年間に倍増したことを証明した。人種的襲撃やいじめを調査する議会の内政特別小委員会で行なった証言中で、内務省政務次官のピーター・ロイドは、そうした事件は年間十三万件にものぼるだろうと推計した。労働党の指導者トニー・ブレアは——倍増した統計を公表したとき〝影の内閣〟で内相を務めていたが——事件のごくわずかな一部だけが報告されているにすぎないのであり、真実に近い数字は年間十五万から二十万件だろうと推測した。

旧EC域内の外国人排斥に関する二件のEC議会調査の二つ目のなかで、イギリスには「堪え難いまでに高いレベル」と称していい人種的いじめや暴力が存在すると評された。(25) アジア人がカリブ系黒人をぬいて主要な標的である。そして他のヨーロッパ諸国とおなじく、それと並行するかのように反ユダヤ主義の高まりがある。イギリス国防軍内の人種差別は、公式な方針ではないにしても厳然たる事実である。「エリート連隊にはいまだに完全な白人編成方針を貫く例がある」

ストラスブールの調査によると、英仏両国の〝国民戦線〟間に類似点がみいだせるもののイギリスの運動はフランスほどには有権者の支持を受けていない。およそ千五百人の党員しかいないイギリス国民党（BNP）は学校に新党員を探し求めたり、そうした活動を通じて人種差別や反ユダヤ主義のステッカーを配布している。それに加えてPR用のビデオや録音テープ、ブック・クラブなどがあり、国民党はかかる手段によって人種差別的な資料の配布を禁じる法律を法的に出しぬいているのだ。さらには二つの露骨な人種差別的な刊行物がある。「スピアーヘッド」（先鋒《せんぽう》）という月刊誌に「ブリティッシュ・ナショナリスト」という月刊のニューズ・レターである。

印刷された言葉はヨーロッパ本土の極右および人種差別運動を団結させ、活力をあたえる精神的な源泉となっている。イギリスのファシストも「スコーピオン」（さそり）なる雑誌を出版するが、ヨーロッパの他のファシストも軒並み購読している。ドイツに拠点をかまえるマイクル・ウォーカーによって刊行されているが、彼はフランスのアラン・ド・ベノワースやベルギーにおける最悪の人種差別主義の徒ロベール・ストゥーカーの仲間かつ友人である。「スコーピオン」という盾《たて》にかくれて、過激派政治グループの国際的な集会が年に二回開かれる。EU議会の議員たちが信じるところによれば、スコーピオン・グループはロシアや旧ソ連圏の人種差別主義者との連合関係を積極的にかためつつあるという。そして人種差別がはびこるところ、組織犯罪がつねについてまわる。

イギリスの外国人排斥に関する二つ目の旧EC議会調査[26]のなかでEC議会議員たちはこう宣言している。「イギリス社会には制度的な人種差別が蔓延《まんえん》しており、人種的少数者は主として司法制度、就職の機会、警察や軍隊への徴募などで差別されつづけている」

この報告は、警察当局に拘留される黒人の比率は人口に占めるそれの二倍であると述べている。その三年後、イギリスの間接税務局が発表した公式の数字によると、港や空港で検問を受けた旅客全体の半数は黒人でありながら、公式の統計によれば密輸をはかったのは黒人より白人のほうが多く、麻薬所持を摘発されたのは白人のほうが黒人の三倍も多かったということが判明しているのである。ある税関のスポークスマンはイギリスの新聞[27]に対してこの数字を説明するに際し、黒人はイギリス本国に拠点をおく密輸業者の職業的な「運び屋」として大量の麻薬を運ぶ場合が多いのにくらべると、白人はたいてい自分用の少量を所持しているにすぎないと述べた。ここで暗にしめされているのは、正反対の統計があるにもかかわらず、黒人のほうが白人より大量の麻薬をイギリス国内に持ちこんでいることに責任があるということなのだ。

旧EC議会の議員たちは、一九六〇年代にイギリスで生まれたスキンヘッドの運動がヨーロッパ本土のみならず旧ソ連圏にも進出しているのを「もっとも憂慮すべき事態」だと述べている[28]。皮肉にもこの報告は次のようにコメントする。「近年のイギリスは輸出にみるべき記録を残していないが、しかし一つの分野においてだけ目覚ましい成績をあげている、すなわち、スキンヘッドという人種差別的かつ暴力的なサブカルチャーの海外普及である」

もしそうした人種差別の悪意をしめす豊富な証拠がなければ、こんなサブカルチャーを無視するのはわけもないだろう。頭を剃《そ》りあげ、鉤十字《かぎじゅうじ》を描き、人種差別的な憎悪のスローガンをわめくTシャツ姿の若者イメージは、サンフランシスコからサンクト・ペテルブルグにいたるまで世界の広く認めるところだ。その行動指針となる「WAR」(戦争)は——アメリカのネオ・ナチ組織である「白色(W)アーリア人(A)抵抗運動(R)」の機関紙であり、「総統」はトム・メッツガーだが——そのあらゆる版ごとにヨーロッパで友好関係にある〝人種的憎悪運動〟グループの電話とファックス番号を掲載している。憎悪のスローガンたるや、「オイ」(Oi)と呼ばれるパンクやヘビー・メタルの変種である独特の秘教的音楽の歌詞となっている。その御用達《ごようたし》は「スクリュードライバー」というバンドを中心に結成されたグループであり、リーダーのイアン・スチュワート・ドナルドソンは、ちゃんとしたイギリス中産階級の申し子である。

コンサートは国際的なスキンヘッドの集会にも会場を提供しており、その場でアメリカのＫＫＫ団への新規加入者をつのる役割も果たしている。レコードやテープは、ドイツのブリュールに本拠をおく「ロック・ア・ラマ・レコード」なる会社を通じて世界中に販売されている。ドイツ当局は、なんどかその販売網を閉鎖させようとこころみたが、うまくいかなかった。スクリュードライバーを率いるだけでなくドナルドソンは――ひそかにイギリス国民党からの支援を受けつつ――独自のスキンヘッド教本『血と栄誉』を出版している。そうした商品の販売は、イギリス本国だけで推計百五十万ドル以上の収入をもたらしているのだ。(29)

イギリスのスキンヘッドはサッカーのフーリガンときわめて識別しがたいため、この言葉は実のところ互換性を持つ。イギリスはかかるつながりを憂慮したあまり、国家刑事情報庁に特別な監視部門が設けられた。これまでに六千人の活動的フーリガンのリストを作成しているが、大多数はファシスト組織やその末端機関と関係が深い。一九九四年にアメリカで開かれたワールド・カップまでの間、国家刑事情報庁はイギリスのフーリガンがアメリカのスキンヘッドとともに試合場のさまざまな都市で一連の暴力的な破壊を計画していると考え、ＦＢＩと緊密な連絡をとった。かかる情報収集の共同作業は、多数の公表されていない防止措置をアメリカにおいてとることにつながり、計画されていた暴動を失敗に終わらせてしまった。そうしたグループが自由に手にする犯罪的な利益がどれほどのものであるかをしめす一例として、国家刑事情報庁はイギリス側の首謀者たちがロンドン、ニューヨーク間をコンコルドで往復していたという事実をつかんでいるのである。

一九八五年五月二十九日、ベルギーはブリュッセルのエーゼル・スタジアムで起こったヨーロッパ・カップでの惨事を公式に調べたところ、ファシストに扇動されたフーリガンが四十一人の死者、三百五十人の重軽傷者を出した暴動にかかわっていたという証拠があきらかになった。みずから「コンバット18」と名乗る――名称の数字はアドルフ・ヒトラーの頭文字からとったもの（Aはアルファベットの1番目、Hは8番目）という――イギリスのネオ・ナチ・グループが九五年二月にダブリンでまたもや血なまぐさいサッカーの暴動を起こしたあと、ロンドン警視庁は部内に、すでに国家刑事情報庁に存在するものとおなじ監視部門を設けた。そしてヨーロッパの人種差別に関する報告(30)のなかでストラスブールのEC議会議員たちは、北欧のスキンヘッドがイングランド経由で北アイルランドへ準軍事的訓練のために出かけていると主張する。

移民や難民が国内に流入するのを規制かつ抑制するイギリスの法律は、EU域内のどの国よりもきびしい。EUはいかに反移民の障壁を築くべきかという手本をロンドンに仰いでいるのだ、ということが一九九〇年代のはじめにあきらかになった。移民問題でますます頭が痛くなるドイツが結局、かつて政治的亡命を求める者に対し広く開かれていた門戸を閉ざしたとき、ほかでもないイギリスの法的手本を真似《まね》たのであった。そしてまさしくイギリスこそ――ヨーロッパ各国の内相を集めた公表されざる秘密会議の一つで――犯罪組織にとってはお笑い草でしかないような「要塞《ようさい》ヨーロッパ」をつくり上げる一連の措置を提出したのである。

ＥＵが採用したイギリス提案の一つは、ＥＵ加盟国の国境で入国をこばまれた難民や政治亡命者はどこであれ途中の通過国に帰されるべきだとした。チェコ内務省のヴァンダス博士もハンガリー内務省のバルトク博士もストラスブールで会ったとき、ＥＵは彼らに堪えがたい重荷を押しつけており、チェコやハンガリーなどのＥＵ隣接国が彼らのＥＵ入りよりもむしろ緩衝国家となることをもともと期待しているように思える、と不満を述べた。旧東欧圏の国にはどこも緩衝国となるような施設も経験もない、とヴァンダス博士は主張した。

「ＥＵの政策ときたら、ま、それに関しわれわれには何の発言権もないが、実のところわれわれが望んでおらず、おまけに向こうだってわれわれの国に住みたいとは思ってない人々の受け容れ国にしているんです。彼らはただこちらの国内を通過するだけ、それだけを望んでるんだ。第一われわれは、彼らがどれだけわが国にいるのかということすら知らない。しかし彼らがＥＵの国境で追い返されたとき、もともとやって来た自国に帰るよりはわが国に住んだほうがましだと思うんですな。われわれにはうまく対処する手がありません。なにせわれわれは自分たちの問題でにっちもさっちもいかない状態なんです。他人の問題にかかわる余地や余裕もない」

博士は、チェコとスロバキアの両共和国で十五万人もの不法移民が放置されたまま存在しているだろうと推測した。

ポーランドは旧東欧圏のなかで独自の障壁を打ちたて、行き場所のなくなった人々の中間地帯となることを避けようとした最初の国である。一九九三年末までに同国は、ルーマニアやブルガリアなど旧ソ連圏の国々から入国しようとすれば、ポーランド国民からの公式に認知された招待状を提出しなければならないと定めた。追いつめられているチェコはいち早くこれにならい、規制の対象にウクライナ人や旧ユーゴスラビアからの難民もふくめたが、実はこれら両地域からの数万人もかつてはEU域内に受け容れられてきたのだった。ワルシャワとプラハが積極的な手を打つ前に、チェコはまず移民政策を調整し、また人々を密入国させる犯罪組織に対する共同行動の合意をえようとして緊急会議を主催した。ワルシャワからの代表団に加えてスロバキア、ハンガリー、オーストリア——オーストリアは二年とたたないうちにEUそれ自体の移民規制というコルセットを身につけることになるわけだが——さらにスロベニア各国の内相らが出席した。かかる偏狭かつ民族的感情に走るやり方によって一九五一年に締結された政治亡命者保護に関するジュネーブ協定の諸原則が侵食されるのではないかと正当にも懸念《けねん》した国連難民高等弁務官は抗議の声明を発する。

「経済的移民へのあらたな障壁をあわてて設ける過程で、正当な政治的亡命への保護を求める多くの人々が打撃を受けることになるだろう。われわれは関係各国の懸念を理解できるものの、このままでは政治亡命者に対する保護という基本的な権利が危うくなる非常な危険性がある」

イギリスの姿勢に対する批判にこたえて当時の内相ケネス・クラークはこう反論した。[31]

「私はつねに人種関係、移民問題、そして〝開かれた社会〟を持つ必要性に関しリベラルな見解を持っていることを誇りにしてきました。しかしながらそれも、こと移民に関して、また政治亡命者の保護に関して明快な規則と、その規則が受け容《い》れられるのを確かなものにするはっきりとした実施方針と結びついていなければなりません。われわれは経済活動と公共サービスの分野で合理的に吸収できるだけの人員を調節し、かつ理にかなったリベラルなシステムを持たなければなりません」

リベラリズムを公言する一方で、イギリスはまた「要塞ヨーロッパ」をとり巻く外堀をさらに深くするようあおりにあおった。EUの提案では十五の加盟国が非居住者の入国を管理すべく単一のユーロ・ビザを採用するということになっていた。かかるビザ発給の是非は、申請者が十五か国それぞれの個別的な記録にある好ましからざる訪問者、移民、あるいは在留外国人のリストから集められた中央コンピュータに入力されていない者かどうかで決定される仕組みだ。

それでは不充分だとイギリスは主張したのだった。いったんユーロ・ビザを所持する者が一つの国境を越えたら最後、EU全域を自由に移動できるということは、テロリストや麻薬密輸者もまた関係諸国に自由に入国できるようになるということだと指摘したのである。

加盟各国はそれに加えて入国を拒否できる独自の権限を保持できるようにすべきだ、とイギリス側の主張はつづいた。こうした原則は一九九四年八月、欧州共同体に関するイギリス上院特別小委員会から提出された報告によって支持されたが、その報告は、「移民福祉合同協議会」の理事長クロード・ムライスから人種差別に基づく政策だというレッテルをはられた。

このくだりを書くにあたって私が取材上、大いに頼りとした旧EC議会の調査[32]によって人種差別主義、外国人排斥の支持――しかもそれを表明するための明確な形をとった政党や運動――が実際にあらゆるEU加盟国に存在することがわかった。

この報告はオーストリアでヨルク・ハイダーが率いるオーストリア自由党(FPO)の台頭を「流星のように」と記述しているが、ハイダーは自分の両親がナチであったと誇らしげに公言しており、その相当な個人資産は一九四〇年にユダヤ人から収用した森林の入手でえたものであった。

一九九二年を通じてハイダーはオーストリア全土で国民請願を――実質的には非公式

な国民投票を——組織し、外国人排斥の持論を議会の公的な討議にのせようとした。ハイダー提案の一つは憲法に「オーストリアは移民国家ではない」という規定を挿入することであった。また別の提案では、あらゆる外国人労働者にそれと明示した身分証明書を携帯させることによって彼らを二級市民の地位に格下げしようとするものだった。

ベルギー王国の極右派は北部のオランダ語を話すフラマン人と、南部でフランス語を話すワロン人を食いものにしている。「フラームス・ブロック」(VB)はフランドル地方におけるれっきとした一勢力であり、ドイツとの統合を説いてまわり、過激派の「フォールポスト」(前衛)組織と結びつきがある。非合法と禁止されてはいるものの、「フラームス・ミリタンテン・オルデ」(VMO)と呼ばれる地下潜行の軍事結社もひそかに存在しており、一九六〇年代、七〇年代にヨーロッパの主要なテロ・グループと提携関係を結んだ。かつて北アイルランドの過激な義勇軍に対し、もしイギリスのユダヤ人社会に爆弾攻撃を開始するなら八万ドル相当の武器を提供しようと申し出たことがある。アルスター義勇軍はこの取り引きを拒否した。フラマン人は「フラームス・ミリタンテン・オルデ=オダル(世襲地)」グループや「国民戦線」も支持している。

ベルギーのフランス語を話す地方では、いくつかの小さなファシスト細胞が国民戦線傘下《さんか》に入っているが、一方スキンヘッドやサッカー・フーリガンは「新軍事党」(PFN)をつくっている。フラームス・ミリタンテン・オルデや新軍事党のメンバーには言語的、分離主義的な相違を押さえこんであらたな集団「ラソー」（襲撃）を結成し、ブリュッセルで人種的な攻撃を行なっている。ラソーは積極的にスキンヘッドを新党員として獲得し、ＫＫＫ団のフランス支部とも緊密な活動関係を持っている。

デンマーク王国では極右の「デンマーク国家社会主義同盟」が元アウシュヴィッツの親衛隊将校で『アウシュヴィッツの嘘《うそ》』を出版したティース・クリストファーセンから露骨なナチ・イデオロギーの影響を受けており、当人はドイツ当局に逮捕されるのを逃れてデンマークに移り住んだ。また一九七〇年代の初期に印象的ではあるが一時的な勝利を議会で勝ちとった進歩党（ＦＰ）は公然たる人種差別主義的な勢力で、旧ＥＣ議会の報告は次のように認めている。「デンマークにおけるオブザーバーの一般的な見解によれば、ここ数年来、同国の人種差別はますます深刻かつ差し迫った問題となっており、状況はますます極右勢力の成長にとって都合のよいものとなっている」

イタリアでは戦後一貫して、極右勢力が「イタリア社会運動」（ＭＳＩ）を通じて国会に議席を確保してきたが、これはかつて、ムソリーニ政権の閣僚だったジョルジョ・アルミランテが一九八八年に死ぬまで率いた。六〇年代から七〇年代に主要なテロリストとしてイタリア警察の記録にのっていた者の多くはイタリア社会運動に属していた。八五年にフィレンツェ近くの急行列車爆破にかかわったとして投獄されたマッシーモ・アバッタンジェロは後年、国会でイタリア社会運動所属の議員となった。

イタリアの第一共和制を終わらせた一九九四年の総選挙にそなえてイタリア社会運動は党名を「国民同盟」（AN）と変える。指導者のジャンフランコ・フィーニはスキンヘッドの支持者がナチ流の挨拶《あいさつ》をするのを禁じ（しかし「ムソリーニは今世紀のもっとも偉大な政治家」であるという有名な判断は変えていない）、しかも実業家シルヴィオ・ベルルスコーニの率いる右翼政党「フォルツァ・イタリア」（FI）が第二共和制下で最初の短い連立政権を樹立したとき、閣僚に招き入れられるだけの有権者の賛同をえた。戦後はじめてイタリアのファシストは閣僚の椅子《いす》をあたえられたのである。フランス大統領のフランソワ・ミッテランは、他のEU各国指導者や政府が感じた不安を公《おおやけ》に表明した。

党員数という点では小さいものの、オランダ王国の極右「中央民主党」（CD）は国会と地方議会に議席を持っており、この国の政府に対し発言権を確保している。指導者のハンス・ヤンマートは人種差別のかどで有罪の判決を受けたことがある。「青年戦線」（JF）のメンバー多数もおなじく有罪判決を受けている。「国家社会主義行動戦線」（ANS）は、禁止されたドイツのネオ・ナチ組織（ANS）のオランダ分派である。指導者の一人エイテ・ホーマンはかつてドイツのネオ・ナチ指導者だった故ミヒャエル・キューネンのボディーガードを務めたことがある。もう一人のエト・ウィルシンクは、イギリスの「国民戦線」とヨーロッパ大陸のファシスト連絡組織を結ぶ一員である。

反移民、反ユダヤ人の諸政党は〝ベルリンの壁〟崩壊後、東ドイツ人の間に自分たちの主張を聞いてもらえるはけ口をみいだした。東ドイツ人は、自分たちのものだと信じていた職場や住宅が外国人やユダヤ人によって占められているのだという宣伝をたやすく受け容れる下地ができていたのである。入党希望者が反EU、反NATOの共和党（REP）に殺到した。ミヒャエル・キューネンの「ドイツの選択」（DA）にも新入りが押しよせた。スキンヘッド運動は彼らとともに成長していった。

人種的、宗教的な憎悪《ぞうお》は東側全体にひろがった。ルーマニアでは――国内のジプシーがおぞましくも皮肉なことにオーストリアとドイツでは人種的な攻撃の的とされながら――国内のユダヤ人に対する襲撃、ユダヤ人墓地や教会堂に対する破壊行為は宗教的な指導者が〝大虐殺《ポグロム》〟と呼ぶレベルにまで達している。一九九〇年にルーマニアのユダヤ教で最高位のラビ、モーゼス・ローゼンはルーマニアに住む二万人のユダヤ人が戦時中のナチズムを思い出させるようなテロ活動にさらされている、と公に警告を発した。その直後、首都ブカレストで「ヴァトラ・ロマネスカ」（ルーマニアの炉端）という名で知られる組織が結成された。これは戦時中にナチスと協力し、ルーマニアのユダヤ人を絶滅にまで追いこんだことに大きな責任がある「鉄衛団」運動と本質的におなじである。「ヴァトラ・ロマネスカ」が公表した行動計画では、自国内ばかりでなくハンガリー、ドイツ両国内の人種的な不純少数グループやジプシーに対する暴力的な闘争を約束している。

ハンガリーの有力政党「民主フォーラム」は、公然と反ユダヤ発言をする人物たちによって率いられてきた。たとえば民族派グループの指導者イシュトヴァン・チュルカは、第二次大戦以降のハンガリーが経験してきた困難を公然とユダヤ人のせいにし、ブダペスト、デブレツェン、タブにあるユダヤ人所有地は破壊にさらされてきた。スキンヘッド運動はイギリス、オーストリア、旧東ドイツのスキンヘッド運動と連絡をとり合っている。

ストラスブールのEU政治家たちは、排外的、反ユダヤ主義的な「US第三の道」や「ラルーシュ」などアメリカのネオ・ナチ・グループとポーランドのファシストとの結びつきを発見している。ポーランドでは人種的な憎悪が少数民族に向かうよりも、かつて同国を支配していたロシア人に対しより多く向けられている。実のところ同国のユダヤ人は、第二次大戦中のナチスによる絶滅工作が徹底していたせいか人口はきわめて少ない。

ロシアのユダヤ人はそれと比べれば人口が非常に多く、ファシストの「パーミヤット」運動から狙《ねら》い打ちにされ、ポグロムに直面している。パーミヤット運動がモスクワとサンクト・ペテルブルグでまいた選挙向けの政見文書はロシアの〝脱ユダヤ化〟と、ユダヤ人が政府の公職に就くことを法的に禁止せよと提唱していた。

パーミヤットと「ファテルラント」（祖国）といったドイツの極右組織との間にはつながりがある。パーミヤットはサンクト・ペテルブルグで「ロシア共和主義人民党」という名のもとに合法的な政治運動団体として登録されている。旧ＥＣ議会の調査[33]によれば、同党はその人種差別主義を――そしてそれをいかに実行するかを――イギリス国民党から綿密に指導されている。

まさにこうした人種差別的な状況下で――公式なＥＵ国境の東側のあらゆる国々でかかる状況が存在し、はびこっているわけだけれど――宗教的、人種的な難民はＥＵのきびしい要件をみたせなかったばかりに送り返されているのである。きびしいのは決してヨーロッパにおける移民資格ばかりではない。犯罪組織がつけこんでいる状況からもおなじことがいえるのである。ヨーロッパに実際にどの程度まで組織犯罪が侵入しているのかという点に関し行き当たりばったりで統一のとれていない認識に対応すべく、警察当局はますます個人の自由を侵害する立法措置を要求し、もし犯罪から守ってもらいたければ自由をいくらか犠牲にしなくてはいけない、という〝聖歌〟を斉唱しているのだ。リフレーンはこうである。「正直者なら何を恐れることがある？」

それに対する答えは「何もかも」だ。

第十五章　乗っ取り

アイルランド共和軍（ＩＲＡ）がその事業を乗っとろうとした相手は私も面識がある起業家で、なんども事業を起こそうとして失敗してきた人物である。にもかかわらず、多くの起業家《アントレプレナー》と同様、もういちど事業を起こしたいと思うタイプの男だ。

今回はそんな彼にも、革命的なものとなるかもしれない製品を製造する特許権があった。ここで私が説明を受けた細部にまでわたって中身を特定すれば、私に対し長々と、それもさまざまな機会に語ってくれた北アイルランドの人々には当人がいったいだれのことなのかわかってしまうだろう。

もしその男の身もとがわかったら、彼は——おそらく匿名《とくめい》という条件で私に話をしてくれたほかのだれよりも——ゆゆしい肉体的な危険にさらされる羽目になるだろう。彼はいまなお取り引きした相手がＩＲＡを代表していたと信じて疑わないのである。ＩＲＡとはイギリス領北アイルランドのカトリック系過激派の非合法武装組織だ。

したがって私は、その製品がある天然資源の一般に知られた派生物でありながら、画期的な製法でつくられる、と述べるにとどめたい。これはあらゆるレジャー産業で世界的に応用されるだろうし、また世界中の土木事業でも広範に採用されるようになるかもしれない。

　最終的には何十億ドルもの利益が見込まれることを考えれば、最初の開発と工場建設もしくは工場買収の費用はわずかなもので、四百五十万ドルをはるかに下まわる金額だった。しかし以前の投機に失敗していたため個人資産は底をついており、融資を仰ぎたい銀行の目には不安定な経歴ばかりが残っていた。一九九二年末からほとんど九三年いっぱいにかけてイギリスの大手銀行を軒並み訪れ、必要な融資を求めて交渉した。この段階ではイングランドに工場を建てて製造を行なう計画であった。しかしどの銀行の興味を引くことも支援を受けることもできなかった。どこからも、資金援助をするにはまずしかるべき機関による具体的な約束をとりつける必要があると告げられた。九三年の末、全事業をアルスターに移転させるという案をたずさえてロンドンの北アイルランド開発局と交渉した。二人の係官と一連の話し合いを持った。ついに興味を持たれ、熱意すらしめされた。詳細な説明がなされた。

　説明を行なった二週間後、この起業家はアイルランド訛《なま》りの男から電話を受けとる。男は名前を告げた——私はその氏名を知っているが、情報源があきらかになるので当然のことながら公表するわけにはいかないが——自分は代理人だと言った。のちに彼は経営コンサルタントだと名乗った。くだんの起業家が北アイルランドに工場を建設するという計画をある程度までくわしく知っていた。最初の電話があったとき、相手は工場建設の候補地をほのめかしたが、しかし私はここでそれをロンドンデリー界隈《かいわい》という以上には述べないことにする。

ロンドンの北アイルランド開発局に限定されていると信じていた話し合いをどのように知ったのかと起業家がただすと、男は「しかるべき場所に大勢の友人」がいるのだと答えた。北アイルランド開発局にはもちろん、カトリック派と敵対するプロテスタント派の拠点ベルファストにもスタッフがいた。

男はみずから暗に提案したロンドンデリー付近のその村の立地が、南イングランドに住んでいる起業家の小さな村と非常によく似ていると言った。家屋の数もおなじくらいだというおまけまで付いていた。息子さんたちはそこがとても気に入るだろう、と電話をかけてきた男は請け合った。奥さんもね。「私の身もとがイングランドで完全に調べあげられていたのはことわるまでもない。家内が定期的に出かける旅行についても話に出しましたよ。息子たちのこともおなじだった。開発局向けに準備した設立趣意書にはそんな情報は入れなかった。どこにもそんなことを書かなかったし、そうする必要もなかった。私に関する身元調査書をつくってたんですな」

電話の男は起業家に対し、ロンドンの開発局を通じた公式の交渉をできるかぎり推進するようにと助言したが、最後のこまかい資金供与の申し込みをする前に(「相手は手続きのあらゆるレベルに通じてたね」)、自分が起業家にかわって手続きを完了するためにもまず北アイルランドを訪ねてほしいと強調した。「こうやって私はいつも、政府から手に入れる最後の一ペニーまで残らず手に入れたもんなんですよ。やり方を心得てる者がやらないと、手に入るものも入らなくなりますぞ」。政府機関の支援があれば、そのときにあらためて建設と生産に必要で充分な資金を獲得すべくイングランドの金融機関と交渉すればよい(「金融機関ならみんな知ってるし、どうすればいいかもわかってると言ってた」)。

ロンドンの開発局で交渉相手となった係官は、あとで海外に転出させられるが、依然としてアルスターに産業を誘致するイギリス政府の機関を代表しており、その特定の製造可能な製品が海外で売れる可能性についてとりわけ熱心だった。製品のレジャー向け応用の一つが持つ市場範囲は広大なものであり、業者は先を争って買い入れるようになるだろうと語った。後日、アメリカ側がアイルランド人と、長距離電話で、そのあとで個人的に会って話し合う段取りになっていた。

私は起業家が北アイルランドを訪問するとき、この製品を生産かつ販売するために設立される会社の者と称して同行する計画を立てたが、しかし最終の手はずがととのった土壇場《どたんば》になって、起業家が一人でくるようにと要求された。準備の段階では第三者がかかわる必要はないと言われたのである。

その手はずによると、起業家のアルスター滞在先まで電話の男がやってくることになっていた。起業家が男を探しあてられる住所は知らされなかった。電話の男は異様に長い頭髪をしており、ほかに二人の男をともなっていた。一人は弁護士のような印象をあたえたが、三人ともなんらかの法的知識と経験を持っているようにみえた。

電話の男がスポークスマン役だった。もし起業家が彼らを通して働きかければ、開発局に対する補助金の申請が認められる——その割り当てをテコに他のどんな融資も引き出せる——と請け合った。工場を何の妨害も受けずに建設したり、買い入れたりできるとも保証された。何の「ごたごた」も生じないだろうという。

話し合いは工場をアイルランド共和国内に建設するならば、EUからも融資が受けられるかもしれないという点にまで及んだ。アルスターに建設するなら、アイルランドも加盟しているブリュッセルのEU委員会が運営するシステムを通じて、EU域内の貧困地向けの地域的な援助を仰ぐことも可能だ。かかる方針をとった場合、さらに有利なのはロンドンが追加的な資金を支出せざるをえなくなるにちがいない。開発局はヨーロッパのいかなる補助金とも、きっちり同額だけの補助金を出す定めになっているからだ。

ブリュッセルから期待できる経済的な利益についてはおおいに話し合われた。たとえば東ヨーロッパに関心をしめすことで援助システムが拡大される。「私はこう言われましたよ、もし私が東ヨーロッパに——とくにポーランドの名をあげて——アルスターでつくろうとしている製品の販売支店か販売会社を設立するようにみえれば、ブリュッセルから相当な資金を受けとれるだろうとね。ええ、みえればという言葉が使われましたよ。私はどういうことかと問いただなかったし、やりとりがつづくうちにそうする必要もなくなった。こんなアイディアなんですよ。ま、会社をたとえばワルシャワに設立する。名刺や社名入りの便箋《びんせん》などを印刷させて、EUからの開発補助金を受けられる資格をつくる。オフィスなどまったく必要がない。ただ郵便の宛先《あてさき》さえあればいい。しかし仕事をしたがっているという印象をあたえるためにイギリス大使館を訪ねたり、貿易産業省や弁護士と接触をとったりすることが不可欠だ。カネを手に入れてしまえば、あとで東ヨーロッパじゃビジネスをするのはとても無理だと〝結論〟をくだしたとしても、いっさい法に反しないというんですね」

資金集めが可能な先はブリュッセルのEU委員会にとどまらない。アメリカには投資家がごまんといると、相手はこう請け合った。もし製品が価値あるものだと確信しさえすれば――「そして自分たちには彼らを確信させられる自信があるとも言った」――北であれ南であれ彼らはアイルランドに投資する用意があるのだ。「まるで赤子の手をひねるようにたやすいことに思えたし、私もそう口に出して言ったら、そのとおりだときた。これまでたくさんの企業をただ規則や規制に従って設立してきたとも威張ってましたよ。法に触れることは何一つしなかったとね」

話し合いはそれから、長い頭髪の男がどれだけの手数料、もしくは収益を手にするのかということに及んだ。「もちろん手数料はもらう、パーセンテージをベースにして算出するからと。ところが、連中はそれ以上のものを要求しました。経営陣に連中の選んだ非常勤の役員を一人だけ選任してもらいたい、というんです。私は最初のうち特別に難しいことじゃないと思った。それから連中は一定期間、満足のいくビジネスができたら――ビジネスの成功は完全に保証されてると強調しつづけたんです。完全に保証されてるというのが連中の使った言葉ですよ――つまり相当な収益と蓄積ができたら、会社は私の持ち株をすべて買いあげるというんです。ほかの役員たちの持ち株もね。私たちには一生、贅沢三昧《ぜいたくざんまい》の暮らしができるだけのカネが残るだろうって。もちろん私たちにかわって別の経営者が乗りこんでくる。連中は莫大《ばくだい》な収益のあがる会社を手に入れ、私たちは大金持ちになる。連中はこれを完全なビジネス契約だとほざきましたよ」

ロンドンの開発局員は、その男の名前を告げても何一つ知らなかった。私が開発局と連絡をとると、個々の事例や申し込みについては申しあげられないと言われた。だとしたら、起業家の申し込みは――さらには電話番号が――どのようにして北アイルランドの〝代理人〟にわかったのだろうか。「あなたのおっしゃることにはさっぱり心あたりがありません」

起業家と同僚の役員たちは当然のことながら、男の提案に同意しなかった。一九九四年の終わりに彼らはアルスターでも共和国でも事業を展開しようという考えを放棄してしまった。「もちろんアルスター滞在中、私たちは政治紛争についても話し合いました。交渉相手の男たちから、紛争にけりをつける和平手続きがすぐにでも発表されるだろうと言われましたよ。しかし、関係する当事者が一人残らず満足したときには、連中がロンドンから引き出せるものはことごとく手に入れたあとでしょうな」

それはこんな疑問をいだかせる。北アイルランド問題に関係する当事者が一人残らず――共和派もそれに反対するプロテスタントのロイヤリストも――経済的に満足するのは一体いつのことなのだろうか。限定的な答え方をすれば、決して満足することはないだろう。それぞれ対立し合う大義の名において、彼らは犯罪のプロになり果ててしまっているからだ。いまや何もかもあまりに多くのカネがからんでいるのである。

第十六章　金の卵を生むガチョウ

イギリス領の北アイルランドではカトリック教国アイルランドへの統合を熱望する共和派もそれに反対してプロテスタント教国のイギリス帰属を死守せんとするロイヤリストも、たがいに競い合うような暴力的かつ血なまぐさい犯罪的なテロ活動の資金を犯罪によって調達したことは絶対にないと口をきわめて否認する。そんな支援はつねに熱心で惜しみなく寄付をはずむシンパによって行なわれてきたのだという。犯罪はタブーであるばかりではない。犯罪は完全に容認できないものであり、それぞれの自警団は行政当局が遂行できない役割をかわって果たしており、たとえば即決裁判をもって双方の戦場でもある街角から犯罪を一掃している、とテロリストたちは主張してきた。宗教という名のもとにキリスト教を利用しつくした割り合い小さな六つの州からなるイギリス領において[1]、犯罪と戦うその十字軍とやらは、彼らにいわせれば、ルネサンスの寓話に出てくるような処女の純潔性を持っているのだ。

　これはまったく底抜けのナンセンスだった——いや、ナンセンスそのものである。こうした犯罪否定の声明や公共心に富むようなポーズは、これまでつねに真っ赤な嘘《うそ》だった。二十五年間にわたって北アイルランドにおける共和派とロイヤリストのテロリズムは、実のところ犯罪によってこそ維持されてきたのである。テロリズムはやがて終わるかもしれないが、しかしそれが生み出した犯罪は終わることはないだろう。

一九六九年に現在のごたごたがはじまってからの二十五年間というもの、両派の職業的テロリストは、犯罪はペイするというアフォリズムのふくみを完全に理解するようになった。九三年十二月から九四年いっぱいにかけて最新の和平交渉が開始されるずっと以前から、犯罪行為からえたカネの大半はテロリストがその名に忠誠を誓っている組織にではなく、ほかならぬテロリストたちのポケットに入るようになっていた。(2) イギリスの支配から自由を獲得するという――もしくはその逆にロンドンに忠実なままでいたいという――運動の副産物は、犯罪がテロリストとテロリズムのどちら側にも金の卵を生むガチョウとして姿をあらわすということだった。

一九六九年の発端から北アイルランドのテロ・グループ各派は資金集めの犯罪をやってのける一方、常習犯罪者や犯罪者集団による非合法活動の継続を容認する条件として彼らからみかじめ料を巻きあげるといったふた股《また》の仕組みをつくりあげた。

が、このような関係でもそれで終わりとはならなかった。

この金銭ピンハネは――暗黙のうちであれ露骨な形であれ――実質的に北アイルランドの一般市民を巻きこむまでに立ちいたったのである。輸入されたロンドン・スタイルのタクシーは、たとえばベルファスト全域で非公式にではあるが、定期的にバス路線を走りはじめる。料金はバスの切符よりも安く、サービスはずっとよくて客を戸口まで送ってくれる。こんなサービスを利用するのはまったく理にかなっていた。時たま、公共のバス会社があまりに声高く、あるいはあまりにうるさく抗議をすると、みせしめとしてバスが一台か二台焼かれた。また北アイルランドのあらゆる主要都市のどんな建築計画でも、建築にとって必要とされるよりはるかに多くの水増し労働力が書類のうえで計上されるが、これは計画された建物の建築「許可」をうるためのリベートをひねり出すのが狙《ねら》いであった。イギリス本国は北アイルランドの建築労働者に身分証明書を押しつけたが、この悪習を根絶させるにはまったく役立たなかった。そして建物が完成したあと、それが粉々に爆破されてもういっぺん最初からやり直すという羽目になりたくないのであれば、みかじめ料の支払いを継続しなければならなかった。

すでに存在しているスーパーマーケットやパブ、バー、ホテルは爆破されたり、焼かれたりするのを避けるためにみかじめ料を支払っている。ベルファストのオイローパ・ホテルは世界でもっとも数多く、頻繁に爆破されたホテルという記録を持っているし、その真向かいのかつてはヴィクトリア朝のパブ・デザインと建築物のもっともよく保存された見本でも、要求されたみかじめ料を定められた期限に少し遅れて送ったため、支払いがとどこおりがちな人たちにみせしめが必要だというだけの理由で、建物の正面が爆破された。

またおそらく何にもまして最大の嘘は、共和派とロイヤリストの双方がつねに主張してやまない麻薬論議だろう。自分たちは非合法の麻薬がアイルランドの生活を危うくする脅威だとしてきびしく非難しており、密売買人を肉体的に罰し、彼らをダブリンとベルファストの街頭や住宅地区から駆逐するまでになっているというのだ。

ところが、その正反対が真実なのである。

どちらのテロ・グループも、北および南アイルランドの麻薬密売人から商売を許すと引き替えに上納金をとりたててきた。それはテロリストが麻薬からえていた収入のほんの一部にすぎなかった。とりわけ共和派のIRA軍は中東のテロ国家のうちもっとも狂信的なイランから豊富に供給されたヘロインによって、多額の資金を稼ぎ出してきた。

アヘンがとれるケシはイランでは十一世紀から栽培され、使用されてきた。最後最後の皇帝《シャー》を打倒したとき、聖職者のアヤトラたちは、それまでパーレビ王家の管理下にあったケシ畑を残しておいた。皇帝と同じようにアヤトラたちもヘロインの経済的な威力を認識していたのである。皇帝にとってヘロインは大いなる稼ぎ手であり、またその統治下で国内の百万人に達する中毒者の要求もみたしていた。アヤトラたちには、ヘロインがイスラム原理主義を世界中に広めるのを助ける資金源となった。

の解放を求める自由の戦士の旗を翻《ひるがえ》していたIRA軍は、イランの麻薬で稼いだ資金をありがたく受けとるようになるずっと以前から、西側への残虐《ざんぎゃく》な攻撃に責任のある中東のいくつかのテロ国家からおなじようにありがたく現金や武器を受けとり、殺人技術の訓練を受けてきた。たとえばそうしたテロ国家がひそかに誇っている一撃は一九八八年にパンナム航空のジャンボ機をスコットランドはロッカビー町の上空で爆破させ、二百七十人の犠牲者を出した事件である。

ロシアの大統領ボリス・エリツィンによれば、冷戦終結の前までIRA軍はテロリストを煽動《せんどう》していたソ連の旧KGBに武器を求め、おそらく受けとっていたのではないかという。(3)アイルランドの共産主義者マイクル・オーライアダンを通じてモスクワとの交渉にかかわったのは、老練な共和主義者シーマス・コステロとキャサル・ゴールディングだった。二人ともIRA軍の創始者ジョー・カーヒルの同僚であった。一九四二年、当時二十一歳のカーヒルは五人の仲間とともにベルファストの警官殺しにかかわったとして死刑を宣告された。死刑の執行を猶予《ゆうよ》され、そのかわり七年半の禁固刑をつとめあげた。一九七三年にはアイリッシュ海でリビアから——イランに先立つIRAの武器供給国から——武器輸送船に乗っているところを逮捕され、密輸のかどで三年間の刑に服した。

こうした前科のためにカーヒルはアメリカ入国のビザを取得する資格がなかった。ところが一九九四年八月三十一日のIRA軍による休戦宣言の前日に、アメリカ合衆国大統領クリントンはみずからカーヒル入国のため一切の法的な障害を棚上げにした。かくして有罪が立証された殺人者かつテロリストの武器密輸人が堂々とアメリカに入国し、共和主義運動がいかにもそれにふさわしいマフィア・スタイルの言い回しで呼びかけた、イギリス本国がこばもうとしてもこばみきれない和平の申し出に対する最大限のプロパガンダをなしとげることになったのである。

残虐な殺し合いが減少もしくは停止された一方——そして北アイルランド内の状況がそうしたいかなる持続的な減少もしくは停止も不安定のままであるにせよ——非テロリストの犯罪もまた減少するという望みはまったくありえない。それどころか、この先それが相当に増加し、より組織化され、まさにおなじくらい暴力的ではあるが、より利益があがるものになるだろうと見こまれるのだ、それもその報酬を民族主義的ないしロイヤリスト的な目的にあてるという表面的な必要がなくなったからには。

ロイヤル・アルスター警察本部長のサー・ヒュー・アニズリーは、一九九三年十二月に発せられたロンドン、ダブリン間の恒久平和を謳歌《おうか》する共同宣言にIRAがこたえるちょうど一か月前、実際に公《おおやけ》の警告を発している。(4) 彼はその警告をもう一つの警告と結びつけたのであった。情報の分析をもとに判断したアニズリー本部長は、暴力が「はっきりとやむ」には二年、三年はかかるばかりでなく、IRAのような準軍事組織が早々に解体されるとは期待できないだろうとも予測したのだった。それどころか、こうした組織は非合法の麻薬密輸、密売もふくめて――アイルランドはすこぶる都合よく生産国からの数多い密輸ルート上に位置しているだけに――より手ぬかりなく一般的な犯罪に移行するようになるだろうと彼は信じた。おまけにそうした一般犯罪への切り替えは民族主義グループにかぎらないだろうとみる。ロイヤリストの準軍事的各派もそれに対抗して、人殺しもやりかねないようなグループを結成し、かつてその国の分割をめぐって戦ったように犯罪の縄張りをめぐって抗争するようになるだろう、とサー・ヒューは予想するのだ。

本書のこのくだりを準備するにあたって、私はサー・ヒューがそれに基づいて警告を発したたぐいの極秘情報に関与する人物からおおいに啓発された。(5)イギリス本土ではテロリストによる街頭での暴力はやむかもしれない、と私は言われた、しかし北アイルランドでは事態が違う。

「標的は変わる、それだけですね。イギリス軍とロンドンに関するかぎり、それは非常に明白な前進といえるでしょう。しかし、ゆすりたかりは相変わらずつづき、北アイルランド双方の罪なき人々は苦しむでしょうな」

肉体的な危害や暗殺、財産の破壊といった脅迫下のゆすりたかりはこの二十五年間、北アイルランドにおいては双方のあらゆる過激派の主要な犯罪活動であったし、私が入手した情報分析によれば、それはこれから先も継続されるだろうという。(6)ダブリンでもっとも目立つ伝統的な犯罪組織のゴッドファーザーだったマーティン・〝ゼネラル〟・カーヒルが一九九四年八月にダブリンで射殺されたのは、期待される貢物《みつぎもの》と敬意が準軍事組織に払われつづけるべきだ――それも素早く払われるべきだ――という警告だったのである。さまざまなグループが暗殺の手柄を主張するのに熱心なあまり――しかも警察が強制かつ維持すべき法と秩序を執行できないかのように思われただけに――共和派のアイルランド民族解放軍（ＩＮＬＡ）すら最初のうちこの殺人を実行したのはわれわれだと公言したほどである。彼らはやってのけたかったが、しかしやってはいなかったのである。カーヒルが縄張りだったダブリンの南部で、ＩＮＬＡがゆすりたかりのビジネスを行なうべく設けたアジトを焼き払ったからである。

実は共和派のＩＲＡ軍こそ本当の暗殺犯だと認められたのだった、ヒットはまさしくわれわれがやったのだと早々に主張しながらも、あとは悄然《しょうぜん》としてしまったＩＮＬＡ軍およびアイルランド警察当局によって。彼らはさらに、これはダブリンの街頭から頭株の麻薬密売人を片付けるための暗殺だったとも主張した。それはよく使われる嘘であった。カーヒルはたしかに麻薬の密売にたずさわっていた――ほかのあらゆる種類の犯罪にたずさわっていたのとおなじく――そして過去においては、そうしたビジネスをつづけるためにも共和派にカネを支払っていたのである。(7) しかしカーヒルのもっとも緊密な結びつきは反共和派であるロイヤリスト過激派のアルスター義勇軍であり、彼らは、共和派がすばやくカーヒル殺しを主張したのとおなじくこのごろつきとの一切の関係をいち早く否定したのだった。カーヒルは一九八六年にラスボロー・ハウスから十一点の傑作美術品を強奪した際、収益の相当部分をロイヤリストに上納していたのである。

北アイルランドの将来について私が論議し合った情報専門家によれば、マーティン・カーヒルの処刑は、恒久的かつ永続的な平和がカトリック宗派とプロテスタント宗派のテロリストたち、さらには各派の指導者と思われる者たちの間で達成された場合に、この地域で暴力がどのように進展していくかということを暗示している。

「これまでもずっとそうであったように、暴力は占有域をめぐっての抗争になるでしょうが、原因は変わりますね。将来は縄張り戦争になります、ちょうど世界中のどこでもギャングたちがずっと争ってきたように。それぞれ各派とも必要なだけのありとあらゆる種類の武器を持ってるし、おまけにいつだってもっと武器がほしいときにはしっかりと確立され、保証された再補給源を持ってるんですよ。麻薬の場合にしても、同じようにしっかりと確立された補給源がある。もし皮肉たっぷりな言い方をしたければ、それは北アイルランド問題をあつかう場合に職業的な危険を冒すことになるが、一九六九年からこのかたずっとつづいてきた実態は、専門的な犯罪の不当にも保護された訓練コースだったということですね。そしていまや、北アイルランドには一騎当千《クレム・ド・ラ・クレム》の連中がいる。しかもわれわれは単に間抜けなアイルランド人という紋切型で特徴づけられる暴力的な悪党や暗殺者、人殺しのことを話しているだけではないのです。アルスターの――さらにずっと南の共和国の――あらゆるテロ運動の上層部は高度に知的であり、高度に洗練された人たちです。資金は単にゆすりたかりや強盗から手に入れているだけではない。どれだけの詐欺《さぎ》行為によってEU委員会から北アイルランドのテロリズムに資金が流れてきたか見当もつきません。もしその数字が判明するとすれば、それは呆然《ぼうぜん》とするほどの金額になるのじゃないか。数千万、数億ドルに達するでしょう。テロ・グループの指導部は少なくともどんな金融機関のどんな経営者ともおなじくらいに、世界の中心的な金融市場でどうカネを動かしたらいいかちゃんと心得てますよ。マネーロンダリングや番号だけで通用する銀行口座、銀行の守秘義務がやかましい国々についてもちゃんと知ってますね」

二十五年にわたって北アイルランドは、イギリスを特定の標的に戦慄《せんりつ》すべきテロリズムをつづけてきた。

一九九五年以降、その標的は――単にイギリスばかりでなく他のEU加盟国からみても――変わるだろう。といって彼らへの懸念《けねん》はいささかも減少しはしないだろう。どちらかといえば、それはむしろ増大するにちがいないのである。

第十七章「神の御心《インシャラー》のままに(1)」

ＥＵ全域の対敵情報機関や公安警察はおしなべて、中東の広大な地域を越えて過激なイスラム原理主義が出現かつ成長することは、十五のＥＵ加盟国それぞれの国内的な安定にとって最大の脅威だとみなしている。これら各国の政府はすべてかかる懸念《けねん》を共有しており、それぞれの公安機関がくだしたそうした状況判断に同意している。十五の加盟国はテロリズムに対しきわめて深刻に注視しており、テロリストのスポンサーと認められる中東の諸国に援助を禁じる協定に——少なくとも公然と——従ってはいる。にもかかわらず、ここでもまたそれを実行するにあたって統一と同じ程度の不統一が存在しているのである。

ＥＵは特定国家の支援を受けたテロリズムによって安定が阻害される可能性がすこぶる明確であるため、もともとヨーロッパの麻薬問題を監督すべく設けられた閣僚グループにとくにこの案件を移管した。一九七五年にローマの〝トレヴィの泉〟の近くで結成されたこのグループは、九二年二月にＥＵ設立のマーストリヒト条約が調印されるまでは、地名にちなんで「トレヴィ」という名で知られてきた。九二年にトレヴィはマーストリヒト条約の調印によって閣僚グループに責任を持つ「警察協力会議」（ＰＣ）にとって代わられた。つまり、トレヴィのテロリズムに対する責任も同会議に移されたわけである。かかる改革が行なわれるまで、トレヴィの旗のもとでなんどか開かれた各国の内相会議で、イランが資金と武器の両面でテロリズムをあおりたてるもっとも活発な中東国であると認定されていたのを私は知っている。[2] 実のところ、ロンドンは——非公式にも（閣僚レベルの秘密会議で）、公式にも（ダグラス・ハード外相と他の外務官僚たちが頻繁に断固たる声明を発表したりして）——ＥＣのイランに対する政治的な〝村八分〟を先導したのだった。それはイランの故ホメイニ師が八九年二月に敬虔《けいけん》な全イスラム教徒を拘束する「布告《ファトワー》」を発し、小説『悪魔の詩《うた》』でコーランへの冒瀆《ぼうとく》を行なったとしてイギリスの作家サルマン・ラシュディの処刑を命じたからである。以来ラシュディは身をかくして、四六時中イギリスの武装刑事に守られて生活しなければならなくなった。

中東の支援を受けたテロリズムの発生とその増大をあきらかにすべくイギリス内務省から特別に任命された係官たちは、ヨーロッパでテヘランに責任があるとされる少なくとも十一件の暗殺リストをまとめあげた。[3] これに加えて係官たちは——背後で殺人任務を指揮するイラン人当局者の名前までふくめて——北アイルランドのＩＲＡがより多くの暗殺者《ヒットマン》を提供するよう接触を受けていたという反論できない証拠すら入手した。

一九九四年八月、フランスは八〇年代半ばに経験したようなテロリストの無差別報復をさけようとして、スイスから殺人で指名手配されていた二人のイラン人をバーゼル当局に引き渡すかわりにテヘランに追放し、スイスを怒らせる——一方EUのパートナーたちの軽蔑《けいべつ》を買う——道を選んだ。しかしながらフランスはたちまち、原理主義者によってアルジェのフランス大使館員を五人も殺害され、積極的な対応をせまられて、まさにそうした報復の脅威と直面せざるをえなくなった。しかるべき手を打つに際してパリは、フランスもまた狂信的なイスラム教徒によって国内の治安が脅威にさらされていると率直に認めたのであった。

一九九四年のおなじ八月に、政治的な野望に燃えるフランスの内相シャルル・パスクアは、スーダンの首都ハルツームから「カルロス・ザ・ジャッカル」の悪名でよりよく知られたイリッチ・ラミレス・サンチェスを連行することにより国際的な称賛をえて得意になった。このアルゼンチン生まれのテロリストは、西側の情報機関によれば二十五年にわたる爆破と殺人をかさねてきた経歴中、自分の手で八十三人も殺害したとされる。スーダンがフランスの対敵情報機関である「対外保安局」(DGSE)に協力した主たる理由は——フランスからの資金援助に加えて——ワシントンの国務省やCIAが主張するテロリスト支援国家に援助を禁じる国際的なリストから自国の削除をハルツームが熱心に望んでいたからだ。まさにそのおなじ理由からも、この二十年来アンタッチャブルな状態の、多年にわたってカルロスをかくまってきたもう一国のシリアが実は、いつカルロスがダマスカスを発《た》ってスーダンに向かうかを外交ルートを通じてフランスに知らせたのだった、一二七八番というイエメン外交官パスポートを持ってハルツームでつかまる一年も前に。イエメン政府はカルロスの逮捕後、彼が所持していたパスポートは偽造であると主張したが、この国もまたアメリカのテロ支援国家リストにのっていたのだ。

ＥＵもアメリカ合衆国も狂信的な原理主義は――単にヨーロッパにとってのみならず中東全体にとっても――危険なまでに安定を脅《おび》やかすとみなしている。なにせいったん出されたら取り消しがきかず、しかも「聖戦《ジハード》」で死んだイスラム教徒は即座に天国に送られると説く「布告《ファトワー》」が発せられるのである。さるヨーロッパの情報源が私に語ったところによれば、かかる宗教的な狂信はテヘランやイスラム教の導師《ムッラー》から発せられる布告に盲従したもので、西側にとっては抑制も阻止もできない潜在的なテロリスト勢力を生み出したのだという。[4] このおなじ情報源はまた、湾岸戦争の〝砂漠の嵐《あらし》〟作戦が首都バグダッドとイラクの独裁者に対する最終的な攻撃が行なわれる前にいち早く打ち切られたため、サダム・フセインが権力の座にとどまるのを許したのだときわめて生真面目《きまじめ》にほのめかしさえした。[5] その理論的な根拠は奇異に思われるかもしれないが、しかし多くのアナリストがこれを支持しているのである。フセインは残忍なやり方であらゆる反対派ばかりでなく自分に従う者たちさえ粛清することでみずからの地位を維持してきただけに、当人を抹殺《まっさつ》したら権力の配置にまったくの真空状態が生じるだろう、とくだんの読みはつづく。その真空をみたす唯一《ゆいいつ》の勢力といえば、イランから国境を越えて侵入してくる原理主義しかない。ヨルダンのフセイン国王の地位も、湾岸戦争中はきわめてもろいものであった。このおなじ宗教的な運動によって打倒されてしまうかもしれないという読みだった。エジプトのムバラク大統領にしても例外ではない。この悪夢めいたシナリオでは、原理主義者とイスラム教徒とが——ヨーロッパも西側世界も彼らとどう交渉すべきか、もしくはどう対処したらいいのかまったくわからないままに——実質的に中東をとり巻いてペルシャ湾にまで広がり、かつ世界の原油の莫大《ばくだい》な量を支配する一群の国々を左右できるようになるというのだ。サダム・フセインはよしんば精神的に予測のつかない人物かもしれないにせよ、いまのままの地位に残しておくほうがはるかに安全だし、それはまたヨルダン国王を支援するという現実的な意味合いにもなった。つまり、サダム・フセインの場合は西側がその手の内をよく知っている悪魔のほうが——たとえまさしく文字どおりこの言葉にふさわしい人物であったとしても——西側のまったく知らない、そして知られることを望みもしない集団やなんとか委員会（イラン最高安全保障委員会）あたりを相手にするよりもずっと、ましだというわけである。

イランの原理主義者から西欧世界に仕掛けられるジハードのゲリラ組織とみなされているのは「神の党《ヒズボラ》」であり、レバノン戦争中に出現してイラン革命防衛隊の盾《たて》のもと

——情報機関筋にはヒズボラとの区別がつきがたいとみる向きもあるにせよ(6)——テヘランからばかりでなくレバノンのベカー平原からも軍事行動に打って出ている。ヒズボラ海外部門の指導者は女っぽい声を発し、髭《ひげ》もじゃの隠者みたいなレバノン人イマド・ムハニエで、テロリストとしての経歴はかの「カルロス」よりもさらにけばけばしい。CIAのファイルによれば、ムハニエは一九八三年ベイルートのアメリカ大使館やアメリカ海兵隊司令部に爆弾をつんだトラックで自殺攻撃をかけ、二百四十一人のアメリカ海兵隊員を死亡させた事件の主たる立案者として名前があがっている。(7)レバノン内戦中に四十人以上の欧米人——テリー・ウェイト、ジョン・マッカーシー、ブライアン・キーナン、ジャッキー・マンら——を誘拐した「イスラム聖戦機構」という名で知られるグループを指揮し、八五年六月にはアメリカのTWA機をハイジャック中にアメリカ人の殺害にかかわったとして合衆国の起訴状に名前をあげられている。八八年四月にはクウェートのジャンボ機をハイジャックしてキプロス島に着陸したとき、投獄されている二人のテロリストを釈放せよという要求をクウェート側がこばむと、機上でみずから二人の乗客を射殺している。最近では九四年八月に起きたアルゼンチンのイスラエル・センターを爆破して八十二人を死亡させた事件と、このときだけは死者の出なかったロンドンのイスラエル大使館爆破を計画した張本人だ。厳重な警護下、テヘランで豪奢《ごうしゃ》な生活を送っている。

イランはヒズボラに資金援助をしているばかりでなく、信条や目的がなんであれあらゆるヨーロッパのテロ組織に対する給与支払い者かつ支援者である。革命というのが唯一の条件である。これら組織のなかにはIRA、スペインはバスク地方のETA運動、謎《なぞ》につつまれたギリシャの「11月17日」グループ、トルコはクルド人のPKK、コルシカの国民解放戦線などがある。

イスラエルと親善関係を樹立するまでイランはまたシリア、アルジェリア、スーダン、イエメン、リビアの諸政権とおなじくパレスチナ解放機構（PLO）にも支援を行なってきた。リビアの指導者ムアマル・カダフィ大佐はもはや革命的テロリズムを援助していないと断言するとき、一貫して嘘《うそ》をつきつづけている。イギリスのさる情報機関筋は、一九九四年八月にIRAが停戦を宣言してからも、アイルランドのテロリスト組織の小部隊がいくつかトリポリで歓待を受けつづけたと信じている。(8) たしかにリビアの首都は、その活動が——思いがけなくも皮肉なことに——ヒズボラを生み出すことにつながった世界でもっとも悪名高く残忍なもう一つのテロリスト向け避難所として知られている。

対テロ機関のファイルには、PLOの過激派「ファタハ革命評議会」（FRC）の指導者を通常「アブ・ニダル」という工作コード名で記載されているが、(9) 本名はサブリ・エルバナである。背の低い、鋭い顔立ちの頭が禿《は》げかかった人物で、一九九一年にトリポリで心臓手術を行なって以来ずっと健康状態がすぐれない。健康状態が思わしくないためにファタハ革命評議会は——すでに内紛から分裂しており——活動を縮小してきたが、しかしワシントンの国務省は九三年になってこの組織を世界でもっとも危険なテロ・グループから格下げしただけである。アメリカのテロリスト記録にはファタハ革命評議会が行なった九十件のテロ活動があげられている。[10] 八五年十二月、ローマとウィーンの空港でイスラエル国営航空エル・アルのカウンターを攻撃して十七人の死者をだしたのはアブ・ニダルのファタハだった。そしてあくる年、ユダヤ教の教会堂《シナゴグ》を爆破したときは二十一人を殺した。

一九八二年六月にロンドンのパーク・レインで、ファタハがイスラエル大使シュロモ・アルゴフを暗殺しそこなった一件は、のちに皮肉な反響を残す羽目になるエピソードだった。二日後エルサレムはこの暗殺未遂をレバノン侵攻の口実にあげたが、しかし侵攻作戦はとんでもない判断ミスになった。紛争はその後何年もつづくことになり、やがてはヒズボラの結成へとつながった。国務省はこのテロ組織を「過去十年間のテロリズムのうちもっとも凶悪な行為のいくつかに対し責任」があると決めつけている。[11] ファタハは、いまやイスラエルと講和したヤシル・アラファト議長が率いる主流のPLO組織から離脱した分派である。かかる分派活動のためにアラファトは一九七三年に欠席裁判でニダルに死刑を宣告している。リビアのカダフィ大佐がニダルはトリポリには生存しておらず、実際には死んでいると言うのはもう一つの真っ赤な嘘である。この主張は——スーダンがカルロスの身柄引き渡しに協力したのと同じ伝で——リビアに対する西側の受け容《い》れと承認を勝ちとろうとしたものである。リビアは、イギリスかアメリカで裁判にかけるべくアブデル・バセット・アル・メグラヒとアル・アミン・ハリファ・フィマの二人の身柄引き渡し要求をカダフィが拒否したために国際社会から追放されている。二人とも英米の捜査当局から一九八八年十二月にパンナム一〇三便に爆弾を仕掛け、ロッカビー上空で爆破したリビア人だと名指しされた人物である。カダフィの拒絶に対し国連は九二年四月にリビアへの制裁を発動した。

アル・メグラヒとフィマがリビアの首都トリポリに存在していることは、一見この上もなく明確にリビアをロッカビーの爆破事件と結びつけるように思われる一方、シリアとイランをこの残虐《ざんぎやく》な事件に結びつける情報もいくつかある。(12) たとえば一九九一年三月のアメリカ国防総省の報告はイランの元内相アリ・アクバル・モンタシェミの名をあげて、彼はシリアに支援されたPLO内の過激派「パレスチナ解放人民戦線」(PFLP)に対し、八五年にアメリカ海軍の軍艦ヴィンセンズによってイランのエアバスが撃墜された事件の報復としてパンナム便を破壊することと引き替えに六百五十万ポンドを支払った張本人だとしている。しかしイギリスの情報機関はイランの関与を〝ガセネタ〟としてしりぞける。シリアのアサド大統領はスーダンの指導者やカダフィ大佐とおなじく、テロから距離をおきたがっており——それも似たような理由からで——世界のトップクラスにランクされるテロリストの指導者のもう一人が自国の首都ダマスカスに住んでいることを認めるのを拒否している。

もし彼の宗教が許し、型どおりの白いあご髭をはやして赤い服を着れば、でっぷりと太って豊かな白い口髭をたくわえるアハメド・ジブリルは、さしずめクリスマスのデパートに飾るサンタクロースに打ってつけだろう。パレスチナのテロリズムに対するその献身ぶりは、こうした善良そうな外見を裏切っている。当人とその家族は一九四八年にイスラエルから追放されたのちシリアに定住した。アブ・ニダルと同様――これまたヤッファ（イスラエルのテルアビブと合併した港町）生まれで――憎しみをこめて中東和平に反対しており、アラファト議長をパレスチナ人の敵だとして一蹴《いっしゅう》する。組織だった専門知識やシリア軍将校として勤務中にえた訓練とを用いて、ジブリルはテロリストとしてのキャリアを六八年七月に発生したイスラエルのエル・アル航空機ハイジャック事件で開始した。七〇年にはスイス航空機への時限爆弾持ち込みを計画し、チューリヒからテルアビブへの飛行中に爆発させた。四十七人の搭乗員、乗客が死んでいる。

トレヴィ・グループやそのあとを継いだ委員会、協力会議が頻繁に会合を開いてきたところをみれば、みた目には旧ＥＣも真に団結したうえテロと戦っているかのような印象をあたえた。(13) しかしそれは――旧ＥＣ域内の警察統合問題とおなじことで――完全な思い違いである。不統一のもっとも悪名高い一例が一九九三年の秋、ロンドンがアルジェリアの過激派原理主義グループ「アン－ナハド」(ルネサンス)の指導者ラシッド・ガヌーチが入国することを認めたときに生じた。頭髪が白くなりかけてあご髭をはやしたガヌーチは大学の講師で、その組織は隣国チュニジアの政府転覆を誓っており、八七年にもチュニジアで何件かのホテル攻撃を計画し、何人かのイギリス人観光客が負傷している。その一人ヘレン・ストローチは片足を失った。この残虐ぶりで果たした役割を問われて彼はチュニジアの裁判所から終身重労働刑を言い渡されたが、その年にゼイン・エル・アビディン・ベンアリの大統領就任を祝う大赦によって釈放された。ガヌーチはベンアリの政権をテヘランにモデルをとった原理主義体制に置き換えるキャンペーンをつづけたが、おそらくテヘランが間違いなくアン－ナハドに資金と武器の援助を行なっていたにちがいない。このキャンペーンは九一年に最高潮に達し、チュニジアの情報機関は大統領のジェット機をスティンガー・ミサイルで撃ち落とすというガヌーチの計画に気づく。ガヌーチはスーダンに逃れ、イスラム復興運動の実力者ハッサン・トラビの保護下に入ったが、その率いる「民族イスラム戦線」(NIF)によってスーダンはアメリカのテロ排除リストにのる羽目となった。チュニジアの軍法会議は欠席裁判で、ガヌーチに対しさらなる終身懲役刑を宣告した。このことは九三年八月、スーダンの外交官パスポートを所持したガヌーチがイギリスに住む許可をあたえられたとき、イギリスの外務省も内務省も知っていた。本書を執筆中の時点でも、彼はロンドン北郊ハルズデンのテラス・ハウスに住んでいる。

「信じがたいし、筋も通らない話だ」というのが、さる反テロリスト情報工作官の判断だった。(14)私の諒解《りょうかい》するところによると、パリからの批判は——一九九〇年にジュネーブでイランの反体制指導者マスード・ラジャヴィの実弟カゼム・ラジャヴィが殺害された事件に関連して逮捕した二人のイラン人をこのほど釈放して以来、フランスの姿勢は偽善の色合いを帯びているにせよ——それ以上に率直なものであった。(15)ロンドンが原理主義者のテロに反対するために何の真剣なかかわりを持ちもしなければ、その意思もないのかとパリは疑ったのだ、あるいは実際にロンドンは自分のやったことを心から理解していたのだろうかと。

姿勢の一貫性にかけては決して有名ではないロンドンも一九九四年八月になると、アルジェリアの指導的な原理主義者アンワル・ハデムがロンドンで講演を行なうための入国ビザは認めないだろうとあきらかにした。ところが理解に苦しむことにテロリストを排除する合衆国政府はハデムがワシントンに住むことを許しており、そのハデムは、もっとも過激な原理主義派「武装イスラム集団」(ＧＩＡ)と同盟を結んでいるのである。その主張するところは、アルジェリアにいる外国人の皆殺しである。公式にはハデムはみずから「イスラム救国戦線」(ＦＩＳ)の欧米派遣議員代表団団長だと称している。ＦＩＳは反体制派であり、九二年二月に非合法化されている。その軍事組織である「イスラム救国軍」はアルジェリアで五人のフランス領事館員を殺害した事件に責任があるとパリは考えている。九四年九月、フランスのテロ取締当局は、パリ郊外のクリシーとフランス南東部のエクサン・プロヴァンスで、イスラム救国軍の武器集積所が発見されたことをあきらかにした。手入れに先立つ五か月前、フランス生まれのアルジェリア人アブデル・ハキム・ブートリフがムルト・エ・モーゼル県の仏独国境で、わずかの爆発物や武器、電子装置をフランス国内に持ちこもうとしているところを逮捕された。これらの武器類はアルジェリアのイスラム救国戦線の指導者ラバ・ケビルが支給したものだった。クリシーとエクサン・プロヴァンスで武器集積所が発見されたのとおなじ月に、パリは国家の安全保障と公共の安全のために退去が緊急に必要な外国人を一切の法的な手続きを踏まずに国外追放を許す一九四五年の法律に基づいて二十人のイスラム戦士を西アフリカの旧フランス領、ブルキナファソ共和国に追放する。イスラム原理主義者の対仏テロは九四年のクリスマスにエスカレートし、百七十人の乗客が乗ったエール・フランスのエアバスをハイジャックした。フランス警察の特殊部隊「武装警官突入グループ」(GIGN)はイギリスの「空軍特殊部隊」(SAS)の支援を受け、マルセイユで同機を急襲した。パリに向かう同機を爆破するつもりだったとフランスの情報機関が信じる四人のハイジャッカーを射殺した。その翌日、原理主義者は報復としてアルジェリアのティジ゠ウズーという町で四人のローマ・カトリック神父を殺害した。テロ活動はイギリスにまで広がるだろうという警告も彼らから発せられた。

情報機関の確信によると、原理主義派のテロは、テヘランによって何も中東とヨーロッパでイスラム革命主義者勢力を調整することに限定されているわけではない(16)。イランは国際的な革命をめざしているのである。

そんな目的を達成するために、イランはその首都でヨーロッパのあらゆるテロ・グループの会議さえ主催している。自由戦士の哲学に基づく連帯のジェスチャーとして、主催者側はとくに全代表団がテヘラン駐在のイギリス大使館に隣接する道路を車で行進する行事すら加えた。かつて戦時中の指導者ウィンストン・チャーチルにちなんで名前をつけられていたその道路は行進が行なわれたとき、ベルファストのメイズ監獄で権利の行使が許されなかったことに抗議し、最初にハンガーストライキを行なって餓死したIRAの一員にちなんでボビー・サンズ通りと改名されていた。

この会議は一九九三年十一月に召集された。少なくとも一つの革命の成功を象徴して、会議はかつて故パーレビ国王の一族が住んでいたテヘランのフェイルジ宮殿で開かれた。代表団はここに滞在した。多彩な顔触れであった。西側の情報機関はIRA、ETA、アブ・ニダル・グループの代表者たち、「パレスチナ解放人民戦線総司令部」(PFLP・GC)、日本赤軍らの参加をはっきりと確認している。もちろん多数のヒズボラ派がいた。代表団はイランの革命防衛隊司令官ムシン・レザイによって歓迎された。革命家の代表団は厳密に限定された議題を論じ合った。すなわち、いくらか〝ジハード〟までにはいかない西側へのテロ攻撃に資金援助を行なうイランの計画についてだった。実質的にＥＵ全域のあらゆる主な首都が――ロンドン、パリ、ボン、ローマなどがとりわけリストにあがっていて[17]――爆破と暗殺の標的にされる段取りになっていた。が、一九九三年にＥＵの情報活動によるきわめて申し分ない証拠文書の作成かつ確認作業が実施されたので、この一時期にかぎりＥＵ域内の反テロリスト各組織は短期間ながら前例のないほど協力し合って共同活動を行ない――「われわれが待ちわびているＦＢＩのように[18]」働き――そんな攻撃を挫折《ざせつ》させたのだった。ＥＵ側の共同行動はテヘランが意図していた全ヨーロッパの混沌《こんとん》を回避させたわけである。

イギリスの情報機関がイランとＩＲＡの最初の接触をキャッチしたのは一九八一年にさかのぼる。この年、イランの外交官がいまやイランでは殉教者として仰がれるボビー・サンズの葬儀に出席すべくはじめて北アイルランドのベルファストを訪れた。この初訪問に引きつづきイランの聖職者で、イギリスの新聞から「マシンガン・ムッラー」とあだ名されたホヤトレスラム・ハディ・ガファリがベルファストを訪問する。イランに原理主義者の支配をもたらした革命の最中とその直後、みずから六十人の親国王派の役人をマシンガンで射殺したイスラム教の導師《ムッラー》である。ガファリからＩＲＡ軍の政治組織「シン・フェイン党」に対して革命を激励する八二年六月の「世界行動者会議」に代表団を参加させるよう招待があり、即座に受け容れられた。シン・フェイン党もまたお返しにダブリンで行なわれた年次総会にテヘランを招待すると、これまた即座に受け容れられた。

ＩＲＡ軍は活動資金として年間七百五十万ドルを必要とする。一九九四年八月に停戦しても、その活動費は減少しなかった。イランは八〇年代の初頭に、ＩＲＡが組織的な犯罪活動を通じてどれだけ荒稼ぎをしようと、活動資金の大半を提供する用意があることをあきらかにした。亡命したイラン外交官ミル・アリ・モンタザム博士によれば――かつてロンドンのイラン大使館で一等書記官兼首席法律顧問を務めていたが――ＩＲＡに軍資金を渡していたのは〝マシンガン・ムッラー〟ことハディ・ガファリだったという。モンタザムはイギリス情報機関の事情聴取官に対し、ガファリはロンドン、ダブリン、テヘラン間を往来する秘密情報工作員の活動を指揮していると語った。また平均六百万ドルの水準がつねに維持されていた資金を、銀行口座の秘密が守られているイギリス領チャンネル諸島のジャージー島を通じて運用していた。この資金は、故パーレビ国王がロンドンのイラン大使館を飾っていた控えめに評価しても三千六百万ドルの価値がある美術品を適正価格の何分の一かで売り払うことによってまかなわれた。事情聴取でモンタザムは、ロンドンの大使館でイラン外務省の職員であるアブドラ・ジーハンから――美術品売却の成果として――金の延べ棒と紙幣の山をみせられたと語っている。その五年前、当時まだ学生だったジーハンはテヘランのアメリカ大使館を急襲し、五十二人のアメリカ人外交官を人質にとった戦士の一人だ。

モンタザムの状況説明によって、イランの資金的な対IRA支援はその政治組織であるシン・フェイン党の指導者ジェリー・アダムズが一九八七年十二月にみずからテヘランにおもむいたときに確立されたことも確認される。同年の早い時期に二人のIRA特使がベイルートに出かけ、アイルランド人の人質ブライアン・キーナンの釈放を交渉するが、失敗を見越しての宣伝効果をねらった努力のあとで、アダムズのテヘラン参りが行なわれたのである。

アダムズ訪問後の六年間にわたって――この期間中にもキーナンの自由を確保しようとして失敗したが――ヨーロッパの情報機関はEU域内のいたるところで行なわれたIRA派テロリストとイラン当局者、およびヒズボラとの一連の秘密会談を地図上に記入していった。情報機関の記録にのせられた都市にはボン、ハーグ、パリがあった。それぞれの都市にはイランの外交官パスポートを所持する男たちが待機していた。通常の所属はイランの情報機関であり、全世界のイラン・テロ活動に責任を持つ情報保安省（MOIS）だった。ハディ・ガファリはこれら会合のいくつかに参加していた。九三年まで情報保安省のボン支局を率いたアリ・レザ・ハキキアンも、後任のヴァヒル・アタリアンもそうだった。

イギリスの情報機関によれば、情報保安省のボン支局はイランの情報工作とテロリズムの司令部である。[19]とりわけEUの全域で作戦活動を行ない、テヘラン政権の反体制派を標的にしている。一九九三年に情報保安省の高官アミル・フセイン・タガヴィがドイツの首都でテロリストの秘密集会を開いたとき――タガヴィはイランの相当なヘロインをテロの資金援助に流用する計画を立てた人物であるが――集会と並行して情報保安相のアリ・ファラヒヤンが飛来しており、ドイツ政府当局者との間で公式な協力協定に署名しつつあった。フセイン・タガヴィは先のおなじイギリス情報機関筋から、ヨーロッパにおけるイラン・テロリズム全体の指導的な地位にあるとみなされている。ロンドンはアリ・ファラヒヤン情報保安相によって署名された協定に対し、ボン政府に外交上の抗議を行ない、作家サルマン・ラシュディへの暗殺布告を機にEUは反テヘランで団結しているはずではないかとむなしくも想起させた。

こうした一連のヨーロッパでの秘密会合は、一九九三年にテヘランのフェイルジ宮殿で開かれたテロリスト・サミットで最高潮に達する。しかもサミットの分科会でIRAはテヘランから資金と武器の支援を受ける見返りとして原理主義者の敵を暗殺するよう依頼されたということもイギリスの情報機関は確認した。[20]

このサミットが――そしてそこから派生した暗殺会議が――開かれている間に、別のIRA代表者たちはダブリンとベルファストで秘密交渉をかさねており、結局それが一九九三年十二月に首相官邸ダウニング街十番地から発せられた和平宣言と、九四年にアイルランド共和派運動との停戦合意へとつながっていくのである。テヘランのフェイルジ宮殿で提示された暗殺リストには三人の名前があがっていた。イランの元大統領でフランスに亡命中のアボルハッサン・バニサドル、反体制派の「ムジャヒディン・ハルク党」（イスラム人民戦士機構）からはボンに住んでいるジャヴァド・ダビラン、そしてロンドンに亡命中の女優ファルザネ・タイディだ。彼女はアメリカ生まれの女性に扮《ふん》し、イラン人の夫に誘拐され、革命後のイランにつれ去られた子供をとり返そうとする物語を描いた一九九一年の映画『星の流れる果て』に出演している。私のえた情報によれば、[21]サミットはIRAがイラン政府の当局者と殺人に関する論議に巻きこまれた最初ではなかった。ずっと以前に殺人に関する話し合いが持たれており、それは一九七九年に国王が打倒された直後のことであった。当時、まだ後年ほどよく訓練されてもいなければ組織化もされていない情報保安省の職員たちは、テヘラン側の暗殺者がどうやれば国外に逃れたイラン人を殺せるかについてIRAの指導を求めたのである。

当時の暗殺リストにあがっていた名前は、パーレビ国王の義弟フエレイドン・ジャム将軍、旧帝政下で最後の首相をつとめ、一九九二年にパリで殺されるシャプル・バクティアル、それからかつて駐米大使だったアルデシル・ザヘディである。

一九九三年に求められた暗殺をＩＲＡが実行することに同意する見返りとして、テヘランは恐るべき大量の武器と装備のストックを供給する段取りになっていた。通信機器や盗聴装置、ＩＲＡがほしくてたまらなかったスティンガー地対空ミサイル、イギリス本土での爆弾テロで使いきったリビア提供の備蓄を回復するのに充分な量のセミテックス爆薬、イスラエル製のウージー機関銃や弾丸、ピストルなどがふくまれていた。

現金で釣るという手も使われた。本物のドル紙幣で約五十三万ドル分、それに加えて六百万ドル相当の巧妙に偽造されたニセドル札。ニセ札は早い時期からテヘランが二重の目的をもって全テロ・グループのクライアントに供給していた。革命の経費支払いを引き受ける際の安上がりかつ便利な方法だったし、最高の異端国家であるアメリカ合衆国の通貨に対する直接的な攻撃でもあった。何十億ドルにもおよぶ見事に偽造されたドル札がヒズボラの手で、技術的には凹版印刷として知られる、つまり本物の紙幣を製造するのに使われる機械で印刷された。かかる印刷機は本物の用紙に本物の紙幣を印刷するわけだが——ニセドル札には本物の紙幣にある盲人用点字はあったものの、肝心の用紙は本物ではなかったし——そんな凹版印刷機の所在はリヨン（フランス）のインターポール本部でリストがつくられていたのだ。このリストによれば、一台の凹版印刷機が打倒される前のパーレビ国王に供給されていた。ロンドンも頻繁にそうしたニセ札があふれるヨーロッパの首都の一つだと認めるイギリス情報機関によれば、この印刷機はレバノンのベカー平原にあるヒズボラの本拠地か、テヘランの郊外タクティー・ジャムシドにある周知の工場のどちらかで使われているとされる。(22)

ＩＲＡは、イランから指名された政敵の抹殺《まっさつ》を請け負うヒットマン投入の要求を即座に拒否はしなかった。一九九四年二月になってはじめて――並行して秘密裏に交渉されていた和平を求める宣言がロンドンとダブリンでなされて二か月後、そしてそれがシン・フェイン党とＩＲＡによって長々と熟慮される過程のあとで――テヘランはＩＲＡから殺しの請け負いはしないと告げられたのだった。

その時点までに、ＭＩ６という別名で知られるイギリスの対外情報工作機関は――しかも同機関を通じて外務省もまた――ＩＲＡのサミット出席と別室で行なわれた殺人契約をめぐるヒズボラとのやりとりを実質的に一言一句まで知っていた。この情報は壁に埋めこまれた装置でロンドンのハイド・パークを見渡すイラン大使館を盗聴することによって大いに補強かつ確認されたのだった――この盗聴工作は一九九四年五月、イランの大統領アリ・アクバル・ハシェミ・ラフサンジャニから公式の抗議を受けた。ただはっきりしなかったことは何かといえば――つまりほかのＩＲＡ代表者が和平を交渉中にもっとも重要かつ見つからぬジグソーパズルの一片は何かといえば――共和派本部の対応はどうだったのかということである。

かかるジレンマを解決した手法は――しかもアルスター和平が方針どおりに継続され

たのは——最高の情報工作がおなじく最高の外交政策と一体となって、情報活動に使われた一ペニーまでも正当化する教科書的な見本だった。

究極の責任を負うイギリス首相のジョン・メージャーに一切を内示したうえで、ＭＩ６は一九九三年十一月にフェイルジ宮殿で開かれたテロリスト・サミットについてつかんでいる情報のうち、テヘランとＩＲＡ間の接触と話し合いが完全に知れ渡ったということがわかるだけの材料をリークしたのである。リークのために選ばれる媒体は、すこぶる卓越した読みによって選択された。イラン情報保安省の高官アミル・フセイン・タガヴィこそ、暗殺用の武器に調達用の麻薬代金というシナリオの作者だと特定するイギリス情報が、通常は見くびられているギリシャの情報機関を経由してアテネを本拠地とする新聞「エレフテロス・ティポス」[23]に流されたのである。紙名は「自由報道」とも訳せるよ、とＭＩ６は面白そうに指摘した。ＭＩ６がアテネを選んだ抜け目のなさは、同機関がギリシャは——猛威をふるう土着の極左テロ・グループ「11月17日」が——イランとＩＲＡ間の活発な連絡ルートであるのを知っている、ということをいやが上にもしめしていた。

エレフテロス・ティポス紙の記事で、イギリス外務省の閣外担当相ダグラス・ホッグは一九九四年四月二十八日にイランの代理大使ゴラムレザ・アンサリを呼びつけるきっかけをつかみ、イランとＩＲＡとの間に確立されて久しいコネクションに関する記事を引き合いに出しながら——この情報はイギリス情報機関とはほんのかぎられたかかわり合いでしかないという印象をあたえつつ——「われわれの懸念《けねん》を伝えたうえ、かかる接触が即座にかつ決定的に断たれるよう高級レベルの保証を求めたい」と言い渡した。

外務省での対決中、ダグラス・ホッグはイラン人外交官に対し、ドイツのドルトムントやミュンスターでイラン人とIRAが会合した子細な中身とか、イランがなんどもIRAに麻薬を供給してきたことを証明できる事実関係をしめした。一九九三年にアテネでドイツ国籍のユルゲン・メルツと妻のトゥンザ＝アネットが逮捕された際——のちに大量のヘロインをイギリスに密輸したかどで起訴されることになるが——かのフセイン・タガヴィが指揮してIRAに二千八百五十万ドル相当のヘロインを供給しようとする密輸作戦をあきらかにしたが——混合物でうすめた末端レベルなら、ほとんど二倍の金額で取り引きされただろう。IRAに暗殺を依頼する会合がイランで開かれる二か月前にトルコはアンカラの情報機関「MIT」が、ヘロインの積み荷がトルコを経由してギリシャに向かいつつあるのをつきとめた。ギリシャの「11月17日」グループとIRAで山分けすることになっていたのだという。

イギリス外務省の抗議に対するイラン代理大使の反応は充分に予想できるものであった。ゴラムレザ・アンサリはフセイン・タガヴィの名前を知っていたが、いちども会ったことはないと主張し、こう断定的に言ってのける声明を発表した。「わが国の情報機関とIRAとの間には接触などまったくない。われわれは当然のことながらそのような接触があれば、イギリス国内に激しい反感を招くとわかっているのだし、そんな接触はもともとないのだから警戒したり、非難したりするにはあたらない。そうした驚くべき言い掛かりを裏付ける証拠などかけらもないのである」

もちろん偽らざるところはイランがてんから恥じておらず、ただ国際的に困った立場に追いやられたうえテロリストへの出資者として喧伝《けんでん》されすぎると、国際社会から孤立しかねないことへのいらだちだけである。

イランはいまだにテロリストに資金を提供しつづけており、ヨーロッパの各テロ・グループを支援し、必要なものを補給しつづけているのだ。これらテロ・グループの一つはこの二十年間、EUとアメリカ双方の機密情報ファイルにヨーロッパで活動した集団のうちもっとも成功したテロリズムとして記録されているのである。

こうしたいかがわしい賞賛があたえられたのは、ギリシャの「11月17日」組織が何も二十年間に行なってきた人殺しや暴力沙汰《ざた》の件数に基づいているのではなく、他のテロ・グループやそれと認められる犯罪シンジケートにはいまだ知られていないというある現象に基づいてなのである。

この期間中、「11月17日」組織はたったの一度もスパイの浸透工作にしてやられたためしがなかったということなのだ。一人として組織を裏切る者がいなかったのである。暗殺がしばしば何の変装もしなければ身元を隠そうともしないビジネススーツ姿の殺し屋によって行なわれてきたにもかかわらず、そのメンバーは一人も逮捕されたことがないし、また暴力行為の現場に捜査官たちをそのリーダーへと導いていく証拠となる手がかりすら何一つ残していない。ギリシャのひどく非能率的なテロ取締機関のふくれあがっていくファイルは、大部分が「11月17日」の攻撃ごとに出される時代遅れになったマルクス主義の言葉遣いでしたためられたとりとめもない声明で埋まっている。このテロ・グループと戦おうとするアテネの試みをよく知っているイギリスのさる対テロ捜査官は、「11月17日」について収集された情報を「哀れを催《もよお》すくらいだ」と語っている。(24)「もし彼らがやつらの政治的パンフレットを投げ捨ててしまえば、そんなものはとうてい情報源としては役に立たないのだから、そうしたほうがいいにちがいないのだけれど、そうすれば彼らの手もとには、A4の用紙三枚か四枚に要約するにも足りないくらいのものしか残らないだろう。それも捜査資料から収集したものじゃないのだよ。大部分は〝11月17日〟が攻撃を仕掛けたあとの新聞記事や、この組織が目指すことについて解説者が述べた推測や意見のコピーにすぎないのだ」

このやりきれなさはEU域内の他のあらゆる対テロリズム機関から聞こえてくるし――ギリシャがEUに加盟してからは――閣僚の私的な会合でも他の加盟国の内相連か

ら、より外交的な言葉遣いで繰り返されている。

ギリシャ取締当局への批判は全面的に正しいにしても、ただ単に客観的な立場のためにいえば、多数の他の情報機関もまた個別的にも集団的にも、このギリシャのテロ・グループに関して何一つ発見できなかったということはあきらかにしておかなければならない。「11月17日」が出した最初の犠牲者はCIAのアテネ支局長リチャード・ウェルチだった。一九七五年にこの殺害事件が発生した瞬間から、CIAは「11月17日」に浸透しようとつとめてきた。二十年間というもの、ウェルチの殺害犯をみつける必要性はギリシャにおけるCIA工作員の活動にとって最重要の課題となってきた。殺害現場から集められたわずかな証拠物件で、その大半はアメリカ本国に送られ、CIAとFBIの研究施設で科学検証が加えられた。一九八八年、アテネのアメリカ大使館付き海軍武官ウィリアム・ノーディーンが殺害されたのち、ジョージ・ブッシュ大統領は「11月17日」の暗殺者に関する情報の提供者に対し四十万ドルの報奨金をあたえると言明した。しかし何一つ出てこなかった。それからブッシュはギリシャの対テロ担当官をヴァージニア州クァンティコのFBIアカデミーで訓練するというプログラムを開始した——クリントン大統領もこの計画を引きついでいる。

何年にもわたってギリシャは広く支援を訴えてきた。イスラエルの秘密情報機関「モサド」も——他の情報機関から対テロリズムの専門知識にかけて世界のリーダー格と認められているが――支援に参入した。フランス、イタリア、ドイツ、イギリスの情報機関、対テロ捜査班も――ギリシャがEUに加盟し、各国の内相から批判を受けたあとで――参入してきた。しばしば「11月17日」の犠牲になっているトルコは、その秘密情報機関「MIT」を支援に投入した。一九九三年十一月にイランのフェイルジ宮殿で開かれたテロリスト・サミットに「11月17日」の代表が出席していた事実や、また現行犯として逮捕した麻薬ディーラーの尋問から「11月17日」とIRAとのヘロイン密輸コネクションを確認したのもMITにほかならない。しかしアンカラはテヘランのテロリスト・サミットについて多くの情報を――IRAの代表者もふくめて――仕入れていたにもかかわらず、「11月17日」のテロリストだけはたった一人も正体を明確につかめなかった。

そうした相互連絡にかかわっていたある情報機関員は、この割り合い小さな反逆者グループに向けられてきた巨大かつ全世界的な努力を、他のどんな反テロ組織の努力と比較するのも難しいほどだと主張した。[25]「やつらはとっくの昔に簀巻《すま》きにして抹殺すべきだった。歴史にすべきだったな」

しかしそうはなっていないのである。このように大動員がかけられ、めったにないほど集中して継続的な努力が傾注されてきたのに「11月17日」は依然として手つかずで無傷のままである。

このテロ・グループはその名称を、一九六七年にギリシャのコンスタンティン国王を打倒したパパドブロス大佐らの軍事評議会がアテネ工芸大の学生の反乱を圧殺すべく戦車隊を送りこんだ日付からとった。残虐《ざんぎゃく》な弾圧のなかで二十人の学生が死んだ。ギリシャが他国の助けを借りずにたどり着き、かつ合意をえている数少ない情報判断の一つは、「11月17日」は高い教育を受けたメンバーの極左組織としてスタートし、現在もそれは変わっていないということだ。CIA支局長リチャード・ウェルチを殺した犯人はアメリカ人に四五口径の拳銃《けんじゅう》(「11月17日」のトレードマーク)を撃ちこむ前にまず完璧《かんぺき》な英語で彼の妻に対しそこをのいてくれないかと丁重に頼み、そしてそのすぐあとでウェルチの運転手にきちんと教育を受けたギリシャ語で話しかけている。

以上のような犯人像には長年の間に、一味がかたくななまでにギリシャ的であるように思われるという事実が加わっている。ギリシャのNATO、EU加盟に反対し(そのオフィスが爆破されている)、そして恐ろしく反米的な(三人のアメリカ市民が殺害され、さらにもっと多くの負傷者を出している)「11月17日」は、この国にアメリカ軍基地が存在することにあきらかに憤激しており、トルコに対しては強い不信の念をいだいてトルコのキプロス占領に反対する。さらには二十年間にわたる歴史の間、あらゆる暴力沙汰《ざた》がギリシャの首都かその周辺で行なわれているので、メンバーたちはおそらくアテネかその周辺にかたまって住んでいるのであろうという。

かかるプロフィールにはほかの構成要素もある。これほど一貫して外部からの浸透が不可能であるとすれば、「11月17日」グループはたがいに強く結びつきつつも別々の細胞を持った蜂《はち》の巣状の構造を持っていて、全体的に相互間の身元認知は厳密に限定されているにちがいない。ヨーロッパの情報機関には、一味の間でおそらく本名は決して使われず、コードネームだけで認知し合うようになっているのではないかと信じている向きもある。(26)もともと復讐《ふくしゅう》を目指した学生の創始者たちはいまや四十代になっているに相違なく、したがって一味は見た目にもりっぱな専門職かビジネスマンだろうとされる――目撃者たちは一様に暗殺者や爆弾をおいていった者をりっぱな身なりをし、まるでほんのちょっとの間だけ通勤を中断したかのようだったと述べている。そしてこれほど長い間、探知されずに生きのびてきたからには、暗黙のうちに当局の保護があったのではないかという未解決の疑惑もあり、この点でワシントンもヨーロッパの情報機関と同意見である。(27)トルコはアテネがひそかにテロリストと通じていると公《おおやけ》に非難したものの、この苦情の主たるねらいは、アンカラから独立すべく戦っている非合法のクルド人テロ・グループ「PKK」(クルド人労働者党)をギリシャが援助しているのではないかという疑惑に向けたものであった。(28)

ギリシャにPKKの中心人物たちが存在すると認められている点を別にすれば、どんな形態のテロリズムであれ、当局と共謀しているという疑惑はまったくの状況証拠だとしても、理論的には説得力ある論拠に基づいているのである。

マルクス主義を奉じる「11月17日」グループは、アンドレアス・パパンドレウの率いる非常に社会主義的な「PASOK」（全ギリシャ社会主義運動）が軍人を権力の座から引きずりおろして一年後、リチャード・ウェルチの殺害をきっかけに浮上した。このあと一時的な短い中断をはさんでつづいた政権の間にパパンドレウが権力の座に登用した高官の多くは軍事政権の時代に学生であったか、パリに亡命していたレジスタンス・グループのメンバーだった。レジスタンス・グループには、中東のパレスチナ人テロリスト・キャンプで訓練を受けた者もいるという裏付けのない風説もある。アメリカ合衆国のさる大使がパパンドレウ政権とアブ・ニダルの率いるパレスチナ・テロ活動の過激な分派との間に結びつきがあるとほのめかしかけたとき、アテネとワシントンはほとんど外交関係を断絶しそうになった。

ギリシャがEUに参加したのはいかなる汎《はん》ヨーロッパ的なイデオロギーに基づくものでもなく、ただ純粋に経済的な必要性にかり立てられただけであった――それ以来、ギリシャはEUの援助システムを詐欺《さぎ》的に乱用することによりたっぷりと利益をえてきているのだ。「11月17日」グループは、EUの建物やオフィスを攻撃するのも、ギリシャが加盟の条件として課せられた耐乏政策へのプロテストだと一貫して主張しつづけている。ギリシャの世論調査もやはり首尾一貫してよしんばEUへのおおっぴらな反対ではないにせよ、相変わらず無関心ぶりをしめしており、これはちょうどギリシャ人が「11月17日」グループに無言の賞賛を送っているのとおなじことである。この組織のプロフィールがいま一つはっきりとわからないもう一つの理由はその活動がいつもきまって極端な形をとるにしても、それが一般ギリシャ人の見解を反映しているという点にある。たとえば国連がギリシャ正教の支持するセルビアの頭越しにボスニアのイスラム教徒を支援したとき、ギリシャには何やら社会的な動揺があった。すると「11月17日」はとうてい偶然の一致だとは思えないのだけれど、アテネにある国連のオフィスを攻撃したばかりでなく、滝のように降る雨が遠隔操作の発射装置に誤作動を生じさせさえしなければ、イスラム教徒を支援する国連軍の上空援護をすべくアドリア海に配置されていたイギリス海軍の空母アーク・ロイヤルに向かって対戦車ロケットが発射されるところだったろう。

二十年にもわたって世界でもっとも進んだ対テロ機関や情報機関が「11月17日」グループの鎧《よろい》にほんのわずかなほころびもみつけられなかったのだから、EUの捜査機関にとっての唯一《ゆいいつ》の望みといえば、ギリシャ民衆の支持を失って幻滅した内通者が出たとき、はじめてこの組織の解明ができるようになるだろうということだ。

しかしながら、ヨーロッパ反逆グループのうちの一つはいまや崩壊の瀬戸際《せとぎわ》に瀕《ひん》しており、そこまで追いつめられたのは祖国バスクの独立をめざして戦っているとされる人々の幻滅があったばかりでなく、二か国の対テロ機関や警察当局による攻撃も受けていたからである[29]——時には、当局から暗黙の是認を受けた残虐な自警団による襲撃すらも加わったりして、まさしく都市テロリズムに対する国家テロリズムの感を呈している。

「GAL」はスペイン語で「反テロリスト解放グループ」の略号である。捜査にあたっているフランスの予審判事が集めたファイルには、はるか一九八三年までさかのぼってその成長ぶりが記録されている[30]。いまだに完結していないこれらファイルの記述によれば、GALはフランス暗黒街のヒットマンや犯罪者を表向きは秘密裏に募集かつ訓練したうえ、スペインの非合法テロ組織「バスク祖国と自由」(ETA)のメンバーに対する即決裁判の遂行にあたらせている。スペイン当局はETAに対し法的手続きをとって起訴するには不充分な証拠しかえていないか、もしくはETAのメンバーがいつもこっそりと国境を越えて安全なフランス国内に逃げこみ、スペイン当局からの逮捕をまぬかれているかである。バスク人がわれらがものと主張する土地はスペイン、フランス両国の間にあって自然の障壁を形づくるピレネー山脈全体に広がっている。EU加盟の両国とも実のところどんな問題に関しても協力できない状況を反映して、マドリードはフランスに住むそれと判明しているETAの指導的メンバーに対しなぜしかるべき措置を講ずることを拒否しているのかと言っては実際に非難してきた。一方のフランスは逆に、パリが実際にいざ捜査をはじめようとするとそのつど妨害すると言ってはスペインを非難してきた。そうこうしているうちに――一九八七年には活動を停止したように思えながら――実はGALの殺し屋による二十七件の暗殺が記録されたのだった。[31]
GALとマドリード間に公的なつながりがあるのではないかという疑惑は一九八五年頃に浮かびあがってきた。同年の八月五日、オートバイに乗った二人の暗殺者がフランス国内でファン・マリア・オルテギを撃ち殺した。バスク人活動家でETAのビルバオ・コマンドに属していたが――ETAのテロ部隊はコマンドとして知られているが――オルテギはフランスで安全に本職として働けると信じていた家具工場から帰る途中であった。GALの手にかかった十三人目の犠牲者だった。四か月後、フランス警察はこの殺人にかかわったマルセイユ系マフィアのメンバー四人を逮捕する。尋問を受けて一味は、自分たちをGALの自警団員として入団させたのはジョルジュ・メンダイユだと名をあかした。メンダイユはかつてフランス外人部隊の一兵士だったことがあり、また一九六〇年代にアルジェリアをフランスの植民地として維持しようとしながら失敗に終わった工作中、「アルジェリア民族解放戦線」(FLN)に対し拷問《ごうもん》や暗殺、爆弾などのテロ活動を行なった「秘密軍事機構」(OAS)の元メンバーでもあった。自警団員の持ち物のなかにオルテギの写真が二枚あり、標的としてマークされていたのだ。[32]暗殺の指示は――写真の裏側に書かれていたが――おそらくメンダイユの自筆だったにちがいないが、彼はスペインを永住の地としていた。それでもマドリードは、尋問にあたっていたフランスの予審判事クリストフ・セイエがフランス系マフィアの証言に基づいて提出したメンダイユの身柄引き渡し要求を拒否した。

七か月後、GALの殺し屋は、フランスの南西部にあるETA指導者お気に入りの国外住居であるバイヨンヌのバー「バトグゾリ」を急襲した。皮肉な偶然によって、オルテギの未亡人カメラと娘のナゴレがこの攻撃で重傷を負った。たちまち逮捕されたガンマンのパオラ・フォンテは予審判事に尋問されたあげく、ポルトガルの秘密情報機関員マリオ・ダ・クニャによりリスボンでGALに入団させられたと白状した。

フランス当局は公式にスペインとポルトガルの両国に支援を求める。リスボンは、クニャがホセ・アメドなる人物のために――その指示を受けて――活動しているという事実をつかむ。私が後年、パリで開かれた全世界的なマフィア対策会議で会うことになるスペインの予審判事バルタザール・ガルソンの調査から、アメドはスペインの情報機関員かつGALの指導的な人物であることが確認された。しかも例のジョルジュ・メンダイユは彼のために徴募係として働いていたのだ。一九九一年にアメドはカネ次第で動く殺し屋に資金をあたえたという罪状で投獄された。

当時スペインのホセ・バリオヌエボ内相は、GALとその殺し屋が資金援助を受けていたにちがいない特別プロジェクト基金への完全に合法的なガルソン判事の立ち入り検査要求を拒絶する。スペイン議会とフェリペ・ゴンザレス首相の社会主義政権もまたGALへの捜査と、申し立てられている政府との秘密コネクションを認めることを拒否した。不満をいだいたフランスのクリストフ・セイエ判事と、公式な妨害を受けたスペインのガルソン判事はともどもスペインの頑固な抵抗に激しく抗議し、GALの自警団員による一連の殺人と爆破事件が一九八七年に、つまり政府に調査を求める要求が最高潮に達したちょうどその時にやんだという符合を指摘した。ガルソン判事がゴンザレス政権と対GAL捜査を結びつけるにいたるのはほとんど十年後のことになるのだ。一九九四年十二月、ガルソンは先の国家公安局長官フリアン・サンクリストベルを殺人未遂、公金の不正流用、不法監禁の容疑で拘束することを命じた。

内務大臣がガルソン判事に対し特別プロジェクト基金の立ち入り検査をこばんだ一件はその当時、つまり一九八二年にフェリペ・ゴンザレスが政権を握り、対テロ工作の最高責任者に任命したラファエル・ヴェラによって強く支持された。その後十三年間もその地位にとどまることになるヴェラは、ETAを——「バスク祖国と自由」というバスク語の略号だが——実質的に屈伏させたと考えられている。一九九五年二月、そのヴェラはガルソン判事の命令で逮捕される。容疑は反テロリスト殺人部隊のGALを組織し、資金援助を行なったということだった。ヴェラが拘禁されて数時間とたたないうちに、バスク地方の社会労働党指導者リカルド・ガルシア・ダンボレネアも同じ罪状で身柄を拘束される。その二月末に、姿を消していた先の民間防衛軍司令官ルイス・ロルダンがラオスで逮捕された。スペイン当局は三千七百五十万ドルの公金が煙のように消えた容疑で彼を尋問したかったのである。ロルダンはまたGAL資金援助の財源についても情報を握っていると信じられていた。数日たらずのうちに彼はマドリードにつれもどされる。この段階になってマドリードは、ロルダンの身柄引き渡し書類は偽造であるということを認めなければならなかった。

ラファエル・ヴェラはいくつかの戦線と、いくつかのレベルでETAを攻撃した。有罪を宣告されたETAのメンバーにとって監獄の管理はきびしく、情け容赦のないものだった。アムネスティ・インターナショナルはヴェラがスペインの対テロ工作の最高責任者になったあと、マドリード政府と欧州人権裁判所の双方に監獄における人権無視を抗議したほどである。(33)

ヴェラの案出した革新的な収監技術の一つは――イタリアの予審判事ジョヴァンニ・ファルコーネによってイタリア系マフィアのファミリーを分裂させるのにうまく採用された手だが――有罪とされたテロリストたちを本土から遠い離れ小島の監獄に分散させることだった。スペインの行刑法規によると、服役囚と弁護士の接見をテープに録音するのは合法である。こうした録音から、ヴェラは自分の分散政策がとりわけ有効であることを知った。盗聴されたやりとりの一つで、二十五人も殺したかどで投獄されていた

ETAの大量殺人者ファン・イグナチオ・デ・ファナ・チャオスは、自分は運動から見すてられたと不満を述べた。

ヴェラはまた、弁護士がテロリストたちの情報と支援の連絡役をつとめていた事実も知った。何人かの弁護士が逮捕された。

また別のレベルでヴェラはバスク地方にバスク語を話せる地元出身の警察隊「エルツァインツァ」を導入するよう政府に勧告した。彼はETAのテロリストたちと面と向かって会い、話し合いをすることもためらわなかったし、アルジェリアでも三回にわたって最初は一九八六年に、最後は一九八九年に実際にそうしたのであった。これら会合に出席したのはテロリストたちの軍事指導者ばかりではなく、その政治組織「ヘリ・バタスナ」(人民の団結)の代表者たちもいた。最後の会合の際には「ヘリ・バタスナ」も、それが代表していたテロリストたちと同様にバスクのほかの政治運動から孤立してしまった。一九八八年に調印されたアフュリア・エネア協定として知られるもののもとで、こうしたほかのバスク諸政党は暴力を放棄した。あくる八九年にヴェラがアルジェリアで秘密会談を行なったときには、和平協定はいまにも結ばれそうだった。しかしこれはフランスに拠点をおくETAを支配する指導部によって阻止されてしまった。

まさしくこの会談において——しかも支配的な指導部の非妥協的な姿勢の結果——はじめて「新」「旧」両派のETAが出現し、分裂はそれ以後より明白な形をとっていく。

「旧」派は最初のETA創設グループで、スペインの独裁者フランコ将軍がバスク独立を認めなかったことと戦ってきた世代であり、昨今は積極的に和平を目指してきた。尊敬されたETAの指導者かつ「アントクソン」なる変名でよく知られているユージェニオ・エトゼベステは永住の亡命先ドミニカ共和国から公開書簡を送り、グループは「袋《ふくろ》小路《こうじ》に踏みこんでおり、唯一の出口は奈落《ならく》へと通じている」と書いた。「新」派グループはあとになって組織に加入した者たちから成り、テロリズムのためにテロリズムを追求してきた。IRA構成員の多くとそっくりおなじで、積極的な武器供給コネクションを通じてIRAと緊密な同盟関係にあり、新派閥としてETAを存立させつづける絶え間なき犯罪の手順を楽しんでいる。

アルスターおよびアイルランドのいたるところでIRAがそうしているように、ETAもまたバスク地方で公然と「革命税」と称する組織的なゆすりの厳格な体制を敷いてきた。バスク地方の企業経営者や実業家には、毎月七千五百ドルにものぼるみかじめ料を支払う者もいた[34]。拒否すると建物や製品を破壊されるか、誘拐されてもっと高額な身《み》代金《しろきん》を奪われるかした。一九九四年に実業家フリオ・イグレシアス・ザモラの会社と家族は彼の自由をとりもどすのに二百三十万ドルもかかった。それ以前に菓子、パン製造業の大きな企業グループを所有するファン・アントニオ・アルアバレナは「革命税」を支払いつづけるくらいならバスク地方からサラゴサへ移転すると発表した。エルツァインツァ警察隊は後日、アルアバレナがすでに支払っていた三万七千五百ドルのみかじめ料を回収した。

一九九二年の末から九三年の初頭にかけて――ついにようやく協力し合った――フランスとスペイン両国の警察と情報機関は、ビスケー湾に臨むフランス南西部の保養地ビアリッツに近い豪華な山荘でＥＴＡの指導部のほとんど全員を逮捕する。組織の物資補給責任者だったペドロ・ゴロスペ・レルッゥンディがバイヨンヌ近くのアングレにあったＥＴＡの主要な武器集積所、武器製造工場で不意をつかれてつかまってから一週間とたっていなかったし、また二日後にはマドリードがもっとも探し求めていたＥＴＡのテロリスト、ラファエル・カライデ・シモンが抵抗するいとまもなく――ズボンのベルトにはさんでいた銃を引きぬくチャンスもあらばこそ――トゥールーズのバーで逮捕された。九四年十一月には「コロ」という名で知られていたルイ・マルタン・カルモナと、ヴィスカヤ・コマンドの指揮官兼ＥＴＡの副指揮官で「モブツ」という変名を持つアルベルト・ロペス・デ・ラ・カレが身柄を確保された。この一連の驚くべき成功後――ヴェラにとって最高の成功後に――ＥＴＡはバイヨンヌやビアリッツ、トゥールーズほどには彼らが目立たないと感じるパリとその周辺に拠点をおく新執行部を結成したと思われる。(35) しかし公安筋によれば、ＥＴＡの活動的なコマンドは数百人からたったの二桁《ふたけた》台まで減少してしまったとされる。(36) 勢力が弱まるにつれて、その分だけ暴力沙汰《ざた》は激しさを増した。必死のもがきだと私は聞かされた。[37] 一九九三年十月、一味の殺し屋がスペイン空軍医療部隊司令官のディオニシオ・ヘレロ将軍をマドリードの自宅外で射殺し、九か月後には政治防衛総局長官のフランシスコ・ヴェスギラス中将が国防省に向かう途中、乗用車の側面で大きな爆弾が爆発して暗殺された。

これらの殺人もふくめてETA二十五年の歴史の間に暗殺された人々の数は——婦女子を入れて——七百五十人以上に達した。バスク地方の人々はついにうんざりしてしまった。フリオ・イグレシアス・ザモラの解放を要求する大会は反ETAの大デモとなって盛りあがった。およそ八万人が——バスクの人口のほぼ半数が——テロ活動への反対をしめす青いリボンを襟につけて州都サンセバスティアンの街頭を行進した。ETAの政治組織ヘリ・バタスナが動員した対抗デモには、支持をしめす緑のリボンをつけた三万八千人しか集まらなかった。

バスク社会党の書記長ラモン・フーレギは、「いずれというよりも、まもなくETAとその雇い兵たちは単にこの国の悲しい歴史の一ページにすぎなくなってしまうだろう」と予言した。

それ以上の確信をもってなされたもう一つの予言によると、バスク地方のテロリスト残存勢力は——北アイルランドの場合とおなじく——フルタイムの組織犯罪者になりおおせるだろうという。[38] そのうえ、いかなる政治的な口実も奪われたその犯罪は——ET

A指導部とおなじく——フランスへと波及していくにちがいない。

原　　注

第一章　犯罪の報酬

1　著者インタビュー，Strasbourg, France, 1993.6.29.

2　警部補 Graham Saltmarsh，英内務省国家刑事情報庁（ＮＣＩＳ）所属のマネーロンダリング専門家，Paris, 1994.6.15〜16.

3　著者インタビュー，Strasbourg, 1993.7.2.

4　著者インタビュー，Palermo, Italy, 1993.10.22.

5　*Independent* 紙，1994.11.24,25, London.

6　「刑事訴訟および公的秩序法」(1994).

7　著者インタビュー，Strasbourg, 1993.7.2.

8　著者インタビュー，Dublin, Ireland, 1993.9.15.

第二章　オリエント方式とは

1　John Hamill との著者インタビュー，London, 1993.11.16.

2　匿名《とくめい》インタビュー，London, 1993.7.14.

3　匿名インタビュー，Rome, 1993.10.25.

4　著者インタビュー，Palermo, 1993.10.22.

5　著者インタビュー，Palermo, 1993.10.22.

6　匿名インタビュー，Strasbourg, 1993.6.28.

7　マフィアの歴史および活動に関し広範な洞察を提供してくれた専門家との匿名インタビュー，Rome, 1993.10.27.

8　原注４.

9　ＥＵ議会議員との匿名インタビュー，Brussels, Belgium,

1993.11.9.

第三章　殺し合うための武器

1　匿名インタビューによる状況説明, Paris, 1993.12.13.

2　同上。

3　米下院共和党の「テロリズムおよび非通常戦争」対策委員会, 1992.11.30.

4　イラン原子力機構, *Sunday Times* 紙, 1992.1.26, London.

5　米週刊誌 *US News and World Report*, 1992.3.28.

6　原注３（1992.11.30）および匿名インタビューによる状況説明, Paris, 1993.12.13.

7　ドイツ連邦刑事警察庁組織犯罪部次長 Max Peter Ratzel, 1993.5.25, Bramshill, England で開かれた国際組織犯罪対策会議にて。

8　ドイツ連邦政府内務省, Bonn, 1993.12.1.

9　Wiesbaden, Germany, 1993.12.6.

10　匿名インタビューによる状況説明, Paris, 1993.12.13.

11　同上。

12　原注３, Yossef Bodansky および Vaughn S. Forrest 両下院議員（共和党）。

13　匿名インタビューによる状況説明, Paris, 1993.12.14.

14　匿名の科学監視情報源。

15　原注３.

16　同上。

17　同上。

18　Wiesbaden, 1993.12.6. Rome, 1993.10.24.

19　London, 1993.9.4.

第四章　「武器はわれわれを強力にする」

1　当時ヒトラーの軍事計画長官を務めたヘルマン・ゲーリング(1893〜1946) のナチ・ラジオ放送から、1936年の夏。

2　情報機関による状況説明, London, 1994.2.10.

3　同上。

4　London, 1993.8.10.

5　1993.5.26の国際組織犯罪対策会議(第三章原注７)に提出された秘密報告。

6　London, 1994.2.19.

7　原注２(London, 1994.2.10).

8　Dublin, 1994.12.4.

9　Stephen Rea, Dublin, 1993.9.16.

10　「組織／企業犯罪が連合王国の権益に加える脅威とインパクトに関する概観的評価」(ＮＣＩＳ).

11　「国家の死」「ティモールの陰謀」, John Pilger および David Munro 共同製作, セントラルＴＶ, London (1994.2.22).

12　「国際武器取引——ある倫理的反省」(バチカン正義および平和委員会・バチカン法王庁), 1994.6.22.

第五章　スノーほど素敵なビジネスはない

1　Christopher Luckett, Pompidou Groupe, Strasbourg, 1993.7.2.

2　同上。

3　Pompidou Groupe の評価, Strasbourg, 1993.7.2.

4　Zeigniew Thielle 博士, ポーランド麻薬中毒治療プログラムの責任者。

5　同上。

6　原注３.

7 John Benyon, Lynne Turnbull, Andrew Willis, Rachel Woodward および Adrian Beck 共著「欧州の警察協力」(Leicester University 公的秩序研究センター刊), England, 1993.
8 国家麻薬乱用管理計画,「麻薬乱用管理措置」(ドイツ連邦政府青年・婦人家庭省), Bonn, 1993.
9 Luciano Violante, イタリア議会反マフィア特別調査委員会委員長, Rome, 1993.
10 イタリア麻薬取締機関による状況説明, Rome, 1993.10.25.
11 G. Chebotarev 将軍(ロシア政府内務省), Hampshire, England で開かれた国際警察会議にて, 1993.5.24.
12 麻薬取締機関による状況説明, London, 1994.1.8.
13 米国麻薬取締機関の推定。
14 原注12.
15 同上。
16 The Trevi Group (1975年、ローマの有名な泉トレヴィの近くで結成されたことから、この名称がつけられた), 欧州司法・内務両省の歴代長官から構成されたフォーラムで、犯罪の専門家や裁判官も加わり、後年、対象は麻薬取引やテロリズムと戦う段階まで拡大された。活動の説明が充分になされていないと各方面から批判されたが、私見によれば当然の批判だった。マーストリヒト条約の規定に基づきトレヴィ・グループは「警察協力会議」に取って代わられた。
17 Dublin, 1993.9.15.
18 同上。
19 原注12 (London, 1994.2.9).
20 同上。
21 著者とのインタビュー, London, 1994.3.3.
22 ＮＣＩＳによる状況説明, London, 1994.4.21.

23 状況説明, London, 1994.3.21.
24 原注22 (1994.4.21).
25 同上。
26 同上。

第六章 「ヤード」はおいらのヤサだ

1 「英国におけるジャマイカ系犯罪の脅威」(第四章原注10).
2 ＮＣＩＳ, London, 1994.2.25.
3 外国麻薬取締機関による状況説明, London, 1993.8.10.
4 ＮＣＩＳ主催の国際組織犯罪対策会議, Bramshill, England, 1993.5.25. 第三章原注７.
5 原注２, London, 1994.1.8.
6 原注４, 1993.5.25.
7 原注２, London, 1994.1.8.
8 同上。
9 同上。
10 フリーマントル著『ＦＩＸ──世界麻薬コネクション』, 1985(新庄哲夫訳・新潮選書)。
11 原注３.
12 原注２, London.

第七章 マネーは天下の回りもの

1 「エメラルド作戦」, イタリアの予審判事 Liliana Ferraro の回想談, Rome, 1994.10.28.
2 P. F. Vallance (英内務省Ｃ２課員), 欧州マネーロンダリング対策会議の席上にて, Strasbourg, 1992.9.29.
3 著者インタビュー, Paris, 1993.9.7.
4 London, 1993.12.

5 同上。
6 第五章原注11（1993.5.26).
7 Palermo, Italy, 1993.10.22.
8 著者インタビュー，London, 1993.7.14.
9 第五章原注11（1993.5.26).
10 同上。
11 原注4.
12 原注7.
13 Gerald Mobius, 欧州マネーロンダリング対策会議に出席したドイツ連邦刑事警察庁代表，Strasbourg, 1992.9.30.
14 第四章原注10の第2版（1994.2).

第八章　標的はモナコのカジノ

1 匿名インタビュー，Monte Carlo, 1993.5.17および Xavier Raufer 教授との著者インタビュー，Paris, 1993.9.7.
2 *France-Soir* 紙，1994.1.5,Paris.
3 著者インタビュー，Paris, 1993.9.7.
4 *Paris Match* 誌，1993.8.3.
5 原注1の匿名インタビュー，Monte Carlo, 1993.5.18.
6 Paris, 1993.9.6.
7 Rome, 1993.10.25.
8 匿名インタビュー，Paris, 1993.9.6.
9 同上。
10 原注4.
11 Rome, 1993.10.26.

第九章　フランス流お家の事情

1 London, 1994.1.21.

2　警察当局による状況説明，Hyère, France, 1994.3.3.
3　匿名インタビュー，London, 1994.4.14.
4　同上。
5　原注2.
6　匿名インタビュー，Toulon, France, 1994.3.4.
7　同上。
8　原注2.
9　同上。
10　匿名インタビュー，Paris, 1994.3.6.

第十章　大気も何かキナくさい

1　状況説明，Hans Nilsson（欧州会議＝ＣＥ＝のコンピュータ関連法の専門家），Strasbourg, 1993.6.30. Deborah Fisch Nigri（英国のコンピュータ専門家，後出），Harrow, England, 1994.1.11.
2　ドイツ人専門家との匿名インタビューによる状況説明，第15回国際データおよびプライバシー保護担当官会議にて，Manchester, England, 1993.9.27〜30.
3　Deborah Fisch Nigri との著者インタビュー，1994.1.11.
4　「情報システムの保安ガイドライン」（経済協力開発機構＝ＯＥＣＤ），Paris, 1992.
5　Bruce Sterling, *The Hackers Crackdown, Law and Disorder on the Electronic Frontier*, Viking, London, 1992.
6　英国コンピュータ悪用防止法（1990）.
7　原注2.
8　「コンピュータ悪用対策」，Coopers, Lybrand Deloitte 作成（協力者 Cameron, Markby Hewitt），1992.10.
9　匿名インタビュー，Strasbourg, 1993.6.29. London, 1994.1.

15.

10 著者インタビュー，Harrow, England, 1994.1.11.

11 *International Herald Tribune* 紙，1994.1.11, Paris.

12 ＥＣ／ＥＵ情報処理関係法：Council of Europe Convention for the Protection of Individuals with Regard to Automatic Processing of Personal Data, 1981. Council of Europe Recommendation（R [87] 15）on the Use of Data in the Police Sector, 1987. EC Data Protection Directive, 1992. Guidelines for the Security of Information Systems, OECD, Paris, 1992.

英関係法： Computer Misuse Act, 1990. Data Protection Act, 1984. Acts with applications to computer crime; Police and Criminal Justice Act, 1994. Theft Act, 1968 and 1978. Forgery and Counterfeiting Act, 1981. Criminal Damage Act, 1971. Copyright, Designs and Patents Act, 1988.

13 Bonn, 1993.12.1.

14 匿名インタビューによる状況説明，パリ犯罪研究所主催「世界におけるマフィア資金力に関する会議」にて，1994.6.15〜16.

15 匿名インタビューによる状況説明，Manchester, 1993.9.27〜30.

16 情報機関筋による状況説明，原注14の会議にて，1994.6.15〜16.

17 英国の刑事訴訟および公的秩序法（1994).

18 英内務省による状況説明，1994.7.7.

19 原注３.

20 著者インタビュー，Strasbourg, 1992.11.4.

21 同上。

22　原注3.
23　著者インタビュー，Strasbourg, 1993.6.30.
24　「ケイオス・コンピュータ・クラブ」の声明，Hamburg, Germany, 1987.9.15.

第十一章　子供たちはどこに消えるのか

1　London, 1993.7.15.
2　Amsterdam, 1993.12.9〜10.
3　Michael Hames 警視，London, 1993.7.15.
4　第16回欧州司法相会議（リスボン）に提出されたノルウェー代表団の「児童および若い女性を対象とした性的利用、ポルノグラフィー、売春、人身売買」に関する報告（MJU-16［88］3），1988.6.21〜22.
5　Strasbourg, 1992.1.4.
6　匿名インタビュー，第十章原注14の会議にて。

第十二章　ラブ、売ります

1　Amsterdam, 1993.12.9.
2　Amsterdam, 1993.12.9〜10.
3　Bonn, 1993.12.2.
4　Wiesbaden, 1993.12.6.
5　Dr. Jan van Dijk 教授，Hague, Netherlands, 1993.12.8.
6　欧州警察組合会議，Strasbourg, 1992.11.3〜6.
7　同上。
8　電話取材，Paris, 1994.7.5および Dr. Alt, Versailles からの手紙（1994.7.7）.
9　Apeldoorn, Netherlands, 1993.12.10.
10　Hague, 1993.12.8.

11 Mark Fuller, *The Times Magazine* 誌, 1993.8.28, London.
12 ＮＣＩＳによる状況説明, 1993.12.
13 *Independent* 紙, 1994.4.6, London.
14 原注６.
15 ガイダンス状況説明, Wiesbaden, 1993.12.6.
16 *Daily Mail* 紙, London.
17 「ビデオ暴力と若年層の犯罪」(英下院内務委員会), 1993.7.13.
18 Michael Hames 警視, ロンドン警視庁猥褻《わいせつ》出版物取締班, London, 1993.2.15.
19 ＮＣＩＳペドフィル調査班による状況説明, London, 1994.2.10.
20 英内務省の匿名インタビューによる状況説明, London,1994.7.14.

第十三章　盗みとられる臓器

1 匿名インタビュー, 第十章原注14.
2 同上。
3 「ＥＵ議会の環境、公衆衛生、消費者保護委員会における移植臓器売買禁止についての報告」(1993.2.25), ＥＵ議会での論議, 1993.9.13.
4 「移植臓器――血液の自給」(A3－0074／93)：移植臓器売買禁止に関するＥＵ議会決議, 1993.10.4.
5 Paris, 1994.7.4.
6 Strasbourg, 1993.9.13.
7 *Everyman* 紙, 1993.10.21, London.
8 Leiden, Netherlands, 1993.10.9.
9 電話インタビュー, 1994.7.5.

10 *Le Quotidien du Médecin*, 1993.5.24. *Libération* 紙, 1993. 4.20. *France Presse*, 1993.3.27.

11 *Observer* 紙, 1993.9.26, London.

12 同上。

13 電話インタビュー, 1994.7.4.

14 *Le Monde Diplomatique* 誌, 1992.3, Paris.

第十四章 密入国はカネのなる木

1 ユダヤ人女流詩人 Emma Lazarus (1849〜87) の14行詩「新たなる巨像」からの引用で、New York 港に到着する移民を最初に出迎える〝自由の女神〟像の台座に刻み込まれている。女神像は、1776年7月4日に米国が英国の支配から独立した百周年目を祝ってフランスが贈ったもの。

2 ＥＣ議会「人種差別および外国人排斥調査委員会」(報告者 Glyn Ford), Luxembourg, 1991.

3 政治亡命者保護および移民請願法 (1992).

4 原注2.

5 Evrigenis 報告 (1985), 原注2の委員会に提出されたもの。

6 匿名インタビューによる状況説明, Strasbourg, 1992.11.11.

7 ＮＣＩＳでの状況説明, London, 1994.2.9. および匿名インタビューによる状況説明, 中国系マフィア三合会の専門家, 第十章原注14の国際会議にて。

8 同上。

9 同上。

10 Alan Friedman, *International Herald Tribune* 紙, 1994.3.20 の *Independent* 紙日曜版に再録, London.

11 同上。

12 同上。

13 同上。
14 著者インタビュー，Bonn, 1993.12.2.
15 原注2.
16 同上。
17 同上。
18 同上。
19 同上。
20 ドイツ連邦憲法（基本法）第1条(1)：「人間の尊厳は侵すべからず。これを尊重かつ擁護するのはあらゆる国家機関の義務である」。第3条(3)：「何人《なんびと》も性別、門地、人種、言語、国籍、出生、信念もしくは信仰、あるいは政治的見解によって権利の侵害、もしくは優遇を受けてはならない」。
21 原注2.
22 同上。
23 著者インタビュー，Paris, 1993.9.7.
24 *Independent* 紙日曜版，1994.4.17，London.
25 原注2.
26 同上。
27 *Observer* 紙，1994.9.11.
28 原注2.
29 同上。
30 同上。
31 Kenneth Clarke, *The World at One*, BBC ラジオ放送(1992.11.27).
32 原注2.
33 同上。

第十六章　金の卵を生むガチョウ

1　北アイルランドはあまりに多くの宗教があり、キリスト教はさほど盛んな地域ではないという真実を最初に発見したのは、私が心服する友人にして同僚だった *Daily Express* 紙, London の記者、Alfred Draper である。

2　匿名インタビューによる情報機関筋の状況説明, Belfast, Northern Ireland, 1992.5.3.

3　Boris Yeltsin, *The View from the Kremlin*, Harper Collins, 1994.5.

4　Sir Hugh Annesley が警察本部長を務める Royal Ulster Constabulary（Belfast）の年次報告書（1994.7.4）に拠《よ》る。

5　匿名インタビューによる状況説明, London, 1994.9.1.

6　同上。

7　同上。

第十七章　「神の御心のままに《インシャラー》」

1　「アラーの思《おぼ》し召しならば」もしくは「アラーの御心《みこころ》ならば」の意。イスラム教徒があらゆる希望、願望、意図を表明した後に捧《ささ》げる最も一般的な祈念の言葉。

2　英内務省による状況説明, 1994.4.8. 情報機関筋による状況説明, Brussels, 1993.11.9.

3　同上（英）。

4　匿名インタビューによる状況説明, Paris, 1994.6.14.

5　同上。

6　匿名インタビューによる状況説明, London, 1994.9.1.

7　背景説明, Washington D.C., 1988.6.6.

8　原注６.

9　背景説明, Lyon, France, 1993.5.25.

10　背景説明, Washington D.C., 1988.6.7.

11 同上。
12 原注6.
13 匿名インタビューによる情報機関筋の分析, London, 1994.9.1.
14 同上。
15 匿名インタビューによる情報機関筋の状況説明, Paris, 1994.6.14.
16 匿名インタビューによる状況説明, London, 1994.9.2.
17 同上。
18 同上。
19 同上。
20 同上。
21 同上。
22 ＮＣＩＳによる状況説明, London, 1994.2.8.
23 *Elephteros Typos* 紙, 1994.4.25, Athens, Greece.
24 匿名インタビューによる情報機関筋の状況説明, London, 1994.9.2.
25 第十章原注14の国際会議での情報機関による状況説明。
26 英独両国およびトルコの情報機関。
27 第十章原注14の国際会議での情報機関による状況説明。
28 「たとえ間接的にもテロ活動を支援すれば、その報いがあると覚悟してほしい。ギリシャでは特定の団体がＰＫＫ（クルド人労働者党）を支援している、とりわけそれがトルコの観光地を爆破する場合には」（トルコ外務省スポークスマンFerhat Ataman), Ankara, Turkey, 1994.7.4.
29 英内務省による状況説明, London, 1994.9.2.
30 対内情報機関（国土保全局）筋による状況説明, Paris, 1994.6.14.

31　同上。
32　同上。
33　London, 1993.10.8.
34　匿名を条件とした電話による状況説明，Madrid, Spain,1994.9.7.
35　匿名インタビューによる情報機関の状況説明，Paris, 1993.9.7.
36　原注30.
37　同上。
38　同上。

B・ヘイグ
平賀秀明訳

極秘制裁（上・下）

合衆国陸軍特殊部隊にセルビア兵35名虐殺の疑惑――法務官の孤独な闘いが始まる。世界中が注目する新人作家、日米同時デビュー！

C・トーマス
田村源二訳

闇にとけこめ（上・下）

中国軍部と結託し、大掛りな麻薬ビジネスを企む敵に、孤立無援の闘いを挑む元SISのハイドとオーブリー。骨太冒険小説決定版。

J・マクノート
中谷ハルナ訳

夜は何をささやく

長く絶縁状態にあった実の父親は、ほんとうに犯罪者なのか？　全米大ベストセラーを記録した、ミステリアスで蠱惑的な愛の物語。

A・ヘイリー
永井淳訳

殺人課刑事（上・下）

電気椅子直前の連続殺人犯が元神父の刑事に訴えたかったのは――米警察組織と捜査手法が克明に描かれ、圧倒的興奮の結末が待つ。

フリーマントル
幾野宏訳

虐待者（上・下）
―プロファイリング・シリーズ―

小児性愛者たちが大使令嬢を誘拐！　交渉人を務める女性心理分析官は少女を救えるのか？　圧倒的筆致で描く傑作サイコスリラー。

S・ギャガン
富永和子訳

トラフィック

麻薬密売人《ドラッグ・トラフィッカー》の陰謀と危険に満ちた生活を描き、巨大麻薬コネクションの真実を暴く。誉め言葉が見当らない、とマスコミ絶賛の問題作。

N・リーソン
戸田裕之訳
マネートレーダー 銀行崩壊
28歳の青年は、いかにして英国の名門銀行を独りでつぶしてしまったのか？ 小説を凌駕するスリルに満ちた稀代の犯罪者の獄中手記。

J・グリック
上田睆亮監修
大貫昌子訳
カオス—新しい科学をつくる
天気予報、水の流れ、生物個体数の変化——予測不可能とされる自然を捉えるための、全く新しい科学カオスの考え方をやさしく説明。

B・クロウ
村上春樹訳
さよならバードランド
—あるジャズ・ミュージシャンの回想—
ジャズの黄金時代、ベース片手にニューヨークを渡り歩いた著者が見た、パーカー、マイルズ、モンクなど「巨人」たちの極楽世界。

R・カーソン
青樹簗一訳
沈黙の春
自然を破壊し人体を蝕む化学薬品の浸透……現代人に自然の尊さを思い起させ、自然保護と化学公害告発の先駆となった世界的名著。

J・ラベル
J・クルーガー
河合裕訳
アポロ13
酸素、電力、水がない。宇宙空間で最悪の大事故に遭遇したアポロ13号はいかにして帰還したのか。船長ラベルの視点で描く実録作品。

C・セーガン
青木薫訳
人はなぜエセ科学に騙されるのか
（上・下）
宇宙人による誘拐、交霊術、超能力……似非科学を一つ一つ論破し、科学する心があれば惑わされることはないと説く渾身のエッセイ。

T・クランシー
S・ピチェニック
伏見威蕃訳

欧米掃滅（上・下）

ドイツでネオナチの暴動が頻発。ネット上には人種差別を煽るゲームが……邪悪な陰謀に挑むオプ・センター・チームの活躍第三弾！

T・クランシー
S・ピチェニック
伏見威蕃訳

ソ連帝国再建

ロシア新政権転覆をもくろむクーデター資金を奪取せよ！オプ・センターからの密命を受けて特殊部隊が挑んだ、決死の潜入作戦。

T・クランシー
S・ピチェニック
伏見威蕃訳

ノドン強奪

韓国大統領就任式典で爆弾テロ発生！米国の秘密諜報機関オプ・センターが、第二次朝鮮戦争勃発阻止に挑む、軍事謀略新シリーズ。

T・クランシー
田村源二訳

合衆国崩壊 1〜4

国会議事堂カミカゼ攻撃で合衆国政府は崩壊した。イスラム統一を目論むイランは生物兵器で合衆国を狙う。大統領ライアンとの対決。

T・クランシー
平賀秀明訳

トム・クランシーの戦闘航空団解剖

「戦闘航空団」への組織改革、F-22までを含めた戦闘機の概要など、最新の米空軍の全貌を徹底解剖。軍事ノンフィクションの力作。

T・クランシー
平賀秀明訳

トム・クランシーの原潜解剖

米海軍全面協力の下、軍事小説の巨匠が原潜の全貌を徹底解剖。「独占情報満載」のミリタリー・ノンフィクション。写真多数収録。

フリーマントル
松本剛史訳

英雄（上・下）

口中を銃で撃たれた惨殺体が、ワシントンで発見された！ 国境を超えた捜査官コンビの英雄的活躍を描いた、巨匠の新たな代表作。

フリーマントル
真野明裕訳

屍体配達人（上・下）
―プロファイリング・シリーズ―

欧州各地に毎朝届けられるバラバラ死体。残忍な連続殺人犯に挑む女心理分析官にも魔の手が！ 最先端捜査を描くサイコスリラー。

フリーマントル
戸田裕之訳

流出（上・下）

チャーリー、再びモスクワへ！ 世界中に流出する旧ソ連の核物質を追う彼は、単身ロシア・マフィアと対決する運命にあった……。

フリーマントル
真野明裕訳

屍泥棒《しかばねどろぼう》
―プロファイリング・シリーズ―

連続殺人、幼児誘拐、臓器窃盗、マフィアの復讐……EU諸国に頻発する凶悪犯罪にいどむ女性心理分析官の活躍を描く新シリーズ！

フリーマントル
松本剛史訳

猟鬼

モスクワに現れた連続殺人犯は、髪とボタンを奪っていった。ロシアとアメリカの異例の共同捜査が始まったが――。新シリーズ誕生。

フリーマントル
山田順子訳

フリーマントルの恐怖劇場

〈この世〉と〈あの世〉の閾に立ち現れる幽妙な世界。恐怖と戦慄、怪異と驚愕。技巧の粋を凝らして名手が描く世にも不思議な幽霊物語。

S・ブラウン
吉澤康子訳
殺意は誰ゆえに（上・下）
殺人事件を追う孤独な検事の前に現れた謎の美女。一夜の甘美な情事は巧妙な罠だったのか？ 愛と憎悪が渦巻くラヴ・サスペンス！

S・ブラウン
長岡沙里訳
激情の沼から（上・下）
職も妻も失った元警部補は復讐に燃えた。だが、仇敵の妻を拉致して秘策を練るうちに……。狂熱のマルディグラに漂う血の香り！

S・ブラウン
吉澤康子訳
口に出せないから（上・下）
障害にもめげず、義父と息子とともに牧場を守る未亡人アンナ。だが、因縁の男が脱獄し、危険が迫る——。陶酔のラヴ・サスペンス。

S・ブラウン
長岡沙里訳
知られたくないこと（上・下）
愛児を突然死で失った大統領夫人に招かれたTVリポーターのバリー。夫人の暗示に動かされて真相を探り、驚愕の事実を知らされる。

S・ブラウン
吉澤康子訳
あきらめきれなくて
フリーのパイロットと、その兄の死の原因を作った女医。反発しあう二人が密入国先で知ったこととは……。ラヴ・サスペンスの快作。

S・ブラウン
長岡沙里訳
追わずにいてくれたら
見てはいけないこと。してはいけない恋——。女性弁護士の、秘密同盟からの必死の逃亡を描く。５千万読者を魅了した著者の会心作。

Title : THE OCTOPUS
Europe in the Grip of Organized Crime (vol.I)
Author : Brian Freemantle

ユーロマフィア（上）

新潮文庫　フ－13－41

Published 2001 in Japan
by Shinchosha Company

平成十三年七月一日発行

訳者　新《しん》庄《じょう》哲《てつ》夫《お》

発行者　佐藤隆信

発行所　株式会社　新潮社

郵便番号　一六二―八七一一
東京都新宿区矢来町七一
電話　編集部(〇三)三二六六―五四四〇
　　　読者係(〇三)三二六六―五一一一

価格はカバーに表示してあります。

乱丁・落丁本は、ご面倒ですが小社読者係宛ご送付ください。送料小社負担にてお取替えいたします。

印刷・凸版印刷株式会社　製本・株式会社大進堂

ISBN4-10-216541-X C0198